원수를
사랑하게 된
이유에 대하여

원수를 사랑하게 된 이유에 대하여 2

초판 1쇄 펴낸 날 | 2018년 6월 19일

지은이 | 이미은
펴낸이 | 서경석

편집책임 | 조윤희 **편집** | 이은주, 이예진 **디자인** | 고성희
마케팅 | 서기원 **경영지원** | 서지혜, 이문영

임프린트 | (MUSE)

주소 | 경기도 부천시 부일로 483번길 40 서경B/D 3F (우) 14640
전화 | 032-656-4452 **팩스** | 032-656-4453
이메일 | roramce@naver.com **블로그** | bolg.naver.com/roramce
홈페이지 | http://www.chungeoram.com

발 행 처 | 도서출판 청어람
출판등록 | 1999년 5월 31일 제387-1999-000006호
어람번호 | 제11-0088호

ⓒ 이미은, 2018

ISBN 979-11-04-91738-7 04810
ISBN 979-11-04-91736-3 (SET)

뮤즈는 도서출판 청어람 단행본사업본부의 임프린트입니다.

도서출판 청어람은 언제나 여러분의 소중한 작품 투고와 도서 출간 기획 등 다양한 제안
을 기다리고 있습니다. chungeorambook@daum.net

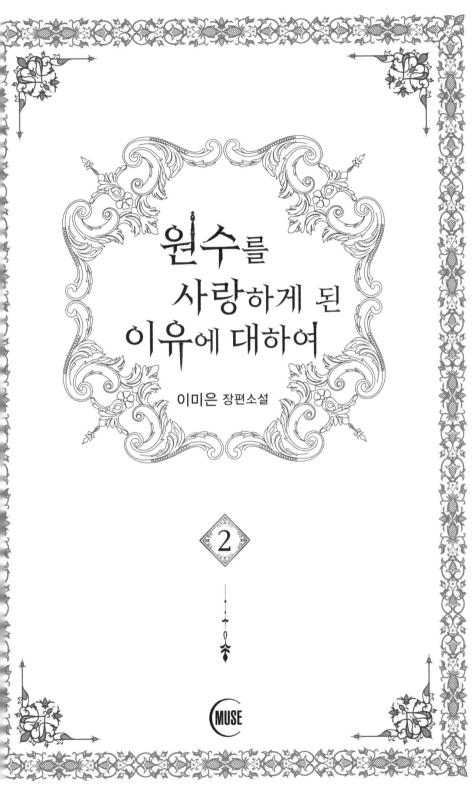

원수를
사랑하게 된
이유에 대하여

이미은 장편소설

2

C MUSE

목차

1장.
마법사도 사랑을 한다

딸칵.

리아는 이른 아침부터 열렬히 주고받은 편지들을 한데 정리하며 보석함을 닫았다. 이쪽에서 제대로 된 정보를 알아내긴 글렀으니 저쪽 세계를 활용해 보려 했건만, 역시 건질 만한 것은 없었다. 리아는 마지막으로 받은 양피지 두 개 분량의 편지를 읽으며 출근 준비를 마쳤다.

〈마차 사고와 탄신연에서의 습격 사건의 주모자가 동일인물일 가능성? 세상에, 내가 그 얘길 안 했던가? 리아, 그건 가능성이 아니라 사실이야. 흑마黑馬가 키메라라고 했었지? 너도 알고 있겠지만, 키메라를 다루는 마법사는 흔치 않아. 그런데 탄신연에서 미셸 후궁을 죽인 게 바로 키메라거든. 여전히, 누가 이 일을 계획했는지는 알지 못해. 알아볼 수도 없어. 폐하께서 그 사건에 대해 언급하지 말라는 황명을 내리셨거든. 사실 이 모든 얘길 네게 말하는 것도, 엄격히 따지자면 폐하의 명을 어기고 있는 거야. 음, 이렇게 말하고 보니 정말 기분이 이상한걸. 라흘란에 평화가 깃들길! 폐하의 명을 거역하다니, 내가 아직 기사 신분이었다면, 리아, 확신컨대…….〉

리아는 평소보다 조금 늦은 시간에 저택에서 나왔다. 밀린 잠을 몰아서 잔 것 같았다. 어젯밤 머리가 너무 아파 견디지 못하고 침대에 쓰러졌더니 그대로 기절해 버린 게 분명했다. 어쨌건 푹 자서 그런지 머릿속이 맑았다. 덕분에 근래 들어 몸이 가장 가뿐해서, 말도 마다한 채 걸었다. 티파티 때 먹을 간식을 사갈 생각이었다.

대로를 가로지르는 리아는 평소처럼 꼬리처럼 공후럽을 매달고, 여러 사람들의 시선을 받고 있었다. 주변에 대해 신경을 세우지 않아 조금 느슨한 모습에 사람들은 소리 없이 웃으며 그녀를 따스한 시선으로 바라봤다.

그런 그녀의 맞은편에서 다가오는 남자는, 그러나 마치 리아를 보지 못한 것처럼 굴었다. 가까워지는 속도도, 살짝 틀어진 몸도 우연이라기에는 고의적이었다. 리아는 자연스레 옆으로 피하려 했지만, 남자의 입가에 걸린 미소에 생각을 바꿨다. 방금 전까지 느슨하게 풀려 있던 녹안이 순간적으로 팽팽히 당겨졌다. 남자의 손에 끼워져 있는 얇은 장갑과 회색 일색인 머리칼을 훑은 리아는 그대로 남자의 팔을 뒤로 꺾었다.

"악! 아악!"

아프다며 얼굴을 있는 대로 구기는 남자의 얼굴을 확인한 리아는 눈살을 찌푸렸다. 오러와 마나는 발동 방식은 달랐으나 그 근본이 같았다. 바꿔 말하자면 둘은 서로를 알아보는 것이 가능했다. 리아는 남자의 몸을 타고 흐르는 낯익은 감각에 그가 마법사라는 것을 확신할 수 있었다.

"놔줘. 아니, 놓으라니까? 아프다고!"

먼저 접근한 쪽이 할 얘기는 아닌 것 같은데. 그렇게 말하려던 리아는 주변이 웅성이기 시작하자 혀를 차며 팔을 놓아줬다. 마법이라도 썼다면 얘기는 달라지겠으나 의심만으로 추궁할 수는 없는 노릇이었다. 리아가 손을 떼자 남자, 넥스는 엄살을 부리며 뒤로 한 걸음 물러섰다.

"와, 아파서 죽는 줄 알았네. 대체 뭐야, 당신?"

이 모든 게 우연인 양 의뭉을 떠는 표정이 꽤 실감났다. 리아는 피식 웃고 싶은 것을 애써 참았다. 이게 우연이라고? 저런 회색 머리칼은 흔치 않다. 홍등이 끝없이 이어져 있는 뒷골목 출신이라는 것을 보여주는 것들 중 하나가 바로 저 머리색이었다. 심지어 마법사.

의문은 하나였다. 접촉한 이유. 대낮에, 대로에, 심지어 주변엔 사람들이 우글거린다. 이런 상황에서 얻을 것이 뭐가 있다고?

"이쪽이 물을 말인 것 같은데. 마법사가 내겐 무슨 볼일이지?"

넥스는 검집을 맴도는 리아의 손을 힐끔 보고는 입술을 비죽였다.

"딱딱하네. 기사라 그런가. 어쨌든. 아아, 시시해라. 우연을 가장한 첫 만남은 물 건너갔네."

"우연을 가장한다, 라. 실력이 형편없다는 건 알겠군."

"딱딱한 데다 눈치까지 빠른데 앞뒤 꽉 막힌 여자라니. 쉬운 일이 없구만."

"뭐?"

"아아. 아냐아냐. 그보다, 내가 누구인지 알고 있다면 말을 들을 생각도 있다는 거겠지?"

넥스는 리아가 무어라 말하려 하자 잽싸게 덧붙였다.

"꽤 중요한 얘기일 텐데, 흘려 버려도 괜찮겠어? 그리고 팔도 좀 아프고."

쓸데없는 일에 체력을 소모하고 싶은 생각은 전혀 없었기에, 리아는 순순히 사과했다.

"미안하군."

"어……?"

넥스는 아무렇지도 않게 사과를 건네는 리아를 몇 초간 황망히 바라봤다.

'뭐야. 귀족이잖아! 왜 저렇게 아무렇지 않아 해?'

보통 이런 상황에 처했을 때 예상할 수 있는 귀족의 반응이란 한정적이면서도 진부했다. 화를 내거나, 화를 내면서 수도 경비대를 부르거나, 화를 내면서 목을 자르려 들거나. 어느 쪽이건 화를 내야 그가 짜놓은 얘기대로 흘러갔을 것이다. 저렇게 아무렇지도 않게 평민에게 사과한 다음 제 갈 길을 가는 것은 그의 예상과는 너무 동떨어져 있었다. 그의 목소리가 당혹감으로 살짝 떨렸다.

"어, 그러니까, 사, 사람을 그렇게 폭력적으로 제압하면 안 되지. 안 그래?"

"……다쳤나?"

"……어, 그건 아닌데?"

제가 그렇게 약해 보이냐며 어깨를 당당히 펴는 사내를, 리아는 도무지 이해할 수 없다는 시선으로 바라봤다. 이런 시기에 마법사가 수상한 느낌을 물씬 풍기며 접근해 왔으니 얘기나 들어보자 싶었건만 뱉는 말 하나하나가 헛소리다.

　물론 회색 눈과 머리칼은 드물었다. 하지만…….　리아는 영 계략과는 멀어 보이는 남자의 모습에 고개를 저었다. 잘못 짚었나. 그렇다면 더 시간을 낭비할 생각은 없었다. 안 그래도 할 일은 산더미같이 쌓여 있었으니 말이다. 그런 생각을 하고 있는 그녀의 앞에 넥스의 팔이 쭉 뻗어왔다.

　"다친 건 아니지만 이것도 인연인데 통성명이나 하자고. 난 넥스야."

　그는 실크 장갑을 낀 손을 가볍게 흔들며 말을 이었다.

　"보시다시피, 마법사지. 아. 제국 시민이기도 하고. 불법 체류자나 그런 건 아니니 걱정하지 마."

　넥스는 그다지 감흥이 없어 보이는 리아의 표정에도 기죽는 대신 이를 드러내며 웃었다. 그는 앞으로 뻗은 손을 위아래로 흔들며 투덜거렸다.

　"뭐야, 평민 손은 잡기도 싫다는 거야, 드벨 후작 각하?"

　"나를 알고 있군."

　순식간에 변하는 분위기에, 넥스의 입술이 비틀렸다.

　"푸하하! 무슨 그런 웃긴 소리를 해? 마법사 중에서 각하의 얼굴을 모르는 사람이 어디에 있다고? 그 유명한 벨포스 폰 드벨의 누이이신데."

　벨포스 덕분에 리아는 마법사들 사이에서도 유명했다. 그런 그녀를 모른다면 그게 더 수상하지 않겠냐며, 넥스는 웃었다. 회색 눈이 반달로 휘어졌다. 온몸으로 자신의 감정을 드러내는 듯한 남자를 바라보던 리아는 생각을 바꿨다. 자신이 후작임을 전부 알고 있음에도 접근했다면 얘기가 달라진다. 계략과 거리가 먼게 아니라 너무 가까워 잘 보이지 않았던 모양이다.

가장 확실한 방법은 그의 사지를 구속해 죄의 유무를 가리는 것이었다. 그러나 마법사는 평민이라도 귀족과 비슷한 대우를 받았다. 비세습 남작 정도의 위치인지라 지하감옥에 가두기 위해서는 명확한 증거가 필요했다. 의심이 아닌, 누구라도 납득할 만한 물증 말이다.

쏴아아―

경직된 분위기를 깨뜨리기라도 하려는 듯 분수대에서 일순 물이 뿜어져 올랐다. 어린아이들이 리아의 곁을 스치고 분수 쪽으로 달려가 한바탕 웃음을 쏟아냈다. 군것질을 파는 상인들이 호객행위를 하며 목청을 높이고 물줄기를 따라 오색 무지개가 펼쳐지는 그 순간.

"그래서, 목적은?"

오롯이 리아만이 온 신경을 곤두세운 채 두 눈을 차갑게 굳히고 있었다. 리아의 말에 넥스는 고개를 갸웃했다.

"나름 연기를 잘했다 생각했는데 그것도 아닌가 보네. 흐음. 네, 그렇습니다. 의도적으로 접근했죠. 마법사, 넥스라 하옵니다. 각하."

팔로 허공에 크게 반원을 그리며 인사를 올리는 모습이 일견 우스꽝스러웠다. 아이 몇이 그런 넥스를 향해 손가락질하며 크게 웃었다. 그러나 리아에겐 그 모든 소리들이 저 멀리서 울리는 것처럼 멍멍하게 들렸다. 그녀는 천천히 온몸에 오러를 둘렀다. 무슨 일이 발생했을 경우 눈앞에서 개구지게 웃고 있는 사내를 제압하기 위함이었다.

"그래서, 마법사가 내게 접근한 이유는?"

그는 리아의 표정이 전혀 변하지 않자 재미없다 투덜거리며 몸을 세웠다. 분수대에서 튄 물방울을 윗옷에 대충 슥슥 문질러 닦은 넥스는 어깨를 으쓱이며 본론을 꺼내들었다.

"아. 뛰어나신 후작 각하께 급한 사정을 긴히 알려 드릴 사람으로 유일하게 순간이동을 쓸 줄 아는 내가 딱 당첨이 됐거든. 전령으로."

전령? 리아는 그가 마탑을 말하고 있음을 직감했다. 마탑. 그녀가 그곳으로부터 연락을 받을 만한 일은 딱 한 가지밖에 없었다.

'벨!'

차갑게 굳어 있던 리아의 낯이 일순 무너졌다. 방금 전까지만 해도 먹먹하던 귓가가 뻥 뚫리는 것만 같았다. 소리들이 밀물 몰려오듯 와르르 그녀의 머릿속으로 쏟아져 들어왔다. 집중이 흐트러지니 몸을 감싸고 있던 오러가 일렁인 것은 당연지사다. 그런 그녀의 표정 변화를 하나도 빠짐없이 눈에 담으며 넥스는 즐거워했다.

그러고 보니 마탑에 편지를 보낸 지 시간이 꽤 흘렀다. 아무런 연락이 없기에 그저 늦어지는 것이리라 안일하게 생각했던 어리석음에 화가 날 지경이었다. 보석함에 문제가 생겼다. 그렇다면 벨포스의 것에도 같은 문제가 생겼을 것이다. 어째서 자신은 제 동생이 가만히 앉아 기다릴 것이라 생각했단 말인가?

리아는 이를 악물었다. 한탄만 하고 있을 수는 없는 노릇이다. 턱에 바짝 힘이 들어갔다. 그녀는 경직된 근육이 뻣뻣하게 당겨지는 것을 느끼며 물었다.

"네가 마탑의 전령이라는 걸 어떻게 믿지?"

"후작님도 참. 이상한 소릴 다 하네. 증거가 없다면? 신뢰하지 않을 수는 있겠지. 하지만 내가 하는 말을 듣지 않을 거야?"

만사가 장난이라는 양, 킬킬 웃는 넥스의 모습에 리아는 섣불리 답하지 못했다. 벨포스에게 큰 문제가 생겼을 것이라고는 생각지 않는다. 애당초 어디 가서 미움을 사는 아이도 아닐뿐더러 문제를 만든 적도 없으니 말이다.

그럼에도. 걱정이 온몸을 짓눌러, 그녀는 결국 먼저 입을 열었다.

"무슨 일이 생긴 거지."

"아, 그게, 마탑에서 도망쳤거든, 그쪽 동생이."

"……뭐?"

넥스는 순간적으로 감정이 일렁이는 리아를 바라보며 즐거이 생각했다. 커지는 녹색 눈이 꽤 예쁘다고. 자세히 들여다보면 푸른 기가 조금 섞인 것도 같았다. 조금 더 가까이에서 보고 싶은데. 넥스는 아쉬운 마음을 애써 감추며 손끝을 하늘로 향하게 한 채 폈다 접으며 말을 이었다.

"뿅! 하고 사라졌단 말이지. 그것도 한밤중에. 여자애 하나랑 같이 사라진 탓에 원로들은 사랑의 도피를 한 건 아닐까 추측하고 있더라고. 오, 사랑이라니. 너무 낭만적인 이유라 생각하지 않아?"

"사랑의…… 뭐?"

"사랑의 도피 몰라, 사랑의 도피? 둘이 눈이 맞았다, 이거지. 뭐, 너무 걱정은 말고. 마탑에서는 그렇게까지 드문 일도 아니야. 사랑에 빠진 남녀가 깊은 밤을 틈타 사라지는 일 정도는. 덕분에 마탑의 마법사들이 탈주한 마법사들을 잡는 데 가장 많은 시간을 쓴다는 건 알고 있어? 웃긴 얘기지 않아? 사랑하는 게 뭐 그리 큰 죄라고 다들 그 난리인지, 나 원."

삽시간에 사랑의 도주를 한 게 되어버린 벨에겐 뒷목 잡을 얘기가 아닐 수 없었다. 그러나 있지도 않은 얘기를 지어내는 넥스의 표정은 무척이나 진지했다. 그는 안타까워하며 말을 이었다.

"나나라는 여마법사와 같이 사라졌는데, 글쎄 예전부터 후작가 도련님과 잘 알고 지내던 사이라지 뭐야. 혹시 본 적 없어? 곱슬거리는 갈색 머리카락이 구불구불거리는 게 마치 커다란 솜사탕 같은 여자애인데. 특기는 시공간에 관련된 마법이고. 마탑에는 꽤 오래 있었지. 아무리 그래도 친구에서 연인이라니. 진부하지 않아?"

꾸며냈다기에는 얘기가 너무 자세했다. 게다가 넥스의 입에서 나온 이름은 리아도 익히 들어 아는 것이었다. 벨이 제 친구들의 얘기를 할 때면 빠지지 않고 등장했으니 확신할 수 있었다.

"나나⋯⋯."

"누군지 아는 거야? 그럼 얘기가 빠르겠네. 원로들도 무척이나 아끼던 마법사였어. 시공간에 관련된 마법은 다루기가 무척 까다로워서 그쪽으로 재능을 보이는 이는 찾기가 힘들거든. 어쨌든, 하룻밤 사이에 뛰어난 마법사 둘이 동시에 사라졌으니 난리도 그런 난리가 없었다더라고."

넥스는 고개를 저으며 무척 안타깝다는 듯 말했다. 좌우로 움직이는 고갯짓을 따라 머리칼이 살랑살랑 움직였다.

반은 맞고 반은 틀린 얘기였다. 벨포스가 나나와 함께 사라졌다는 것은 사실이었다. 마탑이 발칵 뒤집혔다는 것 역시. 그러나 벨포스는 사랑의 도피를 한 것이 아니었다. 도피는 맞았으나 '사랑'이 붙느냐 마느냐는 무시하지 못할 차이를 만들어내지 않던가.

그러나 그 사실을 알 도리가 없는 리아는 짐짓 심각해질 수밖에 없었다. 스스로를 마탑의 전령이라 밝힌 사내의 말이 전부 사실이라면 마탑의 불만은 뒤로 미뤄두더라도 당장 황제가 뒷목 잡을 일이었기 때문이었다.

마법사의 사랑. 그것이 무엇을 의미하던가. 곧 마력의 소멸을 뜻하지 않던가. 심지어 벨포스는 백년 만에 나온다는 천재였다. 그 마법을 보존하기 위해 여자인 리아가 후작위를 물려받을 정도였으니 더 말해 무엇 할까. 그토록 귀한 인재가 하루아침에 그 능력을 잃는다면 황제의 분노와 상심은 이루 말할 수 없을 것이 분명했다.

리아는 소리 없는 신음을 삼켰다. 동생의 사랑을 응원해 줘야 마땅하건만 후작이라는 위치에서 가장 먼저 보이는 것은 현실적인 문제였다.

'마차 사고에, 탄신연 일로도 모자라 벨 너까지. 대체 어떻게 된 거니.'

저 말이 사실이라면 어째서 자신에게 언질조차 주지 않았던 것일까. 그 생각은 이내 보석함의 오작동으로 이어졌다. 하고 싶어도 할 수 없었으리라. 리아는 어금니를 꾹 물었다. 그녀는 성급하게 결론을 내리는 대신 여전히 능글맞게 웃고 있는 넥스에게 물었다.

"좋아. 얘기는 다 들었으니 이제 증거를 보고 싶은데."

"증거라니?"

"마탑에서 보낸 전령이라면 인장이 찍힌 서신이 있을 터. 마탑이 이 정도 되는 일에 아무런 서신도 없이 전령을 보냈을 리가 없다는 건 그쪽이 더 잘 알고 있을 테고. 안 그런가?"

그제야 리아의 말뜻을 이해한 넥스가 주먹으로 다른 손바닥을 탁 내려쳤다.

"아아! 그럼, 있지. 그런데 생각했던 것보다 놀라진 않네."

이 말을 해주면 곧장 화를 낼 것이라 생각했다며 중얼거리며, 넥스는 주섬주섬 품 안에서 갈색 봉투로 동봉된 서류를 꺼내 리아에게 건네주었다. 봉투 자체는 평범했다. 그러나 봉투를 봉하고 있는 붉은 인주 위에 찍힌 것은 그녀가 마탑에서 수없이 받아보았던 인장과 동일했다. 리아의 눈이 질끈 감겼다. 마지막 가능성까지 눈앞에서 짓뭉개진 기분이었다.

'정말이니, 벨.'

꽤 처참한 기분으로, 리아는 서류를 제 품 안에 밀어 넣었다.

"응? 안 뜯어봐?"

"나중에. 마탑의 뜻은 전해 들었다. 답은 서신으로 보내도록 하지."

"서신이라. 딱딱하네. 마침 말을 전해줄 사람이 눈앞에 있는데 말이지."

"마탑에서 이렇게까지 해주다니 고맙긴 하다만, 그렇게 곧장 답할 수 있는 종류의 문제가 아니라는 건 그쪽이 더 잘 알 텐데."

그렇게 말하면서도 리아는 품 안에서 바스락 소리를 내는 봉투의 감촉이 너무도 생생하다 생각했다.

어딘가 현실과 동떨어진 것처럼 심각하게 서 있는 리아의 모습을, 넥스가 놓치지 않고 살폈다.

사람은 누구나 약점을 갖고 살아간다. 그리고 제 것을 끝없이 빼앗기기만 해왔던 이는 상대방이 약한 부분을 기민하게 알아차리기 마련이다. 무엇을 끄집어내야 상대방이 흔들리는지. 검에 베여본 이가 벌어진 상처의 고통에 진심으로 공감할 수 있는 것처럼, 빼앗겨 본 이가 그 무서움을 뼈저리게 체감하는 법이다.

넥스는 반신반의했던 것을 지금 이 순간을 기점으로 확신했다. 로렐리아 폰 드벨은 제 동생을 무엇보다 끔찍이 생각한다. 머릿속에 그 한 줄을 아로새긴 넥스의 입술이 획 말려 올라갔다. 누구에게나 아끼는 것이 약점이지 않던가.

"고맙긴 무슨. 내 일이었는걸 뭐. 그런데 각하, 방금 전 그것 말고도 할 얘기가 조금 있는데, 시간 괜찮아?"

"할 얘기라…… 무슨 의미지?"

"서로에게 도움이 되어줄 수 있지 않을까 싶어서 말이지. 후작께서 없는 걸 내가 갖고 있고, 반대로 내게 없는 건 그쪽이 갖고 있잖아?"

귀족이라는 신분을.

넥스의 입에서 나오는 말은 마치 꿀을 바른 것처럼 다디달았다. 마치 뱀처럼 번들거리는 두 눈이 가늘게 떨리는 리아의 시선을 놓치지 않았다. 그는 비로소 이 우스꽝스러운 연극의 막을 연 목적을 입에 담았다.

"그러니 교환을 하자는 거지. 이것도 인연인데. 이를테면…… 벨포스에 대한 정보라던가? 후작도 알고 있잖아? 마탑이 탈주한 마법사들에 대한 정보들을 철저하게 기밀에 부친다는 걸. 하지만 내가 원하는 걸 하나 들어준다면, 슬쩍 빼내오는 게 불가능할 것 같진 않아서 말이야. 어떻게 생각해?"

양손으로 뒷짐을 진 채 리아 쪽으로 한 걸음 내딛는 걸음에는 거리낌이 없었다. 제 제안이 받아들여질 것이라 완벽하게 확신하고 있기에 나온 자신감이 거기에 있었다. 그가 미처 계산에 넣지 못한 것이 있다면, 제가 상대하고 있는 여인이 철없는 귀족 아가씨가 아니라는 점이었다.

흔들리던 녹안이 일순 고요해졌다.

"네 말대로, 얘기를 들어보는 건 나쁘지 않겠지."

리아가 동의하자 넥스는 해사하게 웃었다. 마치 어린아이가 사탕을 손에 쥔 것처럼. 그녀는 황궁으로 향하던 걸음을 돌렸다. 그녀가 아는 카페는 수도 내에서 단 두 곳뿐이었다. 하나는 카인이 추천해 준 몽실몽실이었고, 나머지 하나는 얼마 전 에드가 찾아냈다던 조용한 카페였다.

당연히 후자를 선택해야 할 일이었으나, 리아는 잠시 망설였다. 어쩐지 썩 내키지 않았던 탓이다. 그러나 그녀는 곧 고개를 저었다. 그리곤 이 근방에 대해서는 전혀 모른다며 실실 웃는 넥스를 이끌고 카페로 향했다.

리아가 알지 못한 것이 있다면, 제 뒤를 쫓는 이들이 있다는 것 정도였다. 오늘 최전선에 자리 잡은 것은 푸른매 부단장, 다이컨이었다.

"……어, 잠시만, 저놈은 또 뭐야?"

서른이 훌쩍 넘은 데다 황실기사단의 부단장이라는 위치에서 남의 뒤를 밟는 일을 한다는 것에 자괴감을 느낄 법도 했건만, 다이컨은 세상 진지한 표정이었다. 그럴 수밖에. 지금 그는 리아의 호위를 겸하고 있었으니 말이다.

얼마 전까지만 해도 공후럽은 단순히 에드가와 로렐리아를 이어주는 것만을 목표로 하고 있었다. 다른 이유가 생긴 것은 정말이지 우연이었다.

카인은 마차 사고에 대한 재조사가 시작되자, 범인이 위협을 느끼고 리아를 노릴 수도 있다고 생각했다. 그녀의 실력을 믿지 못하는 건 아니었으나 전 드벨 후작을 생각한다면 죽음과 실력은 항상 비례관계에 놓여 있지 않다는 것을 인정하지 않을 수 없었다.

리아의 뒤를 쫓는 기사가 막내에서 부단장으로 훌쩍 뛰어버린 이유였다. 다이컨은 카인이 걱정하던, 만에 하나의 상황이 발생했음을 깨닫고는 표정을 굳혔다. 거리가 꽤 멀었기에 리아와 나란히 걷는 사내가 누구인지 알 수는 없었으나, 회색 머리칼 하나만큼은 또렷이 보였다.

뒷골목 출신인가. 이유는 알 수 없으나 홍등가의 여성들 사이에서 태어나는 아이들이 대개 저런 색의 머리칼과 눈을 타고났다. 누구 하나 관심을 두지 않기에 물에 약이라도 섞여 있거나, 애당초 식수의 상태가 나쁘지 않나 짐작할 뿐, 명확한 이유는 알지 못한다. 그저 확실한 것은 그런 출신의 아이들은 오래 살지 못한다는 것 정도였다.

미치겠군. 다이컨의 입술이 비틀렸다. 사전에 약속한 자가 아니라는 것쯤은 상황을 주시하던 자라면 누구든 알 것이다. 접근한 것은 저쪽이었다. 그렇다면 로렐리아는 어째서 저 사내와 함께 길을 걷고 있단 말인가? 일이 복잡하게 돌아간다며 진저리를 치는 다이컨의 귓가에 페피의 조바심 가득한 목소리가 들렸다.

[부단장, 방해할 생각은 아닙니다만, '저놈'이 대체 누굴 말하는 건지 전하께서 매우 궁금해하고 계십니다.]

"아아. 드벨 후작께서 길에서 갑자기 시비가 걸렸다. 그런데 그 시비 건 상대와 사이좋게 카페로 향하고 있어."

[예에? 아니, 그건 대체 무슨 상황이랍니까?]

"나도 몰라. 가게 안이니 들어갈 수도 없고. 위험해 보이지 않으니 모습을 드러내기도 좀 뭐한 상황이다."

일단 주시하라는 카인의 명령이 입에서 입을 타고 전해왔다. 다이컨은 카페의 전면이 그대로 드러나 보이는 곳에 자리를 잡고 앉으며 품 안에서 건량을 꺼내 잘근잘근 씹어댔다. 맛은 더럽게 없었지만, 뭐라도 하지 않으면 진정될 것 같지가 않았다. 그의 날선 시선이 리아의 건너편에 앉아 웃음을 터뜨리는 사내를 뚫어져라 응시했다. 만에 하나 무슨 일이라도 생기면 당장에라도 그 목을 베러 갈 수 있도록.

이야기가 생각보다 길어진 탓에, 리아는 해가 중천에 뜬 뒤에야 기사단실로 향할 수 있었다. 리아는 에이플에게 자료를 받자마자 에드가의 집무실로 향했다. 등 뒤에서 자신은 언제나 단장님의 편이라 외치는 에이플에게는 훈련이나 하러 가라 외친 뒤였다. 그러나 집무실로 가는 길도 그리 평탄치만은 않았다. 묵묵히 걷던 리아의 인내심은 곧 바닥을 보였다.

"……경들은, 한가한가 보군."

날 선 목소리에 그녀의 주위를 뱅뱅 돌던 푸른매들의 어깨가 움찔 떨렸다. 그야 몸을 숨길 곳도 없어 뻥 뚫린 복도 위에서 리아의 뒤를 졸졸 쫓았으니 들키는 것도 당연했다. 모르면 용감하다던가. 서로 주고받는 시선이 잽쌌다. 개중 먼저 입을 연 것은 가장 나이가 어린 페피였다.

"저, 괘, 괜찮으십니까?"

"무엇이?"

"그게……."

그러나 앞으로 나선 막내의 용맹함은 그리 오래가지 못했다. 서늘한 리아의 시선에 페피의 어깨가 축 처졌다. 어떻게 묻는단 말인가. 사실은 우리가 후작님의 뒤를 좀 밟았는데, 이상한 사람과 만나는 걸 보게 되었다고? 그 남자가 누군지 궁금해 죽겠다고?

"아, 그, 저……."

자신들의 입으로 죄를 밝힐 수는 없는 노릇이다. 페피는 아무말도 하지 못했다. 덩치는 산만 한 기사가 몸을 배배 꼬기만 하자, 리아는 단호한 표정으로 고개를 돌렸다.

등 뒤에서 어쩐지 자신을 애탄 목소리로 부르는 것도 같았으나 상대해 줄 생각은 없었다. 해야 할 일이 있었고, 해야 할 말이 있었으며, 보고 싶은 이가 있었다. 손안에서 수십 장에 달하는 서류의 끝이 우그러졌다. 짙푸른 녹안이 기대감으로 반짝이기 시작했다. 리아는 그렇게 곧장 에드가의 집무실 안으로 향했다.

일의 규모가 커지자 자연스럽게 처리해야 하는 서류의 양도 늘어났다. 공식적으로 드러내지 못하니 인원을 충당할 수 있을 리가 없다. 리아는 평소보다 어질러진 집무실 내부를 훑었다. 그 시선을 어떻게 해석했는지, 에드가는 귀를 살짝 붉히며 책상 위에 흐트러져 있던 서류를 끌어 모았다. 어쩐지 다급해 보이는 손길에 리아는 제가 다 민망해져서 그런 그를 만류했다.

"괜찮습니다. 제 집무실도 그리 다르지 않은걸요. 사람이 부족하니 어쩔 수 없는 일이죠. 그보다 경. 아직 확실한 것은 아닙니다만…… 수상한 마법사가 제게 접근해 왔습니다."

그 말에 에드가의 고개가 휙 소리를 내며 들렸다. 후두둑 소리를 내며 서류가 바닥에 흐트러졌다. 그에 리아가 다급히 손을 뻗었다. 그러나 그 손은 미처 서류에 닿지 못했다. 중간에서 에드가가 낚아챘으니 말이다.

"무슨 소리지?"

그 물음에 서류를 따라 아래로 떨어진 리아의 시선이 들렸다. 얼굴이 일그러진 에드가가 그런 그녀에게서 답을 재촉했다.

"경. 수상한 마법사라니?"

동시에 리아를 훑는 시선이 다급했다. 혹여나 어디 다치진 않은 건가 싶은 기색이 두 눈에 역력했다. 리아도 그 시선을 알아차렸다. 그녀는 그제야 제가 한 설명이 꽤나 부족했다는 걸 깨닫고는 어색하게 웃었다.

"아. 별일은 없었습니다. 카페에서 잠시 대화를 나눴을 뿐이니 말이죠. 다만 그자가 이번 일에 개입된 마법사일 가능성을 완전히 배제하기 전, 몇 가지 확인해 보긴 해야 할 것 같습니다."

어디 다친 건 아니니 너무 걱정하지 말라는 리아의 말에, 에드가는 그제야 놀란 가슴을 쓸어내렸다. 그럼에도 영 마음이 놓이진 않았는지 슬금슬금 리아의 손끝을 살피는 시선이 매서웠다.

그것까지는 눈치채지 못한 리아는 품 안에서 넥스가 건넨 봉투를 꺼내났다. 직사각형의 그것은 어디에서나 흔히 볼 법한 평범한 봉투였다. 특이점이 있다면 찍힌 인장 정도일까. 에드가의 시선이 인장 위를 스쳤다.

"마탑의 것이군."

단숨에 인장의 출처를 알아본 이의 목소리가 낮게 가라앉았다.

"예. 인장 자체는 확실히 마탑의 것이 맞습니다. 다만, 자신을 마탑의 전령이라 소개한 마법사는 전혀 전령처럼 보이지 않더군요."

"전령처럼 보이지 않았다는 말은······?"

"경께서도 들은 적이 있을 겁니다. 마탑이 벨에게 얼마나 끈질기게 접촉해 왔는지."

아아. 에드가는 알 만하다는 표정으로 고개를 끄덕였다. 벨포스와 마탑과의 얘기는 이미 수도에서도 유명했다. 그 고고하니 콧대 높은 마탑이 벨에게 제발 마탑에 와달라 애원하고 있다는 말과 함께 벨포스의 실력에 대한 재평가가 이뤄졌더랬다. 덕분에 황실에서도 벨포스의 행보에 한결 날을 세웠고 말이다.

"덕분에 마탑에서 보낸 전령을 몇 번인가 만나봤죠. 하나같이 얘기하기 좋아하는 자들이라 관련된 말들을 이것저것 얻어들을 수 있었는데, 그게 사실이라면 제게 찾아온 자는 전령이라 하기 어렵습니다. 복식은 둘째로 치더라도, 귀족을 상대할 때면 귀족 출신의 마법사만 보낸다 했으니 말입니다."

"그걸 가져온 마법사는······."

"회색 머리칼에 회색 눈을 갖고 있었습니다."

"뒷골목 출신인가."

리아는 고개를 끄덕여 대답을 대신했다. 회색 머리칼에 회색 눈. 어떤 의미로는 무척 희귀한 색이다. 때로 예외가 있긴 했으나 뒷골목 출신에게서나 보일 법한 색이었다. 대부분 성인이 되기 전 사망하는 탓에 거의 볼 수 없는 색.

리아가 카페로 향한 이유도 여기에 있었다. 마탑에 귀의하기 전의 신분을 파악하기 위해서는 그보다 더 빠른 방법도 없었다. 항상 하는 생각처럼 귀족들의 티타임은 쓸데없이 복잡한 구석이 있었으니 말이다.

"그자가 말하길, 제 동생이 마탑을 탈주했다더군요."

"뭐……?"

"안쪽 서류는 진짜인 것 같습니다. 마탑의 인장도 인장이거니와 비밀 유지를 위해 걸어놓은 마법까지 완벽하더군요. 다만 마탑주가 직접 작성한 것이 맞는지는 의문입니다. 제 동생의 탈주가 사실이라 해도…… 경도 알다시피 마탑에서는 마법사의 탈주를 인정하지 않으니 말입니다."

마탑이 허가하지 않은 상태에서 마법사가 마탑을 임의로 벗어나는 것을 탈주로 규정하고 있음에도 공식적인 발표가 없는 이유는 하나였다. 마법사의 권리와 보호를 우선으로 내세우는 마탑에서, 마법사의 자유를 억압한다는 사실을 인정할 수는 없으니 말이다.

그 결과 탈주 마법사에 대한 정보는 철저히 비공개로 관리되었다. 그렇게 오랫동안 고수해 온 탈주 마법사에 대한 태도를 갑자기 전환했다고? 믿기 어려운 얘기다. 그러나 서류에 사용된 인장이 진짜라는 것도 변하지 않는 사실이라, 리아의 표정이 한층 착잡해졌다.

"잠시만. 경. 탈주했다고?"

누가? 그 벨포스가? 에드가는 믿기지 않는다는 표정을 지어 보였다. 리아와는 별다른 교류가 없었지만, 벨포스와는 어릴 적부터 주기적인 교류가 있었다. 그가 알고 있는 벨포스는 문제가 생겼다 한들 탈주부터 하고 보는 성격은 아니었다.

"그가 말인가?"

"……예. 마탑에 추가적으로 사람을 보내 확인해 봐야겠으나,

사실일 가능성을 완전히 배제할 수도 없을 것 같습니다. 이 얘기를 하는 이유 중 하나가 바로 그 때문입니다."

서류 속 얘기가 사실이라 가정한다면 이대로 손 놓고 있을 수는 없다. 사랑의 도피라니. 아직도 믿기 어려운 이유였다. 제가 알고 있는 동생은 그런 쪽으로는 전혀 관심이 없었다. 그러니 마법사의 길을 선택했다. 그랬는데.

'사랑에 빠지는 걸 이성적으로 제어할 수 있을 리는 없지만.'

자신도 모르게 그런 생각을 한 리아는 제 앞에 앉아 있는 에드가와 눈이 마주치자 화드득 놀라며 헛기침을 뱉었다.

"그…… 전하와 잠시 자리를 만들고 싶습니다."

"전하와?"

"예. 슬슬…… 저도 마음을 정해야 할 것 같아서요."

안전한 곳에 몸을 숨긴 채 웅크리고 있는 것도 이제는 한계였다. 원하는 것이 생겼다. 지켜야 할 것도 있었다. 그렇다면 어쩌겠는가. 이쪽도 무언가 감수해야지. 그렇게 생각했던 리아는 자리에서 일어나는 에드가의 모습에 의아해하며 고개를 들어 올렸다.

"경?"

그 부름에 에드가는 그제야 제가 말이 부족했다는 걸 깨달았다. 버릇이다. 고치려고 하는데 이미 몸에 배어버린 버릇이 하루아침에 바뀔 리가. 그는 미안하다는 듯 웃으며 말했다.

"전하께 드릴 말이 있다지 않았나. 지금 가지."

"지금, 말입니까?"

"그래."

아니. 무슨 일국의 태자를 이렇게 쉽게 보러 간단 말입니까. 리아는 그렇게 말하려다가 조용히 입을 닫았다. 다른 나라의 후계

자들은 어떨지 몰라도 카인은 독보적이다. 신하들이 오고가는 길목에 숨어 있다 레스토랑으로 끌고 가는 걸 보면 언제 찾아가도 웃으며 반겨줄 것이라는 묘한 믿음이 생기고 마는 것이다.

결국 리아는 반박하는 대신 자리에서 일어났다. 어쩐지 미래 제 주군이 될 이에게 엉뚱한 쪽으로 신뢰가 생겨 버린 것 같다는 생각을 하면서.

신하들의 신뢰를 한 몸에 받고 있는 카인은, 그러나 한창 바빴다.

"후. 오르도."

한숨 섞인 부름에, 서류에 코를 처박고 있던 오르도의 고개가 들렸다. 카인의 보좌관들 중 가장 유능해 가장 많은 일을 처리하고 있는 그의 눈가는 오늘도 다크서클이 짙었다. 관두고 싶다는 말을 입에 달고 살았지만 어쩌겠는가. 카인의 말을 빌려오자면 들어오는 건 선택일지라도 나가는 건 선택할 수 없는 것을. 결국 그는 오늘도 사직서를 품에 품은 채 줄어들긴커녕 늘어나기만 하는 서류들을 슬피 바라보며 대답했다.

"예, 전하."

"아무리 생각해 봐도 이상해. 제국 내에서 감히 공신가문을 건드릴 만큼 간이 큰 인간은 그리 많지 않단 말이야. 안 그런가? 아니라면, 내가 모르는 사이에 세력을 넓힌 적이라도 있나?"

마차 사고를 언급하는 이의 눈이 시렸다. 요 며칠 사이 카인은 재조사단으로부터 올라오는 서류를 우선적으로 확인하고 있었다. 지금 그의 손에 쥐어진 것도 어제치 보고서다. 오르도는 힐끔 서류를 확인하고는 고개를 저었다.

카인의 적은 그렇게 많지 않았다. 제국의 규모나 역사를 생각해 봤을 때 오히려 좀 적다 싶었다. 일단 형제자매가 없으니 당연한 얘기였다. 그 외에 황위 계승권을 가진 이들 중 카인과 겨룰 만한 인간군상을 떠올리자면, 아이러니하게도, 한 손 안에 에드가가 있을 것이다.

모친은 선황이 가장 아낀 황녀였고 부친은 건국 공신가문인 페리엘 공작가의 적장자이니 그 피의 적법성을 놓고 따질 이는 없었다. 한때 우스갯소리로 카인에게 무슨 일이라도 생기면 황제가 에드가를 양자로 들일 것이라는 얘기가 돌기도 했었다. 그러니 에드가의 그 우직한 성격은 아이러니하게도 그의 목숨을 가장 단단히 지켜주는 방패였다.

"그런 말씀을. 그런 무도한 자는 없습니다, 전하."

고개를 조아리며 대답한 오르도는, 그러나 조용히 생각했다. 만약 에드가가 황위에 욕심을 낼 만한 인사였다면 경쟁구도는 꽤 다른 양상이 되어 있을 것이라고. 다행히도 그는 자신의 망상에 불과한 얘기를 입 밖으로 낼 만큼 생각 없는 자는 아니었다.

오르도의 침묵에 카인은 입술을 비죽이 끌어올린 채 책상 끝을 두드렸다. 그는 탈주 마법사와 관련된 서류를 책상 위로 던졌다.

"그럼 이번 일 역시 숙부님이 배후에 있겠군. 질리지도 않고 일을 만드는 건 대단하다 할 법하다만⋯⋯ 드벨 후작가에 손을 대다니. 배짱도 좋으시지."

선대 후작. 리아의 부친이 사망한 지 올해로 벌써 삼 년이다. 당시에 그를 설득하느라 꽤 애를 먹었더랬다. 황제만을 섬기겠다며 굳건히 제 위치를 지키던 그는 그리드의 실체를 보고 난 뒤에야 마음을 정해주었었다.

그랬는데.

"숙부님도 숙부님이지."

카인은 소리 없이 웃었다. 그리드의 욕망이 손에 잡힐 듯 이렇게 선명하니 오히려 웃음이 나왔다. 처음부터 이렇게 대놓고 제목숨을 노리던 인사는 아니었다. 최소한 십 년 전의 그는 꽤나 신중하고 조심스럽게 행동했었다. 그 경계는 세월이 흐를수록 닳아 없어져 이제 와서는 자취조차 찾을 수 없었지만 말이다.

"아무리 폐하께서 눈을 감아준다 한들 이렇게까지 과감히 행동하셔야 되나."

자신의 인내심이 한계에 달하고 있음을 느끼며, 카인은 입술을 비틀었다. 오르도는 곁눈질로 카인을 힐끔거리며 조용히 생각했다. 그리드가 눈앞에 있었다면 제 주군은 그의 사지를 찢어버렸을 지도 모른다고. 다각, 다각…… . 책상 끝을 두드리는 손마디의 박자가 점차 빨라졌다.

"오르도."

"예, 전하."

"당장 대공 쪽에 심어놓은 자들에게 연락해서 이렇게 보내라. '그곳이 휴양지라 생각하나?'."

카인은 턱을 괸 채 말을 이었다.

"토씨 하나 빼놓지 말고 그대로 전해."

마차 사고를 짐작조차 못한 놈들이라면 쓸모는커녕 방해만 될 테니 죽여 버리라 말하는 이의 목소리는 서늘했다. 웃음기라고는 조금도 찾아볼 수 없는 표정을 보건데 진심이었다. 그러나 이해하지 못할 것도 아니다. 쓸모없는 첩자만큼 위협적인 것도 없었으니 말이다.

"알겠습니다."

"기분이 더럽군."

오르도는 마른침을 삼키며 고개를 조아렸다.

똑똑.

노크 소리가 들린 것은 바로 그때였다. 카인의 눈짓에 오르도는 재빨리 자리를 박차고 일어났다. 지금 이 분위기를 깨줄 수 있는 사람이라면 누구건 환영하겠다 생각하며.

덜컥, 소리가 나며 문이 열렸다.

'아니, 그렇다고 이렇게…… 여신이시여, 제게 너무 잔혹하시지 않습니까.'

그 간절함은 문 밖에 서 있는 남녀를 보자마자 와장창 깨졌지만 말이다. 오르도는 참담한 낯빛으로 에드가의 품에 한가득 쌓여 있는 서류를 곁눈질했다. 또 일거리다. 일을 가져온 건, 심지어 요새 카인이 푹 빠져 있는 공후럽의 주인공들이었다.

일이 좀 줄어들길 바랐더니 늘어나는 기적이라니. 심지어 마차 사고를 잊게 해줄 일도 아니고 사고의 핵심 인물들이 전부 등장하다니. 오르도는 제가 신전에 바친 것이 여신의 분노를 산 것인가 진지하게 고민하며 에드가를 바라보았다. 묘하게 어긋난 그 시선에 엉뚱하게도 에드가가 심각해졌지만 말이다.

"무슨 일이라도 있는 건가?"

"예? 아뇨, 아닙니다. 그런데 무슨 일로……."

오르도가 미처 용건을 묻기도 전에 집무실 안쪽에서 카인의 재촉이 들려왔다.

"아아, 됐네. 하루 이틀 본 사이도 아니고 뭐 그런 걸 다 묻고 그러나. 둘 다 어서 들어오고, 오르도, 그대는 나가 있게."

그 말에 오르도는 만사 다 포기했다는 표정으로 에드가와 리아가 집무실 안쪽으로 들어올 수 있게 비켜준 다음 밖으로 나갔다. 그런 그를 스치며 안으로 들어온 두 남녀는 문이 닫히자마자 카인과 마주했다. 깜빡, 황족 특유의 푸른 눈동자가 눈꺼풀 사이로 사라졌다 빠르게 나타났다. 등받이가 긴 의자에 상체를 기댄 채 카인은 양팔을 앞으로 뻗었다.

"공작! 안 그래도 그대가 준 서류를 한 장 한 장 유심히 본 뒤인데, 딱 맞춰서 왔군."

"예. 마침 그 일로 왔습니다."

"또 새로운 정보가 들어온 모양이지? 그—"

황태자는 검지를 허공에서 빙글, 원을 그리며 돌렸다. 그는 고개를 살짝 옆으로 기울이곤 이를 씩 드러내며 웃었다. 그러자 평소 리아가 자주 보는, 카인 특유의 장난기가 얼굴 만면에 나타났다.

"아직은 말해줄 수 없는 정보 제공자에게서."

사륵 접힌 눈이 가늘게 뜨이며 푸른 눈동자가 반짝였다. 에드가는 그 시선을 마주하며 대답했다.

"예."

"흐음. 일단 대공이 그날 그렇게 당하고도 또 같은 실수를 반복할 생각이라는 것도 참으로 믿기 어려운 일이지만."

황태자는 책상 밑 서랍을 열어 서류뭉치를 꺼냈다. 의자를 옆으로 돌리며 빠르게 서랍을 여는 일련의 행동이 물 흐르듯 자연스러웠다.

"사람은 본디 그리 쉽게 변하는 게 아니지. 안 그런가, 공작."

비틀린 입꼬리가 서늘했다. 황태자는 손으로 서류 첫 장을 찬찬히 쓸었다.

"한데 정말로 궁금하단 말이지. 4기사단을 불러들인 시기를 생각해 보면, 그리고 정리가 덜 되었다며 내게 얘기를 해주지 않은 시기를 생각해 보면, 정보를 제공해 준 이가 무척이나 이쪽 일에 밝다는 소리인데. 에디, 아직도 내게 그 충신에게 포상할 기회를 줄 생각이 없는 건가? 내가 명령을 해도?"

이번에는 에드가의 입술이 휘었다.

"제 목에 검을 꽂아 넣으셔도, 안 됩니다."

두 남자의 시선이 허공에서 부딪쳤다. 먼저 물러선 것은 카인이었다. 그는 소리 내 웃으며 양손을 가볍게 들어 올렸다. 에드가와 싸울 생각이 없다는, 가장 확실한 의사표현이었다.

"하하하! 황태자의 명보다 중요한 이라! 공작이 그리 귀히 여기는 이라면 얼마든지."

카인의 손끝이 서류를 타고 내려와 방금 전 집어 던진 마도구로 향했다. 조그마한 그것을 움켜쥔 그는 생긋 웃었다. 방금 전과는 딴판인, 정말 즐거워하는 그런 웃음이었다.

"그리 궁금한 것도 아니야. 뭐, 나야 정보만 받으면 그만이고. 그래서 내게 할 말이라는 것이 무엇이지?"

응? 카인의 고개가 옆으로 기울었다. 대답한 것은 리아였다.

"전하. 수상한 자의 움직임을 포착해 이에 대해 보고드리고자 왔습니다."

나지막한 부름에 카인의 시선이 움직였다. 그의 두 눈이 의아한 기색을 띠며 고요히 가라앉았다. 무언의 재촉에 리아는 품속에서 봉투를 꺼내들었다. 넥스에게서 받은 봉투를 책상 위에 올려놓고 한 걸음 뒤로 물러서는 그녀를 쫓던 카인의 두 눈이 가늘어졌다.

"봉투라."

"마탑의 전령이라 자칭하는 자와의 접촉이 있었습니다. 그자가 이번 일과 관련된 마법사일 가능성이 있어 말씀드리려 합니다."

"그게 대체 무슨 소리지?"

카인은 의아해하며 봉투를 집어 들었다. 이미 인장이 뜯긴 봉투 속에 든 것은 벨포스가 마탑에서 자취를 감추었다는 내용의 서류였다. 이후에 일어날 일에 대해서는 마탑에서 아무런 책임도 지지 않을 것이라는 일련의 내용이 복잡하게 얽혀 있어, 카인의 미간에 주름이 깊게 패였다.

"마탑에서 마법사가 탈주했다 먼저 말을 꺼냈다고? 조작도 말이 되게 해야지. 이거 원."

카인은 적이 너무 멍청하면 재미가 반감된다며 쯔쯔 혀를 찼다. 그렇게 말하는 목소리는 전혀 장난스럽지 않았지만 말이다.

"일단은 마탑에 사람을 보내 알아볼 생각입니다만, 전하. 혹여나 사실일 경우 황실은 어떤 입장을 취할지 감히 여쭤도 되겠습니까."

너무 직설적이었다. 그러나 빙 둘러 물을 만한 얘기도 아니었다. 다른 누구도 아닌 하나뿐인 동생과 관련된 일이었으니 말이다. 리아의 물음에 카인의 시선이 천천히 들렸다. 턱을 괸 채 비뚜름히 앉아 제 기사를 바라보는 카인의 푸른 눈은 그늘이 드리운 양 어두웠다.

"거래를 하자는 건가, 경?"

"그럴 리가 있겠습니까. 신은 그저 전하의 자비로움을 바랄 뿐입니다."

"흠…… 확실히 벨포스는 아까운 인재지."

인재는 아무리 많아도 부족한 법이다. 그 인재가 다채로운 쓰임새를 갖고 있다면 더더욱. 벨포스의 마법은 실력도 실력이었으나 활용도가 높다는 점에서 점수를 높게 받았다. 공후럽 활동을 보다 풍족하게 만든 게 바로 그가 만든 마도구라는 점만 봐도 알 수 있다.

카인은 다리를 꼰 채로 입가를 톡톡 두드리며 생각에 잠겼다. 카인의 손끝이 서서히 느려졌다. 리아는 그가 할 대답을 짐작하고 있었다.

'빠른 결론은 지양하시겠지. 손에 쥐고 있으면 유리한 패이니.'

당연한 얘기다. 카인의 대답은 리아의 예상과 크게 벗어나지 않았다.

"그 건에 대해서는 생각을 좀 해보도록 하지. 일단은 사실 확인이 먼저다. 가능한 한 빨리 마탑에 사실 여부에 대한 확답을 받아오고, 지금은 이 서류를 가져왔다던 마법사에 대한 얘기부터 해보지. 그래, 어떤 자였지?"

이 정도면 나쁘지 않은 반응이다. 리아는 남몰래 가슴을 쓸어내리며 답했다.

"자신을 마탑의 전령이라 소개하더군요. 처음에는 꽤 그럴싸하다 생각했습니다만, 회색 머리칼과 눈도 그렇고, 하는 말들도 전령이라기에는 어폐가 있었습니다."

"이를 테면?"

"사랑하는 여인에 대한 얘기를, 끝없이 늘어놓더군요."

확실히 마탑의 마법사가 할 얘기는 아니었다. 카인은 짜게 식은 표정으로 고개를 저었다.

원수를 **사랑**하게 된 **이유**에 대하여

"사랑 타령을 했단 말인가?"

"예. 원하는 바가 아주 명확한 자였습니다."

"그런 얘기를 하는 마법사라면 마탑의 추적으로부터 피할 수 있는 땅을 원했겠지."

들을 필요도 없다는 투로 말한 카인은, 리아의 표정을 확인하고는 뒷목을 잡았다.

"진짜 그랬단 말인가?"

"예. 제 동생의 정보와 안전을 놓고 일정 토지의 완벽한 소유 이전을 요구했습니다."

"세상에."

사람이 그 정도로 직설적이라니. 일부러 그런 건가 싶을 정도다. 카인은 고개를 저으며 말을 넘겼다.

"그보다 회색이면…… 뒷골목 출신이로군."

회색. 평민들 사이에서도 기피하는 색이다. 카인의 중얼거림에 리아가 설명을 덧붙였다.

"확인해 봤습니다만, 제국에 등록된 마법사는 아니더군요. 제게 알려준 이름이 본명이라면 말이죠."

"게다가 미등록 마법사라?"

"예."

"은신처는?"

"아직입니다."

한참 동안이나 무언가를 고민하던 카인은 이내 기지개를 쭉 켜며 늘어져라 하품을 내뱉었다.

"뭐, 됐고. 로렐리아 경, 혹시 다음에 만나더라도 붙잡지는 말게."

"예?"

이해하지 못할 명령에 리아의 미간에 주름이 졌다. 그러나 카인은 이를 드러내 웃으며 제 말에 못을 박을 뿐이었다.

"활개를 치며 돌아다니게 놔둬. 폐하께서 내게 그런 말을 하신 적이 있지. 혈육을 끊어내려면 목에 검을 들이미는 순간만큼 확실한 증거가 있어야 하지 않겠느냐고."

그의 푸른 눈이 사납게 번뜩였다.

"어리석은 숙부께서 검을 들었으니, 내 목에 그 검을 갖다 댈 때까지는 봐줘야지. 그래야 이번에야말로 깔끔하게 끝을 볼 수 있지 않겠나."

가장 화려한 순간, 완벽하게 무너져 내리는 혈육에 대한 신의를 비웃으며 검을 뽑으리라. 언제나 웃는 낯만 보여주던 카인의 민낯에 리아는 고개를 숙였다. 보기 좋게 꾸며져 있던 황가의 가면이 떨어지는 순간이었다.

카인이 분노했다. 욕심 많은 대공은 한 번 혈육을 검으로 벤 것으로는 부족했는지, 황제의 자비를 등에 업고 날뛰고 있었다. 그러니 분노하지 않는 것이 더 이상하리라.

리아는 그렇게 섬뜩하게 웃는 카인은 처음 보았다. 선연하게 드러난 그의 민낯은, 그러나, 두려움보다는 안도감을 느끼게 했다. 그동안 황제의 사후, 카인이 라흘란 제국을 통치할 때를 걱정하지 않았다면 거짓일 것이다. 언제나 장난스럽게 웃기만 하는 카인의 모습을 보며, 그가 너무 사람이 좋은 건 아닌가 걱정하고 있었다.

지금에야 그 걱정이 쓸모없다는 걸 알게 되었지만 말이다.

"경."

그 작은 부름을 미처 듣지 못한 채 걸어가던 리아는, 제 손을 잡는 감각에 걸음을 멈추며 고개를 돌렸다.

어쩐지 에드가가 심각한 표정으로 서 있었다. 이런. 리아는 그제야 제가 그를 까맣게 잊고 있었다는 사실을 깨달았다. 무심도 이 정도면 심했다. 리아는 속으로 반성하며 에드가 쪽으로 한걸음 다가섰다.

"잠시 정신이 팔려서…… 무슨 말을 하셨습니까?"

상관을 대하는 그 딱딱한 말투에 에드가는 조금 시무룩한 표정을 지었다. 축 늘어진 눈가가 눈에 띌 정도로 선연했으나, 리아는 그 차이를 눈치채지 못했다. 어쩌겠는가. 그쪽으로는 무던하다 못해 관심이 조금도 없는 여자를 사랑해 버리고 만 것을.

"저택에 돌아갈 때, 같이 가지."

더 큰 문제는 리아의 철벽이 견고하다 못해 수비 범위가 넓다는 데 있었다. 에드가의 물음에 리아의 얼굴에는 여지없이 의아함이 떠올랐다.

"무슨 일이라도 있습니까?"

이쯤 되면 원치 않아도 직설적이게 될 수밖에 없다. 창피함을 느낄 겨를도 없었다. 여기서 어중간하게 대답했다간 지난번처럼 어둠에 묻혀 떠나가는 리아의 뒷모습만 멀거니 바라보게 될 게 분명했으니 말이다.

에드가는 다급함마저 느껴지는 목소리로 대답했다.

"일이 있는 게 아니라, 걱정이 되어서."

"……예?"

"경, 상대는 마법사다. 게다가 상당한 실력자라 의심되는 마법사이니만큼 상대하는 데 심혈을 기울여야 해. 언제 어디에서 습격 받을지 모르니 내가 동행하지."

"……예?"

이해가 가지 않아 되묻는 목소리가 약간 높았다. 그러나 그것을 어떻게 해석했는지, 에드가의 두 눈이 가늘게 떨렸다. 그는 슬금슬금 리아의 눈치를 살폈다. 혹여나 제가 한 말이 그녀의 자존심에 상처를 입힌 건 아닌가 걱정하는 기색이 역력했다.

그는 슬그머니 말을 바꿨다.

"경의 실력을 의심하는 건 아니야. 그저…… 동행하고 싶은데, 괜찮다면 허락해 주겠나?"

좀 더 부드러운 어투로. 물론 리아가 당황한 건 말투가 아닌 내용에 있었지만 이쯤 되면 다시 왜 그러느냐 묻기도 뭐했다. 리아는 어쩐지 저를 슬쩍 봤다가 시선을 돌리기를 반복하는 에드가를 멍하니 바라봤다.

'에스코트…… 인가?'

나를? 기사가 된 뒤 누구 하나 제게 위험할지도 모르니 동행해 주겠다 나선 적이 없다. 오러를 사용한 후로는 걱정을 끼쳐 본 적도 없었다. 그랬는데, 이건 뭐란 말인가. 리아는 괜스레 헛기침을 뱉었다.

"그, 큼!"

"안, 되겠나?"

어쩐지 청하는 사람이 점점 더 눈치를 본다. 손끝이 간질거렸다. 리아는 입안이 바짝 마르는 것 같다 생각하며 고개를 저었다

"괜찮습니다. 그, 번거롭겠지만……."

"아니."

"예?"

"전혀. 번거롭지 않아."

그렇게 말하는 에드가는 방금 전과 다른 사람인 것처럼 단호했다. 언제 시선을 피했냐는 듯 리아의 두 눈을 똑바로 바라보는 남색 눈이 진중하게 가라앉아 있었다. 마치 제 말이 가볍지 않다는 것을 증명하려는 것처럼.

"이틀 뒤에는 공국으로 출발해야 하니, 부디 그때까지 만이라도."

그리 말하는 목소리가 평소와는 달랐다. 리아는 무언가에 홀린 것처럼 고개를 끄덕였다.

"······예."

나쁘지 않은 기분이다. 아니, 나쁘지 않다기보다······.

'간질간질해.'

그래. 딱 그 느낌이었다. 손끝이, 발끝이 간질거려 어쩐지 바람 빠진 것처럼 웃음이 새어 나오는 그런 느낌.

호감이 피어나는 순간이었다.

선약대로 에드가와 리아는 나란히 퇴근했다. 궁을 나서는 둘의 뒷모습이 다정해 보였다. 흐뭇한 미소가 입가에 번질 만한 광경이 아닐 수 없었으나.

"세상에."

누군가에겐 청천벽력과도 같은 장면이었다. 에이플은 입을 떡 하니 벌린 채 걸어가는 두 단장의 뒷모습을 바라봤다.

[왜 그래? 세상에라니? 무슨 일이라도 터진 거야? 이봐! 에이플! 에이플 경!]

귓가에서 쩌렁쩌렁 울리는 외침에 에이플은 짜증을 참지 못하고 마도구를 꺼버렸다. 끄는 것도 모자라 귀에서 마도구를 빼 품에 욱여넣는 손길이 거칠기 그지없었다. 픽 소리가 나며 시끄럽던 다이컨의 목소리가 사라졌다.

문책을 면치 못할 행동이었다. 그러나 지금 중요한 건 다이컨의 추궁이 아니다. 지금, 이 순간, 눈앞에서 에드가와 리아가 나란히 걷고 있다는 게 더 큰 일이었다. 심지어 사이마저 좋아 보이지 않은가!

'대체 어째서!'

아무리 그래도 입 밖으로 소리 낼 수는 없는지라 속으로 외치는 절규가 절절했다. 에이플은 숨어 있는 벽 뒤의 덩굴을 잡아 뜯으며 몸을 비틀었다. 이해할 수 없는 상황이었다. 지금까지의 관계를 고려해 보면, 에드가의 사랑은 이뤄질 수 없어야 했다.

그러나 때로 사람은 극적이게 변하는 법이다. 지금처럼.

그 극적인 변화가 썩 반갑지 않다는 게 문제였지만 말이다.

"부단장, 이거 어쩝니까."

그런 에이플을 혀를 차며 바라보던 프루트의 표정도, 실상 그리 다르지 않았다. 프루트 역시 제 귀에서 웅웅 울리는 마도구를 끄며 짜증스레 대꾸했다.

"어쩌긴 뭘 어째. 애들 불러라. 일단 쪽수가 맞아야 뭐라도 해 보지 않겠냐."

그리 말하는 목소리가 서늘했다. 한쪽이 과하게 몰입하면 오히려 다른 사람은 차갑게 식는다던가. 다 때려 부수겠다는 프루트의 말에 에이플의 이성이 주인을 찾아 돌아왔다. 그는 당장에라도 에드가와 리아 사이로 달려들 것 같은 프루트의 팔을 다급히 잡아챘다.

"그건 아닌 것 같습니다."

잘못하면 우리 죽어요. 그 절절함에도 프루트의 두 눈에 서린 열기는 가시지 않았다. 그는 오히려 이성이 돌아온 에이플을 한심하게 바라보며 일갈했다.

"정신 차려라, 에이플."

"……무슨…….."

"단장에 대한 은혜를 원수로 갚을 셈이냐!"

"어, 저, 부단장……?"

"단장은 행복해질 권리가 있단 말이다!"

이거 얘기가 점점 이상해진다. 덕분에 집 나갔던 에이플의 이성이 완전히 돌아왔다. 그는 서서히 멀어지는 에드가와 리아를 초조한 시선으로 곁눈질했으나 이내 포기했다. 지금은 눈 돌아간 부단장을 말리는 게 더 시급한 문제였다.

그렇게 에이플이 당장에라도 제2기사단을 소집하려는 프루트를 뜯어말리고 있을 때,

"경은 무슨 음식을 좋아하나?"

에드가는 화술의 중요성을 뼈저리게 체감하고 있었다. 이쯤 되면 에이플과 프루트의 걱정이 쓸데없는 건가 싶을 정도다.

기껏 생각해 낸 게 고작 좋아하는 음식에 대한 질문이라니. 정말 로이드에게 비법을 전수받기라도 해야 하는 것일까. 에드가가 그런 생각을 새삼 진지하게 하고 있다는 걸 알 리 없는 리아는, 진중하게 답을 골랐다.

"음식은, 그다지 가리지 않습니다만…… 그, 음, 케이크 같은 디저트를 선호하는 편입니다."

가까운 사람들에게도, 심지어 후궁들에게조차 밝힌 적 없는 비밀이었다. 유모와도 관련된 얘기를 나눠본 적은 없었다. 그런 것들이 있지 않은가. 누구도 뭐라 하지 않지만 괜히 스스로 감추고 싶어 하는 점들이. 리아에겐 식성이 그랬다.

그랬는데. 왜 이렇게 스스럼없이 말이 나온 걸까.

'이미 알고 있어서 그런가?'

리아는 제가 얘기하고 제가 놀랐다. 에드가는 그런 그녀의 대답에 아무렇지도 않다는 표정으로 대꾸했다.

"……그럼, 혹시 지난번 캐리엇이 건네준 선물은……."

"아. 무척 맛있었습니다."

그렇게 말하는 리아의 두 눈이 사륵 접히는 게 정말 기뻐 보여서, 에드가는 속으로 신음을 삼켰다. 그날 캐리엇이 선물이랍시고 가져온 게 뭐였는지 전해 듣고는 뺑뺑이를 돌렸던 게 마음에 걸린 탓이다.

에드가는 나중에 보상이라도 해줘야겠다 생각하며 말을 이었다.

"그럼, 공국에서 유명한 디저트들을 선물로 사와도 괜찮겠나?"

"예?"

"그…… 좋아한다면."

아. 또다. 또야. 리아는 간질거리는 손끝을 참지 못해 손가락을 살짝 말아 쥐었다. 결국 연애란 본인들이 하는 것이라는 안느의 명언이 그대로 들어맞는 순간이었다.

다음 날, 에드가가 공국으로 떠나기 하루 전. 리아는 일생일대의 경험을 하고 있었다. 시작은 아침에 눈을 떴을 때부터다. 아니, 어쩌면 어제 저녁부터일지도 모르겠다.

'그걸 따진다 해서 무슨 소용이 있는지는 모르겠다만.'

리아는 끙 소리를 내며 이마를 짚었다. 공적인 일이라면 오히려 나았다. 그쪽이라면 어떻게 해결해야 하는지 알고 있으니 말이다.

문제는.

"공국에서 유명한 디저트를 사와도 괜찮겠나?"

선물을 사오는 데도 의사를 물어보는 에드가의 목소리가 귓가에서 떠나질 않는데 어떻게 해결해야 할지 감조차 잡히지 않는다는 것이다. 이런 적은 처음이다.

"단장."

정말 처음이었다. 대체 어떻게 해야 이 목소리를 없앨 수 있지? 리아는 끙 소리를 내며 보고 있는 서류에 집중하고자 애를 썼다.

"단장. 아, 단장!"

그리고 보면 참 여러모로 신경 써준 사람이다. 처음부터. 그렇게 생각하던 리아는 멍하니 고개를 들었다가 눈앞의 에이플을 보고는 화드득 정신을 차렸다.

"이제 제가 좀 보이십니까?"

책상 끝을 손으로 짚은 채 상체를 깊게 숙인 에이플은 리아가 저와 시선을 마주치자 입술을 비죽였다. 무슨 정신을 그렇게 놓고 있느냐 타박하는 목소리가 불퉁했다. 그런 그의 모습이 어찌나 가까웠는지 오히려 비현실적이라 리아의 두 눈이 빠르게 깜빡여졌다. 그러나 그녀는 곧 상체를 뒤로 빼며 책상을 반 넘게 넘어온 에이플과 거리를 벌렸다.

"무슨 일이라도 생긴 거냐."

그 물음에 에이플도 순순히 책상에서 몸을 내렸다. 그는 방금 전까지 앉아 있던 맞은편 의자에 다시 몸을 기댄 뒤 투덜거렸다.

"아, 일이고 뭐고 할 게 없습니다. 지금 중요한 건 그게 아니라고요!"

리아는 개소리를 차지게 하는 에이플을 멀거니 바라봤다. 아니, 일이 중요하지 않다면 대체 뭐가 중요하단 말인가? 그러나 에이플은 제 말을 철거할 생각이 조금도 없어 보였다. 애초에 바락 소리를 지르면서도 그의 두 눈은 진지하기 그지없었으니 말이다.

"단장. 제가 단장을 벌써 삼 년째 보고 있잖습니까. 그러니 탁 터놓고 얘기를 해보자, 이 말입니다."

"무슨 얘기?"

"어제 공작 각하와 뭐 하셨습니까?"

"……뭐?"

사람이 너무 어이가 없으면 얼이 빠지기도 한다더니, 그게 진짜인 모양이다. 지금 리아가 그랬다.

"아, 어제 말입니다. 같이 나란히 황궁을 빠져나가는 걸 제가 다 봤다고요."

그러니 변명할 생각은 하지도 말라는 에이플의 말에 리아는 이마를 짚었다.

"나야말로 묻자. 대체 요새 뭘 하고 다니는 거냐."

"……예?"

"마도구는 그렇다 치자. 그런데 이건 알아야겠다. 내 뒤를 밟더니, 이젠 페리엘 공작에까지 관심을 갖는 이유 말이다. 혼자서 한 일은 아닐 테고."

원래 감추는 게 많은 사람이 더 찔리는 법이다. 공후럽 활동에서부터 반—공후럽에 대한 얘기까지. 리아에게 감추는 게 한둘이 아닌 에이플은 날카로운 지적에 묘한 미소를 지으며 슬금슬금 몸을 뒤로 뺐다. 엉덩이 끝이 의자에 걸쳐지자 뒤로 기운 의자가 삐그덕 소리를 냈다.

"에이플 경."

그런 그를 잡아채는 리아의 목소리가 서늘했다. 가늘어진 녹안에 의심이 가득이다. 이번에야말로 얘기를 듣고야 말겠다는 의지가 두 눈에 가득했다. 리아가 몸을 일으켰을 때,

"전 아무것도 모릅니다! 진짜로 몰라요!"

자리를 박찬 에이플은 뒤꽁무니가 빠져라 도망쳤다. 쾅 소리와 함께 문이 닫히자 리아는 혀를 차며 자리에서 일어났다.

"뭐가 있긴 있단 소리군."

정말이지 감추는 덴 영 소질 없는 부하라 생각하며.

그러나 지금 당장 중요한 것은 에이플이 숨기고 있는 모종의 일에 대한 것이 아니었다. 리아는 고개를 저어 사념을 떨쳐 낸 뒤 집무실에서 나왔다. 황궁을 가로지르는 걸음이 묵직했다.

얼마 전까지 그녀는 황실 마법사에 연줄을 대기 위해 부단히 노력했다. 벨이 있었으면 간단했을 일이다. 그러나 하나뿐인 동생은 곁에 없으니 직접 움직이는 수밖에는 없었다. 드벨 후작가는 대대로 검으로 유명한 가문인지라 제대로 된 사람을 찾기까지 시간이 조금 걸렸다. 그러나 그것도 이미 지나간 일이다.

서궁으로 향하는 발소리가 둔탁하게 황궁을 울렸다. 그녀는 죽이어진 입구로 곧장 들어가 모퉁이를 돌았다. 서궁의 벽을 낀 채 오른쪽으로 돌아 미리 약속해 놓았던 곳으로 향하는 걸음은 마

치 물 흐르듯 부드러웠다.

황궁에서 가장 동떨어져 있는 궁, 서궁. 그곳은 제국 마법사들의 또 다른 마탑이라는 말을 들을 정도로 온통 마법사 천지였다. 지금 리아가 가로지르는 복도를 제외하곤 말이다.

철저하게 실력으로 나뉘는 세계. 그 속에서 그녀는 가장 높은 자들에게만 허용된 복도를 가로질렀다. 그리고 가장 끝에 위치해 있는 문을 잡고 그대로 열어젖혔다.

"리앙느 영애."

리앙느 백작가의 장녀이자, 서궁의 마법사들 중에서 유일하게 케이티와 동일한 신분을 가진 레이디. 허리까지 길게 늘어지는 보랏빛 머리칼을 차분하게 땋아 내린 그녀는 웃으며 리아를 맞이했다.

"어서 오세요, 후작님. 요청하신 건 전부 준비해 두었답니다."

케이티의 비협조적인 태도를 맞닥뜨린 뒤 리아가 가장 먼저 한 것은 조사였다. 의심할 여지없이 확고하게 황태자의 줄을 잡고 있으면서, 케이티와 대적할 만한 황실 마법사에 대한 조사. 비밀리에 진행해야 했기에 꽤 시간이 걸렸다. 겉으로 드러난 것이 아니라 속을 확신할 수 있어야 했기에 더 오래 걸리기도 했다.

무수한 남작가의 마법사들과 자작가의 마법사들, 그리고 백작가 영애인 토리아를 놓고 저울질하던 리아는 마음을 정한 뒤부터는 누구보다 빠르게 움직였다.

"오래는 못 있어. 곧장 가봐야 할 곳이 있으니."

"많은 일들을 하고 계시잖아요. 이해한답니다."

토리아는 부드럽게 눈을 휘어 웃었다. 케이티가 자유분방한 여성이라면, 토리아는 누구나 선망할 만한 고풍스러운 레이디였다.

그녀는 길게 늘어진 치맛자락을 정돈하며 서랍을 열어 수십 장의 서류를 꺼내주었다.

"요청하신 회색 눈과 회색 머리칼을 가진 '상당한 실력의' 마법사에 대한 자료예요."

토리아는 리아가 손을 뻗자 서류를 슬쩍 뒤로 빼며 말을 이었다.

"약속드린 것처럼 제가 이 일에 관여했다는 건 비밀로 해주셨으면 좋겠어요. 가문을 위한 일이라 생각해 협조했지만, 아시잖아요? 마법사가 마법사를 배신하는 게 이 세계에서 어떤 취급을 받는지."

마법사는 기본적으로 혈연도, 가문도, 자신의 조국에게도 구속되지 않는 자유로운 존재였다. 대마법사 셰나의 뜻에 따르자면 그러할 것이다. 그러나 사람이 언제나 이상적으로 살 수 있는 존재던가.

대부분의 마법사는 자신의 혈연에, 가문에, 그리고 조국에 발이 붙들린 채 살아갔다. 토리아 역시 그런 평범한 마법사들 중 한 명이었다.

"절대, 누구에게도 얘기하지 않을게. 어려운 일을 시켜 곤란하게 만들어 미안해."

"어머. 아니에요. 드벨 영식께서 제게 베푼 은혜를 이렇게나마 갚을 수 있다니, 그저 감사할 따름이랍니다."

"이것으로 충분해."

"도움이 되었다니 다행이네요."

토리아의 눈매가 반달처럼 곱게 휘었다. 그녀는 문을 열고 나가는 리아의 뒷모습을 끝까지 지켜보았다. 스물여덟. 토리아의 삶은

족쇄, 그 자체였다. 가문을 위해 마탑 대신 황궁을 선택했고 사생아라는 위치에서 제 것을 찾기 위해 마법사가 되어야만 했다. 결혼도, 아이도, 미래도 모두 버리도록 강요받은 삶이었다.

그런 시간들 속에서 처음으로 선택한 존재였다. 그녀의 보랏빛 눈이 사륵 접혔다. 이번 일은 정말이지 꽤 마음에 든다 중얼거리며.

그러나 안타깝게도 리아는 토리아의 호감 짙은 시선을 알지 못했다. 평소라면 눈치챘을지도 모르겠다. 하지만 지금 그녀의 신경은 바짝 당겨져 금방이라도 끊어질 듯 팽팽히 당겨진 채였다. 누군가의 안색을 살피고 기분을 걱정할 정도의 세심함은 자취를 감춘 지 오래였다. 그녀의 손안에서 서류뭉치가 우그러졌다.

대공, 마법사, 불의의 사고.

이 판 위에서 모든 것들이 맞물리고 있다는 사실이 그녀의 화를 부추기고 있었다. 삼 년 전에도 아무것도 하지 못했다. 아무것도 몰랐으므로. 그것이 못내 분했다. 금방이라도 터져 버릴 것만 같은 표정을 지은 채 황궁을 가로지르던 리아는, 자신의 어깨를 잡아 세우는 강한 힘에 떠밀리듯 걸음을 멈췄다.

"경."

에드가였다. 언제고 어느 때고 그저 자신의 부탁에 고개를 끄덕이는 것밖에는 할 줄 모르는 것 같던 사내가 화가 난 듯한 표정으로 자신을 바라보고 있었다. 모르는 얼굴은 아니었다. 얼마 전까지만 해도 그는 언제고 어느 때고 차갑게 굳은 얼굴로 자신을 응시했으니까. 그러나 못내 낯선 기분이라, 리아는 에드가와 거리를 벌렸다.

"무슨, 일이십니까."

이유를 묻는 목소리가 굳어 있었다. 평소였다면 에드가는 제가 무엇을 잘못했나 싶어 지레 겁을 먹은 채 그녀의 안색부터 살폈을 것이다. 그러나 지금 그는 눈살을 찌푸린 채 리아의 어깨를 짚었던 손을 그대로 뻗어, 그녀에게서 서류뭉치를 빼앗았다.

"무슨 일이냐니. 지금 농담하는 건가?"

"예?"

"하. 경, 지금 경의 손에서 피가 나고 있어."

리아는 그제야 제 손 상태를 확인했다. 길게 벤 상처에서 송글송글 맺힌 핏방울은 아프다기보다는 쓰라렸다. 종이에 벤 모양이었다.

이런. 리아는 눈살을 찌푸리며 엄지로 맺힌 피를 훔쳤다. 검을 쥘 때 손이 좀 쓰리겠다는 생각과 함께. 하지만 그 정도가 그녀가 느낀 감정의 전부였다. 검을 배우기 시작했을 때부터 손과 팔에서 상처가 끊일 일이 없었으니 고작 종이에 베였다고 수선을 떠는 것도 우스운 일이었다. 리아는 민망하다는 듯 웃으며 작게 중얼거렸다.

"종이가 날카로웠던 모양입니다."

그러나 에드가의 생각은 달랐다. 그는 무덤덤한 표정으로 상처를 아무렇지 않게 다루는 리아의 모습에, 제가 더 아픈 표정을 지었다. 일그러진 눈가에 리아는 조금 놀랐다. 그가 곱게 자란 귀족가의 도련님이었다면 피를 봐서 그런가 싶었을 것이다. 그러나 에드가는 자신보다도 더 오래 검을 잡았고, 더 많은 경험을 갖고 있는 기사였다.

고작 종이에 베인 상처를 심각하게 받아들이기엔 그가 본 피가 너무 많다. 그래서였다. 일렁이는 두 눈이 너무 어색해서, 리아는 자신의 손을 잡아 올리는 그의 것을 떨쳐 낼 생각조차 못했다. 그의 손에 박인 굳은살과 상처 자국들이 생생히 느껴졌다.

품 안에서 새하얀 손수건을 꺼내든 그가 그것으로 제 손을 동여맬 때까지 리아는 멍하니 그 모든 과정을 지켜보기만 했다. 매듭을 동여맬 때 당겨지는 천과 마찰하는 상처에 작게 신음을 흘리자 덩치 큰 사내는 어찌할 바를 몰라 하며 허둥거렸다.

"아파? 아픈가?"

동여맨 매듭을 다시 풀려드는 그의 손 위에 리아의 것이 얹혔다.

"괜찮습니다. 좀 놀랐을 뿐이지 이 정도로 아플 리가 없잖습니까."

기사인 것을요. 비상시에는 팔 하나가 잘리더라도 남은 팔 하나로 검을 쥐어야 하는 것이 기사였다. 그것이 명예로운 길이라 배워온 리아는 조금 어색한 미소를 지으며 다시금 말했다.

"감사합니다. 손수건은 빨아서……."

"기사도 사람이야."

"예?"

"다치면 아프고, 상처가 곪으면 위험해. 작은 상처를 대수롭지 않게 여겼다가 사지를 잘라낸 자들에 대한 얘기를, 경도 들었을 텐데."

"아, 예. 들었습니다."

하지만 아무리 그래도 종이에 베인 것 정도로 이렇게 요란을 떨 필요가 있나 싶었다. 피라고 해봤자 몇 방울에 불과해서, 동여맨 손수건은 붉게 물들기는커녕 고고히 제 색을 유지하고 있을 정도였다. 심각한 에드가의 표정이 아니었다면 눈치도 채지 못했을 정도로. 그는 리아의 손을 놓아주며, 한숨 어린 목소리로 다시금 당부했다.

"그렇다면, 작은 상처도 가볍게 여기지 마."

그와 자신이 꽤 친했다면 그 정도는 아니라며 웃었을 것이다. 자신이 그렇게 약해 보이냐며 그의 등을 쳤겠지. 그럼 아마 그도 결국엔 저 심각한 표정을 풀고 피식 웃었으리라. 그러나 그와 자신은 친구가 아니었다. 아마 평생 가도 친구라는 단어 아래에는 서지 못하리라. 어쩐지 그런 기분을 느끼며, 리아는 더듬더듬 대답했다.

"……예, 알겠습니다."

조심하겠다는 제 말에 그제야 환하게 웃는 남자를 조금 멍하니 바라보면서.

2장.
다가오는 위협

그 시각, 벨포스는 쉼 없이 제국의 수도를 향해 움직이고 있었다. 둘은 처음 마탑을 떠났을 때만 하더라도 그렇게 크게 걱정하지 않았다. 사실 제국 검문소까지만 가면 만사형통이라 생각했다. 벨포스, 그가 누구던가. 드벨 후작가의 일원이자 황실에서 아끼는 천재 마법사이지 않던가. 심지어 그는 제국 국경의 수비를 단단히 하기 위한 마도구를 개발한 적도 있었기에 국경지대 병사들과 안면이 있기까지 했다. 검문에 걸려 시간을 허비하거나 검문 과정에서 문제가 발생할 가능성은 0에 수렴했다.

그러니 마을에 들려 말을 구해 바삐 달리면 일주일 안에 라흘란 제국에 당도할 수 있을 것이라 생각했다.

물론 그 생각이,

"꺄아악! 미쳤어! 저것들 또 나왔어!"

산산이 깨부숴진 지는 꽤 됐지만 말이다. 오늘로 마탑에서 도망친 지 오 일째. 벨포스는 생각했다. 세상은 자신이 아는 것보다 더 넓고, 그 넓은 세상에는 자신으로는 상상조차 못할 일들이 가득하다고.

그 대표적인 예가 바로 눈앞에 있지 않은가. 기겁하며 비명을 내지르는 나나를, 벨이 피곤한 눈으로 바라봤다.

지켜줘야 하기 때문에? 그럴 리가.

"꺅! 저리가, 저리! 얘들 미쳤나 봐! 왜 나한테만 달려드니? 어머머!"

벨은 헛웃음을 터뜨리며 하늘로 날아오르는 오크의 팔을 바라보았다. 정확히 말하자면 한때 팔이었던 살덩이에 가까웠지만 말이다.

부—웅 소리를 내며 떠오른 살덩어리는 퍽! 하고 땅바닥에 처박혔다. 사방으로 튀는 잔해와 핏덩어리가 참 적나라했다. 벨은 이번에 처음 알았다. 인간의 힘으로 오크의 팔을 잡아 뜯는 게 가능하다는 걸. 차라리 검으로 베는 편이 낫지 않나 싶을 정도였다. 검으로 베면 최소한 단면은 깔끔할 테니 말이다.

그는 하늘을 향해 높게 솟아오르는 또 다른 오크의 팔을 눈으로 좇다, 시선을 내렸다. 눈을 돌리니 꽃밭이었다 말할 수 있으면 좋았을 것이다. 그러나 언제나 현실은 상상보다 잔혹한 법이다.

"피가, 묻었잖아!"

꾸에에엑!

벨은 양팔이 뜯겨나간 채로 얻어맞고 있는 오크를 안쓰러운 시선으로 바라봐 주었다. 팔을 잡아 뜯었으니 피가 나는 게 당연하지 않나, 그런 생각을 하면서.

그도 처음에는 나나를 응원했다. 자신은 공격마법 쪽으로는 영 재능이 없어서, 덩치가 산만 한 오크며 오우거를 나서서 처리해 주는 나나가 구원자처럼 보였을 정도였다. 각종 몬스터를 주먹 하나로 때려잡는 동료라니. 얼마나 믿음직한가.

그러나 문제는 거기에 있었다. 마법이 아니라 주먹.

알고 있는가? 두 눈이 벌겋게 달아오른 채 이성을 잃은 것처럼 덤벼들던 몬스터도 흠씬 두들겨 맞다보면 정신을 차린다는 걸? 벨은 이번 기회에 알게 되었다. 몬스터에게도 이성이 있고 그들도 생명의 위협을 느낀다는 것을.

"……나나, 저놈 도망가고 싶어 하는 것 같은데……."

덕분에 벨은 이 끝없는 몬스터들의 습격이 시작된 이후로 눈 밑이 거멓게 내려앉기 시작하더니 오늘날에 이르러서는 다크서클이 턱 밑까지 내려와 있었다. 가녀린 손이 한 번 내려칠 때마다 허공으로 튀어 오르는 진득한 살점과 피가 벨을 심적으로 힘들게 했다.

사람이 오크를 때려잡는 모습은 봐도 봐도 익숙해지는 것이 아닌지라 벨은 푹 한숨을 뱉으며 허공에 손을 휘둘렀다. 물론 그 손짓을 따라 깔끔하게 베여 바닥으로 툭 떨어지는 오크의 머리가 이렇게 말하는 것 같긴 했지만 말이다.

너도 못지않아, 이 새끼야.

한참의 혈투가 끝난 뒤에야 나나는 질색하며 손을 털었다. 위아래로 움직이는 손을 따라 살점이 투둑투둑 떨어졌다.

"저기…… 나나, 꼭 그걸 털어야겠어?"

그렇게 묻는 벨의 낯빛이 희었다. 그냥 물로 씻어내거나 천으로 닦아낼 수 없냐며 벨은 푹 한숨을 쉬었다. 희게 질린 얼굴에 나나는 어쩔 수 없다는 표정으로 품에서 손수건을 꺼내 손을 닦아냈다.

"에휴. 고작 오크 가지고 뭘 그래. 너도 참."

역시 귀족은 귀족이구나, 라는 말을 속으로 삼킨 나나가 고개를 저었다. 저렇게 심약한 애를 누가 데려갈까 심히 걱정하는 표정이었다. 마탑의 마법사로서 오랜 시간 살아온 나나에게 이런 건 일상이나 다름없었다. 마탑에서 정기적으로 파견하는 몬스터 토벌단으로 일해왔기 때문이었다.

생각해 보면 단순한 일이다.

뜻이 있는 마법사들을 마탑으로 불러 모았다. 그렇다면 그 이후에는 무엇을 할까? 그 많은 마법사들을 어떻게 먹여 살릴 것이며, 연구 자금은 또 어디서 끌어온단 말인가. 초창기에는 그리 큰 문제가 아니었다. 귀족 출신 마법사들이 긁어모아온 자금만으로도 충분히 먹고살았으니 말이다. 그러나 시간이 흐를수록 귀족보다 평민의 수가 압도적으로 많아졌다.

마탑에서 값비싼 비용을 받고 토벌단을 운영하기 시작한 이유였다. 명목은 실전 감각 향상과 실력 증진이었으나 마탑의 운영 자금 조달을 위한 것임을 모르는 이는 없었다. 그리고 나나는 그 중에서도 괄목할 만한 성적을 보이며 마탑의 떠오르는 샛별로 자리매김하는 데 성공했다. 그녀가 연구비로 매년 천문학적인 액수를 쓰면서도 군소리 한 번 듣지 않을 수 있었던 이유였다.

손을 깨끗하게 닦아낸 나나는 숱이 많은 갈색 머리칼을 하나로 묶으려 애를 쓰며 말을 이었다.

"그보다, 대체 이건 누굴까."

나나는 형체를 알아보기 힘든 시체를 살피며 중얼거렸다. 옷을 보면 마탑의 전령이다. 그러나 마탑에서 탈주하기 전까지 어딘가로 전령을 보냈다는 말은 들은 적이 없었다. 결국 이자는 자신들이 탈주한 뒤에 파견된 전령이라는 건데, 그럼 얘기가 이상했다.

이쪽이 먼저 출발했건만 후발대일 전령이 앞서가고 있었다는 소리이지 않나.

"역시 이상하단 말이지."

"뭐가?"

"뭐가? 뭐가아? 오, 세상에. 전혀 못 느꼈어, 벨? 몬스터에게 당한 이 전령은 우리보다 앞서 있고, 우리가 가는 곳마다 계속해서 몬스터들이 덤벼들잖아."

"숲이니까 그런 거 아닐까."

"너도 참. 이 사람이 우리보다 앞섰잖아? 그 말은 다른 곳에는 몬스터가 없다는 소리야. 우리가 가는 길목에만 이놈들이 나타나고 있는 거라고."

"우연일 가능성은?"

"그럼 마탑 주변에 쫙 깔린 붉은 사막에서도 몬스터가 덤벼들던 건 어떻게 설명하려고? 심지어 붉은 사막은 아무것도 살지 못하는 땅인데도 몬스터가 나왔다구! 그 전갈 기억 안 나? 마탑 근처에 그런 게 있다니, 말도 안 되는 일이지!"

만약 원로들이 붉은 사막에 몬스터가 나타난 걸 봤다면 거품을 물었을 거라며 나나는 목청을 높였다. 머리칼을 붙들려는 손짓도 거세졌다.

오, 이놈의 머리카락! 숱이 많은 데다 곱슬거리기까지 하는 머리칼은 손안에서 가만히 있질 않았다. 나나는 어떻게든 그것들을 잡기 위해 손을 휘적이며 투덜거렸다.

"자연적인 게 아니라는 소리야."

그제야 벨은 주변을 돌아봤다. 지금껏 하루라도 더 빨리 수도로 가야 한다는 생각만 하느라 미처 알아차리지 못했던 것들이 하나둘 눈에 보이기 시작했다. 단체행동을 하지 않는다 알려진 몬스터들의 집단 공격, 서로 숙적으로 알려진 몬스터의 협업. 벨이 눈살을 찌푸렸다.

"마법사인가."

"그렇겠지. 어딘가에 쥐새끼처럼 숨어서 우리를 지켜보고 있어. 마력이 느껴지지 않는 걸 보면 셋 중 하나일 거야. 저어엄말 실력이 출중한 마법사라 마력을 숨기고 있거나, 감지하지 못할 정도로 먼 곳에 있는 거지. 그게 아니면……."

나나의 두 눈이 가늘어졌다.

"아주, 아아주 미미한 마력만으로도 구동이 가능한 마도구를 써서 몬스터들을 선동하고 있다거나."

나나는 하나로 묶은 탓에 솜사탕처럼 부풀어 오른 머리칼을 로브 안으로 구겨 넣으며, 생각에 잠긴 벨에게 의미심장한 말을 던졌다.

"그리고 그런 걸 알아내는 건 네 특기잖아, 벨?"

현존하는 마법사 중에서 벨포스가 단연코 각광받는 이유는 단순했다. 그가 가진 마력의 양이 어마어마하기 때문이기도 했으나, 그의 특기가 무척이나 유용했기 때문이었다. 각종 마도구를 만드는 것, 그것은 마법사가 아닌 이들도 마법을 사용할 수 있게 해주는 다리와도 같았다.

나나의 말에 벨의 눈이 서늘하게 가라앉았다.

"누군지는 모르겠지만, 그런 거라면…… 찾아내는 건 일도 아니지."

방금 전까지 오크의 잔해를 보며 죽겠다는 표정을 짓고 있던 남자는 더 이상 존재하지 않았다. 그의 마력이 서서히 주변으로 깔리기 시작했다. 주위에 깔리는, 눈에 띄게 확연한 푸르름에 나나는 속으로나마 놀라움을 감추지 않았다. 인간이 타고나는 마력은 정해져 있었다. 그것을 마구잡이로 주변에 흩뿌려 다른 마력을 감지해 내려 하다니. 웬만한 양의 마력을 타고나지 않는 이상 상상조차 하지 못할 방법이었다.

나나는 확언했다.

이런 무식한 방법은 오직 그밖에는 쓸 수 없으리라고. 초록빛 녹음 위로 깔리는 푸르름을 바라보며 그렇게 생각하던 나나는, 순간 그 생각을 바꿨다. 아, 한 명 더 있었지. 그래. 있었다. 몇 년 전인가 외양이 꽤나 화려했던 여마법사와 마탑에서 도망친 천재가.

'이름이 뭐였더라.'

나나는 기억 속 저 멀리 던져 두어 흐릿해진 이름에 미간을 좁혔다. 넥? 뭐였던 것 같은데 잘 기억이 나지 않자 그녀는 이내 생각을 때려치웠다. 어찌 되었건 같이 도망친 여자는 명확히 알고 있으니 됐지 않은가.

'라흘란 제국의, 포티아 영애였지. 자작 가문이랬나.'

이름도 기억하고 있다. 이그니스. 자작 영애라고 해도 귀족이 뒷골목 출신 남자와 도망쳤다는 것 때문에 마탑에서 한바탕 난리였었다.

'그러고 보니 그 둘, 아직도 안 잡혔던가.'

고개를 갸웃거리던 나나는, 벨의 목소리에 퍼뜩 정신을 차렸다.

"찾았다."

벨의 입술이 길게 휘어졌다. 그는 드디어 이 지긋지긋한 몬스터와의 대면을 끝낼 수 있다는 생각에 해사하게 웃었다.

"나나, 이제부터 전속력으로 갈 테니 각오 단단히 해둬."

반달로 샐쭉 접히는 그의 눈웃음에, 나나는 어쩔 수 없다는 표정으로 어깨를 으쓱였다.

"벨포스님께서 원하시는 대로."

물론 이 여유는 머지않아 와장창 깨지게 된다.

††

에드가는 수도를 떠나기 전 마지막으로 카인과 만남을 가졌다. 탄신연과 관련해 제안할 것이 있었기 때문이었다. 물론, 상대가 상대이니만큼 쉬운 일은 아니었지만 말이다.

"위급 상황이 발생할 시 동문과 서문을 개방해 귀족들을 대피시킨다, 라. 괜찮군. 이쪽은 내궁과 연결되어 있으니 내궁 안에 병사들을 배치시킨다면 여차한 상황에서도 귀족들의 안위는 보장할 수 있겠지."

그 외에도 기사들의 배치도나 몇몇 바뀐 부분들을 읽어나가던 카인의 얼굴이 엉망으로 구겨졌다.

"……경, 이건 뭔가 잘못된 것 같은데?"

그 말에 상체를 기울여 카인이 손으로 짚고 있는 부분을 확인한 에드가는 단호한 표정으로 고개를 저었다.

"잘못되지 않았습니다."

"장난이지?"

"그럴 리가 있겠습니까. 전하, 탄신연 때 부디 홀에만 계십시오."

"……에디…… 나는 다섯 살짜리 꼬마가 아니다만?"

카인은 제가 행동반경을 제한받을 나이는 아니지 않냐며 작게 항의했다. 그럼에도 에드가는 단호했다.

"계십시오. 홀에만."

"……생각해 보고."

"전하."

"아니, 생각을 해본다지 않나. 인생사 어찌 돌아갈지 모르는데 어떻게 확신할 수 있겠는가. 혹시 아나. 탄신연 때 운명의 레이디를 만나게 될지. 안 그런가?"

능글맞은 카인의 웃음에, 에드가는 한숨을 뱉었다.

그런 그의 피곤함 가득한 낯을 마주하며 카인은 아예 이를 드러내며 웃었다. 즐거움에 가득 찬 미소였다. 마음 같아서는 좀 더 놀리고 싶었지만, 그랬다간 제 사촌 동생의 인내심이 끊어질지도 모를 노릇이다. 카인은 어깨를 으쓱이며 대화의 방향을 돌렸다.

"됐고. 그보다 더 중요한 게 있을 텐데."

"전하의 안위보다 더 중요한 것은 없…… 아, 폐하의 안위가 있군요."

"……현재가 아닌 미래에 좀 더 가치를 둬주지 않겠나."

"페리엘 공작가는 기본적으로 폐하께 충성을 다하고 있는지라 그건 조금 힘들 것 같습니다."

그 칼 같은 말에 카인이 뾰로통한 표정으로 등받이에 몸을 기댔다. 그는 방금 전까지 꽤 진지하게 보고 있던 서류를 책상 위로 던지곤 그 위에 발을 얹은 채 불량스러운 표정으로 에드가를 보며 물었다.

"에디, 나와 아버님이 강에 빠지면 누굴 먼저 구할 텐가."

에드가는 망설이지 않았다.

"당연히 황제 폐……."

"아아아! 됐네, 됐어. 어릴 적 내가 경을 얼마나 애지중지 키웠는데 이런 식으로 배신하다니."

키우다니. 에드가는 잠시 옛 기억을 더듬었다. 어릴 적부터 교류가 많긴 했다. 선황은 살아생전 하나뿐인 딸을 자주 보고 싶다며 안느를 황궁으로 불러들이곤 했으니 말이다. 덕분에 제 발로 걸을 수 있게 된 뒤부터 에드가는 모친의 손을 잡고 자주 황궁나들이를 오곤 했었다.

여섯 살인가 일곱 살 즈음일 것이다. 카인과 처음 마주한 것은.

"그러고 보니…… 처음 뵀을 때 제게 매운 소스를 잔뜩 묻힌 쿠키를 먹이고는 즐거워하셨죠."

그 말에 카인이 시선을 돌렸다. 잠시 잊고 있었다. 과거 얘기를 들먹여 봤자 손해 보는 건 자신이라는 걸.

"……뭘 그런 걸 다 기억하고 그러나. 사람이 좀 잊고 살아야지."

"전하께서 홀에만 계신다 약조해 주신다면 잊겠습니다."

"그건 전혀 다른 얘기지. 자자, 그보다 파트너는 구했나?"

카인은 제가 불리해지자 재빨리 말을 돌렸다. 덕분에 얘기가 널을 뛴다. 카인과 대화하다 보면 항상 이랬다. 하나의 주제가 끝나지도 않았건만 눈 깜짝할 사이에 저 홀로 다른 주제로 옮겨가 있는 탓에 그와 대화하다 보면 신경이 날카로워지곤 했다. 지금처럼. 에드가는 도대체 파트너에 대한 얘기가 왜 나오는 것인가 생각하며 답했다.

"무슨 파트너를 말하심인지?"

"……농담이지?"

"죄송하지만, 전 진지합니다, 전하."

오, 세상에. 카인은 한탄을 터뜨리며 이마를 짚었다. 푸른매들이 에드가를 보고 연애고자라며 손가락질을 할 때도 그는 제 혈육을 믿어 의심치 않았다. 사람이 좀 늦을 뿐이지 모자란 건 아니라며, 언젠가 리아에게 박력 넘치게 고백할 것이라 확신했던 그는 생각했다. 어쩌면 저놈은 평생을 가도 고백을 해야겠단 생각조차 못할지도 모르겠다고.

"내 탄신연 말일세!"

사촌 형님의 생일파티에 춤 출 파트너 하나 없이 입장할 거냐며 바락 화를 내는 카인을, 에드가는 복잡 미묘한 표정으로 바라보았다.

지금껏 그 탄신연에 마법사들의 습격이 있을 가능성이 높다는 얘기를 하고 있었건만, 제 미래의 주군은 그 얘기를 까맣게 잊어버린 게 분명하다 생각하면서. 에드가는 새어 나올 것 같은 한숨을 꾹 눌러 참았다. 대신 그는 카인이 비스듬히 기대고 있는 의자 앞으로 빙 돌아 다가갔다.

"전하. 폐하께도 보고를 마쳤습니다만, 제가 공국으로 가는 건 대공이 그날 반역죄를 도모하고 있다는 증거를 찾기 위……."

"아, 그 얘기는 방금 전까지 신나게 하지 않았나. 중요한 건 그게 아니래도."

"……그보다 중요한 얘기가 있습니까."

"있지."

끼이익. 카인은 의자에서 내려와 에드가와 나란히 마주 섰다. 그의 푸른 벽안이 장난기를 거둬들인 채 진중하게 가라앉았다. 카인은 천천히 손을 뻗었다. 그러는 그가 어찌나 진지해 보였는지 에드가는 카인의 손을 떨쳐 내지 않았다.

덕분에 카인은 아무런 방해도 없이 한 손은 에드가의 어깨에, 남은 손은 그의 허리에 얹을 수 있었다. 나란히 선 두 남자가 바짝 붙어서는 참 묘한 상황이 아닐 수 없었다. 에드가는 카인에게 반쯤 안긴 채로 눈을 깜빡였다. 그리고 머릿속으로는 이 상황이 대체 무엇인가 치열히 고민하며 입술을 달싹였다.

"전하."

물론 그런 그의 부름에 하고자 한 일을 관둘 카인이 아니었지만 말이다. 그는 에드가를 제 파트너처럼 사랑스레 올려다보며 단언했다.

"춤이네."

"······예?"

"반역이고 개뿔이고 일이 터지기 전까지는 어찌될지 모르는 것 아닌가!"

예방하는 게 가장 좋다 생각합니다만. 에드가는 입 밖으로 차마 뱉지 못한 말을 삼켰다. 카인이 허리에 얹었던 손을 빼 에드가의 손을 잡아 올린 탓이다.

"본디 당장 내일 나라가 망해도 할 일은 해야 하는 법! 일어날지 확신할 수도 없는 반역 때문에 춤을 포기하다니! 그 무슨 말도 안 되는 소리란 말인가!"

나라가 망해도 해야 하는 게 왜 춤이란 말인가. 여전히 카인의 말은 이해할 수 없었으나, 에드가는 반박하길 포기했다. 그는 자포자기한 심정으로 카인의 손에 붙들려 높게 들어 올려진 제 손 쪽으로는 고개도 돌리지 않았다. 그걸 어떻게 해석했는지 카인은 승리자의 미소를 지으며 못을 박았다.

"그러니 무조건 파트너를 데리고 오게. 알겠나? 그럼 내 첫 춤을 기꺼이 에디, 네게 양보해 주마!"

"……필요 없습니다."

에드가는 그런 것 바라지도 않는다 중얼거렸으나 역시 카인에게 받아들여지지는 않았다. 결국 그렇게 에드가는 파트너 신청이라는 중차대한 임무를 떠맡은 채 공국으로 출발했다.

†††

상황은 급박하게 돌아가고 있었다. 그 급박함은 각자의 무게를 지닌 채 서로의 어깨를 묵직하게 짓눌렀다. 에드가는 카인의 탄신연 때 일어날지도 모를 사고를 대비해 대피 경로부터 다시 짜고 있었고, 리아는 넥스 외의 마법사를 알아내기 위해 고군분투하면서도 마탑에 사람을 보내 벨포스에 대해 알아보려 백방으로 노력하고 있었다.

로맨스의 두 주인공이 각자의 일로 정신이 없으니 어쩌겠는가. 잠시 주춤했던 공후럽이 나서야지.

그리하여 공후럽의 새로운 지도자인 안느는 온통 검은 휘장으로 뒤덮인 마차에서 조심스럽게 내렸다. 어깨를 덮은 얇은 숄 아래로 단순한 디자인의 남색 드레스가 슬쩍 드러났다. 디자인은 한없이 단순했으나 옷감 하나만 보더라도 그것을 입은 이가 만만찮은 재력을 갖고 있음을 쉬이 알 수 있을 정도였다.

안느는 저를 따라오려는 사내를, 손을 들어 제지했다. 호위인 것처럼 보이는 사내는 걱정스러운 표정을 지었으나 단호한 손짓에 무어라 말하진 않았다. 그렇게 호위를 뒤로 물린 안느는 수도 외곽에 위치한 자그마한 건물 안쪽으로 들어섰다.

가는 손이 문고리를 밀었다.

"고모님!"

문 하나를 사이에 두고 세상이 바뀌었다. 문 바깥쪽은 온통 어둠에 짓눌려 쥐새끼가 오가는 소리 하나 들리지 않았다면, 문 안쪽은 등불과 각종 값비싼 물건들로 가득 채워져 별세계가 이곳인가 싶을 정도였다.

한쪽 벽면을 전부 가리고 있는 거대한 카펫은 장인 중에서도 이름난 이가 손수 제국을 상징하는 무늬를 새겨 넣은 것이었고, 흰 테이블 위에 놓인 삼단트레이에는 황궁 요리사가 솜씨를 발휘한 디저트들이 옹기종기 놓여 있었다.

안느는 어깨를 전부 감싸고 있던 숄을 걷어 옆에 대기하고 있던 푸른매 기사에게 건네며 말했다.

"전하를 뵙습니다."

"고모님도 참. 사석에서는 편히 대하십시오."

"그럴 수야 없지요."

안느는 눈꼬리를 휘어 웃었다. 카인의 에스코트를 받아 의자에 앉은 안느는 손수 차를 따랐다. 열기를 타고 올라오는 김에 밴 향을 맡으며, 안느는 천천히 본론을 꺼내들었다.

"전하의 전보는 잘 받았습니다. 그래, 아직도 파트너를 정하지 못했다, 이 말인가요. 그 상태로 공국으로 떠났다니."

안느는 한숨을 내쉬며 고개를 저었다. 제 아들이라지만 정말 걱정하지 않을 수가 없다 생각하며. 카인도 그런 안느의 생각에 동의한다는 표정으로 이마를 짚은 채 한숨을 쉬었다.

"아예 까맣게 잊은 것 같더군요. 고모님, 저는 정말이지 걱정이 되어 가만히 있을 수가 없었습니다. 이러다 유구한 페리엘 공작가의 혈통이 끊어지기라도 하면 어찌합니까?"

호위와 잡일을 겸사겸사 해결하기 위해 동원된 푸른매 기사 둘이 서로 시선을 주고받았다. 언제부터 저희들의 단장이 남자구실도 못하게 됐는지 의아해하는 기색이 역력했다.

그러나 안느는 카인에게 화를 내는 대신 세상 심각한 표정으로 고개를 끄덕였다.

"전하의 말대로입니다. 짝사랑도 사랑. 그 끝을 명확히 지어야 다음을 기약하든가 할 테니. 그 끝을 확실히 봐야지 않겠습니까."

로렐리아가 다른 사람을 마음에 두고 있다 굳게 믿고 있는 안느의 안색은 그리 좋지 못했다. 그녀는 로렐리아의 마음을 존중할 생각이었다. 그러니 에드가의 미련도 끊어내야 한다 생각했고, 그에게 선 자리를 제안했더랬다. 어느 가문의 어떤 영애라도 좋으니 마음에 드는 이와 만나보라는 자신의 말에 에드가가 어떻게 반응했던가. 세상이 무너진 듯한 표정으로 자신을 바라보던 에드가를 떠올리며 안느가 폭 한숨을 내쉬었다.

대화의 부재는 때로 어마 무시한 오해로 이어지곤 한다. 지금처럼. 로렐리아가 다른 남자를 마음에 두고 있다는 안느의 오해를 알지 못하는 카인은 그녀의 말을 전혀 다르게 해석했다.

'하긴. 고백을 해야 결혼 날짜를 잡을 테니.'

그는 둘 다 적령기를 넘기긴 했다 생각하며 고개를 주억였다.

"더는 묵과할 수 없겠군요."

"그렇지요."

"고모님, 얼마 후면 제 탄신연이지 않습니까. 분위기는 없던 감정도 만들어내는 법. 일단 어떻게든 둘을 파트너로 엮는 것이 어떻겠습니까."

자신의 생각도 그렇다. 안느는 작게 웃으며 찻잔을 들어 올렸다. 서로 의미심장한 시선을 주고받는 황태자와 안느의 뒤에서, 일렬종대로 서 있는 푸른매와 붉은늑대 역시 서로 시선을 주고받았다.

'저게 무슨 소리냐?'

'내가 어떻게 알아!'

'근데 뭔가 일이 점점 커지는 것 같지 않습니까?'

'그걸 이제 느꼈냐? 이 멍청아.'

'멍청이? 이 머저리가!'

'머저리이이? 이 새끼가!'

서로 다른 생각들이 뒤엉키는 밤이었다.

††

에드가가 공국으로 떠났다. 그래봤자 며칠뿐이라지만 언제나 그렇듯 빈자리는 크게 느껴지는 법이다. 리아는 깊게 눌러쓴 로브 끝을 슬쩍 들어 올리며 주위를 살폈다. 평소라면 이런 곳쯤은 혼자 왔을 것이다. 그러나 지금 그녀의 곁에는 프루트가 있었다. 에드가와 얼마간 같이 다녔다고 혼자 다니는 게 어색하게 느껴질 줄이야. 리아는 고개를 저어 상념을 털어냈다.

"프루트."

리아의 부름에 반대쪽을 경계하고 있던 프루트가 로브를 반쯤 걷은 채 휘적이며 걸어왔다.

"예, 단장."

"이곳에…… 사람이 살 것 같나?"

프루트의 시선이 리아가 눈짓하는 쪽으로 향했다. 볼 꼴 못 볼 꼴 다 보고 살았다지만, 그런 그가 보더라도 눈앞의 광경은 참담하기 그지없었다.

"사람이 사는 것 이전에 살아 있는 게 없…… 아, 죄송합니다. 쥐새끼는 있군요."

프루트는 그렇게 중얼거리며 몸을 숙여 빠르게 도망치려던 쥐 꼬리를 잡아 올렸다. 찍, 찌익! 금방이라도 덤벼들 것처럼 버둥거리는 쥐를 질린 표정으로 바라본 프루트는 이내 툭툭 손을 털며 말을 이었다.

"그런데 단장, 아무리 쥐가 사는 곳이래도 그 마법사는 없을 것 같습니다만. 거 아무리 좋게 얘기해 줘도, 여기가 사람이 살 만한 곳입니까."

"아아."

재빠르게 도망치는 쥐에게서 시선을 돌린 그녀의 두 눈 안에 가득 들어차는 것은 버려진 공간, 망가진 것들로 가득 차 있는 세계였다.

"이쪽 지역은 거주민들이 전부 이주한 뒤 아무도 살지 않잖습니까."

수도의 외곽에서도 가장 바깥에 위치한 곳이다. 오랫동안 사람들의 이주가 진행되어 이제는 거의 버려진 공간. 남아 있는 것이라고는 무너져 가는 집들과 황량한 공기 그리고 쥐가 전부인 그곳에 얼마 전부터 인적이 드나들고, 그중 한 명이 회색 머리칼과 눈을 갖고 있단 얘기를 들은 것은 오늘 오전의 일이었다.

리아는 부는 바람을 따라 흩날리는 로브의 끝을 깊게 눌러 쓰며 프루트를 향해 고갯짓했다. 안쪽으로 가보자는 뜻이다.

프루트는 영 내키지 않는다는 표정이었지만 군말 없이 리아의 뒤를 따랐다. 얼마나 헤맸을까. 둘은 결국 사람이 머문 흔적이 있는 집을 찾아내는 데 성공했다. 한쪽 지붕이 반쯤 무너진 집 안쪽은, 보기와는 달리 꽤 아늑했다. 그 점이 놀라웠다.

프루트는 이 빠진 컵을 들여다보다 반 넘게 남아 있는 차를 확인하고는 기겁한 표정을 지었다.

"진짜 여기에서 누가 살았단 겁니까?"

"그런 모양이야."

"와……."

"어쨌든 비운 지 꽤 된 것 같군."

한발 늦은 셈이다. 여기서 더 얻을 수 있는 건 없어 보였다. 리아는 안쪽을 살피다 고개를 들었다. 쓸 만한 건 하나도 남아 있지 않았다. 애초에 무언가 가져온 것 같지도 않지만. 들리는 고개를 따라 눌러썼던 로브가 벗겨졌다. 리아는 제멋대로 흩날리는 머리칼에 손대지 않은 채 그대로 고개만 돌렸다.

"결국 얻은 건 없군요."

천 뭉치를 들어 올렸다가 그 속에서 고개를 내민 쥐에 기겁한 프루트가 투덜거렸다. 리아는 그의 말을 곱씹었다. 얻은 것이 없다, 라. 확실히 아직도 그들은 손안의 신기루와 같았다. 잡힐 듯 잡히지가 않아 손끝에서 아른거리기만 하는 그것은 신경에 거슬려 절로 바짝 날이 섰다.

그럼에도, 확인한 것이 하나는 있었다.

"……몇인지는 알 수 없지만 황가에 반하는 마법사들이 수도의 검문을 통과한 것만큼은 확실해졌다고 봐야 할 거다."

이 모든 가정이 실제일 가능성이 높아졌다. 리아의 시선이 움직였다. 금이 간 창 너머를 응시하는 녹안이 무겁게 가라앉았다. 대공이 칼을 뽑아들었다면, 지금 가장 위험한 것은 공국에 가 있는 그일 것이다.

'에드가.'

리아는 자신도 모르게 그의 이름을 중얼거렸다. 심장께가 술렁였다. 무어라 말로 표현할 수 없는 불안감이 술렁이듯이.

리아가 바라본 시선 끝, 제국의 서쪽 끝에 위치한 공국.

에드가는 멍하니 하늘을 응시하다 제 어깨를 툭 치는 손길에 고개를 돌렸다.

"무슨 하늘을 그렇게 보고 계십니까, 단장?"

물은 것은 캐리엇이었다. 공국에 도착한 뒤 대공의 눈을 피해 나온 거리다. 당연히 둘 다 로브로 몸을 꽁꽁 싸매고 있었다. 그 점이 더 의심스러웠는지 길가는 사람들마다 둘을 힐끔거렸지만 말이다.

"아무것도. 알아본 건 어떻게 됐나."

"아. 생각보다 아는 자들이 꽤 있던데요? 아무리 자작이었더라도 갑자기 자취를 감춰서 그런지, 그게 아니면 그 자작가의 영지가 이 근처에 있어서 그런지는 모르겠습니다만 어쨌든 다들 쉬쉬하고 있으면서도 대충 뭔 일이 있었다고 생각하는 것 같았습니다."

예상대로다. 포티아 자작이 대공과 손을 잡을 수 있었던 이유는 생각보다 단순했다. 일단 지리적으로 가까웠다. 자작가의 저택이 공국 근처인 데다 작은 영지는 공국과의 교류로 먹고산다 해도 과언이 아니었다.

당연히 오래전부터 교류가 있었을 것이다. 그런 만큼 자작의 부재도 눈에 띄었겠지. 에드가는 수도에서 미리 확인해 둔 장소로 향했다. 서서히 윤곽이 잡히기 시작한다 생각하며.

"어머나."

골목을 끼고 도는 에드가의 발길을 잡은 것은 작은 감탄 소리였다. 이런 뒷골목에는 어울리지 않는 높고 맑은 목소리. 그것에 잡아끌리듯, 에드가는 앞서가는 캐리엇에게 무어라 언질을 줄 생각조차 하지 못한 채 고개를 돌렸다. 바람이 불었다. 느슨하게 당겨져 있던 로브는 그 잔바람도 견디지 못하고 뒤로 넘어갔다.

솨아아— 로브가 젖혀지자 에드가의 검은 머리칼이 바람에 흩날렸다. 한낮임에도 햇빛이 제대로 들지 않을 만큼 폐쇄적인 뒷골목. 오물이 굴러다니고 술에 취한 이들이 낡은 벽에 기대어 꾸벅꾸벅 졸고 있는 그곳에서 에드가는 순간 제 눈을 의심했다.

가장 어두운 곳에서 누구보다 화려하게 타오르고 있는 그 선연함이 압도적이라.

"귀하신 분이 여기까지 오실 줄은 미처 몰랐네요?"

비꼬는 투가 역력한 목소리에 에드가의 미간이 좁아졌다. 그는 인정해야만 했다. 제가 보고 있는 이가 현실이라는 것을.

"이그니스."

에드가의 잇새로 새어 나오는 중얼거림은 작았다. 그러나 주변의 고요함이 짙어 못 들을 정도도 아니었다. 이그니스는 제 이름이 미처 그의 입에서 나올 줄은 몰랐다는 표정이었다. 살짝 커진 붉은 두 눈이 그녀의 놀라움을 반영하고 있었다.

"이런. 귀한 분이 절 기억하실 줄 미처 몰랐네요."

"잊을 만한 일도 아니었지."

"어머나. 그렇게 말씀해 주시다니. 그래서…… 여기까진 어쩐 일이시죠?"

"나와 함께 가주면 좋겠다만."

이그니스의 시선이 에드가의 손 쪽으로 움직였다. 금방이라도 검을 뽑아 들 것처럼 그립으로 향하는 손에 그녀의 두 눈이 가늘어졌다.

"이곳이 공국이라는 걸 잊으셨나요?"

에드가는 그렇게 물으며 뒷걸음질 치는 이그니스에게서 시선을 떼지 않았다. 그녀가 스펠을 외려는 기미가 보인다면 곧장 검을 뽑아들 기세였다.

이그니스는 못내 여유로운 표정을 유지하고 있었으나 그리 좋은 상황은 아니었다. 마법사를 상대할 수 있는 유일한 존재가 오러 사용자라는 말이 괜히 나도는 게 아니다. 심지어 에드가는 상당한 실력자였다.

혹시나 싶어 찔러보았는데 역시나인가. 이그니스의 얼굴에 표독스러움이 스쳐 갔다.

"동시에 라흘란 제국의 지배하에 있는 곳이지. 이곳 역시 황제 폐하의 명을 받는 땅이라는 걸, 그대야말로 모르지 않을 터. 얘기는 수도로 돌아가서 천천히 듣겠다."

그렇게 말하는 에드가의 두 눈에는 서늘한 긴장감마저 돌았다. 이그니스를 향해 한 걸음 다가서는 걸음에 검날이 검집에서 빠져

나오며 모습을 드러냈다. 이그니스도 더는 물러설 곳이 없다는 것을 깨달았는지 낮게 욕을 짓씹으면서도 공격할 태세를 갖추었다.

그 순간.

"아, 단장! 왜 안 오십⋯⋯."

팽팽하게 당겨져 있던 긴장감이 깨졌다. 앞서 가던 캐리엇은 투덜거리며 되돌아오다 에드가와 이그니스를 발견하고는 표정을 굳히며 자리에 멈춰 섰다. 그립에 손이 가 있는 에드가, 그런 그와 대치 상태에 있는 것 같은 여인. 화려한 붉은 머리칼과 두 눈에 캐리엇은 빠르게 상황을 판단했다.

"적입니까."

"어머."

이그니스의 눈이 사륵 접혔다. 에드가에게서는 보이지 않던 빈틈이 갑자기 밀어닥친 캐리엇에게는 너무 훤히 보인다. 그녀는 해사하게 웃으며 손가락을 튕겼다. 치솟아 오르는 열기에 캐리엇은 욕을 짓씹으며 재빨리 몸을 피했다. 그 방향이 에드가가 서 있는 곳이라는 게 문제였지만 말이다. 에드가는 반쯤 뽑았던 검을 다시 검집 안으로 밀어 넣고는 손을 뻗어 캐리엇의 뒷덜미를 잡아당겼다.

치솟은 불기둥이 서서히 가라앉기 시작했을 때, 에드가는 텅 비어버린 빈자리를 응시하며 낮게 짓씹었다.

"골치 아픈 마법사가 대공 편에 붙었군."

텅 빈 골목을 응시하는 두 눈이 무서우리만치 서늘했다.

††

자고로 아랫사람이 심각하면 윗사람도 덩달아 그 분위기를 타는 법이다. 그러나 언제나 예외는 있으니.

"경. 생각해 보게."

카인이 그랬다. 에드가가 공국으로 가 있는 동안 잠잠했던 공후럽은 그가 돌아오는 날이 되자 다시금 화려하게 부활해 활동을 재개했다. 로맨스의 당사자가 돌아왔으니 움직여야지 않겠는가. 이번 활동의 최대 목표는 에드가와 리아의 파트너 성사였다. 몇몇 기사들은 갑자기 그렇게 밀어붙여도 괜찮겠느냐며 걱정했으나 어쩌겠는가. 최고 결정권자의 의지가 굳건한 것을.

그런 이유로 리아는 카인에게 불려온 채였다. 에드가는 설득했으니 이제 남은 건 리아이지 않나. 그렇게 생각한 카인은, 왜 불려왔는지 감조차 못 잡고 있는 리아를 향해 손을 뻗으며 말을 이었다.

"경, 연회의 절정이 무엇이라 생각하나?"

"……예?"

"가장 중요한 게 있잖은가!"

"……전하의 탄신연에 대해 말씀하시는 것이라면, 폐하와 전하의 안전이……."

"아니지!"

어떻게 이렇게 에드가와 똑같은 말을 하는지 모르겠다. 카인은 분을 내며 발을 굴렀다. 오르도가 이 자리에 있었다면 뒷목을 잡을 만한 발언이었다. 황제와 자신의 안전 따위는 뒷전으로 내팽개친 황태자의 두 눈은, 그러나 진심이었다. 한없이 진심에 가까운 그 발언에 리아는 잠시 머리가 띵해지는 기분을 느껴야만 했다.

"춤일세!"

"……예?"

카인은 얼빠진 듯한 리아의 표정에 치솟은 열정을 꾹 눌렀다. 그는 크흠 낮게 기침을 뱉으며 박차고 일어난 자리에 다시 엉덩이를 비비고 앉았다.

"잘 생각해 보게, 경. 다른 누구도 아닌 내 탄신연이야. 그런데 공작과 후작이 나란히 경계를 늦추지 않고 있으면 다들 어떻게 생각하겠나?"

술술 말을 잇는 카인은 무척이나 진중한 표정으로 고개를 저었다.

"다들 이 내가 대공에게 겁을 먹었다 생각하지 않겠는가. 그것은 곧 황실의 위엄과 연관되는 법. 어찌 그 오만방자한 생각을 놔두겠는가 이 말이야."

"하지만 전하."

가장 중요한 것은 황제와 카인의 안전이었다. 리아의 두 눈에 당혹감이 스쳐 갔다. 대공이 반역을 도모하려 한다는 것은 기정사실이 되었다. 마탑에서 탈주한 마법사를 이용할 것이라는 것도 확신에 가까웠다.

문제는 코앞으로 다가온 탄신연 전에 대공을 잡아넣을 만한 증거도, 탈주한 마법사들의 신변도 파악하지 못했다는 데 있었다. 황제가 약간의 의혹만으로도 움직여 줄 것이라는 확신이 있었다면 얘기는 훨씬 쉬워졌을 것이다. 그러나 황제는 명백한 증거가 없다면 움직이지 않을 것이 뻔했다.

그러니 남은 방법은 현장에서 대공의 죄를 낱낱이 까발리는 것밖에는 없었다. 그런데도.

"감히 한 말씀 올리겠습니다. 전하의 위엄보다는 목숨을 우선시할 수밖에 없다는 점, 부디 너그러이⋯⋯."

"명령이네, 경."

"전하!"

"파트너를 만들고, 제복이 아닌 드레스를 입은 채 탄신연에 참석해야 할 거야."

리아의 미간이 깊게 패였다. 카인은 그런 그녀를 달래듯 조곤조곤한 목소리로 설명을 이어갔다.

"대공은 머저리가 아니야. 안타깝게도 말이지. 그런 그를 확실히 잡아넣으려면⋯⋯ 결정적인 순간을 포착하는 수밖에 없다는 걸 모르겠는가? 그러기 위해서는 대공을 안심시켜야 하지. 그걸 위한 방책일세. 그러니 기사가 아닌 후작으로서 파티에 참석하게. 아름다운 드레스도 잊지 말고!"

그리 말하는 카인의 미소가 짙었다. 리아는 목 끝까지 차오르는 질문을 억지로 삼켰다.

그렇게 한숨은 한숨을 타고 이어지니, 로렐리아의 집무실. 그녀는 보석함을 앞에 둔 채 진지하게 고민하고 있었다.

"드레스라."

드레스. 그것은 여인들에게 있어 또 다른 무기이자 서로를 판단하는 기준이었다. 디자이너들은 귀족 영애와 부인들에게 제안을 하는 존재이지 강요하는 존재가 아니기 때문이다. 얼마나 아름다운 문양을 고르는지, 어떤 형태의 레이스를 선택하고 얼마나 적절한 색을 고르는가는 오롯이 드레스의 주인에게 달려 있었다.

디자이너의 역할은 영애와 부인들이 모든 선택을 한 뒤에 비로

소 빛을 발했다. 디자이너는 그녀들이 선택한 것들을 최대한 조화롭고 아름답게 만드는 존재였다. 일전에 로렐리아의 드레스가 뛰어난 디자이너의 손에서 만들어졌음에도 경악스러운 조합이 된 이유였다.

또한 리아가 고민에 고민을 거듭하다 결국 또 다른 세계의 로렐리아에게 도움을 청한 이유이기도 했다.

〈황태자 전하의 탄신연이란 말이지? 그런데 드레스라니. 어떻게 된 거야? 그날 로렐리아 '경'이 아니라, 드벨 후작으로 참석하게 된 거야? 황궁에 침입하는 자들은? 호위는?〉

리아는 턱을 괸 채, 묻는다기보다 그저 혼란으로 가득 차 있는 편지를 바라보았다. 금방이라도 날아오를 듯 엉망인 글씨를 보자니 자신이 봐도 말이 안 되는 상황인 게 분명했다.

카인의 말에도 일리가 있긴 했지만 말이다. 편지는 그 뒤로도 계속 이어졌다.

〈네게 무슨 생각이 있는 거겠지만. 그보다 드레스라. 나는 스토머커-로코코 형식으로 만들어진 드레스의 앞부분-는 옅은 노란색으로 잡고 전체적으로는 상앗빛으로 했었어. 아, 그러고 보니 대공의 파트너가 꽤나 화려한 드레스를 입고 왔던 기억이 나. 눈도, 머리도 온통 빨간 여자가 드레스도 불타는 것처럼 새빨간 걸로 맞춰 입고 왔었거든. 코르티잔은 아니었고…… 귀족은, 귀족이었는데, 이름이 기억이 잘 나지 않네. 한번 알아볼까?〉

리아의 미간이 좁아졌다. 펜을 잡는 손이 다급했다. 대공의 파트너. 어째서 그 생각을 못했을까. 누군가가 홀 안에서 이번 일이 성사되길 도왔다면, 의심받지 않고 입장할 수 있는 가장 좋은 방법은 대공의 파트너가 되는 것이었다.

오, 세상에. 어째서 그 부분을 전혀 생각하지 못했단 말인가. 리아는 대공의 도착 날을 헤아리다 얼굴을 구겼다.

오늘이다.

그렇다면 시간이 그리 많이 남아 있지 않다는 소리였다. 곧장 펜을 잡아든 리아는 아무 종이나 끌어다 휘갈기기 시작했다.

〈로렐리아, 부디 대공의 파트너에 대해 자세히…….〉

그러나 첫 문장이 완성되기도 전에 노크도 없이 집무실 문이 벌컥 열렸다.

"단장님!"

문을 열고 들어온 것은 푸른매 기사단의 막내, 페피였다. 로렐리아의 시선이 빠르게 페피의 귓가를 스치고 지나갔다.

'여전히 저 마도구를 끼고 있군. 태자전하와 그 보좌관, 그리고 푸른매 기사들까지 전부 끼고 있는 것을 보면 역시 무슨 작전을 수행하고 있을 터. 전하께서는 대공의 파트너를 염두에 두고 계셨을까.'

리아는 그런 생각을 하며 말했다.

"무슨 일이지. 노크도 없이……."

"빨리 가셔야 합니다! 방금 전, 대공을 호위하러 나갔던 기사들로부터 지원 요청이 들어왔습니다!"

페피의 낯빛은 하얗게 질려 있었고, 내뱉는 말은 다급했다. 리아는 수많은 질문들을 입속으로 삼킨 뒤 자리를 박차고 일어났다.

에드가.

그가 그곳에 있을 터다. 그럼에도. 리아는 손을 뻗어 벽에 기대 놓았던 검을 집어 들었다. 그 일련의 행동엔 조금의 망설임도 없었다. 집무실을 가로질러 밖으로 나서며 묻는 목소리만이 홀로 다급했다.

"위치는?"

"동쪽, 여신의 길목 초입입니다!"

리아는 주먹을 움켜쥐었다. 여신의 길목은 수도 경계에 위치해 있는 곳이었다. 말을 한계까지 몰아붙인다면 십 분 안으로 당도할 수 있을 정도로 가까운 곳에서 사고라니. 녹안에 날이 섰다.

"현재 상황은 어떻지?"

현장에 있지도 않은 페피에게 묻는 목소리는 평이했다. 현장에 있던 기사를 찾는 대신 제게 달려온 이에게 별 생각 없이 물은 것은 아니었다. 황궁 복도를 가로질러 마사馬舍로 향하는 리아는 확신하고 있었다. 페피가 현장을 그린 듯이 묘사할 수 있으리란 것을.

페피는 그녀의 기대를 저버리지 않았다.

"푸른매 기사 중 둘은 경상, 한 명은 중태, 나머지 둘이 대공을 보호하며 버티고 있는 상황입니다. 공국에서 차출해 나온 기사 역시 절반 정도는 전투 불능상태입니다. 제1기사단 단장은 현재 가장 큰 몬스터를 상대하고 있고, 적은 총 셋입니다."

빠르게 복도를 가로지르던 리아의 고개가 획 돌아갔다.

"뭐?"

"예?"

"적이 몇이라고?"

"셋입니다!"

와그작. 리아의 얼굴이 구겨졌다. 고작 셋에 기사가 열 넘게 당했다고? 개중에는 제국에서 가장 뛰어난 이들만 모여 있다는 제1기사단도 포함되어 있었다. 손끝이 차갑게 굳어가는 감각에 리아는 주먹을 움켜쥐었다.

제국에서 고르고 골라 최정예만을 뽑아놓은 이들이 몬스터 수십도 아닌, 고작 셋에 밀리고 있다는 것은 쉬이 넘길 일이 아니었다. 리아는 잠시 입술을 달싹였다가 아랫입술을 깨물고는 몸을 돌려 아예 뛰기 시작했다. 푸른매기사단이 엉망으로 당할 정도라면 조그마한 공국의 기사들이 열이 넘는다 할지라도 오래 버틸 수 없을 것임을 직감했기 때문이었다. 위급상황 외에는 뛰는 것이 엄중히 금지되어 있는 궁 안을 리아와 페피가 전속력으로 가로질렀다. 리아는 숨소리 하나 흐트러지지 않은 채 다시 물었다.

"에드가 경은 어떤 상태지?"

"그, 그게…… 현재 근처에 아무도 없어 파악이 불가능한 상태입니다!"

페피의 낯빛은 이제 퍼렇게 변해 있었다. 그도 그럴 것이, 이 모든 상황은 예상범주를 벗어나 있었다. 대공의 호위를 맡은 동료들의 통신기를 통해 다급한 구조 요청이 들어왔을 때는 아무리 산전수전 다 겪은 기사들이라 할지라도 놀랄 수밖에 없었다.

치안으로는 대륙 내에서 1위를 놓친 적 없는 라흘란 제국의 수도다. 정기적인 몬스터 토벌로 인해 수도 근방에서는 몬스터의 털한 올도 볼 수 없다는 말이 우스갯소리로 떠돌아다닐 정도였다.

그런 라흘란 제국의 수도에서, 다른 누구도 아닌 푸른매가 감당할 수 없을 정도로 강력한 몬스터가 등장하다니.

당장 수도의 치안에 문제가 생겼다는 소리나 다름이 없었다.

'미치겠군.'

리아는 마구간에 당도하자마자 제 애마에게 향했다.

히히힝—

주인을 보고 반가워 고개를 위아래로 흔드는 백마의 목덜미를 몇 번 쓰다듬어 준 리아는 이내 빠르게 안장을 채우곤 그 위로 올라탔다. 마구간지기가 당황하며 뒤로 물러섰으나 그것까지 신경 써줄 여유는 없었다. 리아는 다급히 제 뒤를 따르려는 페피를 향해 사납게 일갈하며 손을 뻗었다.

"마도구는 내게 넘기고 경은 당장 폐하께 이 사실을 알려라. 가는 길에 붉은늑대 녀석들의 엉덩이를 한 번씩 걷어차 이쪽으로 보내는 것도 잊지 말고!"

리아의 박력에 밀린 페피가 비밀 유지라는 카인의 명령조차 잊은 채 귀에 부착한 마도구를 떼어내 리아에게 건넸다.

"저, 저는 따라가지 않아도……."

떨리는 페피의 목소리에 리아가 이를 악물었다.

"경! 내가 무어라 명령했지!"

"폐하께 사실을 알리고 붉은늑대의 엉덩이를 차주겠습니다!"

"당장 뛰어가!"

"예!"

다급히 뛰어가는 페피의 모습을 확인한 리아는 마도구를 착용했다.

[푸른매 5호, 푸른매 5호! 지원병은 아직인가! 이런 젠장할!

야, 저 새끼가 단장한테 가는 거 막지 않고 뭐 하는 거야!]

소란스러운 소리와 다급한 고함이 연달아 이어졌다. 같은 소리가 몇 번이나 겹치는 것을 보았을 때 통신이 닿는 거리에 한계가 있는 듯했다. 거기까지 생각을 마친 리아는 박차를 가하며 고삐를 잡았다.

"정신 사나우니까 입 다물고 명령에 따라라. 제1기사단 단장의 지휘가 어렵다 판단, 지금부터 내가 지휘하겠다."

갑작스러운 리아의 목소리에 소란스럽던 사위가 고요하게 가라앉았다. 그 묵직한 침묵에도 리아는 머뭇거리지 않고 말을 이었다. 이미 말은 황궁을 가로지르고 있었다. 서두르지 않는다면 통신이 닿는 거리를 벗어날 것이 분명했다.

"제1기사단은 각자 자신의 자리를 이탈하지 마라. 가장 중요한 것은 폐하의 안전이다. 제1기사단은 황궁을 지킨다. 알겠나?"

리아의 물음에도 돌아오는 답은 없었다. 안 그래도 급한데 괜한 데 신경을 쏟게 만든다. 리아의 얼굴이 짜증으로 구겨졌다. 그녀는 마도구에 손을 얹어 소리를 키운 뒤 다시 물었다.

"알겠나!"

[아, 알겠습니다!]

답을 듣자마자 리아는 말을 박찼다. 백마는 황실의 쭉 뻗은 마로馬路를 삽시간에 가로질렀다. 여러 방향으로 움직이는 사람들과는 달리 백마는 오롯이 일직선으로 곧게 내달렸다. 전시에 사용하기 위해 만들어진 마로馬路는, 연회나 황족의 탄신연 때 마차가 오고가는 길로 사용되는 만큼 널찍했다. 리아를 알아본 궁인들이 가던 길을 멈추고 무슨 일이냐며 속닥였다. 거치적거리는 마도구를 귀에서 뺀 리아는 양손으로 고삐를 쥐고 그대로 밖으로 내달렸다. 말 쪽으로 바짝 몸을 붙인 채 뚫린 길을 가로지르는 모양 새가 날쌔기 그지없었다.

마치 한 줌의 빛줄기 같이.

리아가 검 못지않게 공을 들여 배운 것이 바로 승마술이었다. 검으로 이름 높은 가문들이 대개 유려한 승마술을 갖고 있듯, 드 벨 후작가의 승마술 역시 제국에서 알아주었다. 벨포스는 말 타는 것에 영 재능이 없었으니 후작가의 승마술은 오직 리아에게만 전수되었다 해도 과언이 아닐 것이다.

'늦지 말아야 할 텐데.'

리아는 그런 생각을 하는 동시에 주위를 살피는 것을 잊지 않았다. 혹여나 다른 적이 있을까 경계하는 낯빛에 긴장이 가득했다.

각국의 사신들과 상단, 그리고 군이 움직일 수 있도록 크게 길을 낸 동쪽 정문을 벗어난 백마는 곧장 일직선으로 내달렸다. 위아래로 몸이 움직일 때마다 높게 올려 묶은 금발이 좌우로 흔들렸다. 리아는 곧게 정면을 응시했다.

오러를 쓸 수 있게 된 뒤로 제국에서 손꼽히는 실력자라는 칭송을 받았다. 그러나 실상 몬스터를 상대해 본 경험은 그리 많지 않았다. 어릴 적부터 검을 배웠다지만 누구의 종기사로 들어간 것도 아니었고 기사서임식 후에는 곧장 한 기사단의 단장을 맡았으니 당연한 얘기다.

열아홉의 나이에 후작위를 계승한 지 올해로 고작 삼 년차. 그녀는 오러를 사용할 정도로 뛰어난 기사였으나 기사단장을 맡은 뒤에도 피를 보는 날보다 잉크로 소매가 엉망이 되는 날들이 더 많았다. 별다른 이유가 있는 건 아니었다. 갓 기사가 된 리아가 경험을 쌓기에는 그저 세상이 참으로 평화로웠을 뿐이다.

작은 소요를 제외하면 전쟁이 없던 시간이 길었고, 수도에 몬스터가 출몰하지 않은 것도 오래되었다. 작은 소요들은 제국 전역을 돌아다니는 제4기사단의 몫이었고 간간히 꾸려지는 토벌단도 잦은 편은 아니었다. 리아 역시 지금껏 토벌단에 딱 한 번 참여해보았을 뿐이다. 그마저도 작은 오크 무리를 섬멸하기 위한 토벌단이었다.

물밑에서 일어나는 암투를 제외한다면 그녀가 경험한 실전이란 고작 그것이 전부였다.

그래서일까. 고삐를 쥔 손에 땀이 차올랐다.

"이랴!"

말을 재촉하는 목소리에는 힘이 들어가 있었으나 그만큼 그녀의 머릿속은 복잡하기 이를 데 없었다.

'고작 셋으로 그 정도라면 희귀 몬스터인 건가. 아니라면……'

최악을 상정하는 낯빛이 어두웠다.

'마법사가 만들어낸 키메라일지도. 하지만, 키메라가 대공을 공격하다니? 흑막은 대공이 아니라 다른 자란 말인가? 그러나 대체 누가? 일단 황실에는 황실 마법사가 항시 폐하와 전하의 근처에 있으니 안심이야. 문제는 대공인데……'

힐끗, 허리춤에 찬 검집을 보는 녹안이 무겁게 가라앉았다. 그녀를 비롯해 에드가와 카인도 이번 일의 흑막은 대공일 것이라 믿어 의심치 않았다. 현재 황태자를 제외하고 가장 높은 황위계승권자가 그였으니 말이다.

그런데 정작 그 대공이 습격을 받았다니.

'자작극인가, 아니면 제2의 세력이 있는 건가.'

양쪽 다 적지 않은 가능성이 있었다. 쉬이 결론을 내릴 수 없어 리아는 답답함에 아랫입술만 잘근 물어뜯었다. 적을 명확히 알지 못하는 상황에서 싸우는 것만큼 위험한 것도 없었다. 그러나 그녀는 말을 박차는 속도를 늦추지 않았다.

찰나의 순간에 몇의 목숨이 스러질지 아무도 예측할 수 없는 상황에서 그녀는 달렸다. 황태자의 탄신연을 코앞에 두고 각국 사신들을 맞이하기 위해 길이 비워져 있었기에 가능한 일이었다.

그리하여.

"으, 으아악!"

"젠장할! 뒤로 물러서지 말라고! 대열을 유지해!"

십여 분을 달려 귓가에 비명에 가까운 기사들의 악이 들리기 시작하자 리아는 고삐를 당겨 말을 멈추고는 곧장 땅으로 뛰어내렸다.

푸르르르.

"쉬―"

투레질을 하는 말을 한번 쓸어내린 뒤 리아는 곧장 달렸다. 모퉁이를 하나 끼고 돌기가 무섭게 평화롭던 공기는 손바닥을 뒤집듯 반전되었다.

비명 소리, 사방에 난자한 피.

"으아아아!"

리아의 곁을 스치고 공국을 상징하는 비둘기가 새겨진 휘장을 어깨에 단 사내 하나가 내달렸다. 오른팔에 피를 줄줄 흘리며 내달리는 기사를, 그녀는 잡지 않았다. 싸울 의욕을 상실한 이를 붙잡아 세워놓아 봤자 도움은커녕 방해만 된다는 것을 잘 알고 있기 때문이었다.

굳이 이 정신없는 상황에서 잡지 않더라도 기사가 향하는 길의 끝에 있는 것은 황궁이 유일했다. 그곳에서 그는 기사로서의 직위와 명예를 모두 박탈당할 것이다. 전시였다면 목이 잘렸겠지만 시대가 시대이니만큼 그 정도로 끝날 터. 주군으로 모시겠다 맹세한 이를 뒤로한 채 도망친 기사의 말로란 그러했다.

방금 전까지 말을 한계까지 몰아세워 내달려 온 이라고는 믿기지 않게, 정면을 응시하는 리아의 두 눈은 차갑게 가라앉아 있었다. 자신이 어느 쪽을 바랐는지는 스스로도 알지 못한다. 키메라이길 바란 것인지, 키메라가 아니길 바란 것인지. 그러나 눈에 보이는 것은 너무도 명확해서 차마 다른 것이라 자조할 수조차 없었다.

'키메라라. 그렇다면 그 뒤에 있는 것은……'

최악으로 상정했던 상황이 바로 눈앞에 있었다. 커다란 황소의 얼굴을 하고 두 발로 당당히 서 있는 키메라는 두 눈이 시뻘겋게 변해 있어, 이성을 잃었음을 짐작케 했다. 리아는 엇갈린 방향으로 얽혀 있는 털가죽을 살폈다. 한눈에 보더라도 자연적으로 만들어진 것이 아님을 알 수 있었다.

'마법사.'

당장 떠오르는 단 한 글자를 머릿속에 아로새긴 채 리아는 천천히 발검拔劍했다. 사이드소드가 스릉 소리를 내며 뽑히는 것과 동시에 푸른매 기사들이 리아를 발견하고는 화색이 되었다.

"단장님!"

"조심하십쇼! 이놈, 가죽이 단단해서 검으로 베이질 않습니다!"

"일단 저희 단장님이 가장 큰 놈을 멀리 떼어놓긴 했습니다만— 아오 씨, 거기 막으라고, 거기!"

리아의 두 눈이 난장판이 된 장면을 빠르게 담았다. 리아는 굳게 닫혀 있는 마차의 문을 마지막으로 확인하고는, 마차의 정면을 감싸듯 둘러싸고 있는 푸른매 기사들의 모습에 눈살을 찌푸렸다. 어째서 상황이 이렇게까지 최악으로 치달을 수 있었는지, 그 이유를 이제야 알겠다. 대공이 도망치는 대신 마차에 틀어박혀 있는 모양이었다.

"대공은?"

그래도 혹시나 싶어 던진 물음은, 기사들의 뾰족한 시선이 마차로 가 닿자 확신으로 바뀌었다. 예상이 맞았다. 쓸모도 없어진 마차를 지키느라 제대로 싸우지 못해 불필요한 사상자가 발생한 것이다.

대공의 호위를 위해, 좀 더 정확하게는 대공을 환영한다는 뜻을 보여주기 위해 황제가 보낸 푸른매는 총 다섯이었다.

페피에게 보고받은 것처럼 둘은 각기 왼팔과 어깨에 경상을 입은 상태였고, 부축을 받고 있는 한 명은 옆구리에 깊은 자상을 입은 채다. 대강 동여매 놓은 천은 이미 본래의 색을 잃어버린 지 오래였다. 그러니 실상 마차를 호위하며 공국 기사들을 다독이고 있는 것은 단 둘뿐이었다.

"미치겠군."

저 안에서 겁을 집어먹고 있을지, 웃고 있을지는 알 수 없는 일이었으나 당장에라도 너덜너덜한 문짝을 뜯어버리고 싶어 손끝이 근질거렸다. 리아는 아득 이를 갈며 한 걸음 앞으로 나섰다.

도적이나 암살자를 상대할 경우에는 주요 인사가 밖으로 나와 표적이 되기보단 마차 안에 얌전히 앉아 있는 게 맞았다. 그러나 상대는 인간이 아닌 키메라다. 마법사가 인위적으로 만들어낸 생명체라 웬만한 기사들로는 상대하는 것조차 불가능했다. 그러니 모든 기사들이 전투불능상태가 되기 전에 도망쳐야 했다.

그것을 모를 푸른매들이 아니다. 그들은 분명 대공에게 마차에서 나와 말에 오르라 재촉했을 것이다. 그럼에도 이 지경인 이유가 달리 뭐가 있겠는가. 붉은 입술이 비틀렸다.

크르르…….

리아가 앞쪽으로 걸어오자 푸른매 기사들에게 온 신경을 집중하고 있던 키메라의 고개가 천천히 움직였다. 키메라는 이쪽으로 천천히 걸어오는 여인의 모습에 쿵, 소리를 내며 몸을 틀었다. 붉은 두 눈 안에 태양을 닮은 금발이, 신록을 닮은 녹안이 그대로 비춰 보였다.

크륵.

"단장, 일단 몸을 피하고……!"

왼팔을 감싸 쥔 채 고함을 지르던 푸른매는 순간 경악으로 뒷말을 삼켜 버렸다. 키메라 쪽으로는 시선 한 줌 주지 않고 천천히 걷던 리아의 고개가 일순 들렸다. 그대로 키메라의 위치를 확인한 그녀의 시선이 왼쪽으로 빗긴다 싶더니 오른발이 땅을 박찼다.

기사나 병사들이 때로 여인이 검을 쥐기에 적합지 않다 말할 때면, 리아를 예외로 두곤 한다. 드벨 여후작은 예외적으로 검술로 뛰어난 가문에서 태어나 뛰어난 검술을 전수받아 그리 대성했다며 칭찬 아닌 칭찬을 했다. 그러나 그들이 미처 생각지 못한 것은 몸의 유연성과 가벼움은 여성이 한 수 위라는 점이었다. 빠르게 몸을 틀어 허공에서 내려치는 키메라의 공격을 피하는 지금처럼.

거기에 오러로 강도를 더하면?

눈을 깜빡이는 찰나에 사라지는 것 같았던 리아의 모습이 눈을 뜨자 다시 나타났다. 푸른매는 순간적으로 제가 피를 너무 많이 흘려 시야가 흐려진 것인가, 라고 생각할 정도였다. 팔에 대고 두 눈을 비빈 그는 햇빛이 빗겨가는 짧은 그림자의 틈 사이에서 리아의 어깨에 매달린 붉은 휘장을 간신히 볼 수 있었다.

'광검光劍—!'

몬스터 토벌 때 리아와 같은 팀으로 참여했던 기사들에게 입으로만 듣던 그것을 직접 본 푸른매의 두 눈이 크게 확장됐다. 무색의 오러가 햇빛에 반사되어 순간적으로 자취를 감춘다 싶더니 어느 순간 키메라의 왼쪽 편에서 나타나 옆구리를 길게 베어 넘겼다. 공격이라기보다는 빛줄기가 허공을 가로질렀다는 것이 더 맞는 표현일 터다.

자신이 공격당한 것조차 모르던 키메라는 일순간 느껴지는 고통에 발로 땅을 구르며 울부짖었다.

크에에엑!

"……베었어."

저 단단한 녀석을. 푸른매는 자신이 무슨 말을 하는지도 모른 채 멍하니 중얼거렸다. 자신은 그렇게 노력해도 긁는 정도의 상처밖에는 내지 못했건만, 기사들 사이에서 알게 모르게 여성이라 저평가 받던 로렐리아는 단 일검-劍에 상처를 냈다.

아픈 상처를 움켜쥐는 손아귀에 힘이 바짝 들어갔다. 다른 기사들 역시 상태는 비슷했다. 의도치 않게 제 팬을 다수 늘려 버린 리아는, 그러나 전혀 다른 생각을 하고 있었다.

'젠장. 더럽게 단단하네.'

가볍게 검을 휘둘러 살점과 잔해들을 털어낸 그녀는 기사들을 등진 채 혀를 찼다.

'게다가 반응이 빨라. 덩치 값을 못하는 속도로군.'

정신을 차리지 못하는 키메라의 모습에, 리아는 고개를 돌렸다. 녹색 눈동자가 멍하니 입을 벌린 채 저를 바라보고 있는 기사들을 훑었다.

"렌시드."

제 이름이 호명되자, 멀쩡한 푸른매 기사 중 한 명이 다급히 대답했다.

"예!"

"저쪽에 내가 타고 온 말이 있으니 대공을 모시고 황궁으로 가라."

"단장, 대공께서는 마차에서 절대 내리지 않……."

역시나. 리아의 눈꼬리가 뾰족하게 섰다. 그녀는 고통에서 벗어나고 있는 키메라에게 시선을 고정한 채 목청을 높였다.

"기절이라도 시켜서 옮겨! 뒷일은 내가 책임질 테니!"

"예!"

"바질리는 그 뒤를 엄호하고, 릭과 로메인은 저 쓸모없는 기사들을 하나도 빠짐없이 황실로 끌고 가라. 정신교육은 내가 다시 시킬 테니 건드리지 말고."

위급한 상황에서도 땅을 향해 축 늘어진 공국 기사들의 검을 놓치지 않은 리아의 말에 릭과 로메인이 몸을 부르르 떨었다. 붉은늑대에게 시비를 걸면서 본의 아니게 제2기사단의 훈련량을 몇 번이나 체감했기에 나온 반응이었다.

그들은 영문을 모른 채 여전히 넋을 놓고 있는 공국 기사들을 불쌍히 바라봐 주고는 목청 높여 대답했다.

"알겠습니다!"

그사이에 좌우로 미친 듯이 고개를 흔들며 고통을 호소하던 키메라의 몸부림이 멈췄다. 리아는 제게 향하는 핏빛 눈동자에 이를 아득 물었다.

"무얼 기다리고 있나! 움직여!"

"예!"

다시금 지휘체제를 갖춘 기사들이 일사불란하게 움직이기 시작하자 그제야 리아도 앞으로 한 걸음 내디뎠다.

"단단한 데다, 회복도 빠르고, 반응 속도까지 빠른 키메라라."

상대하기 껄끄러운 것들이 한데 모여 있으니 절로 헛웃음이 나왔다. 이런 게 가능하긴 하단 말인가. 이 정도 실력이라면 마부가 속은 것도 이해가 갔다.

키잉―

검날이 그녀의 감정에 감응하듯 낮게 울었다. 웅웅, 한 차례 안정되었던 오러가 제멋대로 어그러지기 시작하자 리아는 눈가를 찌푸렸다.

'미치겠네.'

좌우로 뻗는 오러는 마치 아지랑이를 연상시켰다. 오러를 사용하기 시작한 지 고작 이 년차. 아직 익숙지 않은 제어력은 실전에서 장시간 사용할 수준이 아니었다. 스스로의 부족함을 체감하며 리아는 입술을 비틀어 올렸다.

하지만.

"해야만 하는 일이니."

어쩌겠는가. 해내야 하는 것을. 리아는 왼손으로 검 손잡이를 마저 붙잡았다. 한손 검으로도, 양손 검으로도 사용되는 사이드 소드를 양손으로 붙잡자 전보다 안정감이 늘었다. 오러 역시 일렁임이 부쩍 줄어들었다.

크르르르-!

위협스럽게 이를 드러내면서도 쉬이 덤비지 못하는 키메라를 보며 리아는 속으로 웃었다.

'지능까지 있는 건가.'

국법에 따라 처벌을 받기 전, 이런 괴물을 만들어낸 마법사의 낯짝을 한 번 보고 싶다 중얼거리며 리아는 땅을 박찼다.

"생각대로네."

그런 그녀를 지켜보고 있는 이가 있었으니. 회색 머리칼에 회색 눈동자, 넥스였다. 그는 킬킬 웃으며 높다란 나뭇가지에 걸터앉은 채 눈을 빛냈다. 순간적으로 모습이 사라졌다 나타났다를 반복할 수 있는 신기 같은 행동의 비밀을, 그는 손쉽게 찾아냈다.

"오러를 온몸에 얇게 두르고 있어. 검을 두르고 있는 오러는 조금 제멋대로지만, 그래도 저 정도면 제어력이 꽤 뛰어난 편인데. 게다가 내 귀여운 토토와 맞설 정도라니. 쟤를 만드는 데 무려 삼 년이나 걸렸는데. 세상에, 정말이지 실력이 상당하다니까."

가늘게 뜨인 두 눈에 즐거움이 가득했다. 그는 다리를 좌우로 흔들며 공방을 이어나가는 리아와 키메라를 번갈아 살폈다. 이번에 내보낸 키메라 한 기를 만드는 데 걸린 시간이 무려 삼 년이었다. 사람들이 생각하는 것과는 달리, 상급의 키메라를 만들기 위해서는 그만큼의 시간과 노력이 필요했다. 손가락을 휘두르며 마법 주문을 외운다고 되는 것이 아니다.

특성에 따라 필요한 재료도 달랐고, 완성까지 걸리는 시간도 제각각이다. 그럼에도 넥스가 지난 삼 년간 공을 들인 키메라를 이렇게 허망하게 사용해 버린 이유는 단순했다.

"어차피 황궁 안에서는 써먹지도 못할 테지만 말이지."

넥스는 커다란 나뭇가지에 몸을 기댄 채 쓴 미소를 지었다. 이그니스가 자세한 계획을 설명해 준 건 고작 어제 일이었다. 그녀는 꿈을 꾸는 듯한 표정으로 이번 일이 얼마나 잘 풀릴지에 대해 얘기하느라 온 정신을 쏟고 있는 것처럼 보였다. 전후사정을 전혀 알지 못하는 자신이 보기에도 계획은 허점 투성이었으나, 이그니스의 눈에는 그것들이 전혀 보이지 않는 모양이었다.

이제 와 그녀의 마음이 어떤지 따져 묻는 것은 쓸모없는 일이었다. 그녀는 제 계획을 포기하지 않을 것이고, 자신은 그런 그녀를 놓지 못할 테니. 사랑이 언제고 항상 쌍방향으로 이뤄지던가. 그러니 제 목표도 변함없었다. 안전한 땅. 급한 것을 손에 넣은 뒤 이그니스와 얽힌 감정들을 풀어도 늦지 않으리라. 그렇게 생각하며, 넥스는 날 선 눈으로 리아의 행동을 놓치지 않기 위해 앞으로 몸을 기울였다.

"완벽해. 신분에, 성격에, 갖고 있는 땅과 가신들까지. 이그니스, 네가 틀렸어. 우리가 잡아야 할 건 바로 저 여자야."

혼잣말을 중얼거리던 그는 푸른 휘장을 두른 기사의 손에 의해 마차 밖으로 끌려 나오는 대공을 발견하고는 혀를 찼다.

"고작 기사한테 끌려 나와? 역시 내 생각이 맞다니까."

죽어라 비명을 질러가며 마차에 들러붙어 있을 때부터 마음에 들지 않는 인사였다. 그러나 이그니스가 그렇게 신뢰하니 무언가 있지 않을까, 기대했던 것도 있었다. 제 얘기도 전해 들었을 테니 지금쯤 마차 안에서 머리를 굴리고 있을지도 모른다고.

그러나 기사에게 반쯤 끌려 나오는 대공에겐 위엄이나 용맹 같은 수식어가 어울리지 않았다. 그는 그저 겁에 질려 있었다. 밀가루처럼 창백하게 질린 낯빛과 덜덜 떠는 손을 보건대 저건 연기가 아니었다. 진심으로 겁먹은 것이다. 저 키메라를 만들어낸 것이 제 편일 거라 짐작하고 있을 텐데도.

넥스는 키메라를 보자마자 경기를 일으키며 기사에게 매달리는 대공의 모습에 눈살을 찌푸렸다.

"으으음…… 저놈은 영 아닌 것 같은데."

그 사이에 왼쪽 어깨를 내어준 리아가 키메라의 품 안으로 깊숙이 파고들더니 그대로 검을 휘둘렀다. 쿵, 소리와 함께 키메라의 오른팔이 땅으로 추락했다. 햇빛에 모습을 감춘 검날이 한 치의 오차도 없이 정확하게 오른쪽 어깨를 위에서 아래로 그어 내리자 고통을 이기지 못한 키메라가 절망에 찬 비명을 내지르며 얼굴을 땅에 파묻었다.

끼에에―

처절한 비명 소리였다. 애처롭게 들릴 법도 했건만, 넥스의 표정에는 그다지 변화가 없었다. 그는 그저 말 뒤에 짐짝처럼 걸쳐져 실려 가는 대공의 모습만 눈으로 좇을 뿐이었다. 방금 전까지만 해도 리아를 보며 반짝이던 눈에 불이 꺼졌다. 그는 짜증스럽게 머리칼을 흩뜨리며 자리에서 일어났다.

더는 볼 필요도 없었다.

"실망이야. 대공이 이렇게나 한심한 작자였다니."

그는 나무의 거대한 줄기를 짚었다. 가느다란 나뭇가지가 마치 땅인 양 서 있는 모양새가 편안해 보이기 그지없었다. 그는 막 키메라 한 마리를 해치우고 돌아온 에드가를 눈에 담으며 천천히 입을 열었다.

「인간들은 감히 발도 들이지 못할 낙원을 세우리라.」

에드가의 시선이 넥스 쪽으로 향한 것은 바로 그때였다. 수십 미터를 사이에 둔 채 두 사내의 시선이 맞부딪쳤다. 넥스는 놀라는 대신 눈을 휘어 웃으며 천천히, 저 멀리서도 볼 수 있도록 입술을 크게 움직여 말을 마쳤다.

"인간들은 감히 발도 들이지 못하도록."

딱, 손가락이 튕겨지고, 넥스는 모습을 감추었다. 적의 전력을 파악한 마법사의 퇴장이었다.

넥스가 서 있던 곳으로부터 수십 미터. 리아는 제 왼쪽 어깨를 힐끔 보고는 이를 악물었다. 머리는 황소더니 하필이면 팔은 독수리의 것이다. 손톱이 살점을 파고드는 순간 몸을 비틀어 중상은 피했으나 너덜너덜해진 어깨가 아렸다.

그래도 어깨 하나를 내어준 것치고는 나쁘지 않은 수확이었다. 이제 키메라는 리아를 한껏 경계하고 있었다. 그럴 수밖에 없었다. 지능이 있음은 고통을, 더 나아가 공포를 느낀다는 말과 일맥상통하니 말이다.

끼에에에—!

그녀의 예상대로 키메라는 검붉은 피가 흐르는 팔을 흔들며 뒷걸음질 쳤다. 저를 이렇게까지 몰아붙인 존재에 공포를 느끼고 있는 것이다. 팔 하나를 잘렸으니 다음 공격은 좀 더 신중을 기할 터. 다행히도, 시간을 벌었다.

리아는 천천히 숨을 내쉬었다. 검날을 타고 키메라의 피가 뚝, 뚝 바닥으로 흘러내렸다.

'대체 뭐로 만들었는지 물어나 보고 싶군.'

제 검은 강철도 벨 수 있었다. 오러를 사용할 수 있게 된 그 순간부터, 검을 뽑을 때마다 그녀가 걱정한 것은 눈앞의 적을 벨 수 있을 것인가에 대한 게 아니라 오러 제어였다. 그러나 언제나 현실은 보다 극적인 법이다.

이런 상황만 아니었다면 꽤 상대하는 맛이 있다며 우스갯소리를 던졌을지도 모르겠다. 그런 생각을 하며 키메라를 응시하던 리아는 눈살을 찌푸렸다. 욱신거리는 것이 왼쪽 어깨에 입은 상처가 꽤 깊은 모양이었다.

"큭……."

제게 향하는 키메라의 시선에 반사적으로 양손에 힘을 준 리아는 고통 어린 신음을 삼켰다.

'미치겠군.'

리아는 오른손으로 검을 옮겨 쥐며 뒤를 살폈다. 대공은 막 말 뒤에 짐짝처럼 실리고 있었다. 말을 탈 줄 모르는 건지, 타고 싶지 않은 건지는 알 수 없지만 끝없이 이어지는 실랑이에 지친 기사가 반쯤 던지듯 올려놓는 게 보였다. 겁도 없이 말 위에서 몸을 흔들어 떨어질 뻔한 걸 보면 전자인 듯싶긴 했지만 말이다.

그 와중에도 황족 특유의 금발이 찬란히 빛나는 게 보였다. 대공의 얼굴은 알고 있다. 그러나 만약 모르더라도 그는 타고난 머리칼만으로 자신의 신분을 증명할 수 있으리라. 고집이 가득 묻어 있는 대공의 얼굴을 본 리아의 눈꼬리가 위로 치켜 올라갔다.

'기절시켜서라도 옮기라니까 뒤통수를 후려치지 않고 뭐 하는 거야!'

당장 뒷목을 내려치라 내뱉으려던 고함이 핏물과 함께 악물렸다. 상처 입은 왼쪽 어깨가 화끈거렸다. 정신이 흐트러진 탓인지 오러가 전보다 더 크게 일렁였다.

온 신경을 곤두세워도 부족한 상황에서 상처까지 입었으니 오러가 요동치는 것은 당연한 일이었다. 그러나 지금으로서는 어쩔 도리가 없었다. 상처를 동여매는 것조차 불가능했다. 리아는 땅에 뚝, 뚝, 떨어지는 피를 힐끔 곁눈질했다. 독이 없길 빌 뿐이다.

리아는 몸에 두른 오러마저 들썩이기 시작하는 것을 느끼며 아랫입술을 즈려물었다. 얼마나 버틸 수 있을까. 한 팔이 없다고는 하나 상대는 키메라였다.

'일격.'

마음을 다잡고 막 앞으로 뻗어가려던 그 순간, 리아는 낮게 욕을 내뱉었다.

"젠장할."

상황이 더럽게 안 좋았다. 방금 전까지만 하더라도 공포가 넘실댔던 키메라의 붉은 눈에 초점이 사라졌다. 방금 전까지 고통으로 몸부림치던 키메라에게 변화가 생긴 것이 분명했다. 그러지 않고서야 아직도 피가 줄줄 흐르는 어깨를 있는 힘껏 흔들지는 못할 테니 말이다. 마치 팔을 허공에 휘두르려는 것처럼.

키메라의 고개가 끼긱, 소리를 내며 움직였다. 리아를 응시하는 두 눈에 남아 있는 것은 선득한 핏빛뿐이다.

크르르!

허공으로 치켜드는 거대한 왼팔에 시선을 고정한 채 리아는 상체를 살짝 낮췄다. 단숨에 피할 생각이던 그녀는 등 뒤에서 들려오는 실랑이에 발에 힘을 줬다.

'미치겠군.'

이젠 헛웃음도 나오지 않았다. 무의식중에 뒷걸음질을 쳤는지

발끝에 뭔가가 닿는 것이 느껴졌다. 바로 뒤에는 여전히 대피하지 못한 대공이 있었다. 어떤 이유에서건 그녀는 황족을 최우선으로 지켜야만 했다. 지금 이 자리에는, 불행히도 대공보다 더 높은 이가 없었으니, 그를 지키는 것이 제 임무였다.

사선으로 빗겨든 검날 위를 오러가 휘감았다.

피잉-!

오러가 튕기는 소리가 귓가에 거슬려 리아는 눈썹을 찌푸렸다. 흐트러지려는 오러를 억지로 붙들자 잇새로 핏물이 뚝 떨어졌다.

제게 달려드는 키메라를 응시하는 녹안은, 언제 그랬냐는 듯 낮게 가라앉아 있었다. 쐐애액 소리를 내며 제 쪽으로 곧장 내리꽂히는 팔의 움직임은 전과 비교했을 때 오히려 단조로웠다. 이성이 날아간 상태이니 공격 방법마저도 단조로워진 것이다.

리아는 운이 좋으면 키메라의 왼팔도 날려 버리는 게 가능하겠다 중얼거리며 검을 쥔 손에 힘을 줬다. 주먹을 쥐고 있던 키메라의 주먹이 소리 없이 펴진 것은 순간적인 일이었다. 저를 움켜쥐려 다가오는 거대한 손을 향해 오러를 두른 검날이 횡으로 휘둘러졌다. 키메라의 손가락 마디마디에서 검붉은 피가 튀었다. 피할 곳도, 피할 정신도 없어 그것을 고스란히 뒤집어 쓴 리아는 여전히 헤일처럼 제게 몰아닥치는 키메라의 손에 입술을 짓씹었다.

키이잉-!

끼에에에엑-!

리아의 두 눈이 부릅떠졌다. 그녀는 축 늘어진 왼팔을 억지로 움직여 눈가에 튄 피를 닦아냈다. 그렇게라도 하지 않으면 제 눈앞에 벌어진 장면들을 온전히 눈에 담을 자신이 없었기 때문이었다.

핏물이 튄 눈으로는 장면 장면이 끊어진 것처럼 보였다.

"다, 단장!"

가장 먼저 뒤편에서 악에 가까운 푸른매의 부름이 들렸다. 아니, 들었다고 느꼈을 때 푸른 오러를 두른 검날이 눈앞을 스치고 지나가 거대한 키메라의 손을 베어냈다. 저를 움켜쥐기 위해 오므라들던 키메라의 팔목 부근이 그대로 잘려나가 쿵! 소리를 내며 바닥으로 떨어졌다. 그 순간과도 같던 장면에 리아는 직감할 수 있었다.

저 검의 주인을.

이미 한 놈을 처리하고 와서인지 에드가는 온통 피투성이에 점액질 투성이었다.

"경, 괜찮나!"

빠르게 곁을 스쳐 가는 목소리에 괜찮노라 대답할 틈도 없었다. 그대로 제가 있던 자리를 차지한 그는, 곧장 키메라를 상대했으니 말이다. 검을 뽑아 든 것과 그것을 휘두른 것은 하나로 이어져진 실 같았다. 뽑자마자 허공으로 길게 휘둘러진 검날이 그려낸 푸른 잔상만이 검의 종적을 짐작게 했다.

카각, 키이잉─

검날을 밀어내려는 단단한 살가죽과의 힘겨루기가 시작됐다. 에드가는 그 미약한 반항에 연민도, 비웃음도 흘리지 않았다. 그는 그저 양팔을 잃은 채 발버둥치는 키메라를 한번 바라보고는 그대로 검을 아래에서 위로 그어 올렸다.

리아의 시선이 그의 팔을, 더 나아가 유려한 검 끝을 향해 움직였다. 검날 주변을 둘러싸는 데 급급한 제 오러와는 달리 에드가의 것은 검과 혼연일체였다. 그가 자신보다 몇 살이 많더라. 리아는 눈앞의 긴박한 상황을 응시하면서도 멍하니 이건 좀 억울하다 생각했다. 몇 년이 흐르더라도 그는 여전히 제 앞에 서 있을 것이 아닌가.

'핵을 노리는군.'

제가 노리려다 실패한 것이다. 모든 키메라는 핵을 가지고 있다. 생명체가 아닌 것을 움직이게 하는 것은 오롯이 마나의 역할이었다. 그 마나를 저장하고 있는 핵을 찾는 것은 보통 사람들에게는 불가능에 가까웠다. 그러나 저와 에드가에겐 핵을 찾는다는 건 숨 쉬듯 자연스러운 행위였다. 흐름에 역행하는 부근을 찌르기만 하면 되는 일이었으니 말이다.

그의 검 끝은 정확히 키메라의 목 정 가운데를 찔렀다.

끼에엑!

처절한 비명을 내지른 키메라의 몸이 일순 경련했다. 죽음을 맞이하길 거부하는 것처럼. 그러나 그 경련마저도 얼마 가지 못해 사그라졌다. 생명이 꺼지고 거대한 고깃덩어리나 다름없어진 키메라의 목에서 검을 뽑아내던 에드가의 고개가 휙 소리를 내며 서쪽으로 돌아갔다.

'—마법사.'

그의 두 눈이 가늘어졌다. 스치듯 보이는 회색 머리칼, 그리고 천천히 움직이는 입술.

'낙원?'

그러나 채 말을 이해하기도 전에 회색 눈동자가 보이지 않을 정도로 웃은 마법사는 자취를 감추었다. 에드가는 이미 사라진 마법사에 길게 관심을 주지 않고 곧장 뒤로 돌았다. 그곳에는 기사에게 부축 받고 있는 리아가 있었다. 그녀는 저를 환자 취급하는 기사를 향해 눈을 부라리고는 검을 검집에 꽂아 넣었다.

"경!"

"괜찮습니다."

꼴사나운 모습을 보였다는 생각이 불쑥 고개를 치켜들었으나, 그보다 먼저 몸을 잠식한 것은 안도감이다. 팽팽하게 당겨져 있던 긴장감이 일순간 탁 소리를 내며 끊어진 것 같은 그 묘한 기분. 리아는 제 팔을 지지하는 에드가를 향해 손을 내저으며 한계에 달했음을 인정해야만 했다.

그를 볼 때마다 입안으로 삼켰던 질문들이 둑에서 쏟아지듯 와르르 쏟아져 내렸다.

어째서 삼 년 전 사건의 재수사에 이렇게 협조적인지. 무엇 때문에 완전히 다른 세계가 존재한다는, 믿기지 않는 얘기를 아무렇지도 않게 믿어주는지. 무슨 수를 썼기에 자신이 울었던 것을 단숨에 눈치채고, 제가 디저트를 좋아한다는 걸 알아차렸는지에 대해.

묻고 싶었다. 그리고 스스로에게도 들어야 할 답이 있었다.

'나는, 어째서.'

상황은 명확했다. 황궁 근처에서 습격이 일어났다. 황족인 대공을 노리는 습격이었으니 오러 사용자 중 한 명은 궁에 머무는 건, 당연한 일이었다. 황제도, 카인도 그렇게 하라 말했을 것이다.

그런데 어째서 자신은 여기에 있단 말인가. 이성적으로 생각했다면 황제의 곁을 지켰어야 했다. 그랬는데 나는. 어째서.

"경은, 어째서……."

그러나 중요한 전환점이 되어줄 질문은 채 첫마디도 다 뱉지 못한 채 방해꾼에 의해 사그라졌다.

"페리엘 공작!"

고함의 주인은 라흘란 제국 현 황제의 동생이자, 공국을 다스리고 있는 대공, 그리드였다. 그 사이에 말에서 내려온 그는 치렁치렁 늘어진 옷자락을 붙든 채 에드가 쪽으로 걸어왔다.

라흘란 브리 디 그리드.

안느는 제 둘째 오라비가 걸어오는 것을 보곤 '마치 돼지가 걷는 것 같구나'라며 일갈한 전적이 있었다. 욕심 많은 둘째오라비에 대한 안느의 평가는 무척이나 박했는데, 또 다른 예시를 들자면 이러했다. '먹을 것이며 입는 것이며 부족함이 없거늘 걸신들린 이 같도다.' 이 외에도 사교계에 퍼진 대공의 소문은 한도 끝도 없었다.

대공이 만취해 제가 둘째로 태어나 형에게 황좌를 빼앗겼다며 이를 갈았다는 얘기는 고위 귀족들 사이에서 암암리에 돌 만큼 유명했으며, 그가 다스리는 공국민들이 과도한 세금에 고통스러워한다는 것은 타국에서까지 알고 있는 일이었다.

그리드는 황족 특유의 푸른 눈을 꿈뻑였다. 숨이 끊어진 키메라를 바라보는 시선이 가늘게 떨렸다. 그러나 그것은 공포라기보다는 분노에 가까운 떨림이었다. 물론 살에 파묻힌 볼이 부르르 떨리는 모습에서 위엄을 찾기는 힘들었지만 말이다.

거대한 풍채가 움직이자 기사들이 하나같이 질린 표정으로 길을 터주었다.

"대체 이 무슨 일인가! 수도에 몬스터라니! 페리엘 공작, 이렇게 수도 경비가 소홀한 게 말이 된다 생각하나! 이번 사건에 책임을 져야 할걸세!"

패악을 부리는 그리드의 뒤통수를, 푸른매 기사들이 있는 힘껏 노려봤다. 목숨 바쳐 구해냈더니 감사는커녕 윽박만 질러대니 곱게 보일 리 없다. 개중 한 명은 귀에 붙여놓았던 통신기를 떼 그리드 쪽으로 슬쩍 들이밀기까지 했다. 저편에서 이 모든 상황을 듣고 있을 카인에게 고자질하는 릭의 얼굴은 평온하기 그지없었다.

그리드는 제 쪽으로는 시선조차 주지 않는 에드가의 태도에 얼굴이 시뻘겋게 달아올라 땅을 발로 굴렀다.

"공자악!"

그 악다구니에 리아의 상처를 살피던 에드가의 고개가 들렸다. 그는 차갑게 가라앉은 눈으로 대공을 응시했다.

"대공. 저희 기사들이 대공을 황궁으로 안내할 것이니 마차에 올라주십시오. 얘기는 황실에 도착한 뒤에 들어드리겠습니다. 래디쉬, 대공을 모셔라. 릭, 너는 곧 도착하는 제2기사단과 함께 뒷수습을 하도록."

"예!"

"알겠습니다!"

"이것 놔라! 놓으라 하지 않았느냐! 이이익! 감히 내가 누군 줄 알고! 공작, 내 폐하께 친히 책임을 물을 것이오!"

억지로 끌고 가기엔 말보단 마차가 편한 법이다. 악을 쓰는 대공을 마차 안으로 밀어 넣는 데 성공한 래디쉬는, 이마를 훔치며 말했다.

"그럼 먼저 출발하겠습니다!"

"그래."

마차가 출발하자 그제야 에드가의 시선이 리아 쪽으로 돌아왔다.

실전 경험이 별로 없던 그녀와는 달리 에드가는 실전에 능숙한 편이었다. 전 공작은 꽤 엄해서, 소공작이라는 지위는 그의 방패가 되어주지 못했다. 기사직을 받음과 동시에 기사단장 자리를 꿰찼던 리아와는 달리 그는 평기사부터 시작했다. 토벌단에 숱하게 참여한 덕분에, 에드가는 그녀의 상처가 그리 깊지 않다는 것을 한눈에 알아봤다. 피가 많이 나고 있었으나 뼈가 다친 것은 아니었다.

그렇다 할지라도 안심할 수는 없는 법. 몬스터도 아니고 키메라다. 독이 있다 해도 놀랄 일은 아닌 것이다. 에드가는 그 자리에 굳은 듯 서 있는 리아에게 말했다.

"경, 팔을 움직이지 마. 깊지는 않지만 넓게 베였어. 움직일수록 상태가 나빠질 거다."

그렇게 말하는 에드가는 제가 상처 입은 것처럼 고통스러운 얼굴이었다. 방금 전 대공을 대하던 서늘함과는 천지차이인 표정으로 그는 고개를 돌려 제 애마를 불렀다.

"어서 궁으로……."

"제가."

리아는 에드가의 말을 끊어냈다. 지금이 아니면 할 수 없을 것만 같았기에. 방금 전 본 장면이 지금도 손에 잡힐 듯 생생했다. 검날과 동화된 오러는 검날 자체가 푸르스름하게 빛나는 것처럼 보이게 했다. 완벽하게 오러를 제어하고 있음을 의미하는 그 모습에 그녀는 순간적으로 질투를 느꼈다. 그 다음 느낀 것은 동경이었다.

'그보다 더 완벽하게 오러를 제어하는 것이 가능할까.'

보다 높은 곳을 추구하고자 하는 기사로서의 욕구가 불쑥 고개를 치켜들었다. 왼팔에서 아릿하게 이어지는 고통보다도 강렬한 충동이었다. 그녀의 고개가 들렸다. 에드가를 올곧게 바라보던 입술이 달싹였다.

"······아주시겠습니까."

중간에 흐려진 말을 미처 듣지 못한 에드가의 눈꺼풀이 가늘게 떨렸다. 그는 천을 길게 찢어 상처께를 누르고 있는 리아의 손을 치우곤 상처를 압박했다. 푸르스름한 오러가 그 사이로 흘러들어가 임시로나마 상처를 봉합했다. 간단한 처치를 끝낸 뒤에야, 에드가는 고개를 들며 되물었다.

"무엇을?"

"제게 오러를 제어하는 법을 가르쳐 주시겠습니까."

우뚝. 손수건을 쥔 손이 허공에서 멈췄다. 그 이유를 전혀 모르는 리아는 다시 물었다.

"어려운 부탁이라는 것은 압니다. 조금이라도 괜찮으니······."

"아니······ 아니야, 경······. 그저, 잠시, 내가 헛생각을 해서 그래."

그는 깊게 숨을 들이마셨다.

"나 역시 부족하나 그대가 원한다면 얼마든지. 그러나 상처를 치료하는 게 먼저야."

허락이 떨어지자 리아는 웃었다.

"예."

그야말로 동상이몽의 순간이 아닐 수 없었다. 그리고 이 모든 상황을 옆에서 지켜본 푸른매가 저 혼자 들썩이는 입꼬리를 누르려 부단히 애를 쓴 순간이기도 했다.

리아를 뒤에 태운 에드가가 자리를 뜨는 것과, 붉은늑대 기사가 현장에 도착한 것은 거의 동시였다. 프루트와 에이플을 필두로 병사 열을 데리고 도착한 붉은늑대들은 키메라를 보자마자 입을 떡 벌린 채 자리에 멈춰 섰다. 개중 먼저 정신을 차린 것은 에이플이었다.

"어, 부단장, 저게 뭡니까."

"……저거, 아마, 키메라인가 뭔가일걸……."

"우리가 찾아야 하는 마법사가 만든다는 그 키메라요? 아니, 근데 저건 더럽게 큰뎁쇼."

"크기가 문제냐. 저 가죽 봐라. 내가 확신하는데 저거 검도 안 들걸. 베는 건 둘째 치고 찌를 수나 있을까 의심스럽다."

프루트의 말에 에이플의 시선이 저 멀리 떨어져 있는 키메라의 왼팔로 옮겨갔다. 깔끔한 절단면은 팔이 단숨에 잘렸음을 짐작케 했다. 기사 수십이 달려들어 검으로 내려쳐도 잘리지 않을 팔을 징그럽다는 표정으로 보던 에이플이 말했다.

"그럼 저건 뭡니까."

"넌 단장이 웬만한 인간인 것 같냐."

"그건 아닌데……."

"페리엘 공작은 웬만한 인간이고?"

"……아하."

에이플은 그제야 고개를 끄덕이며 수긍했다. 그들은 반쯤 혼이 빠져나간 병사들을 뒤로한 채 키메라 쪽으로 다가갔다. 일단 죽었으니 안심이라지만 뒤처리도 여간 일이 아니다. 저 덩치 큰 녀석을 치워야 한다는 생각만으로도 절로 눈살이 찌푸려졌다. 에이플은 발로 키메라를 툭툭 찼다. 그럼에도 아무런 미동도 없자 그제야 한숨 돌린 에이플이 작게 투덜거렸다.

"아, 근데 피는 그렇다 치더라도 이걸 대체 어떻게 옮깁니까. 우리가 이놈을 벨 수 있는 것도 아니고. 토막을 못 내면 이걸 통째로 옮겨야 한단 소린데…… 이만한 수레를 어디서 찾습니까."

당장 타국 사신들이 줄줄이 도착할 테니 최대한 빠르게 뒷수습을 해야 했다. 안 그래도 답이 안 나오는데 시간제한까지 있다. 에이플은 푹 한숨을 뱉었다. 밤새 일을 해도 가능할까 싶었기 때문이었다.

"……그러게. 와, 근데 더럽게 크네 진짜. 이런 괴물을 만들어낸 마법사는 대체 얼마나 괴물이란 소리야?"

성인 남성의 네 배는 되는 키메라의 덩치를 가늠하던 프루트는 질색한 표정을 지었다. 통신구로 전해 들은 상황을 고려해 보면 오러가 아니면 잘리지도 않는다 하니 토막 내 옮길 수도 없었다. 일단 되는 대로 끌어서라도 옮겨야 하나, 고민하던 붉은늑대기사단은 저편에서 들려오는 말발굽 소리에 약속이라도 한 듯 고개를 치켜들었다.

"뭐야 이거, 잔당인가?"

"저런 놈이 또 있으면 전 이길 자신 없는뎁쇼."

"일단 병사들 뒤로 물리고 대형 갖춰! 아, 미치겠……."

두두두두—

머리를 헝클며 짜증내던 프루트의 입이 딱 다물렸다. 곧장 내달려오는 흑마 여섯 마리, 그리고 선두에 선 흑마의 목에 걸려 있는 흑표범문양. 그것들이 의미하는 바는 하나였다. 프루트는 질렸다는 표정으로 혀를 찼다.

"이 시점에 4기사단 등장이냐."

히이잉-!

소수정예로 제국 전역을 떠돌아다니며 각종 문제를 해결하는 4기사단이 키메라를 앞에 두고 차례로 멈춰 섰다.

"무슨 일이지."

서늘한 시선에, 프루트는 오금이 저린다는 말을 체감하며 허허 웃었다.

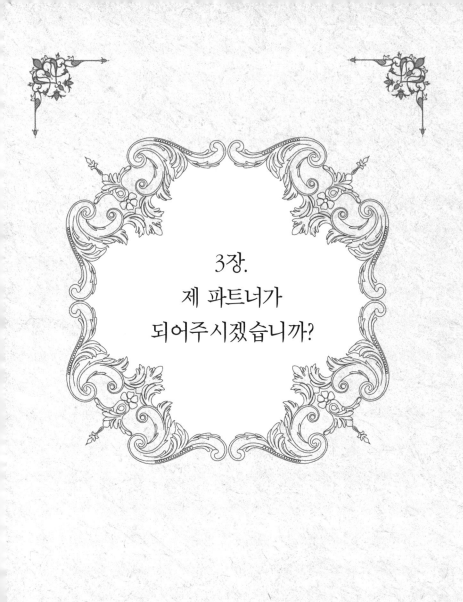

3장.
제 파트너가
되어주시겠습니까?

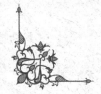

"한동안 왼팔은 쓸 생각도 하지 마십쇼!"

의원은 눈을 뾰족이 세운 채 엄하게 말했다. 흰 수염을 길게 기른 의원은 리아가 붕대를 칭칭 감은 왼쪽 어깨를 돌리려 하자 기겁하며 말렸다.

"내 말을 어디로 들은 거요! 쓰지 말라니까!"

"아니, 그렇게 아프진 않은데 살짝 정도는 괜찮지 않을⋯⋯."

"아, 그렇게 팔을 엉망으로 만들고 싶음 지금 내가 분질러 줄까? 응? 이놈의 기사들은 왜 이리 말을 안 들어! 검을 쓰고 싶으면 오른팔만 쓰쇼. 알겠소?"

리아는 몇 년 만에 듣는 노성에 어색하게 웃었다. 어린아이처럼 혼나고 있자니 기분이 묘했다. 리아의 그런 표정을 눈치채지 못한 의원은 붕대를 바짝 감으며 눈살을 찌푸렸다. 대체 이런 상처는 어디서 만들어오는 거냐며 혀를 차는 소리가 요란스러웠다.

"에잉, 이렇게 엉망으로 살을 찢어놓다니. 엉망이야, 엉망!"

완벽하게 나으려면 시일이 꽤 걸릴 것이라 말하며 의원은 붕대로 칭칭 감은 왼 어깨를 쿡쿡 찔렀다. 리아는 아픈 곳만 쿡쿡 찌르는 의원의 행태에 비명을 속으로 삼켰다. 채 감추지 못하고 잇새로 흘러나오는 신음을 놓치지 않은 의원은 어깨를 쭉 편 채 잔소리했다.

"이것 봐! 아프지? 아픈 거면 다친 거니까 가만히, 다 나을 때까지 아, 내 왼팔은 없구나 생각하란 말이오. 알아듣겠소?"

"윽, 아으…… 알겠으니 그만 좀 눌…… 악!"

"여기랑, 요기랑! 아픈 곳 투성이구만! 왼팔로 검을 쥐었다가 내 눈에 뵈면 아예 팔을 칭칭 묶어버릴 테니 그리 알아!"

상처 부근을 쿡쿡 찌르던 의원은 벌컥 열리는 문에 화들짝 놀라며 겅중 뒤로 뛰었다. 문을 열고 들어온 것은 카인이었다. 갑작스러운 권력자의 등장에 의원의 수염이 파들 떨렸다.

"화, 황태자전하를……."

"아아, 됐네. 치료는 끝난 건가?"

"ㅇ, 예."

"그럼 그대는 나가보게."

의원은 슬쩍 카인의 눈치를 보며 뒷걸음질 쳐 재빠르게 방에서 나갔다. 쿵, 문이 닫히자 리아는 재빠르게 끌어내렸던 옷을 다시 올리며 카인을 향해 예를 갖췄다.

"전하를 뵙습니다."

그 말에 카인은 굳은 표정으로 고개를 저었다.

"됐고, 경. 시간이 없으니 빨리 말하겠네."

"예?"

"일단 상처는 괜찮나?"

"아…… 예. 괜찮습니다."

"그래? 다행이군."

카인은 진중한 낯으로 고개를 끄덕이더니, 곧바로 말을 쏟아내기 시작했다.

"느긋하게 이번 일에 대해 얘기하고 싶지만, 곧 페리엘 공작이 보고를 마치고 들이닥칠 테니 시간이 없어. 그 인간, 경에게 가봐야 한다고 약식으로 보고하고 도망쳐 올 게 뻔하단 말이지."

카인은 귓가에서 울려 퍼지는 보고에 쯧, 혀를 찼다. 벌써 황제에게서 벗어난 에드가가 전과는 비교할 수도 없는 속도로 의무실로 오고 있음을 알리는 목소리가 다급하기 그지없었다.

그는 통신기를 끈 다음 의문만이 가득 담긴 녹안을 마주한 채 말했다.

"그러니 본론만 말하겠네."

카인의 얼굴이 진지함으로 물들었다. 방금 전까지만 해도 얼굴 만면에 가득했던 장난기는 찾아볼 수 없을 정도의 진지함이었다.

"로렐리아 폰 드벨, 드벨 후작으로서 내 질문에 답해주면 고맙겠군."

그 갑작스러운 상황에 리아는 빠르게 한쪽 무릎을 꿇었다. 오른 무릎 위에 팔을 올린 채 고개를 들어 경청한다는 의미를 표하는 리아의 머릿속은 의문만이 가득했다.

그러나 리아의 풀네임을 읊조린 카인은 천천히 몸을 숙였다. 그는 그대로 손을 뻗어 리아의 멀쩡한 어깨를 짚으며 말했다.

"사실 시간을 두고 서서히 꼬실 생각이었는데 말이야. 예상했던 것보다 일이 빨리 터져서 그럴 여유를 부릴 시간이 없어졌지

뭔가."

그의 말대로 예상했던 것보다 대공의 움직임이 빨랐다. 그리고 통신구로 전해 들은 키메라는 그의 예상보다도 더 대단한 마법사가 대공의 뒤에 있음을 암시하고 있었다. 그런 마법사가 한 명만은 아닐 터. 더는 여유를 부릴 수도 없어진 카인의 입술이 비틀려 올라갔다.

'게다가 그 마법사의 뒷배가 대공이 아니라면 제2의 인물이란 소리인데, 그럼 더 골이 아파진단 말이지. 숙부님이 뒷공작을 벌일 만큼 유능하지 않은 걸 안타까워할 날이 올 줄이야.'

카인은 복잡한 생각을 꾹 내리누르며 천천히 입을 열었다.

"드벨 후작, 내 편에 서지 않겠나."

간략하게 말한다 했지만 앞뒤가 너무 생략되어 리아는 잠시 머릿속이 멍해지는 기분을 느껴야만 했다. 그러나 아무리 거창한 수식어로 꾸며낸다 한들 그가 하고자 하는 말의 요지는 그게 전부였다. 자신의 편에 서라. 선대 후작이 그랬던 것처럼. 그는 동그란 탁자 위에 올려져 있는 꽃병을 무심히 툭, 치며 말을 이었다.

"경도 알겠지만 후계 다툼이 과열되고 있어. 오 년 전부터 계속해서 과열되고만 있지. 폐하께서는 여전히 이 모든 것을 묵과하고 계시지만…… 경, 경의 말대로 내 탄신연 때 무슨 일이 터진다면, 드벨 후작이 내 편에 서 있어야 나 역시 그대를 보호해 줄 수 있네. 아, 물론 나도 그 못지않게 요구할 것들이 있겠지만 말이지. 하지만, 경, 알고 있잖나? 고위 귀족 중 선택하지 않은 건 자네뿐이라는 걸."

사륵 접히는 눈꺼풀 사이로 가느다란 벽안碧眼이 반짝였다.

"평화롭던 시간도 그 끝이 보이고 있네. 후작, 오늘 그 키메라를 생각해 봐. 황궁기사단 중 최정예로 알려진 푸른매 기사들이 흠집조차 내지 못했지. 그것만으로도 기함할 정도인데, 오러를 사용하는 그대가 다칠 정도로 강한 키메라였어. 뜻하는 바가 무엇이겠는가."

리아의 두 눈이 무겁게 가라앉았다.

똑똑.

누군가 의무실 문을 두드린 것은 그때였다. 문 건너편에 서 있을 이를 짐작한 카인이 속으로 쯧, 혀를 찼다.

'나 원. 새끼와 잠시라도 떨어지면 큰일 나는 줄 아는 어미 새도 아니고.'

살짝 눈살을 찌푸린 카인이 한숨을 뱉었을 때, 리아가 입술을 달싹였다.

"……그 어디에도 소속되지 않은 강력한 마법사가 움직이기 시작했음을 의미합니다. 그런 자들이, 무리를 지었겠군요. 공동의 목표를 달성하기 위해."

내뱉어진 정답에 카인은 씩 웃었다.

"그래. 그렇다면 마침 도착한 공작과 같이 얘기를 해보지."

옆으로 뻗어나간 손이 문고리를 당겼다. 문이 열리자 화색을 띄던 에드가의 낯빛이 카인을 발견하자마자 푸쉬쉬 김빠지는 소리를 내는 것 같았다. 그 확연한 변화에 카인의 눈썹이 꿈틀거렸다.

"에디, 이래 봬도 내가 하나뿐인 사촌 형님인데, 거 표정이 너무 적나라한 것 아닌가."

"전하께서 여기엔 어쩐 일이십니까."

"응? 아아. 일이 급박해져서, 후작을 꼬시러 왔지. 그녀가 마음만 정해주면 내게 꽤 든든한 지원군이 될 테니 말이야."

그의 말에 에드가의 시선이 움직였다. 에드가는 자랑스럽지 않은 말을 참으로 자랑스럽게 하는 카인과, 그의 앞에서 무릎을 꿇고 있는 로렐리아를 천천히 바라봤다. 에드가는 등 뒤로 문을 닫으며 일갈했다.

"아픈 이를 찬 바닥에 무릎 꿇린 채 말입니까."

"으응……?"

"전하. 후작은 환자입니다."

비난 가득한 시선은 마치 충신을 핍박하는 주군을 보는 듯했다. 생각지도 못한 비난에 카인의 능글함이 잠시 갈 길을 잃고 헤맬 정도였다.

"괜찮습니다."

그런 카인을 구원한 것은 엉뚱하게도 리아였다. 그녀는 오히려 에드가의 말에 기분이 상한 듯했다. 살짝 찌푸린 눈으로 에드가의 시선을 피하며 답하는 목소리가 낮았다.

"고작 이 정도 상처로 전하 앞에서 예를 갖추지 못할 정도는 아니니 걱정 마십시오."

"아니, 그런 뜻이 아니라……."

"푸흡!"

한 손으로 입을 틀어막은 채, 카인은 필사적으로 웃음을 참았다.

한쪽이 애절하면 무엇 하나. 다른 한쪽은 짐작조차 못하고 있는 것을. 손바닥도 맞부딪쳐야 소리가 난다는 말이 있다. 허공에 대고 열심히 헛스윙을 하고 있는 에드가를 애잔하게 바라봐 준 카인은 짝 소리가 나게 손뼉을 치는 리아를 일으켜 세웠다.

"흠흠! 공작의 말이 영 틀린 건 아니야. 몸을 아껴야 할 시기가 아닌가. 어찌 되었건 아까의 얘기를 계속해 보자면, 후작."

황태자의 손이 뻗어나가, 리아의 어깨를 움켜쥐었다.

"강한 마법사가 움직이기 시작했다. 경들의 짐작이 현실로 드러났다는 소리지. 문제가 있다면, 저쪽에 붙은 마법사가 예상한 것보다 실력자라는 것 정도랄까. 황실 마법사 중에서 키메라의 공격을 눈치챈 이가 없을 정도였으니 말 다했지."

그 말에 리아의 시선이 에드가 쪽으로 향했다. 에드가는 천천히, 그러나 참담함을 느끼며 고개를 끄덕였다. 그가 황실에 도착하자마자 제 부하들을 통해 직접 확인한 사실이었다. 그 고갯짓 하나가 가진 무게는 상상을 초월했다.

황실 마법사들이 눈치조차 채지 못했다. 대공 편에 선 마법사들이 입을 다물었다고 해도 쉽게 넘길 수 없는 문제였다.

"……황궁에 쳐진 결계가 깨질 수 있음을 염두에 두고 호위 인원을 다시 선정하겠습니다."

에드가의 말에 카인은 만족스레 고개를 끄덕였다.

"그래야겠지. 폐하께서도 이번 일을 꽤 심각하게 받아들이실 터. 안 그런가?"

"한동안 제4기사단이 황궁에 머무르게 됐습니다."

그것만으로도 충분한 대답이 됐다. 카인은 두 번 묻지 않았다. 제4기사단 단장 역시 오러 사용자였다. 이로서 제국에 속해 있는 오러 사용자 넷 중 셋이 황궁에 모이게 된 셈이다. 좋게 생각하자면 기사단 하나만큼의 전력이 추가된 것이었으나, 결국 그만큼 상황이 나쁘다는 소리였다. 다른 귀족들이 이번 결정을 어떻게 해석할지, 대공에 대한 평가가 어떻게 이뤄질지는 두고 봐야 하는 일이었으나 최소한 제게 도움 되는 방향이 아니라는 것쯤은 확신할 수 있었다.

카인은 연회까지 남은 날짜를 헤아려 보다 비릿하게 웃었다. 아직도 이 주 가까이 남아 있건만 벌써 이 지경이라니.

"이런. 심각한 것 이상이로군. 숙부께서 꽤나 의기양양해하시겠어. 황실 마법사들도 발등에 불이 떨어지겠군."

카인의 말 대로였다. 키메라를 직접 상대했던 리아의 얼굴이 어두워졌다. 아무리 뛰어난 마법사라 할지라도 황실 마법사에 비견할 수 없을 것이라는 생각이 무너졌다.

"그 뒤에 누가 있는지, 혹은 마법사가 독자적으로 움직이는 것인지 아직 확인된 바는 없으나 하나만큼은 확실하지."

카인은 에드가를 한 번, 리아를 한 번 바라보고는 말을 이었다.

"이것이 선전포고라는 것."

그토록 강한 힘을 갖고 있으면서도 전력을 다하지 않았다. 키메라를 불러내고는 저는 모습을 감춘 채 상황을 지켜보기만 했다면 그 이유는 하나로 좁혀졌다.

"동시에 이쪽의 전력을 가늠해 본 거겠지."

말을 하는 카인의 얼굴은 엉망이었다. 오 년 전 이런 치욕은 다신 겪지 않겠다 다짐했건만 그 다짐이 엉망이 되어버렸으니 속에서 열불이 날 법했다. 그는 저를 향해 웃어 보였던 대공의 얼굴을 떠올리고는 아득 이를 갈았다.

"하여 이리 서두르는 걸세, 후작."

"예."

리아는 멀쩡한 오른손으로 다시 예를 표했다. 그 고지식함에 웃는 것도 잠시, 카인은 웃음기가 사라진 얼굴로 천천히 입을 열었다.

"나는 그대가 탐이 나."

어째서 탐을 내는지는 굳이 입 밖에 낼 필요도 없었다. 로렐리아 폰 드벨, 그녀를 탐내는 것은 너무도 당연한 일이었으니 말이다. 그녀 본인이 오러 사용자라는 것은 둘째로 치더라도 드벨 후작은 그 자체로도 역사 깊은 가문이었다. 그 이름 아래에 존재하는 영지와 가신, 그리고 사병들의 가치는 헤아릴 수 없을 정도다. 이 모든 것이 그녀의 결정에 달려 있으니 어찌 기껍지 않을까.

카인이 이 모든 것들을 얻기 위해 설득해야 할 인사는 오직 하나, 로렐리아뿐이었다. 조금 더 정확히 말하자면 로렐리아 폰 드벨, 그 이름을 지고 있는 드벨 후작이었다.

그는 천천히 말을 이었다.

"대공을 보았으니 알겠지. 그치가 황제로 걸맞다 생각하지 않으리라, 후작."

"전하, 저는……."

"뒤로 빠질 수 있을 것이라고도 생각하진 않겠지."

리아의 낯이 굳었다. 그런 속 편한 생각은 보석함을 손에 넣은 뒤부터 단 한 번도 해본 적이 없었다. 그녀는 키메라에게 입은 상처가 욱신거린다 생각하며 답했다.

"아닙니다."

"그렇다면 그대도 선택해야 할 시간이야. 유예할 수 있었던 시기가 끝났네."

다른 공후작들이 전부 제 편을 정했다. 그녀에게도 선택의 순간이 온 것이다.

허공에 뱉어지는 목소리가 음울했다.

"전쟁은 이미 시작했어."

오 년 전부터. 카인은 뒷말을 삼켰다. 오래된 상처가 욱신거리
는 기분에 그는 슬쩍 입안 여린 살을 물었다. 낮게 가라앉은 눈으
로 이 모든 상황을 관망하던 에드가가 끼어든 것은 바로 그때였
다.

"전하. 너무 갑작스러운 말입니다."

"갑작스럽다라. 그렇겠지. 나 역시 드벨 후작에 대해서는 이것
저것 재느라 다가가질 않았으니 말이야. 그래, 그대가 생각하기엔
어떤가. 아무래도 후작의 의견이 가장 중요할 테니 말이야."

발언권이 제게 돌아오자 리아는 고심하며 말을 골랐다. 이 자
리에서 뱉는 말이 가진 무게가 그 정도였다. 그녀는 짤막한 고민
을 마치고 입을 열었다.

"전하께서 하신 말씀은 잘 알겠습니다. 제게 더는 시간이 없다
는 것 역시. 하나 전하. 이 말 하나에 걸려 있는 목이 수백입니다.
이틀만 말미를 주시지 않겠습니까."

"이틀이라. 그 정도면 충분한가?"

"예."

"좋아. 그렇다면 대답은 후에 듣도록 하지."

카인은 보다 가벼워진 표정으로 앉아 있던 침상에서 몸을 일으
켰다. 웃차! 소리를 내며 일어난 그는 언제 진지했냐는 듯 금세
장난스러운 얼굴로 에드가의 어깨를 두드렸다.

"자아 그럼, 이 따분하고 지루한 주제를 가져온 사람은 자리를
피해줄 터이니 자아알 해보게, 공작!"

참으로 도움 되는 조언에, 에드가는 소리 없이 미간을 찌푸렸다.

이 소문의 근원지를 찾아내고 말겠다는 다짐을 하며. 그 근원지가 저라는 것을 모르기에 할 수 있는 생각이었다.

살랑살랑, 허공에 손을 흔들어대던 카인이 문을 닫고 사라지자 의무실에는 리아와 에드가 둘만이 남았다. 허공에 떠도는 것은 어색함이었다. 막 카인에게서 은밀한 제안을 받은 직후였기에 어색함은 배가되었다.

리아가 막 자리에서 일어나려던 순간 문 반대쪽에서 다시금 노크 소리가 들려왔다.

"저, 단장? 잠깐 시간 괜찮으십니까?"

페피의 목소리에 에드가가 얼굴을 쓸어내렸다.

"무슨 일이지."

승낙에 가까운 말이 떨어지자 끼이익, 소리를 내며 문이 살짝 열렸다. 겨우 눈을 빼꼼 내밀 정도만 연 페피는 그 사이로 얼굴을 들이민 채 황태자의 말을 전했다.

"어, 그, 전하께서 후작 각하를 꼬시기 위해서라면 다 얘기해도 된다 전하라고……."

"……뭐?"

"아. 물론 극비사항은 안 된다고 하시긴 했습니다."

잊었던 얘기를 다급히 덧붙이던 페피는 에드가의 표정에 슬그머니 꼬리를 말았다.

"……그게, ……전심전력을 다해 꼬시라는 명령입니다."

말을 전하는 이도, 그걸 듣는 이도, 꼬심을 당해야 하는 이도 절로 부끄러워지는 순간이 아닐 수 없었다. 들릴 리 없는 카인의 호탕한 웃음소리가 바로 귓가에서 울리는 것 같다 생각하며 에드가는 한숨을 뱉었다.

"그래. 최선을 다하겠다 전해라."

"예!"

다시 문이 닫히자 전과는 비교할 수도 없는 침묵이 둘 사이에 내려앉았다. 졸지에 꼬셔지는 존재가 되어버린 리아가 어색하게 몸을 뒤척이며 옷자락을 정돈했다. 그녀는 슬쩍 자리에서 일어났다. 나중 일은 나중에 생각하더라도 일단 이곳에서 몸을 피하지 않으면 어색함에 몸을 뒤틀다 사라질 것만 같았기 때문이었다.

그러나 리아가 먼저 가보겠다며 말을 꺼내는 것보다 에드가가 문 쪽으로 향했던 몸을 돌리는 것이 먼저였다.

"경."

"아, 예?"

"미안하다."

두서없이 뱉어진 사과였다. 그 갑작스러움에 리아의 눈이 동그래졌다. 그녀가 놀란 이유는 또 있었다.

'왜 저렇게 풀이 죽은 거야?'

공작에게 강아지 귀가 달려 있다면 그것이 축 늘어졌을 정도의 풀 죽음이었다. 황태자의 앞에서도 당당하게 그 잘못을 지적하던 이라고는 믿기 어려울 정도였다. 리아는 조금은 당황한 표정으로 반문했다.

"무엇이 말입니까?"

"경이 약하다 생각해 한 말은 아니었어. 그저⋯⋯."

한쪽 무릎을 꿇고 있는 바닥이 차 보였을 뿐. 에드가는 뒷말을 흐렸다. 괜히 변명 같다는 생각이 문득 머릿속을 스치고 지나갔기 때문이었다. 그런 그의 날 것 같은 모습에 리아만이 속으로 놀라움의 감탄만 연신 뱉어냈다. 참으로 오색찬란한 남자가 아닐 수 없었다. 그녀가 지난 삼 년간 알아왔던 에드가는 그야말로 재수 덩어리, 그 자체였다. 일단 첫인상이 최악 중에서도 최악이었으니 더 말해 무엇 할까.

그러나 근래 들어 그녀가 경험한 에드가 폰 페리엘은 무언가 달랐다.

'생각이 깊다고 해야 하나, 생각을 너무 많이 한다고 해야 하나.'

마차 사고에 대한 자료를 건네줄 때, 그리고 언뜻언뜻 내비치는 말과 행동들이 그저 가볍게 내뱉고 하는 것들이 아님이 눈에 보였다. 표정 없이 딱딱하게 굳어 있던 얼굴과 그저 귀찮아하는 것 같던 행동들은 어느 순간을 기점으로 삽시간에 바뀌었다.

리아는 찬찬히 손가락을 꼼질대고 있는 에드가를 살폈다. 전에는 관심을 두지 않아 보지 못하던 것들이 조금 신경을 쓰자 눈에 들어오기 시작했다. 저를 걱정해 한 말들이라는 것과, 지금 진심으로 사과하고 있다는 것들이. 리아는 사람이란 겪어봐야 안다는 옛말을 체감하며 고개를 끄덕였다.

"알고 있습니다. 저 역시 말이 과했던 것 같군요. 사과드리겠습니다."

에드가를 바라보는 녹안이 따스했다.

'역시 좋은 기사야. 동료로서도 뛰어나고.'

에드가가 좋은 동료라는 생각을 다시금 되새기며 리아는 웃었다. 물론 그녀의 생각을 알 리 없는 에드가는 새로운 오해가 생기지 않았음에 감사하며 심장계를 쓸어내렸지만 말이다.

그러나 그 뒤 에드가는 리아와 좋은 시간을 보내기는커녕 바삐 황제에게 향해야만 했다. 모든 일이 끝났다 말했지만 실상 약식으로 처리한 보고를 보충해야만 했기 때문이었다. 두 시간 뒤에는 제4기사단 단장인 캐슬러와의 약속이 잡혀 있기에 서둘러야 했다. 황실 복도를 가로지르는 걸음이 바빴다. 황금으로 장식된 거대한 문 앞을 지키고 서 있던 다이컨은 에드가가 보이자 차렷 자세를 취했다.

"안에는?"

"방금 전까지 대공이 제국 기사들의 불손함에 대해 열변을 토하며 당장 단장에게 그 책임을 물어야 한다 주장하다 쫓겨났고."

이 부분에서 다이컨의 눈이 살기로 번들거렸다. 번뜩이는 두 눈은 만약 그가 대공이 아니었다면 갈가리 찢어놓았을 것이라 말하고 있었다. 대공은 자신을 억지로 말에 태웠던 기사의 감봉을 얻어낸 뒤에야 자리를 떴다. 제 목숨을 구한 기사에게 상을 내리지는 못할망정 감봉이라니. 그것도 직위 해제를 요구하다 안 되자 감봉이라도 시켜야겠다며 바락바락 악을 써 얻어낸 결과였다.

"지금은 전 공작부인께서 계십니다."

"……어머니께서?"

"예. 아, 그리고 폐하께서 단장이 오면 곧장 들여보내라 하셨습니다. 삼십 분이 지나도 안 오면 잡아오라 하셨는데 지금이 딱 이십칠 분째이니 어서 들어가셔야 할 겁니다."

삼 분만 더 지체하면 제게 끌려들어가야 한다 말하는 다이컨의 말에 에드가는 지체 없이 문을 열었다. 저 말이 농담이 아니라는 걸 잘 알고 있기 때문이었다. 남들은 황제와 황태자의 성격이 정반대라고들 말하곤 하나 둘을 가까이에서 봐온 에드가가 보기엔 그리 다를 것도 없었다. 묘한 부분에서 유치하고, 또 능글맞은 부자였으니 말이다.

'게다가 둘 다 무슨 생각을 하는지 짐작할 수 없다는 점에서 아주 똑같지.'

등 뒤에서 문 닫히는 육중한 소리를 들으며 에드가는 고개를 들었다. 붉은 융단이 끝없이 펼쳐져 있어 눈앞을 아찔하게 만들었다. 황좌까지 닿기 위해서는 한참을 안쪽으로 걸어 들어가야만 했다. 이리저리 꺾인 곳이 많은 그 길 위에서는 황제가 어디 있는지 보이지도 않았다. 그의 위엄을 드높이기 위한 수많은 방법 중 하나였다.

라흘란 제국의 역사를 그림으로 새겨 넣은 흰 벽 사이에 깔린 길고 화려한 붉은 카펫을 밟으며 황제의 권위를 되새기라는 의미였다. 이를 위해 문 앞쪽에서부터 황좌가 있는 곳까지 깔린 붉은 카펫은 매일 아침 새것으로 바뀌어 항상 깔끔함을 유지했다. 신을 신고 밟기 황송스러울 정도로. 그는 그런 카펫을 거침없이 밟으며 황좌 쪽으로 향했다.

"……언제까지 후계를 등한시할 생각이십니까, 폐하!"

안느의 목소리가 들린 것은 절반쯤 걸어 들어갔을 때였다. 분통함이 가득한 그 목소리에 에드가의 걸음이 우뚝 멈춰 섰다.

"오러 사용자인 후작이 다쳤습니다! 귀족들 사이에 말이 돌 것을 모르시는 겁니까! 이미 대공 측 귀족들 사이에 폐하께서 전하를 내어놓은 자식처럼 대한다는 얘기가 돌고 있음을 모른다 하실 수는 없으시겠지요!"

모든 귀족들이 갖고 있는 의문이었지만 그 누구도 차마 입 밖으로 내지 못했던 것이 벽과 벽을 타고 쩌렁쩌렁 울리고 있었다. 아마 현존하는 이들 중 황제에게 저렇게까지 따져 물을 수 있는 자는 안느가 유일할 것이다.

그녀의 목소리에 에드가의 두 눈이 가라앉았다. 의도한 바는 아니었으나 자연스럽게 발걸음이 멈췄다.

"어찌하여 정당한 후계가 있음에도 황위 다툼이 벌어져야만 합니까, 폐하! 설마하니 오 년 전 일을 반복하실 생각은 아니시겠지요!"

황제가 무어라 답했는지는 알 수 없으나, 안느의 발언이 아슬아슬한 지점을 넘나들기 시작하자 그는 멈췄던 걸음을 다시 옮기기 시작했다. 그리하여 드디어 황좌가 눈에 들어왔을 때. 주름진 황제의 고개가 에드가에게 향했다.

"안느. 네가 하는 말은 알겠다. 하나 지금은 더 급한 얘기가 있으니 그만하거라."

나지막한 경고였다. 선황이 그리 아꼈던 황녀라 할지라도 이 이상 말하는 것은 용납하지 않겠다는 경고. 그 말에 안느가 몸을 돌렸다. 그녀는 몇 걸음 뒤에 우뚝 서 있는 제 아들을 발견하고는 참았던 숨을 뱉어냈다.

"……그래야겠군요."

고운 손이 숄을 추켜올렸다. 안느는 제 오라비이자 라흘란 제국의 황제를 향해 정중히 예를 갖추고는 고개를 돌려 아들에게 눈짓으로 인사한 다음 옆에 난 문으로 사라졌다.

황태자의 것과 꼭 닮은 벽안이 에드가에게로 향했다. 라흘란 제국의 태양이자, 황제. 그는 중년의 나이에도 형형히 불타는 눈을 가진 사내였다.

"그래. 오러로만 상대할 수 있는 키메라라. 황실 마법사 중 몇이나 대응할 수 있으리라 보는가."

"폐하의 곁을 지키는 마법사들이라면 충분히 상대할 수 있을 것입니다."

"아니. 경, 내가 묻는 것은 그게 아니야."

황제는 황좌의 팔걸이에 턱을 괴었다. 이십년 넘게 평화를 유지하던 제국이다. 그러나 그 평화가 아무런 대가도 없이 그저 만들어졌을 리가. 제국의 평화가 하루 이어질 때마다 황제는 늙어갔다. 쉰을 앞두고 있는 황제의 미간에 깊은 주름이 패였다.

"태자를 지킬 수 있겠는가."

나이든 얼굴에 깃들어 있는 것은 미미한 불안감마저 뒤덮은 여유로움이었다. 불가능은 생각조차 하고 있지 않다는 그 모든 태도에서 전성기 때 작은 소요들을 진압하기 위해 제 발로 뛰어다녔던 과거의 영광이 아직도 빛바래지 않았음을 알 수 있었다.

이제 와 오래 검을 쥐지 않았던 그 손에서는 힘이 빠지고 있었지만 말이다. 에드가는 본래 나이보다 더 피로해 보이는 황제를 바라보며 천천히 입을 열었다.

"예."

"그거면 충분해. 다른 것들은 들을 필요도 없지. 아, 그런데 듣자하니 요새 무척 바쁘다던데."

"예?"

의아한 기색을 띠는 에드가의 표정에 황제는 언제 그랬냐는 듯 장난스러운 낯으로 킬킬 웃었다. 그는 황좌의 팔걸이에 턱을 괸 채 제 충직한 신하를 내려다보며 눈을 가늘게 떴다. 푸른 두 눈에 장난기를 가득 담은 채로.

"내 하나뿐인 동생에게 공작의 연애사업에 방해되었다며 혼나고 싶진 않으니 어서 가보게나."

방금 전 열을 내던 안느를 이르는 것이다. 에드가는 너무 당황해 황제가 그녀를 '하나뿐인' 동생이라 지칭한 것도 알아채지 못했다. 그는 씩 웃으며 손짓하는 황제를, 황망하게 바라보았다.

'어째서 폐하마저⋯⋯?'

시작도 안 한 잔치에 구경꾼만 득실거리는 상황이 아닐 수 없었다.

††

리아는 자신과 만나보고 싶다는 대공의 요청도 뒤로 미룬 채 서궁으로 향했다. 매년 까다로운 방식으로 선발되는 황실 마법사들이 온갖 연구를 벌이는 곳으로 말이다.

"후작님!"

막 밖으로 나오던 셴이 그녀를 알아보고는 반가운 표정으로 뛰어나왔다.

"여기까진 어쩐 일이십니까?"

아무것도 모른다는 표정인 걸 보아하니 자세한 얘기를 전해 듣지 못한 모양이었다. 리아는 로브 후드에 박혀 있는 인장을 곁눈질로 확인하고는 그의 종착지를 짐작했다. 시전자가 명확하지 않은 키메라가 등장했으니 추적 마법이 특기인 마법사를 부르는 건 당연한 수순이었으니 말이다.

'뒤처리가 깔끔한 편은 아니었지.'

혼절하지 말아야 할 텐데.

리아는 마차 사고가 사실은 교묘하게 계획된 살인이라는 말만 듣고도 얼굴이 창백해졌던 셴의 과거를 떠올리고는 해맑게 웃는 그를 조금 걱정스러운 표정으로 바라봤다.

"케이티 영애에게 물을 것이 있어서 그쪽으로 가는 중이었는데, 안에 있나?"

"그럼요. 음, 그런데 지금 좀 바빠……."

"아무리 바빠도 이쪽이 먼저일 테니 그건 걱정하지 않아도 괜찮아. 그보다 셴."

"예?"

리아는 두 눈을 동그랗게 뜬 채 자신을 올려다보는 셴의 모습에 어쩐지 양심의 가책을 느껴야만 했다. 이번 일로 황실 마법사에 대한 평가는 바닥을 찍고 있었지만, 적어도 그에 대해서만큼은 좋은 인상을 갖고 있던 탓이다. 그러나 확실하지도 않은 일로 괜히 겁주고 싶진 않았다. 그가 어디로 가고 있는 길인지는 모르지 않나. 리아는 결국 하려던 말을 삼키고는 손을 내저었다.

"아니, 아무것도 아니야."

"아……? 어, 그럼 저는 이만 가보겠습니다. 최대한 빨리 오라 하셨거든요."

날아갈 듯이 달려가는 셴을 눈짓으로 배웅한 리아는 곧장 안으로 들어섰다. 연구실 위치는 이미 알고 있었으니 굳이 물을 필요도 없었다.

연구실 앞에 선 리아는 두어 번 노크한 후 들어오라는 말을 듣고서 문을 열었다. 바쁠 것이라는 셴의 말과는 달리, 케이티는 이미 그녀의 방문을 알고 있었는지 놀라는 기색이 아니었다.

일자로 곧게 잘린 적갈색 단발머리가 그녀의 고갯짓을 따라 좌에서 우로 움직였다. 그녀는 팔걸이에 턱을 괸 채 피로한 눈을 깜빡이며 먼저 입을 열었다.

"키메라, 라더군요."

마차 사고의 키메라에 대해서는 덧붙이지 않았다. 그럴 필요도 없었다. 삼 년 전 마차 사고를 일으킨 마법사가 다시 나타나 황족을 공격했다는 건 변명의 여지가 없는 사실이었으니.

"그래. 그리고 그대는 이 모든 일들이 일어나는 걸 막을 수도 있었다는 것을 인정해야겠지. 그 책임이 가볍진 않을 터."

케이티는 마치 항복하듯 양손을 들어 올렸다. 그럼에도 꺾이지 않은 두 눈이 그녀의 본심을 그대로 비춰 보여주고 있었지만 말이다.

"죄송해요, 후작님. 하지만 알고 계시잖아요? 아무리 저라 할지라도 제멋대로 움직일 수 없었다는 것을. 마탑에, 가문에. 정말이지, 족쇄를 찬 기분이라니까요."

이미 들었던 얘기다. 반복된 얘기로 시간을 낭비할 생각은 조금도 없었다. 리아는 손을 들어 케이티의 말을 막았다.

"변명을 들으려는 게 아냐. 일전에 했던 말은 잊지 않고 있겠지? 황족인 대공의 목숨이 위협당했다. 그러니 이번에야말로 생물, 혹은 키메라와 관련된 마법에 능숙한 마법사에 대해 아는 것이 있다면 전부 말해줘야겠어."

더 이상 변명할 거리도 없었다. 케이티는 리아가 눈앞까지 들이밀어주는 서류에는 시선조차 주지 않았다. 그럴 필요가 없었다. 그녀는 눈을 감은 채 줄줄이 그자에 대해 불었다.

"좋아요. 후작님께서도 아시다시피, 그런 종류의 마법은 무척 드물어요. 그러니 아직도 기억하고 있죠. 이름은 넥스. 아, 천민 출신이라 성은 없어요. 회색 머리칼에 회색 눈을 갖고 있고, 몇 년 전에 마탑에서 탈주한 마법사 중 한 명이에요."

일치한다. 토리아 영애가 준 자료와, 제가 만났던 넥스, 그리고 케이티가 어쩔 수 없이 얘기해 주는 자에 대한 얘기들이. 리아의 눈에 이체가 돌았다.

"이름이, 넥스라 했나."

"네. 넥스요. 그자가 마탑에서 탈주했을 때, 마법사들 사이에서 말이 많이 돌았죠. 다들 뭐라더라, 사랑꾼 넥스라던가."

제가 그자였다면 그 정도의 마법을 포기하느니 그냥 죽었을 텐데 말이에요. 케이티는 키스 한 번에 지금껏 쌓아온 모든 게 사라진다니, 믿겨지느냐며 고개를 휘저었다.

"……협조해 줘서 고맙군."

적갈색 눈동자가 슬쩍 뜨여 뒤돌아 사라지는 리아를 배웅했다. 리아의 금발이 모퉁이를 돌아 사라지자마자 그녀의 입가에 만면했던 웃음도 자취를 감추었다.

키메라가 나타났다. 그게 무슨 의미인지는 황궁에 있는 사람들 중 그녀가 가장 잘 알았다. 케이티는 흘러내리는 머리칼을 쓸어 올리며 곧장 대공이 머물고 있을 궁으로 향했다. 그녀가 가는 걸음마다 반갑게 눈인사를 건네던 이들은 화가 난 듯한 케이티의 표정에 당황을 감추지 못했다.

얼굴을 딱딱히 굳힌 채 대공이 머물고 있는 궁에 들이닥친 케이티는, 궁 앞에서 창백하게 질린 채 손톱을 물어뜯고 있는 여자를 발견했다. 아무리 멀리 있더라도 못 알아보기 힘들 여자다. 불꽃처럼 새빨간 머리칼과 눈동자가 그리 흔한 색은 아니니 말이다.

"―이그니스!"

부른다기보다는 악을 쓰는 것에 더 가까웠다. 허공을 찢는 케이티의 외침에, 이그니스의 고개가 휙 돌아갔다. 고갯짓을 따라

들썩이며 일어났던 붉은 머리칼이 푸스스 가라앉았다. 이그니스는 케이티의 팔을 잡고는 구석진 곳으로 그녀를 끌어당겼다.

"다른 사람들이 보면 어쩌려고!"

날 선 목소리에도 케이티는 코웃음만 쳤다.

"내가 할 말이야. 키메라라니, 대체 무슨 생각인거야? 대공께서 그런 명령을 하셨을 리는 없고. 분명히 네 독단이겠지."

케이티의 확신에 찬 말에 이그니스는 붉게 칠한 입술을 물어뜯었다. 차라리 제 독단이면 나았을 것이다. 그러나 이번 일은 그녀도 알지 못했다. 온전히 넥스의 단독행동이었으니 말이다.

당장 넥스라는 자의 목을 베어오라며 악을 쓰는 대공을 진정시키기 위해 얼마나 오랜 시간이 걸렸던가. 이그니스는 이제 자신을 배신자처럼 노려보는 케이티를 바라보며 입술을 비틀었다.

"독단? 입 조심해, 케이티."

"뭐?"

이그니스의 붉은 눈동자가 열기를 머금었다. 그녀는 상체를 숙여 케이티와 시선을 맞추며 속닥였다.

"조심하지 않으면 그 입을 찢어버릴 테니."

케이티는 제 입가로 다가온 손끝에서 불꽃이 피어오르자 자신도 모르게 주춤 뒷걸음질 쳤다. 미처 지우지 못한 공포가 얼굴만면에 남아 있어서, 이그니스는 비릿하게 웃었다. 붉은 입술이 비틀리는 모양새에 자신이 당했다는 걸 깨달은 케이티의 얼굴이 엉망으로 구겨졌다.

"하! 지금 네가 무슨 말을 했는지 알고는 있는 거야? 해놓은 짓거리는 또 어떻고? 엉망이라고!"

"전야제로는 딱 맞다 생각하지 않아?"

"농담할 기분 아니야."

"잘됐네, 나도 농담이 아니니까. 잘 들어. 이걸로 대공께서는 어떤 일이 벌어져도 용의선상에서 제외될 테니. 그리고 네, 그, 잘난 백작가 역시."

대공의 분노에서 넥스를 건져 내기 위해 던진 패는 컸다. 모든 죄를 자신이 덮어쓰겠다는 말에 케이티는 불신이 가득한 시선으로 이그니스를 바라봤다.

"진심이야?"

"진심?"

그보다 더 우스운 물음은 들어본 적이 없다. 이그니스는 깔깔, 하늘이 떠나가라 웃어젖혔다. 방금 전까지 사람들의 시선을 두려워하던 것이 무색하리만치.

길게 이어지던 웃음은 어느 순간 가위로 잘라내듯 뚝 멎었다. 그녀의 길고 흰 손이 케이티의 어깨를 톡톡, 가볍게 두드렸다.

"그럼 내가 지금껏 이 모든 일을 장난으로 하는 줄 알았어, 케이티?"

상체를 숙여 케이티의 귓가에 대고 나지막이 속삭이는 목소리가 낮았다. 그것이 어쩐지 소름끼쳐서, 케이티는 부르르 몸을 떨었다.

"역시, 넥스였습니다."

리아는 케이티로부터 얻어낸 것들을 책상에 내던지며 짓씹듯 말했다. 그녀의 짙은 녹안은 금방이라도 불타오를 것처럼 열기로 가득했다. 살면서 이렇게 화가 치민 적이 없다. 지금 눈앞에 적이 있다면, 그녀는 그 어느 때보다도 제 실력을 발휘했으리라.

상처 탓에 왼팔을 거의 쓰지 못한다는 것도 짜증의 이유 중 하나였다. 그러나 가장 큰 이유는 케이티의, 그리고 제가 접촉하지 않은 수많은 황실 마법사들의 태도 전환이었다.

"그, 가진 것들을 놓고 싶지 않아 하는, 엉덩이만 무거운 마법사들이, 드디어 확인을 해주었거든요."

꽉 문 어금니에 어찌나 힘이 들어갔는지 단어가 드문드문 끊어졌다. 중간에 욕이 튀어나오지 않은 게 용하다 싶었다. 그러나 에드가는 그녀의 기분을 십분 이해했다. 황실 마법사들은 마차 사고에 마법사가 개입한 것이 맞는지 확인하는 과정에서도 절차니 서류니 하며 답을 미뤄왔으니 말이다.

"물을 필요도 없습니다. 발을 빼겠다는 거죠."

그동안 몇 번이나 요청할 땐 몸 사리기 바쁘더니 정작 일이 터지자 창백해진 낯으로 먼저 달려오던 그 얼굴들이란! 에드가는 넥스가 생물과 관련된 마법에서 특출한 재능을 보였음을 확인해주는 서류를 들어 올리며 대답했다.

"알 만하군."

"뒷장을 보면 더 기가 막힐 겁니다. 넥스가 다른 제국 마법사들과 다르다는 것을 보여주기 위해 그의 출신까지 끌어왔더군요."

"평등을 외치는 것치고는 꽤⋯⋯."

"더럽죠."

리아는 에드가가 미처 뱉지 못한 말끝을 대신 끝마치며 그가 권하는 소파에 주저앉았다. 그녀가 이렇게 열을 내는 이유는 명확했다.

"조금만 빨리 일을 처리해 줬어도 사전에 막을 수 있었는데!"

고작 며칠 전이다. 그를 눈앞에서 보고, 같이 차까지 마신 다음, 아무런 증거도, 확신도 없어 제 손으로 놓아준 것이. 곱씹을 수록 분노가 차올라 준비되어 있는 냉차를 단숨에 들이켰다. 그런 그녀의 모습을 바라보던 에드가는 조금 미안한 표정으로 말문을 열었다.

"경…… 이후 넥스를 다시 만나게 되더라도 그를 붙잡아선 안 된다는 걸 잊진 않았겠지?"

이 말은 정말 하고 싶지 않았다. 에드가는 텅 빈 찻잔을 으깨 버릴 것처럼 쥐고 있는 리아를 살피며 한숨을 삼켰다. 그녀가 양친의 사망에 얼마나 좌절했는지 알고 있다. 혼란에 빠진 드벨 후작가를 지탱하기 위해 무엇을 포기했는지, 무엇을 견뎌왔는지도 알고 있었다.

이 모든 것이 사고가 아니라는 사실을 무려 삼 년 만에 알게 되었다는 것도, 그 범인이 키메라를 만드는 데 능통한 마법사라는 것도 알고 있다. 드디어 마차 사고에 대한 윤곽이 잡히기 시작했다.

그러나 이미 일은 커져 있었다. 자신이 어떻게 할 수 있는 수준을 넘긴 지는 꽤 됐다. 이제 그들은 황제를 위협하고 있었다. 에드가는 하고 싶지도 않고, 하기도 어려운 말을 하기 위해 바싹 마른 입술을 달싹였다.

"알고 있습니다."

리아는 그의 난감함이 훤히 보인다는 표정으로 웃어 보였다. 일그러진, 엉망진창인 미소였다.

"대공을 잡기 위해서는 그가 제멋대로 날뛸 수 있게 놓아두어야 한다는 것을."

스스로 날뛰다 자멸하게 만들어야 한다. 그래야 황제도 더는 대공을 비호하지 못할 테니. 그녀도 잘 알고 있었다. 일이 앞으로 어떻게 돌아갈지에 대해서도, 자신이 무엇을 해야 할지도. 꼬리를 잡자고 몸통을 놓칠 수는 없는 노릇이었다. 그러나 언제나 이성이 감정을 이기는 것은 아니다.

"하지만 경…… 저는……."

진심으로 원했다. 넥스의 심장에 검을 박아 넣길. 그리하여 피를 토하는 그자의 입에서 이 모든 일이 자신의 죄임을 실토하게 만드는 순간을. 자신에게 있는지도 몰랐던 잔혹한 성정이 고개를 치켜들고 간절히 바라고 있었다.

넥스의 죽음을.

리아의 얼굴이 엉망으로 일그러졌다. 그녀는 양손에 얼굴을 파묻었다. 이러지 말아야 한다는 것을 알고 있다. 지금 자신이 감정을 온전히 드러내고 있는 사람은 동료이자, 페리엘 공작이자, 남이었다. 피 한 방울 섞이지 않은 타인. 그에게 속에 담아놓은 것들을 토해내는 것은 어리석은 짓이었다.

그러나.

참았던 숨이 터지듯 쏟아졌다.

"저는, 그자가 재판에 서는 것조차 원하지 않습니다. 그따위 것이 다 무슨 소용입니까? 제가 원하는 것은……."

제어를 잃은 감정은 제멋대로 날뛰어 자신이 무슨 말을 하고 있는지조차 명확하게 알지 못했다. 범인이 있다는 걸 알게 되는 것과 제가 그 범인을 눈앞에서 놓아준 것은 차원이 달랐다.

아득. 바짝 힘이 들어간 턱 끝에서 어금니가 맞물리는 소리가 선연했다.

"복수입니다."

재판은 원하지 않는다. 그 지지부진한 과정은 운이 나쁘면 반년도 더 넘게 이어질 것이 뻔했다. 심지어 상대는 마법사다. 그러니 마탑에, 황실 마법사까지 관여해 자신들에게 좋을 대로 상황을 끌어나가고자 애를 쓸 것이 눈에 훤했다.

원치 않는 것들이다. 제겐 검이 있었다. 누구보다 고통스럽게 그의 목을 베어내고 싶었다. 그의 목을 베어 양친의 무덤가에 바치는 것이 그녀가 원하는 유일한 일이었다. 자신을 보며 능글맞게 웃던 그 입이 더는 아무런 말도 뱉지 못하도록. 그러나 그럴 수가 없다. 제게 지워진 지위며 작위는 족쇄처럼 행동을 제한하고 있었으니 말이다.

리아의 입에서 마른 웃음이 터졌다. 후작위가 이렇게 쓸모없는 것이라는 걸 알았더라면 차라리 버렸을 텐데. 그녀는 자신도 모르게 그런 생각을 하며 어깨를 떨었다.

분노로 인한 떨림이었다.

에드가는 리아의 앞에 무릎 꿇었다. 그녀의 얼굴을 살피기 위해서는 그럴 수밖에 없었다. 황족 앞에서만 굽혀지는 무릎을 아무런 요구도 없이 꿇릴 수 있는 이는 아마 대륙을 통틀어 리아, 그녀가 유일하리라.

그러나 그도 그녀도 그런 소소한 것에 신경을 쓸 정신은 없었다.

언제나 부드러운 온기를 품고 있던 녹안이 바싹 마른 땅처럼 갈라지는 것을 바라보며 에드가는 고통스러운 표정으로 손을 뻗었다. 손끝에서 느껴지는 떨림이 선연했다. 분노하면서 슬픔으로 가득 차 있는 리아의 모습에 그는 자신이 무슨 행동을 하는지조차 인지하지 못했다. 그저 그녀를 안아줘야겠다는 생각뿐이었다.

에드가의 커다란 손이 가는 어깨를 가로질러 들썩이는 등을 감쌌다. 리아는 그 부드러운 강제에 이끌리듯 에드가의 품에 이마를 기댔다. 어린아이를 달래듯 등을 도닥이는 손길이 조심스러웠다. 가쁘던 숨이 들썩인 먼지가 가라앉듯 천천히 제 박자를 찾아갔다.

"경."

답을 원한 부름은 아니었다.

"반드시 그렇게 될 거다."

맹세도 아니었다. 그것은 확신이었다. 그렇게 될 것이라는 확신. 혹은, 그렇게 되게 만들 것이라는 확신.

"원하는 것을 얻게 될 거야."

그는 스스로에게 다짐하듯 같은 말을 반복했다. 보다 작은 목소리로.

††

밤이 지나고 다시 만물이 활동하는 낮이 돌아오자 세상은 빠르게 움직이기 시작했다. 그러나 하루가 지날수록 고민거리가 줄어들기는커녕 늘어나기만 하는 리아의 발은 무겁기만 했다.

⟨키메라에 대해서라, 벨에게 물어볼 수 있다면 좋겠지만, 걘 요새 여기저기 여행을 다니느라 수도에 오래 머물지 않아. 마탑이 있는 붉은 사막에서 뭘 찾아야겠다며 집을 비운 지 벌써 한 달이 다 되어가는걸?⟩

저쪽 세상의 로렐리아가 적극적으로 움직여 주지 않는 한, 절대적으로 정보가 부족했다. 저쪽 세상에서 입었던 피해를 생각한다면 이 정도로도 감지덕지해야 할 것이다. 최소한 미셸의 죽음을 막기 위해 노력할 수도, 죽을지도 모를 귀족들의 목숨을 살릴 수도 있을 테니 말이다. 그러나 사람의 욕심이란 끝이 없다. 하나를 알게 되니 둘을 알고 싶고, 셋을 알고 싶어지니 말이다.

그런 의미에서 지금 그녀의 최대 관심사는 첫 만남 이후 모습을 드러내지 않고 있는 마법사, 넥스였다.

'역시 잡을 걸 그랬나.'

리아는 막 했던 생각을 고개를 저어 떨쳐 냈다. 어차피 그 당시에는 넥스를 구속할 만한 이유가 없었다. 어설프게 움직였다가 예상조차 할 수 없는 방향으로 일이 틀어질 수도 있었다. 그렇게 되면 정말로 골치가 아파진다. 예외상황은 최소한으로 하는 것이 최선이었다.

후궁전으로 갈 때까지 리아는 그런 것들을 생각하느라 다른 걸 고민할 정신이 조금도 남아 있지 않았다.

그래서 그녀는 지금 상황에 꽤 당황하고 있는 중이었다.

"세상에, 후작님!"

"괜찮으신 거예요? 어디 다치신 곳은 없고요?"

후궁들은 대공이 습격받았다는 소식을 꽤 늦게 접했다. 정확히는 붉은늑대 기사들이 심각하게 굳은 표정으로 자신들을 보호해야 한다며 안쪽 궁으로 안내했을 때 전해 들었다.

리아가 다쳤다는 말에 아스티나는 창백하게 질린 낯으로 그녀를 봐야겠다며 고집을 피웠지만 기사들은 절대 안 된다며 고개를 저었다. 그녀들을 안전한 곳으로 모시고, 손끝 하나 다치지 않도록 보호해야 한다는 이유에서였다. 루실라는 이 말도 안 되는 상황에 화를 내며 발을 굴렀으나 기사들의 말대로 움직일 수밖에 없었다. 고집을 피울 만한 상황이 아니었으니 말이다.

후궁들은 그렇게 거의 세 시간을 보호받다가, 안전이 확인된 뒤에야 후궁전에 돌아올 수 있었다. 그 뒤로 그녀들은 지금껏 연회도, 드레스도, 파트너도 잊은 채 오직 리아의 안위만 걱정하고 있었다. 에이플의 말대로라면 그녀가 입은 상처는 그렇게 큰 게 아니라지만, 사람 마음이 어찌 그렇던가.

후궁들은 한참의 시간이 흐른 뒤에야 진정했다. 물론 리아의 상처를 보자 다시 기겁했지만 말이다. 그렇게 놀란 가슴을 가라앉히고 난 뒤, 자리에 앉은 그녀들은 리아가 심각하게 꺼내든 고민거리에 언제 그랬냐는 듯 씰룩이는 입술을 가라앉히기 위해 노력해야만 했다.

"어머."

"세상에."

"정말이에요?"

세 후궁의 입꼬리가 동시에 파들거리며 떨렸다.

"그래서, 그, 좋은 동료라고, 하셨다고요?"

웃음을 꾹 눌러 참은 탓에 루실라의 말이 뚝뚝 끊겼다. 그녀는 허벅지를 꼬집으며 자동적으로 올라가려는 입술을 억지로 참았다. 에드가의 애달픈 짝사랑을 아는 이는 많았다. 그러나 세 후궁들만큼 에드가에 대한 리아의 생각을 잘 아는 이도 없을 것이다. 그동안 같이해 온 티타임 횟수만큼 나눈 얘기도 많았으니 말이다.

"흠흠! 아, 그러고 보니 일전에 공작께서 무척, 무―척 속 좁게 귀족들이 모두 있는 곳에서 대련을 신청했다 하지 않았나요?"

아스티나가 슬쩍 운을 뗐다. 물론 그녀의 두 눈은 별을 박아 넣은 양 반짝이고 있었다. 그것도 두근거리는 기대감으로. 아스티나의 물음에 리아는 조심히 찻잔을 내려놓았다. 달그락, 유리와 유리가 부딪치는 소리가 잠시 허공에 울렸다가 금세 사라졌다.

"예. 하지만 그날의 일도 나름의 이유가 있지 않았겠습니까. 제가 사람을 너무 성급히 판단했던 것 같아 반성했죠."

"등…… 큽……."

웃음을 참다못해 괴로워하는 루실라의 옆구리를, 미셸이 그림 같은 미소를 지으며 쿡 찔렀다.

"그러면 후작님, 공작님께서 그 외에 다른 얘기는 안 하셨나요? 예를 들면…… 아! 이번 탄신연의 파트너를 신청했다던가?"

우연히 떠올랐다는 듯 손뼉을 치며 묻는 미셸을, 리아는 어색하게 웃으며 바라봤다.

'그게 있었군.'

까맣게 잊고 있었다. 누구라도 잊을 만한 상황이었다. 그러나 자세한 상황은 알지 못하는 후궁들이 보기에 다른 무엇도 아닌 카인의 탄신연을 잊는다는 건 말도 안 되는 일이었다.

그녀들은 리아가 괜스레 대답을 피한다 생각하고는 눈을 가늘게 뜨며 후후 웃었다. 옅은 기대감과 즐거움이 만면에 가득했다. 신분만 아니었다면 서로의 옆구리를 찌르며 어서 얘기해 보라며 재촉이라도 했을 것이다.

"파트너……."

리아가 말끝을 흐린 뒤에야 미셸의 눈이 동그래졌다.

"어머. 설마, 설마 후작님, 그날 춤 한 번 안 추실 건 아니시지요?"

흔하디흔한 연회가 아닌, 일 년에 단 한 번뿐인 카인의 탄신연이다. 후작이라는 작위를 갖고 있는 한 리아에겐 어느 정도 사교활동을 할 의무가 있었다. 리아도 미셸이 하고자 하는 말뜻을 알기에 어색하게 웃었다.

다른 파티였다면 어떻게든 몸을 뺐을 것이다. 그러나 황족의 탄신연은 연회의 규모 자체가 달랐다. 모든 귀족들이 수도로 올라오는 것은 물론이거니와 타국의 사절단까지 참여하는 가장 화려한 사교계의 장이었다. 전야제만 이틀이었고, 본 연회는 그보다 더 길게 이어졌으니 그 규모는 가히 상상을 초월했다.

평소 드레스에 별 관심이 없던 리아가 황제의 탄신연을 맞이해 새로 드레스를 맞춘 배경이 바로 여기에 있었다. 새빨간 벨벳으로 만든 탓에 모든 이들에게서 안타까운 탄성을 뱉어내게 했지만 드레스는 드레스였다. 리아는 잠시 고민했다. 그러나 아무리 생각해도 그날 드레스를 입는 건 안 될 것 같았다.

불시의 상황에 대처할 수가 없을 테니 말이다. 카인의 명령이 걸리긴 했지만, 그건 상황이 변하기 전이지 않나.

"이번엔 파트너를 만들지 않을 생각입니다."

"동생분이 없어 그러시면……."

지금껏 리아의 파트너가 벨포스였다는 것을 떠올린 루실라가 말끝을 흐렸다. 아스티나가 뒷말을 받았다.

"조금만 기다리시면 어떤 머어엇진 신사께서 파트너 신청을 할 거랍니다."

"그럼요! 그러니 가능성을 열어두시고……."

적극적인 후궁들의 발언을 다르게 해석한 리아가 웃으며 손사래를 쳤다.

"아, 아닙니다. 저도 나이가 있는걸요. 언제까지 동생에게 의지할 수는 없죠."

그렇다면 대체 무슨 이유에서란 말인가? 후궁들이 당혹감에 휩싸인 시선으로 서로를 바라봤다.

데뷔탕트를 치른 레이디들은 연회 때 파트너를 대동하는 것이 일반적이었다. 구하지 못했다면 남자 형제의 손을 잡고 입장하곤 했다. 그러나 그것 역시 타인이 매기는 평판에 신경을 쓰거나, 신경을 써야만 하는 이들에게나 통용되는 얘기다.

로렐리아 폰 드벨. 그녀가 누구던가. 드벨 후작이자 오러를 사용하는 여기사에, 황실 기사단 단장이었다. 안 그래도 처치곤란일 정도로 청첩장이 쌓이는 그녀에게 있어 평판이 떨어져 결혼을 못할 것이라는 걱정은 먼 나라 딴 세계의 얘기였다.

리아는 각자 고민에 빠진 후궁들의 모습에 부드럽게 웃으며 최대한 가벼운 투로 말을 이었다.

"파트너가 없어도 연회를 즐기는 데는 큰 지장이 없으니 걱정하지 않으셔도 됩니다."

빈말이 아니라 사실이 그랬다. 리아는 춤을 잘 추긴 했으나 춤추는 것을 그리 즐기지 않았다. 애당초 남녀가 손을 맞잡은 채 빙글빙글 도는 행위에 무슨 재미를 느껴야 하는지 모르겠다. 굳이 따지자면 춤추는 것보다는 차를 마시거나 아름답게 장식된 홀을 구경하는 쪽이 더 취향이었다.

"후작님 사실은 그게 아니라……."

"쉬, 루실라. 안 돼요."

미셸의 지적에 얼결에 비밀을 털어놓을 뻔했던 루실라가 화드득 놀라며 양손으로 입을 가렸다. 그런 루실라와 미셸을 보는 리아의 시선에 의아함이 스쳐 갔다. 그러나 그녀가 무어라 묻는 것보다 아스티나가 입을 여는 것이 더 빨랐다. 아스티나는 재빨리 테이블 옆에 내려놓았던 부채를 펴들며 목청을 높였다.

"그러시다면 어쩔 수 없죠. 안 그래요, 미셸?"

"그럼요!"

"어머! 벌써 시간이 이렇게나! 그러고 보니 저희도 오늘 디자이너가 방문하기로 했답니다! 전하의 탄신연 때 입을 드레스를 맞췄는데 손볼 곳이 있어서요. 그렇죠, 루실라, 미셸?"

"그러게요, 벌써 시간이 이렇게 되다니!"

미셸이 맞장구를 치며 루실라의 팔을 붙든 채 자리에서 일어났다. 사이좋은 자매처럼 서로의 팔을 꼭 붙든 채, 그녀들은 즐겁게 웃었다.

"먼저 일어나도 괜찮을까요, 후작님?"

벌써 반쯤은 일어선 아스티나의 물음에 리아는 얼떨떨한 얼굴로 대답했다.

"예, 물론입니다."

세 후궁이 바람처럼 사라지기까지는 그리 오랜 시간이 걸리지 않았다. 후궁들의 뒷모습을 잠시 멍하니 바라보던 리아는 연신 고개를 갸웃거리며 후궁전을 빠져나왔다.

'뭔가 이상한데.'

이상하긴 이상한데 무엇이 이상한지 명확히 콕 집을 수 없었다. 물증은 없고 심증만 있었으니 당연한 얘기였다.

그 뒤로 또 며칠의 시간이 흘렀다. 리아는 여러 사람들의 걱정을 한 몸에 받았다. 덕분에 상처가 생각보다 빨리 낫는다며, 의원이 무척이나 기뻐했다. 오늘도 유모가 조심스레 붕대를 갈아주었다. 슬슬 팔을 쓸 수 있으면 좋겠는데. 그런 생각을 하며 복도를 가로지르던 그녀의 눈에 들어온 이가 있었으니.

"흐힉! 어, 어, 단장!"

바로 에이플이었다.

후궁전 입구를 지키고 서 있던 에이플은 리아와 눈이 마주치자 과하다 싶을 정도로 뒤로 펄쩍 뛰었다. 슬금슬금 피하는 시선부터 더듬거리는 목소리, '나 뭐 숨기고 있어요'라고 온몸으로 말하는 에이플의 행색에, 리아의 얼굴이 구겨졌다.

"왜 그렇게 놀라지? 뭘 하고 있었기에."

"아하하. 그게, 뭘 한다기보다는 단장이 어떤 일에 처하게 될지 다 아는데 말은 못 하는 기분이 묘하다고 해야 할까."

"……무슨 사고를 쳤기에 말도 못 해? 설마 또 제복을 갖다 판 건 아니겠지?"

"아, 거. 단장도. 입은 비뚤어져도 말은 바로 하라고, 전 사고 안 친다니까요. 제가 언제 제복 갖다 판 적 있습니까? 애당초 그런 간 큰 짓은 부단장밖에는 못 한다구요. 그 인간도 기껏해야 건틀릿을 팔아치운 게 고작이고요. 제복은 티가 너무 나잖습니까."

티가 안 났다면 팔았을 거란 소리인가. 리아는 그 부분을 지적하려다가 관두었다.

"그래서. 그 말 못 할 일이 대체 뭐지?"

당당하면 말해보라는 리아의 말에 에이플이 허허 웃었다. 묻는 목소리가 어찌나 당당한지 말 못 한다 못 박은 게 무색할 정도였다. 그러나 입을 잘못 놀렸다간 화를 낼 인물들이 하나같이 상사인 리아보다 더 무시무시했으니 아무리 에이플이라 할지라도 쉬이 말할 수 있을 리 없다. 그는 무척이나 괴로운 표정으로 나오지도 않은 눈물을 삼켰다.

"이게 다 제가 약한 탓입니다!"

"……뭐?"

"이 못난 부하를 용서하지 마세요!"

비운의 여주인공이 할 법한 대사를 뱉으며 저 멀리 달려가는 에이플의 뒤통수를 멍하니 바라보던 리아의 얼굴이 와그작 구겨졌다.

"이 새끼야! 어딜 도망가! 근무지 이탈은 벌점이다!"

우렁차게 외치는 말은 낭만과는 꽤나 거리가 멀었지만 말이다. 당장에라도 그의 뒤를 쫓으려던 리아는, 이내 고개를 저으며 그만두었다. 뛰는 폼을 보아하니 멀리 가지 못하고 곧 돌아올 게 뻔했다.

그러나 그저 그렇게 넘기기엔 하나부터 열까지 주변 사람들의 태도가 영 이상했다. 황실 복도를 걷는 발걸음이 들쑥날쑥했다. 그만큼 그녀가 고민에 빠졌음을 보여주는 반증이었다.

'이런 것들이야말로 모든 사건의 전조일지도 모르지.'

리아는 자연스럽게 대공의 반역과 이 이상한 현상들을 엮어냈다. 어쩌면 이 모든 순간들이 모이고 또 모여 탄신연과 이어져 있을지도 모른다는, 꽤 엉뚱한 상상이었다.

그러나 리아는 무척이나 진지한 표정으로 기억들을 더듬어 나갔다. 후궁들의 이상한 태도, 부하의 어색한 행동들, 그리고…….

"여! 경!"

시도 때도 없이 나타나는 카인까지. 리아의 표정이 심각해졌다.

사람이란 자신도 모르게 몸에 밴 행동들과 규칙들이 있기 마련이다. 아침마다 리아가 짧게 갖는 후궁들과의 티타임이나 언젠가부터 붉은 휘장만 보면 달려들고 보는 푸른매 놈들처럼 사람이 하는 행동들은 습관이거나, 어떠한 의도를 갖고 행해진다. 물론 모종의 이유로, 혹은 개인적인 사정으로 갑작스러운 변화가 생길 수도 있다.

그러나 어느 순간, 약속이라도 한 듯이 주변인 대부분의 행동이 바뀌었다면?

'무언가 있을 터.'

거기까지 생각을 마친 리아의 시선에 날이 섰다. 그녀는 몸을 돌려 카인을 향해 예를 갖추곤 고개를 들었다. 카인과 마주치는 횟수도 기하급수적으로 늘어나고 있었다. 마치 누군가가 의도한 것처럼. 리아는 모든 정황을 종합한 결과 확신했다. 이 모든 변화가 얼마 후 일어날 사건과 연관이 있음을.

"전하를 뵙습니다."

카인은 그런 허례허식은 집어치우라며 손을 휘저었다. 황족에게 마땅히 갖춰야 할 예의를 허례허식이라 일갈한 그는 두 눈을 반짝이며 기대감에 가득 찬 얼굴로 물었다.

"경, 지금 중요한 건 그게 아니네. 내가 저번에 묻는 걸 깜빡했는데, 탄신연 때 같이 입장할 파트너는 정했나?"

"……예?"

"파트너 말일세! 파트너! 같이 손을 꼭 잡고 입장할 파트너! 같이 첫 춤을 출 파트너 말일세!"

자신의 탄신연에 참석 여부를 묻는 것도 아니요, 어떤 선물을 할 것인지 묻는 것도 아닌 다짜고짜 파트너를 찾는 카인의 외침에 리아는 황당함을 떨치며 대답했다.

"아뇨. 저는 파트너 없이 입장할 생각……."

"아니, 어째서!"

"……예?"

카인은 비장한 표정으로 고개를 저었다.

"일전에 이 일에 대한 얘기를 끝냈던 걸로 기억하는데."

어찌나 진지한지 그가 키메라 습격을 잊어버렸나 싶을 정도였다.

"전하. 저는 그날 전하를 지켜야 합니다. 드벨 후작도, 레이디도 아닌 한 명의 기사로서 말이죠. 얼마 전에 있었던 일을 고려해보건대—"

군신관계에서 그보다 더 감동적인 말이 또 있겠는가. 그러나 주군을 지키는 걸 그 무엇보다 우선시한다는 말에 카인의 표정은 짜게 식었다.

"그만, 경."

카인은 할 수만 있다면 당장 대공을 잡아들여 지하 감옥에라도 처넣고 싶은 심정이었다.

그가 파놓은 함정에 빠져 죽기 직전까지 갔을 때도 이처럼 화나진 않았다. 카인의 표정이 일순 무겁게 가라앉았다. 그는 진지한 낯으로 내리깔았던 시선을 들어 제국에 충성을 맹세한 참된 기사를 향해 손을 뻗었다.

다치지 않은 어깨를 짚은 그는, 진중하게 물었다.

"잘 듣게. 이번 임무는 무척이나 은밀하게 이뤄지고 있지. 안 그런가?"

그의 말대로다. 물밑에서 움직이고 있긴 했다. 탄신연이 열릴 홀에 대한 경비를 강화하는 것도 의심을 사지 않을 선에서 이뤄졌다. 리아는 어쩐지 좀 떨떠름함을 느끼면서도 틀린 말은 아니었기에 고개를 끄덕여 긍정했다.

"그렇습니다만…… 무슨 문제라도 있습니까?"

"문제라니. 후……. 경, 아직도 모르겠나? 문제는 경에게 있네!"

이건 또 무슨 소리란 말인가. 만약 이 말을 몇 주 전에 들었다면 리아는 세상 심각하게 고민했을 것이다. 그러나 그 몇 주 동안 겪은 것들이 한두 가지가 아니다. 최소한 카인이 대부분의 말들을 얼마나 가벼운 마음으로 던지는지 정도는 눈치챌 만한 시간이었다.

'어깨의 상처를 신경 써주시는 만큼 대공에게도 신경 써주시면 더 좋겠지만.'

리아는 이번에도 비슷한 상황일 것이라 생각했다. 그래서 그녀는 놀라는 대신 차분한 표정으로 되물었다.

"송구합니다. 하나 자세히 말씀해 주시지 않는다면 알 수가 없습니다, 전하."

"경. 잘 듣게나. 이건 비밀 작전이네. 당연히 중요한 순간까지 실체가 드러나서는 안 되지. 대공이 무슨 짓을 할 것이라는 의혹이 이렇게 짙은 만큼, 더더욱 조심해야지 않나. 그런데 다른 누구도 아닌 드벨 후작이 평소와 다른 행동을 하면 수상해 보이지 않겠는가. 안 그런가!"

"아."

틀린 얘기는 아니었다. 카인은 전에도 같은 말을 했었다. 그러나 지금은 그때와는 상황이 달라졌다.

'마법사가 내부에서 공격한다면, 역시 가장 가능성이 큰 건 대

공의 파트너. 그렇다면 홀 안에서 이상함을 느꼈을 때 상황이 다르게 흘러갈지도 모르지.'

당일에 변수가 생긴다면 그보다 더 골치 아픈 일은 없을 것이다. 리아의 얼굴에 깨달음이 스쳐 갔다. 그걸 본 카인은 신이 나 말을 이었다.

"그렇지? 매번 파트너를 대동하던 경이 갑자기 혼자 입장한다면 온 귀족들이 자네를 주목할 걸세. 그리고 이건 무슨 일인가 입방아를 찧겠지! 이런 일은 섬세해서, 그런 사소한 말 한두 마디에도 어긋날 수 있단 말이야."

"그렇군요. 죄송합니다. 제 생각이 짧았습니다."

"그래. 알았다니 됐네. 자, 그럼 어떻게 해서든 파트너를 구해 오게. 알겠나, 경?"

카인의 말이 맞았다. 리아는 잠시 그의 말을 가볍게 받아들이려 한 스스로를 반성했다. 아무리 평소 대충 사는 것처럼 보인다 할지라도 라흘란 제국의 황태자다. 그가 정말 아무런 생각도 없을 리가 없지 않은가. 리아의 두 눈에 얼핏 존경심이 스쳐 갔다. 리아는 평소 그를 보며 무슨 생각을 하는지 모르겠다 중얼거리던 스스로를 반성하며 강직한 표정으로 고개를 끄덕였다.

"예, 알겠습니다."

"반드시 파트너를 만들어와야 하네!"

"예."

리아가 확언한 뒤에야 카인은 만족스러운 표정을 한 채 한 걸음 뒤로 물러섰다. 그녀는 카인을 한 번, 그의 귓가를 한 번 바라봤다.

"전하."

"왜 그러나, 경."

리아는 그 짧은 부름에 카인이 순간적으로 동요했음을 놓치지 않았다.

'아니. 아직은 아니다.'

그러나 리아는 곧 생각을 고쳐먹었다. 제가 후작위를 이은 후부터 드벨 후작가는 철저한 중립노선을 걷고 있었다. 오로지 현황제만을 모시는 위치이니 카인과 허심탄회하게 얘기를 나눌 수 있을 리 없었다. 그녀가 그와 할 수 있는 얘기는 우스갯소리로 넘어가는 농담 따먹기 정도가 전부였다. 그게 아니라면 이번 일처럼 황족을 시해하려는, 간 큰 계획을 세우는 이들을 저지하기 위한 일 정도였다.

지금처럼 그에게 개인적으로 무슨 일을 하고 있는지 물을 수는 없었다. 카인이 제게 했던 제안에 답하기 전까지는. 그녀는 잠시 고민하다 이내 사죄했다.

"아닙니다. 전하의 말씀대로, 반드시 파트너를 구해 가겠습니다."

리아는 한 걸음 물러서며 생각했다. 대충 부하들 중 한 놈 끌고 가야겠다고. 그 부하들이 듣는다면 하나같이 경기를 일으킬 생각이었지만 당사자는 속사정을 모르니 태연하기 그지없었다.

역시 그런 그녀의 생각을 알 리 없는 카인은 무척이나 뿌듯해하며 고개를 끄덕였다. 그것으로 제 목적을 달성했다는 듯, 그는 미련 없이 리아를 놓아주었다. 어서 가서 상대를 찾으라며 그녀의 등을 떠밀어주기까지 했다. 상처 치료에 신경 쓰라는 말도 잊지 않았다. 정작 당사자는 다른 쪽으로 머리가 팽팽 돌기 시작했다는 게 문제였지만 말이다.

'에이플? 아니. 슬슬 그도 결혼 압박이 들어올 나이지. 그럴 바에는 프루트를…… 소문이 더 나려나.'

가볍게 시작된 고민은 이내 다른 방향으로 뻗어갔다.

'아무리 그래도 황실 경비를 뚫는 것이 쉽지 않을 터. 미셸을 살해했다면 최소한 황궁, 후궁전이나 후원까지는 침입했다는 소리인데.'

당장 떠오르는 것은 두 가지였다.

마법사, 혹은 오러를 사용하거나 그 정도 급의 기사.

그러나 황실에도 그 정도의 인재는 차고 넘쳤다. 아무리 귀하다 한들 황궁 안에서까지 귀할 리가 없다. 제국에는 결계에 특화된 마법사만 하더라도 셋이 넘었으며, 오러 사용자는 무려 넷이나 존재했다. 물론 그중 한 명은 은거 중이고, 다른 한 명은 제4기사단을 이끌며 제국 전역을 돌아다니고 있지만 그럼에도 수도를 지키는 오러 사용자는 여전히 둘이나 있었다. 지금은 셋이었고 말이다.

그 모두의 시선을 피한 채 황궁 안까지 잠입할 수 있는 방법은 그렇게 많지 않았다.

'내부에서 도움을 줬을 가능성도 무시할 수는 없지. 아니, 오히려 내부의 도움이 없다면 힘든 일이야. 대공 역시 손님으로 참석하는 것이니 영향력을 발휘하기는 힘들 터. 간자를 심어놓았어도 기껏해야 시종이나 시녀 정도일 텐데…… 역시 황실 마법사들 중 대공의 편을 든 자들이 등을 돌린 건가.'

햇빛을 받을 때면 반투명해지는 녹안이 가늘어졌다. 톡톡, 아래턱을 두드리는 검지는 무의식중에 점차 빨라졌다.

"경."

등 뒤에서 목소리가 들릴 때까지 리아가 그의 존재를 눈치채지 못한 것은 바로 이러한 이유들에서였다. 그녀는 익숙한 목소리에 빠르게 눈을 깜빡였다. 고개를 돌리자 낯익은 얼굴이 보였다.

"아."

그 짤막한 탄성 아닌 탄성에 에드가의 눈가에 걱정이 어렸다가 사라졌다.

"왜 그러지? 무슨 문제라도 있나?"

"아뇨. 그저 내통자가 있을 가능성을 점치고 있었습니다. 어떻게 생각합니까, 경."

"내통자?"

"예. 가정을 해봤습니다. 후궁이 모종의 사건에 휘말린 것이라면 가장 가능성이 큰 건 이겁니다. 탄신연 때 어떠한 방법을 사용해 황실 결계를 뚫고 황실에 침입했거나."

리아는 잠시 말을 멈췄다. 그녀는 잠시 숨을 고르고 말을 이었다.

"그녀가 제 발로 황실 밖으로 나갔거나. 저는 내통자가 있어 결계를 무효화할 방법을 찾아냈다는 것에 무게를 두고 있습니다만……."

"다른 가능성 역시 무시할 수 없는 거군."

"예."

에드가는 빠르게 리아의 걱정을 일축했다.

"후궁이 궁을 벗어나려 한다면 못 알아차리는 게 더 어려울 테니 그 부분은 걱정하지 않아도 좋아."

후궁전의 경계도 한층 강화되었다는 말이었다.

"그러면……."

리아는 무언가를 고심하며 말을 흐렸다. 그런 그녀를, 에드가는 조용히 바라봤다. 저보다 머리 하나는 작은 리아를 내려다보는 시선에 온기가 가득했다. 리아의 걱정이 이해가지 않는 것은 아니었으나, 에드가는 이번 일에 대해 충분히 준비했다 생각하고 있었다.

보통 귀족 출신인 기사들은 이런 큰 행사 때는 비번으로 연회에 참석하곤 했다. 그러나 이번에는 그들 중 대부분이 근무를 서게 됐다. 그뿐이랴. 황실 마법사들은 황궁을 가로지르는 결계를 몇 번이나 다시 점검했다. 아무런 공격도 없었다면 평소와 다른 행보에 의문을 표한 자들이 있을 것이다. 그러나 아이러니하게도 키메라의 공격으로 인해 누구 하나 의아해하지 않았다. 그러기는 커녕 당연한 일이라 생각하고 있으니 이쪽으로서도 호재로 작용했다 봐야 할 것이다.

"그럼 다행입니다. 아. 이렇게 됐으니 하나만 청해도 되겠습니까?"

만약 리아가 이 말을 하지 않았더라면, 에드가는 그녀를 제 집무실로 데려가 밤새 짠 일정표를 보여주었을 것이다. 황실 마법사 몇의 도움을 받았는지, 귀족인 기사들을 적절히 굴리기 위해 어떤 노력을 했는지 보여줘 그녀의 걱정을 덜었을 것이다.

"아직 파트너를 구하지 않았다면, 제 파트너로 홀에 입장해 주시겠습니까."

그러니까, 리아가 이 말을 하지 않았더라면.

굳어버린 에드가를 앞에 둔 리아는 덤덤했다. 평소 업무에 대한 대화를 나누는 것처럼. 보통 연회의 파트너 신청은 남자들이 하기 마련이다. 법으로 정해져 있는 것은 아니었으나 사회적으로 퍼져 있는 인식이 그러했다. 꽃을 건네거나, 분위기 좋은 곳에서 찻잔을 앞에 둔 채 하는 파트너 신청은 연회 때 여인들의 입에서 입으로 퍼지는 또 다른 얘깃거리이기도 했다.

그 모든 통념을 깨고, 제복을 입은 채, 그것도 길 위에서 파트너 신청을 한 그녀의 생각은 단순했다.

"저는 드레스 안에 제복을 입고 연회에 참석할 생각입니다. 후작위를 잇고 있는 이상, 본 연회에는 참석해야 하니까요. 하지만 파트너와 염문이 도는 것은 원치 않습니다. 부하 중 하나를 데려갈까도 잠시 생각해 봤습니다만, 다들 미혼에 차남 이하라 자칫 잘못했다간 소문이 돌기 쉽겠더군요. 하니, 경. 경께 정해진 파트너가 없다면 그 자리, 제게 주실 수 있겠습니까?"

결국 형식적으로 서로 상부상조하자는 말이었다.

파트너를 만들라는 카인의 명령 아닌 명령을 받고 처음 만난 남자가 에드가라는 것도 파트너 신청을 한 이유였다. 사실 가장 큰 이유였다. 리아는 누가 됐건 조건만 맞으면 처음 만나는 남자를 데려가야겠다 생각하고 있었으니 말이다.

게다가 에드가는 그녀가 짧은 시간 떠올린 몇몇 파트너 후보들보다도 배는 조건이 좋았다.

'파트너가 없어야 할 텐데.'

공작에, 장남이기까지 하니 그와 저를 엮을 정도로 배짱 좋은 이들이 몇 없을 것이라는 리아 나름대로의 계산이었다. 제국 내 권력자들이 하나같이 둘을 어떻게든 엮어보기 위해 안달이 난 걸 모르기에 나온 오해였다.

그리고 그 모든 우연의 정중앙에 서 있는 남자는 머릿속이 아득해지는 기분을 느끼고 있었다. 에드가의 목울대가 위에서 아래로 움직였다. 그는 잠시 제가 꿈을 꾸나, 생각하다가 천천히 되물었다.

"파트너를."

"예. 아. 혹 이미 파트너가 있습니까?"

리아의 물음에 에드가는 재빨리 고개를 저었다. 이전의 그라면 조용히, 정중한 태도로 제가 파트너가 될 경우 오해를 살 수 있음을 인지시켜 줬을 것이다. 그러나 그때의 에드가와 지금의 에드가는 달랐다. 이전의 그가 뒤로 한 걸음 물러선 채 그저 바라만 보는 해바라기라면 지금 그는 그 해바라기, 뿌리까지 뽑아 집어던진 뒤 새로이 태어난 남자였다.

오, 에드가 폰 페리엘, 각오를 새로 다지니.

오랜 시간 혼자 끙끙 앓고 또 앓아 주변인들에게 널리 알려진 짝사랑이 드디어 결실을 맺는 순간이었다. 그의 두 눈에 빛이 돌아왔다.

"기꺼이."

에드가의 대답은 빨랐다. 너무 빨라서 오히려 물어본 리아가 당황했을 정도였다. 그녀는 눈을 깜빡이며 대답했다.

"어, 아. 음…… 감사합니다, 경."

"단 조건이 있어."

"……조건이라 하면……."

모로 기운 고개가 의아함을 드러냈다. 에드가가 리아 쪽으로 성큼 다가섰다. 앞으로 몸을 숙이면 그대로 닿을 정도의 거리에 리아가 흠칫하며 뒤로 물러서려 했다.

"두 가지. 두 가지 조건을 들어준다면 경의 파트너로서 전하의 탄신연에 참석하도록 하지."

물러서려는 걸음은 당혹감으로 멈춰 섰다. 천천히 위로 들리는 고개를 따라 그의 시선이 내려앉았다. 이마를 타고 흐르는 선을 하나하나 짚어나가는 눈동자에서는 더는 숨기지 않는 애정이 부드러이 흘러내렸다.

그러나 그것을 알 리 없는 리아는 잠시 고민하다 입을 열었다.

"그 조건이, 무엇인지 듣고 결정해도 됩니까, 경."

천천히 들린 고개의 끝에는 의아해하는 두 눈이 자리 잡고 있었다. 그녀의 말에 에드가는 퍼뜩 정신을 차리며 눈을 깜빡였다. 목울대 근처가 간질거려 저도 모르게 올라가려는 손을 의식적으로 누르며, 그는 대답했다.

"물론."

"그렇다면 듣고 결정하겠습니다."

리아는 여상히 대답했다.

'일단 들어보고 아니다 싶으면 부하 놈 하나 끌고 가지 뭐.'

부단장인 프루트를 끌고 가면 나이 차이로 인해 속닥거림이 조금은 적지 않을까, 그리 생각하며 리아는 에드가의 말을 기다렸다. 그 얼굴엔 긴장감이나 두근거림은 일절 찾아볼 수 없었다. 그럼에도 온전히 제게 쏟아지는 시선에 에드가의 입술이 한 번 달싹여졌다, 그대로 닫혔다.

그리고 다시 한 번.

"가장 먼저…… 선물을 하나 받아줬으면 해."

열린 입에서 튀어나온 말은 예상범주 외의 것이었다. 에드가는 두 눈을 동그랗게 뜬 리아의 모습에 겸연쩍은 표정으로 말을 이었다.

"드레스를 선물하고 싶은데, 괜찮겠나."

여전히 이해할 수 없는 드레스 타령에 리아의 두 눈에 의문이 가득 들어찼다.

"지금 말입니까? 드레스를?"

리아의 물음에 에드가는 다급하게 덧붙였다.

"물론 디자이너와도 얘기가 끝났는…… 혹 벌써 주문했나?"

"……경, 수도 내 유명 마담들은 두 달 전부터 예약이 끝난 상태입니다."

'벌써'라는 표현을 쓰기엔 늦어도 너무 늦었다. 아무리 드레스에 관심이 없는 리아라 할지라도 그 정도는 알고 있었다. 십대 때 경험한 데뷔당트와 수많은 연회 덕분이었다.

드레스에 대한 영애들의 경쟁은 때로 상상을 초월했다. 어느 정도냐면 유명 디자이너는 황실과 공, 후작들에게 전속적으로 매여 있는 경우가 부지기수였다. 한 명만을 위한 드레스를 만드는 디자이너의 수입이 상상 이상이라는 것만 얘기해 두자.

황족의 탄신연, 그 외 한 해의 시작과 마무리에 크게 열리는 연회 때는 모든 귀족들이 모이는 만큼 그 규모도, 관심도 컸다. 황태자의 탄신연까지 이 주밖에 남지 않은 지금 예약할 수 있는 의상실이 없는 건 당연지사였다.

리아는 무척 당당하게 말했다.

"그리고 저는 일전에 맞춘 드레스를 입을 생각이라 새로 맞추지 않았습니다."

후궁들이 듣는다면 절망 가득한 표정을 지을 말을, 무척 뿌듯하게 하는 리아였다. 그녀는 어차피 문제가 생긴다면 밑단을 뜯어 버릴 드레스, 굳이 비싼 돈 들여 새로 맞출 필요가 없다 생각했다. 무엇하러 헛된 돈을 쓴단 말인가? 일전에 맞춘 벨벳 드레스면 충분했다. 그런 그녀에게 에드가가 고개를 저었다.

"디자이너라면 공작저에서 전속 계약한 이가 있으니 걱정하지 않아도 돼. 이미 얘기도 끝난 상태고."

"그렇지만 경, 공작부인의 드레스를 만드는 이라면 비용이……."

"말한 것처럼, 내 선물이라 생각해 주지 않겠나."

이 말까지는 하고 싶지 않았는데. 에드가는 그리 생각하며 침음을 삼켰다. 그러나 당장에 떠오르는 것이 이것뿐이었다.

"……좋은 동료가 된 기념으로."

그러나 리아에게는 여전히 이해 못할 말이었다. 리아는 제가 했던 말이 그의 입에서 나오자 미간을 좁혔다.

'그거랑 이게 대체 무슨 상관이지.'

그러나 돈을 내놓으라는 것도 아니고 돈을 쓴다는 걸 어찌하겠는가. 게다가 그렇게 말하고 있는 남자는 드레스 한두 벌로 걱정할 만큼 돈이 궁한 것도 아니었다. 리아는 결국 어깨를 으쓱이며 긍정의 뜻을 내비쳤다.

"그렇다면 그 선물, 감사히 받겠습니다. 두 번째 조건은 무엇입니까?"

"나와 첫 춤을 춰주지 않겠나."

리아는 이번에야말로 이해할 수 없음에 눈살을 찌푸렸다. 카인이 춤 타령을 하긴 했다. 설마. 그녀는 에드가를 조금 안쓰럽게 바라봤다. 그도 자신처럼 카인에게 춤을 강요받은 것일까. 그렇다면 기꺼이 서로의 위기를 헤쳐 나가기 위해 도움을 주고받을 자신이 있었다. 리아는 확인차 물었다.

"대체 춤은 왜 춰야 하는 겁니까, 경."

리아의 질문에, 에드가는 그렇게 답할 줄 알았다는 표정으로 고개를 끄덕였다.

"이해하기 어렵겠지. 그러나 경, 이는 그날 적을 방심시키기 위함이다."

카인에 대한 얘기가 나올 줄 알았건만. 생각지도 못한 방향에 리아의 얼굴에 당혹감이 스쳐갔다.

"……예?"

"경. 경은 황실 내부인사가 이번 일을 도울 수도 있다 말했지. 경의 말대로라면, 사건을 일으킬 이들은 귀족이거나 황실 내 시종이나 시녀일 가능성이 농후해. 첫 춤도 추지 않고 주변을 경계만 하고 있다간 의심을 살 수 있다는 뜻이지."

현재 인기 신붓감 후보인 후작이, 그것도 드레스를 입고, 춤 한 번 추지 않는 게 얼마나 의심을 사기 쉽겠냐고 말하는 에드가의 표정은 웃음기가 싹 빠진 진지함 그 자체였다.

사람에겐 이성이란 게 존재하기 마련이다. 헛소리를 가려낼 능력을 갖추고 있는 것이다. 그러나, 동시에 모든 인간에겐 비이성적인 면모 역시 있기 마련이다. 그리고 리아 역시 인간이었다. 그녀는 에드가의 헛소리에 잠시 고민했으나 그 고민은 그리 오래가지 않았다. 이유는 단순했다.

'뭐, 페리엘 공작이니까.'

리아의 머릿속에 언제인가부터 에드가는 농담과는 거리가 먼 인물로 못 박힌 지 오래였다.

'생각해 보면 일리가 있지. 오러 사용자인 공작과 나는 경계대상일 테니, 적을 방심시키기엔 춤을 추는 게 더 나을 터. 전하께서 그렇게 바라기도 하셨고.'

생각을 정리한 리아는 흔쾌히 고개를 끄덕였다.

"좋습니다. 받아들이죠."

그 한마디를 애타게 기다리던 에드가의 얼굴에 화색이 돌았다.

"그렇다면 혹시 오후에 시간 괜찮나, 경."

"괜찮습니다만…… 설마."

"그럼 오후에 의상실에 잠시 들르지. 경의 말처럼 드레스를 새로 만들기엔 이미 많이 늦었으니 말이야."

그 말에 리아의 미간에 수심이 가득 들어찼다. 디자이너에게 간다는 말은 그녀에게 있어선 끝없는 치수 재기와 디자인에 대한 설명, 그리고 백여 가지에 달하는 세부사항을 정하기 위한 전투나 다름없었기 때문이다. 그러나 에드가의 말대로 서둘러야 하긴 했다.

"알겠습니다."

리아가 비장한 표정으로 고개를 끄덕이자 에드가의 눈에도 웃음기가 서렸다.

"그럼. 그때 보도록 하지."

목적한 바를 달성한 에드가는 그 뒤로도 한참을 머뭇거리다 뒤돌았다. 천천히 멀어지는 그의 뒷모습을 보던 리아의 콧잔등이 찡긋거렸다.

'뭔가 기분이 이상한데.'

잘생긴 남자가 웃어서 그런가. 실없는 생각을 하며 리아는 급히 발을 놀렸다. 3시에 의상실에 가기 위해서는 급히 처리해야 할 일이 산더미라는 것을 깨달은 탓이다.

그런 둘을 유심히 지켜보는 이가 있었으니.

"……헤어졌습니다!"

푸른매의 막내 페피는 주먹을 불끈 움켜쥐며 외쳤다. 그 목소리에 비장함이 가득했다.

[헤어져? 파트너 신청을 하긴 한 건가!]

왜 이렇게 빨리 헤어지냐며 분통을 터뜨리는 목소리에 페피가 말을 흐렸다.

"어, 저…… 아시다시피 단장들이 전부 오러 사용자라 너무 가까이 접근하면 들킬 위험이 있어……."

[그래서? 했다는 소리인가, 안 했다는 소리인가!]

"자, 잘 모르겠습니다! 송구합니다!"

카인. 그가 누구이던가. 그는 라흘란 제국의 황태자이자 현 황제의 유일한 적장자이다. 하고 싶은 것을 못한 적이 한손에 꼽았으며, 원하는 정보는 어떻게 해서든 손에 넣어온 남자다. 이번에도 그랬다. 둘의 등을 떠밀어주긴 했으나 지금껏 에드가의 행적을 고려해 봤을 때 엉뚱한 곳으로 일이 틀어질 가능성은 여전히 남아 있었다. 잠시 고민하던 카인은 가장 효과적인 방법을 꺼내들었다. 안느의 충언에 잠시 중단되었던 작전이 다시 개시된 이유였다.

그리하여 오늘도 구르고 구르는 것은 황족의 육체적, 정신적 안위를 위해 존재하는 푸른매기사단이었으니. 개중에서도 가장 열심히 구르는 건 역시 막내인 페피라 할 수 있겠다.

페피의 보고를 듣던 카인의 미간이 찌푸려졌다.

"쯔. 공작이 이렇게까지 추진력이 없을 줄은 몰랐는데."

카인은 귀에 꽂았던 마법 도구를 빼 책상 위로 던지며 혀를 찼다. 부르는 게 값이라는 마법 도구가 둔탁한 소리를 내며 구석으로 굴러가자 오르도가 심장께를 부여잡았다.

'저게 돈이 얼만데!'

현실적이면서도 평범한 소시민인 보좌관은 아련한 시선으로 마법 도구를 한 번 쳐다봐 주곤, 여전히 투덜거리는 카인에게 고개를 돌렸다. 주군이 일하지 않으니 아랫사람이 열심히 움직여야지 어쩌겠는가.

그제도 밤샘, 어제도 밤샘. 이십대 때만 하더라도 수도 내에서 한손에 꼽히는 미남이라 이름 높았던 보좌관의 두 눈에 내린 다크서클이 길었다.

"전하, 들키면 정말로 큰일 납니다. 대공이 도착한 뒤로 황궁 분위기도 심각해지고 있으니, 지금이라도 발을 빼시는 것이……."

"쯔쯔. 아직도 모르겠나, 오르도? 이게 미래를 위한 큰 투자라는 걸. 이 기회에 후작이 마음을 바꾸게 된다면 대공이 어떤 표정을 지을지 상상해 보게. 공작도 내 도움으로 후작과 이어지면 충성심이 높아질 테고. 난 가만히 앉아서 양손에 모두 원하는 걸 쥐게 되는 게지. 일이라는 건 이렇게 하는 거야. 잘 보고 배우게."

후작의 의견은 전혀 반영되지 않은 발언에 보좌관의 얼굴이 짜게 식었다. 그러나 그가 누구던가. 변덕이 죽 끓듯 하고 장난으로는 제국에서 따라올 이가 없다는 카인 밑에서 수년을 버틴 사내가 아니던가. 오르도는 카인이 잊고 있을 얘기를 입에 올렸다.

"전하. 공작에게 형님 소리를 듣기 위해 이리 하시는 것이 아니었습니까."

"오르도, 생각을 좀 하게나. 그런 하찮은 이유로 이 내가 움직인다고? 이래 봬도 할 일이 산더미처럼 쌓여 있는 바쁜 몸이란 말일세!"

형님 소리를 듣고야 말겠다며 주먹을 불끈 쥐었던 것이 고작 얼마 전의 일이었다. 그 산더미 같은 일들, 버려두고 도망 다닌 세월은 눈물 없이는 들을 수 없을 만큼 길었다.

그러나 스스로를 찬양하는 카인은 진지하면서도 당당했다.

왜냐? 그는 라흘란 제국에서 두 번째로 가장 고귀한 남자이기에. 그가 뜨는 해를 보며 해가 진다 말하면 그게 진실이 되는 세상이다. 오르도는 조용히 입을 닫았다. 오늘도 누구 하나 알아주지 않는 오르도의 절규만 카인의 집무실을 가득 채울 뿐이었다.

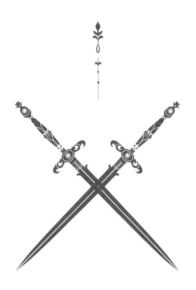

4장.
우리 단장이 더 아까워!

그렇게 오르도가 카인으로부터 고통받고 있을 때, 푸른매 기사들은 생각했다.

"저기, 경, 여긴 저희 기사단실입니다만."

어째서 일이 이 지경까지 왔는가에 대해.

"뭐라 했냐?"

다리를 꼬며 턱을 치켜드는 프루트의 모습은, 꽤나 위협적이었다. 기사가 아니면 뒷골목을 평정했을 것이라는 우스갯소리가 전혀 우습지 않았다. 그 흉흉함에 말을 꺼냈던 푸른매는 어깨를 축 늘어뜨린 채 뒤로 물러섰다.

그 기백이라고는 눈을 씻고 찾아도 없는 모습에, 프루트는 못마땅함을 감추지 않았다. 기사라면 질 것을 알고 있음에도 덤벼야 마땅하지 않은가! 싸움을 앞에 두고 뒤로 물러서다니. 프루트는 속으로 푸른매들도 많이 약해졌다 투덜거렸다. 그런 그의 말을 듣는다면 어깨를 늘어뜨리고 있는 페피가 이게 바로 연장자에 대한 공경이라며 악을 쓸 게 분명했지만 말이다.

"아, 그런데 다이컨은 왜 이렇게 안 와?"

동갑내기 친구를 찾는 목소리는 한없이 가벼웠다.

"저…… 부단장은…… 외근 나가셨습니다만."

고작 그 이유 하나로 네 시간 내내 여기서 죽치고 계셨던 겁니까? 페피는 뒷말을 꿀꺽 삼켰다. 입을 잘못 놀렸다간 골치 아파지는 걸로 끝나지 않을 것이다. 그러나 프루트의 눈꼬리는 날카롭게 치켜 올라간 지 오래다.

"……뭐?"

"외근 나가셨습니다. 오늘 아침 일찍…….'

"그걸 왜 지금 말해!"

그거야 지금 물어봤으니까요? 페피는 차마 입 밖으로 내지 못할 말 대신 한숨을 내쉬었다.

"그래서 대체 저희 부단장은 왜 기다리신 겁니까?"

"피라미들한테 백 번 말해봤자 소용이 없는 것 같아서."

"네?"

그게 대체 무슨 소리인가. 페피는 제 이해력이 떨어지는 건지, 이 남자의 표현력이 떨어지는 건지 모르겠다는 표정으로 되물었다.

"아, 공후럽 말이다. 공후럽."

"아아."

그거 아직도 포기 못 하셨습니까. 페피는 뒷말을 꿀꺽 삼켰다. 요새 아무 말도 없기에 포기한 줄 알았더니 아닌 모양이다. 포기한 게 아니라 말할 상대를 바꾸기로 결심한 게 분명했다. 페피는 잠시 고민했다. 만약 조사단실에서 했던 말을 다이컨이 듣는다면? 분명 조용히 끝나지는 않겠지. 페피는 두 주먹 불끈 쥐고 기사단실을 위해 이 한 몸 희생하겠다 생각하며 말을 뱉었다.

"저희 단장 좀 그만 괴롭히시면 안 됩니까."

그 말이라는 게 프루트의 신경을 건드렸다는 게 문제라면 문제였지만 말이다. 프루트는 파, 숨을 뱉으며 페피를 노려봤다.

"솔직히 대답해 봐라. 네놈이나 캐리엇이나 일전에 내가 한 말은 귓등으로도 안 들었지?"

페피는 침묵으로 대신 답했다. 슬쩍 시선을 피하는 것도 잊지 않았다. 그야 명령도 아니고 직속 상사의 말도 아닌데 누가 그렇게 가슴 속 깊이 새겨듣겠는가. 게다가 새겨들을 만큼 진지한 얘기도 없었다.

침묵으로 답하는 긍정에, 프루트는 얼굴을 구겼다. 그는 무릎에 턱을 괸 채 안 그래도 흉흉한 얼굴을 더 흉흉하게 만들며 말을 이었다.

"잘 들어라. 우리 단장은 말이지. 새로운 사건에 휘말리지 않더라도 이미 인생이 복잡한 사람이야."

"갑자기 왜 그렇게 진지하십니까. 무섭게."

"그래야 네놈도 진지하게 받아들일 거 아니냐. 어쨌든, 귀 씻고 잘 들어라. 우리 단장은 이젠 좀 남들 사는 대로 살아도 된다, 이 말이야. 그런데 페리엘 공작이 상대라고? 네놈도 귀족인데, 얼마나 피곤할지 상상이 안 되냐?"

페피의 표정도 사뭇 진지해졌다. 그는 멀리 떨어져 있던 의자 하나를 죽 끌어와 프루트의 앞에 주저앉았다. 붉은늑대기사단의 최연장자와 푸른매기사단의 젊은 피가 서로를 마주보고 앉은, 기적적인 순간이 아닐 수 없었다.

페피는 꽤 현실적이었다. 태생이 귀족이라 그럴지도 모른다. 어쩌면 적장자로 태어나지 못해 작위를 받지 못하기 때문일지도 모른다. 그의 가문이 좀 더 괜찮았다면 받을 작위가 두엇쯤 있었을지도 모른다. 그러나 남작가에, 삼남이기까지 한 그에게 남아 있는 길이란 기사가 되거나 관료가 되어 준귀족으로서 살아가는 것뿐이었다. 그게 아니라면 카인이 우스갯소리로 했던 말마따나 괜찮은 가문의 데릴사위가 되든가.

그 몇 안 되는 선택지 중에서 그는 기사를 선택했다. 그리고 비슷한 처지의, 그러니까 남작가의 영애와 결혼해 풍족하진 않더라도 적당히 오순도순 가정을 꾸려나가는 게 꿈이라면 꿈이었다.

"경. 그럼 경은 드벨 후작께서 마음 없는 정략혼을 하길 바라시는 겁니까? 사랑이 없는 조건만 따지는 정략혼 말입니다!"

"굳이 따지자면 정략혼은 아니지. 상대가 단장보다 신분이 높진 않을 테니까. 아니, 그런 건 신분 고하와는 상관없으니 맞긴 한가? 어쨌든. 그게 안전하지. 마음이야 언제 식을지 모르는 거잖냐."

이제 페피는 정말 이해하지 못하겠다는 표정이었다. 그는 마치 연극을 하는 배우처럼 우스꽝스러운 목소리로 되물었다.

"아아니, 그러니까 저희 단장인데도요?"

에드가가 누구던가. 스물 넘도록 코르티잔은 물론이거니와 어디 귀족의 영애와 손잡았다는 얘기도 돌지 않아 전 공작이 이러다 공작가의 대가 끊길지도 모르겠다며 우스갯소리를 했던 남자다. 그리고 그게 영 우스갯소리만은 아니라는 것쯤은 그 자리에 있던 이들이라면 모두 아는 일이었다.

한때나마 에드가가 남자구실을 못한다는 소문이 돌 정도였으
니 말이다.

누군가의 마음을 단정한다는 것은 무척이나 어리석은 일임에
분명했으나, 그런 남자였기에 페피는 자신 있게 말할 수 있었다.

"경, 알고 계시잖습니까. 마음 없는 결혼생활은 불행해지기 쉽
습니다. 정략혼을 한 귀족들이 애인을 얼마나 자주 갈아치우는
지는 경께서 저보다 더 잘 아실 텐데요."

"야, 그건……."

"저희 단장은 무려 삼 년을 짝사랑했습니다. 무려 공작에, 무려
그 얼굴에, 손만 내밀면 다가올 여자가 주변에 그렇게 가득했는
데도요."

"아니, 그러니까 그건……."

중요한 건 그게 아니라는 말은 이번에도 끝맺어지지 못한 채
허리가 뚝 잘려나갔다. 페피는 책상을 있는 힘껏 내려치며 외쳤
다.

"경. 역시 결혼은 사랑으로 맺어져야 한다 생각하지 않습니까!
사랑입니다, 사랑! 결혼은 사랑이라고요!"

"인마, 귀족들 중에서 그런 식으로 결혼하는 사람이 대체 몇이
나……."

"그러니까 드리는 말입니다! 생각해 보십쇼! 평생 드벨 후작님
만을 바라보는 저희 단장을요! 그 성격에 바람을 피우겠습니까,
한눈을 팔겠습니까! 맹세컨대, 드벨 후작님이 죽으라면 죽는 시
늉이라도 할 사람입니다, 저희 단장은! 아, 우리 단장이 그런 남
자라니까요!"

사람이 그 정도로 순박하다고! 어느새 책상을 퍽퍽 내려치고

있는 페피의 두 눈은 묘한 열기로 이글거리고 있었다.

"그런 사람이니 후작 각하를 평생 사랑하고 아껴줄 것 같지 않습니까!"

귀가 앵앵거리니 시끄럽다. 프루트는 손을 뻗어 페피의 어깨를 콱 움켜쥐었다. 방금 전까지만 해도 열을 올리던 새끼 푸른매는, 앓는 소리를 내며 다시 의자에 주저앉았다. 프루트는 그런 그의 어깨에서 손을 떼지 않은 채 낮은 목소리로 말했다.

"얌전히 내 말 들어. 그러니까, 그게 문제라고."

"악! 아악! 아, 진짜 아픕니다. 대체 뭐가 문제기에 이러십니까!"

"공작이잖아. 우리 단장은 후작이고. 둘이 결혼한다고 치자. 후계 문제는 대체 어떻게 할 건데?"

꿈뻑꿈뻑. 페피가 멍청한 표정으로 입을 열었다.

"……벨포스 영식께서 사랑하는 사람을 만나면……."

"도박하냐?"

"아! 단장에게 남동생이 있잖습니까. 나중에 두 분이 후계를 보면 후작가를 잇게 하고 공작가는……."

"폐하께서 잘도 허락해 주시겠다. 공작에게 자식이 없는 것도 아니고, 결혼해서 자식까지 봤는데 그 자식을 후작의 후계자로 삼는다고? 그렇게 놔두실 분이시냐?"

꿈뻑꿈뻑. 페피는 그 커다란 눈만 열심히 꿈뻑이다 다시금 자리를 박차고 일어났다.

"전하께서는 해주실 겁니다. 미래에 걸어보죠, 경!"

결국 뾰족한 수가 없다는 말을 참 당당하게도 한다. 프루트는 주먹을 불끈 움켜쥐며 희망을 가지라 말하는 페피를 짜게 식은 표정으로 바라봤다. 푸른매 기사들이 제국 최정예라는 말은 다 거짓말일 게 분명하다 중얼거리면서 내뱉는 한숨이 길었다.

††

똑똑. 노크 소리에 리아는 보던 서류를 갈무리했다.

"들어와."

허락이 떨어지자 심각한 표정으로 들어온 에이플의 품 안에는 일거리가 한 뭉치였다. 사안이 사안이니만큼 키메라 습격에 대한 서류정리는 제1기사단에게 위임되었다. 에이플이 갖고 온 것은 황제에게 올라갔던 서류의 복사본이었다. 리아는 빠르게 서류를 훑었다. 모르긴 몰라도 몇몇 얘기들은 삭제되었을 거다. 이를테면 키메라에 의해 기사단의 손실이 어느 정도인지 같은 정보들. 귀족들이 죄다 눈먼 장님은 아니니 알음알음 얘기가 돌 테지만, 그래도 공식적인 것과 비공식적인 것은 엄연히 다른 법이다.

'오러에 대한 것도 축소됐군.'

전투 상황에 대한 중간보고는 두 줄이 끝이었고, 오러만으로 상대할 수 있었다는 얘기는 아예 들어가 있지도 않다. 에드가가 이렇게 빈곤한 보고서를 올렸을 리는 없으니, 윗선에서 적당히 가위질 한 것이리라. 그리 드문 일도 아니었다. 그래도 이번에는 빠른 편이라 할 수 있다. 사건이 터지고 하루 만에 최종 인가까지 마친 보고서가 나왔으니. 리아는 그 속에서 얻을 게 없다 판단하고는 옆으로 죽 밀어놓았다.

"소문은, 어떻게 돌고 있지?"

"다들 키메라에 대해 떠드느라 정신이 없습니다. 대공이 만나는 귀족들마다 얘기를 흘린 모양입니다."

그럴 줄 알았지. 리아는 얼굴을 구겼다. 에이플은 그녀의 안색을 살피며 조심스레 말을 이었다.

"그…… 보고서에는 의도적으로 누락됐습니다만, 오러 사용자만이 키메라를 상대할 수 있다는 얘기도 도는 것 같습니다. 다들 반신반의하고 있긴 합니다만…… 겁먹은 귀족들이 늘어나고 있습니다."

"셴은 뭐라고 하던가."

결국 순한 마법사는 키메라의 사체를 보고 혼절을 했다고 한다. 그 소식을 듣고 꽤 미안해했던 리아는 그에게 선물을 보내기까지 했다. 에이플은 어깨를 으쓱이며 대꾸했다.

"같은 마법사일 가능성이 아주 높다더군요. 키메라를 만드는 마법사들을 구분할 수 있는 방법은 남아 있는 마나를 확인하거나, 키메라 사체를 분석해 특정 지을 만한 점을 찾아내는 것밖에 없는데……."

"마나로 확인하는 건 불가능할 테고."

말 사체는 너무 오래돼 마나가 전부 흩어진 지 오래였다.

"예. 대신 키메라를 구성한 몬스터의 부위들이나 뼈와 뼈를 연결하는 방식이 아주 유사하다고 합니다."

"얼마나 확신할 수 있다던가."

"구 할 이상이라더군요."

역시. 넥스, 그자다. 에이플은 그런 마법사가 둘이라면 이 세상은 글러먹었다며 고개를 젓다가, 흉흉해진 리아의 표정에 재빨리 말을 돌렸다.

"어쨌든 그 키메라들, 대체 뭐랍니까. 4기사단이 제때 도착해 줘서 살았습니다. 그쪽 단장이 아니었다면 아마 공작께서 키메라 사체를 절단하러 다시 와주셨어야 했을 테니까요."

"제4기사단?"

리아의 물음에 에이플이 고개를 갸웃했다.

"어라? 아직 연락 못 받으셨습니까?"

"못 받았어."

"으으음. 아마 저기 어디에 서류가 있을 겁니다."

리아는 에이플이 눈짓하는 곳을 따라 시선을 옮겼다. 키메라의 습격 뒤 쌓인 서류들이 책상 한켠을 차지하고 있다. 그녀는 한숨을 삼키며 고개를 끄덕였다.

"그래서, 4기사단이 도착했다고?"

"예. 그, 습격이 있었던 때 키메라를 어떻게 옮겨야 하나 고민하던 찰나에 도착했지 뭡니까. 전 캐슬러 경이 검을 휘두르는 걸 처음 봤습니다. 실력이 장난 아니던데요. 에드가 경의 스승이었다는 말이 실감날 정도였습니다. 그 거대한 시체를 숭덩숭덩 자르는데 표정 변화가 하나도……."

"그렇게 자세하게 설명해 줄 필요는 없어. 그보다 제4기사단이라……."

리아의 표정이 심각해졌다. 편 나누기로 비유하자면, 어느 쪽에 설지 짐작조차 가지 않는 새로운 세력이 등장한 것이나 다름없었다. 그들이 전부 귀족이었다면 얘기는 쉬워졌을 것이다. 가문의 선택에 따랐을 테니 말이다.

그러나 제4기사단은 다른 기사들과는 입단시험부터 달랐다. 입단조건부터 다르다 말하는 편이 더 맞을 것이다. 제4기사단은 황실 기사단을 통틀어 출신 성분을 따지지 않는 유일한 기사단이었다. 한때 노예였거나, 죄를 지은 전적이 있더라도 개의치 않았다.

그럴 수밖에 없었다. 수도에 머무는 대신 제국 전역을 돌아다니며 온갖 더러운 일들을 처리해야 하는 탓에 지원자가 매년 바닥을 찍었으니 말이다. 그러니 그들을 판단하기 위해서는 가문이 아닌 그들의 우두머리를 파악하는 수밖에 없었다.

"캐슬러."

리아는 개개인의 실력은 푸른매와 필적하거나 그 이상이지만, 그 어디에도 속하지 않는 무리를 떠올리며 매끈한 책상의 가장자리를 쓸었다. 나뭇결의 차가운 냉기가 그나마 정신을 붙드는 데 도움이 됐다.

'캐슬러는 누구의 뒤에 설 것인가.'

그는 베르먼드 남작가를 이끄는 수장이자, 그 이름을 갖고 있는 유일무이한 사내였다. 그런 그가 누구의 뒤에 설 것인지 예측하는 건 내일의 날씨를 짐작하는 것만큼이나 무의미한 일일 것이다.

수면 위는 잔잔하기 그지없었으나 조금만 고개를 숙이면 치열하면서도 저열한 공방이 이어지는 전쟁터에서 온전하게 믿을 수 있는 이는 아무도 없었다. 오롯이 자신만을 믿어야 한다, 그리 생각하던 그녀의 머릿속을 스치고 지나간 것은 에드가였다.

'아냐. ……그래도.'

꾹, 가장자리를 움켜쥐는 손에 힘이 들어갔다. 그런 그녀의 모습을 지켜보던 에이플이 고개를 갸웃하며 분위기를 환기시켰다.

"어, 그런데 단장, 상처는 괜찮은 겁니까?"

"일찍도 묻는다."

하루나 지난 일을 들먹이냐며 타박하자 에이플이 개구지게 웃었다. 멀쩡해 보여서 늦게 묻는 거라며. 그런 그의 대꾸에 리아도 결국엔 웃으며 원하는 답을 내어주었다.

"멀쩡해."

"그럼 자세히 얘기 좀 해주십쇼. 아시다시피 제가 본 건 놈의 사체뿐이잖습니까. 푸른매 녀석들은 아무 얘기도 못 해준다고 입꾹 닫고 있고, 보고서랍시고 나온 건…… 단장도 저게 얼마나 쓸모없는지 잘 아시잖습니까."

쓸데없는 얘기할 시간에 일이나 하라 말하려던 리아는 곧 생각을 바꿨다. 같은 상황이 또 발생하지 않는다 확신할 수 없었다. 처음은 수도 외곽의 길 위였다. 그 다음이 황궁 바로 앞이 되지 않을 것이라 그 누가 확언할 수 있단 말인가. 그렇다면 적에 대한 기본적인 정보는 숙지시켜 놓는 것이 옳았다.

거기까지 생각을 마친 리아는 당시 급박하게 돌아가던 상황을 찬찬히 더듬었다.

"오러로만 벨 수 있을 정도로 단단한 녀석이야. 지능을 갖고 있으나, 한 팔이 잘리자 일순간 이성이 날아갔으니 어느 정도 공격을 받거나 신체가 훼손되면 공포나 고통을 느끼지 못하도록 만들어졌을 가능성을 무시할 수 없겠지. 고통을 느끼면 공포라는 감정도 가질 수 있을 테고, 그렇게 된다면 싸우는 대신 도망칠 테니."

리아의 말에 에이플이 경악에 찬 목소리로 중얼거렸다.

"……지능이 있다구요?"

"그래. 덩치가 있는데도 꽤나 잽쌌고. 만약 공작이 제때 도착하지 않았다면 이 정도 상처로는 끝나지 않았을 거다."

"허."

"하지만 그만큼 만들기도 어려웠을 거다. 저쪽이 무슨 생각인지는 모르겠지만, 같은 수준의 키메라가 많이 남아 있을 것 같진 않아."

그다지 위로가 되는 말은 아니었다. 에이플이 지금보다 나이가 어리거나, 평기사였다면 그녀가 한 말만으로도 오금을 지리거나 공포에 질렸을지도 모른다. 그러나 그는 황실 기사로서 십년 가까이 굴렀다. 그는 상황을 냉정하게 바라봤고, 웬만한 위급상황이 아닌 이상 제가 그 괴물들을 상대해야 하는 순번이 돌아오지 않을 것임을 깨달았다.

제4기사단이 도착함으로 인해 황궁에는 오러 사용자가 셋으로 늘었고, 황실 마법사들도 있었다. 군이 적을 베지도 못하는 기사를 전방에 세울 필요가 없는 것이다. 방패막이로 삼을 게 아니라면.

'단장과 마법사들이 전투불능 상태가 되면 어차피 다 망한 거고.'

그런 팔자 좋은 생각을 하며, 그는 쓸데없는 공포에 휘말리지 않았다. 대신 다른 부분에 집중했다.

"그 점은 단장이 예상한 대로일 것 같습니다. 셴이 그 키메라를 탐지하면서 재밌는 걸 알아냈는데요."

그녀가 계속 말해보라는 뜻으로 턱짓하자, 에이플은 어깨를 으쓱이며 말을 이었다.

"음. 사실 뭘 알아내기도 전에 쓰러지는 건 아닌가 싶긴 했지만요. 키메라 사체가, 좀, 아시잖습니까. 게다가 그걸 조각조각 냈으니. 웩."

에이플은 몬스터 토벌을 다니며 볼 꼴 못 볼 꼴을 다 본 자신도 그건 좀 역겨웠다며 진저리를 쳤다. 저 반응을 보건대 캐슬러의 미적 감각이 그렇게 뛰어난 편은 아닌 듯싶다. 리아는 잠시 제가 상대했던 키메라를 떠올렸다가 생각을 바꿨다.

그놈은 어떤 방법으로 자르건 그다지 보기 좋은 꼴은 아니었을 것이라고.

"어쨌든 네 번인가, 다섯 번인가. 저러다가 울겠다 싶었을 때 알아냈거든요. 그 키메라, 드래곤으로 만든 거랍니다."

"뭐?"

에이플은 경악한 리아의 표정에, 예상한 반응이라는 듯 어깨를 으쓱였다.

"정확히는 드래곤의 일부라고나 할까요. 뭐, 있잖습니까. 비늘이라든지, 이빨이라든지…… 어쨌든 셴 말로는 그런 키메라를 대량으로 만들어내는 건 아무리 천재라도 불가능할 겁니다. 재료도 재료거니와 만들기도 엄청 복잡하고 시간이 많이 걸릴 거라고. 그 말을 할 땐 그다지 제정신인 것처럼 보이지 않았지만 드래곤을 재료로 썼다는 걸 보면, 아마 맞을 겁니다."

"드래곤이라니. 대체 그걸 어디서 찾은 거지? 마지막 드래곤이 사라진 지 천 년도 더 됐을 텐데."

리아의 말에 에이플이 작은 목소리로 동조했다. 처음 들었을 때 얼마나 놀랐던가. 동화 속에서나 보던 드래곤을 이런 식으로 만나게 될 것이라고는, 정말이지 상상조차 못했다. 셴은 키메라의 주재료가 드래곤이라는 것을 알아내자마자 구역질을 했었다. 마법사로서 어떻게 그런 잔혹한 짓을 할 수 있느냐는 말을 반복하면서.

마법사의 시초를 생각해 보면 이해 못할 반응은 아니었다. 모든 마법사들에게 있어 드래곤은 성스러우면서도 절대적인 존재였으니 말이다. 리아는 얼굴을 쓸어내리며 중얼거렸다.

"에드가 경이 드래곤과 필적하다는 얘기군."

"공작께서 말입니까?"

선택과 집중에 성공한 에이플의 질문이었다. 그는 징그러운 키메라 얘기를 계속하는 대신 에드가로 대화의 방향을 잡았다. 만약 카인이 이 자리에 있었다면 잘했다며 엄지를 치켜세웠으리라.

"그래. 그처럼 훌륭한 오러 제어력은, 정말이지……."

에이플은 불안한 표정으로 리아를 살폈다. 그녀는 등받이에 몸을 깊게 파묻은 채 흐린 시선으로 정면을 응시하고 있었다. 무언가를 본다기에는 초점이 흐렸다. 보고 있다기보다는 무언가를 생각하고 있다는 게 더 맞으리라. 에이플은 그녀를 조심스레 살폈다. 얘기가 진지해지는 것은 원치 않았지만 이대로 모른 척 넘어갈 수도 없었다.

"반할 정도였습니까?"

결국 에이플은 슬쩍 리아의 안색을 살피며 물었다. 그 질문이 썩 좋다 말할 수는 없었지만 말이다.

"……뭐?"

"……아닙니까?"

조바심이 가득한 표정으로 목을 쭉 빼던 에이플은 이내 다행이라는 표정을 지으며 몸을 뒤로 물렸다. 그런 그를 이상하게 바라보던 리아는 곰곰이 생각하더니 고개를 끄덕였다.

"하긴. 반할 만도 하지."

"아, 단장!"

에이플은 세상이 무너진 것 같은 표정으로 리아를 불렀다. 제발 그러지 말라는 말투였다. 그러나 그녀는 에드가에게 꽤나 호감을 갖고 있는 상태였기에 순순히 긍정했다.

"그래. 그 오러 제어력은 정말 반할 정도였어."

물론 에이플이 듣기엔 안도할 만한 얘기였지만 말이다. 그런 의미의 '반한'다는 거였어? 그는 다급히 놀란 가슴을 쓸어내렸다. 남자 대 여자가 아니라 기사 대 기사라면 부정할 생각은 없었다. 제가 보기에도 에드가는 기사로서 존경할 만했으니 말이다.

"단장도 참."

"왜 또."

"깜짝 놀랐잖습니까. 단장. 앞으로도 그렇게 쭉 초심을 잊지 마십시오."

초심이라니. 그건 또 무슨 개소리란 말인가. 결국 리아의 인내심도 한계에 달했다. 그녀는 계속해서 헛소리를 지껄일 거라면 후궁 경비나 서라며 에이플을 내쫓았다.

쿵. 닫힌 문을 바라보던 리아는 책상 쪽으로 걸어갔다. 그때였다. 책상 위에 올려놓았던 보석함이 붉게 빛난 것이. 집무실에 오자마자 다급히 보냈던 편지에 대한 답신이었다.

〈키메라? 오, 세상에. 리아, 많이 다친 건 아니지? 당장 답장해 줘. 네가 괜찮다는 말을 듣기 전까지 난 이 자리에서 꼼짝도 하지 않을 거야.〉

편지를 먼저 확인하길 잘했다. 리아는 그런 생각을 하며 펜을 집어 들었다. 어깨에 상처를 입었지만 그렇게 깊은 상처는 아니고, 그 외에는 전부 괜찮다고 적은 뒤, 그녀는 잠시 망설였다. 톡톡. 펜 끝이 입술 끝을 두드렸다. 에드가의 덕에 이 정도로 끝났다는 말을 쓴다면, 로렐리아는 무척이나 좋아할 것이다.

어쩌면 부부 관계에 도움이 될지도 모른다. 그다지 도움이 필요해 보이진 않지만 못 할 이유도 없었다. 그러나 어쩐지 조금 망설여져서, 리아는 잠시 고민했다. 그녀의 손가락 사이에서 펜이 갈 길을 잃은 채 빙글빙글 돌았다. 그렇게 정신을 놓고 있다 펜촉 끝에서 잉크가 떨어질 뻔해 가까스로 손을 뻗어 떨어지는 잉크를 받기까지 했다.

"하!"

어째서 이런 일로 고민하고 있단 말인가. 이게 뭐 그렇게 중요한 얘기라고. 리아는 입술을 앙다물고는 에드가에 대한 내용을 순식간에 적어 반쯤 구겨진 편지를 두어 번 접은 그대로 보석함에 던져 버렸다.

답변은 즉각적으로 날아왔다. 리아는 어서 자신을 열어보라 신호를 보내는 보석함을, 팔짱을 낀 채 노려봤다. 뾰죽이 산처럼 높게 선 그녀의 눈썹이 바짝 서 있는 신경을 대변했다. 마치 저 안에서 무엇이 튀어나올지 이미 짐작하고 있다는 듯이. 그러나 저쪽 세상에서 답장을 쓴 사람이 또 다른 자신이라 할지라도, 내용을 알기 위해서는 손을 뻗어 보석함의 뚜껑을 열어야만 했다. 자기 자신을 완벽하게 아는 사람이 없으니 말이다.

결국 그녀는 손을 뻗었다.

〈먼저, 별로 다치지 않았다니 정말 다행이야. 그리고 에디의 오러 제어력은 여기서도 비견할 자가 없어. 4기사단의 캐슬러 경이라면 겨뤄볼 만할지도 모르겠지만, 애당초 그는 그이의 스승이었잖아? 오, 어쨌든, 리아, 위기의 순간에

나타나 널 구해주다니, 역시 그쪽의 에디도 과묵한 로맨티스트구나.〉

리아는 22년 동안 수많은 것들을 보고 배워왔다. 아무리 그래도 이건 대체 무슨 소리란 말인가. 그녀는 난생 처음 보는 단어에 저도 모르게 입을 열어 읊었다.

"과묵한…… 로맨티스트?"

팔에 소름이 돋는 것 같다. 리아는 잠시 침묵했다. 과묵하다는 것까지는 이해할 수 있었다. 그녀가 보기에도 에드가는 말이 많거나 스스로를 보호하기 위해 줄줄이 변명을 늘어놓는 것과는 거리가 멀었다. 그는 딱 필요한 말만 했고, 때로는 그 필요한 말도 하지 않아 오해를 사곤 했다. 마치 그녀가 그랬던 것처럼.

그런데.

"로맨티스트라니."

결국 리아는 참지 못하고 몸을 부르르 떨었다. 대체 저쪽 세상의 로렐리아는 에드가를 어떻게 생각하는지 모르겠다. 사랑이라는 게 이렇게까지 위대한 거였나. 그게 아니면 저쪽의 에드가는 제가 알고 있는 에드가와 좀, 많이 다른 모양이지. 그녀는 괜히 심각해져서 미간을 찌푸린 채로 편지의 아랫부분을 읽기 시작했다.

〈지금까지 반응을 봤을 때 넌 믿지 못하겠다는 표정으로 얼굴을 구기고 있겠지.〉

이젠 속마음도 읽어내는 경지에 이른 모양이었다. 리아는 자신도 모르게 중얼거렸다.

"잘 알고 있네."
편지는 계속해 이어졌다.

〈하지만 너도 인정해야 할걸. 그것 말고는 그를 표현할 만한 말이 없다는 걸! 예를 들어 그이는 연회장에서 춤이 끝난 뒤에 꼭 미지근한 물 한 잔을 갖다줘. 하루는 내가 왜 항상 미온수를 가져다주냐고 물은 적이 있어. 그이가 뭐랬는 줄 알아? 왜, 여자들은 코르셋으로 몸을 꽉 조이고 춤을 취야 하잖아? 춤 한 번이 끝나면 숨이 차단 말이지. 찬물은 빨리 마시면 안 좋으니까 안 되고, 와인은 빨리 마시면 쉽게 취하니까 안 된다지 뭐야. 그래서 미온수래.〉

저쪽 세상의 자신은 저를 설득하고 싶어 안달이 난 모양이었다. 예시까지 드는 걸 보면 말이다. 하지만 그녀의 마음을 이해하기엔 본질적인 문제가 있었다.

춤을 추고 나면 숨이 찬다고?

숨이, 차던가?

리아는 잠시 고민했다. 그러나 딱히 숨이 찼던 기억은 없었다. 꾸준히 수련하는 양을 늘려온 그녀에게 춤 한두 번으로 숨이 차는 것은 먼 나라 얘기처럼 들렸다. 물론 어릴 적에는 그랬던 적도 있었다. 저쪽 세상의 로렐리아와 자신과의 차이점 중 하나를 발견한 리아는 별생각 없이 다음 문장을 읽기 시작했다.

〈그리고 내가 저번에 너무 힘들어서 대리석 계단에 털썩 주저앉은 적이 있거든? 물론 나도 이게 레이디가 해서는 안 되는 일이란 걸 알아! 하지만 그땐 정말 너무 힘들었는걸! 그랬는데 그이가 얼굴이 하얗게 질려서 달려오지 뭐야. 어서 일어나라기에 내가 창피한가 싶어서 조금 앉아 있으면 세상이 무

너지기라도 하냐고 따졌더니 글쎄, 그이가 뭐라는 줄 알아?〉

편지를 쥔 리아의 입술이 천천히 열렸다.

"바닥이 너무 차 보여서."

아주 사소한 문장이었다. 사소한 말이었고, 금세 잊을 말이었다. 그러나 그녀는 그 비슷한 말을 들은 적이 있었다.

"아픈 이를 찬 바닥에 무릎 꿇린 채 말입니까."

귓전에서 맴도는 목소리에 리아는 슬쩍 인상을 썼다. 그게 뭐. 공작이 제가 생각했던 것보다 더 다정한 사람일 수도 있지 않은가. 그럴 것이다. 에드가 폰 페리엘이 저를 마음에 두고 있다니. 그보다 더 우스운 얘기가 또 어디에 있겠는가. 그런데 왜일까. 계속해서 머릿속에 에드가의 말이 반복되는 이유는.

"설마."

리아의 얼굴이 구겨졌다. 마치 꼬깃꼬깃한 종이의 모서리처럼. 그녀는 스스로에게 다짐이라도 하듯 다시 중얼거렸다.

"설마."

그러나 아무리 얼굴을 구겨도 편지에 또렷이 적힌 글자들이 사라지는 기적적인 일은 벌어지지 않았다.

한 번 생각하기 시작하면 관련된 것들이 줄줄이 딸려 올라온다던가. 할 수 있는 일들을 모조리 해치우고 나자 그녀의 머릿속을 가득 채운 것은 저쪽 세상의 로렐리아가 세뇌라도 시키듯 반복했던 얘기들이었다.

〈그이는 무척 세심해, 때로는 내가 눈치채지 못한 걸 먼저 알아차린다니까? 심지어 내 일인데 말이지!〉

그가 무엇을 눈치챘지? 반사적으로 그렇게 중얼거렸던 리아는 입 밖으로 터지려는 탄성을 억지로 내리눌러야 했다. 그러나 처음 질문부터 답이 너무 많았다. 그는 제 눈가가 부었다는 걸 알아봤고, 케이크를 좋아한다는 걸 눈치챘으며, 심지어 몽실몽실의 초코케이크를 꽤 마음에 들어 한다는 걸 꿰뚫어봤다.

신경 써준 일들은 또 얼마나 많은가. 심지어 마음 깊이 위로받기까지 했다. 얼마 전까지만 해도 일생일대의 원수나 다름없다며 이를 갈던 남자에게!

리아는 양손에 얼굴을 파묻었다. 에드가가 자신을 마음에 두고 있을 수도 있다. 그러나, 여전히, 그 가정이 황당하게만 들려서, 믿기지가 않았다. 문제는 하나였다. 아니라 단정하기에는 짚이는 것이 너무 많다는 것. 그렇게 밤새도록 그의 행동 하나, 말 한마디를 놓고 고민하다 보니 결국 아무것도 알 수 없게 되어버렸다. 마지막에는 드레스를 맞춰주겠다 한 것까지 어떤 의미가 있는 건 아닐까 생각하게 되었으니 더 말해 무엇 할까.

결국 그녀는 집무실 한편에 쌓인 서류들을 외면한 채 자리를 박차고 일어났다.

조언자가 필요했다.

"네?"

이런 일을 툭 터놓고 얘기할 수 있는 사람이라면, 정해져 있었다.

'어차피 경비를 확인하기도 해야 했고.'

리아는 그렇게 제 행동에 대해 변명하며 후궁들을 바라봤다.

"그러니까, 음, 누군가가 자신을 좋아하는지 아닌지 알아보는 방법, 말이죠?"

루실라가 어색하게 웃으며 미셸을 곁눈질했다. 어쩌다 일이 이렇게 되었는지 전혀 짐작하지 못하겠다는 표정으로.

미셸은 일상 얘기를 하듯 가벼운 목소리로 물었다.

"누가 후작님을 좋아한다던가요?"

연애 고민이라니.

잠시 당황하던 세 후궁은 이내 눈을 반짝였다. 푸른매기사단이건, 붉은늑대기사단이건, 자신들보다는 뒤쳐졌을 것이라 확신하며.

"아뇨. 그건 아닙니다. 그저 조금, 그게 아니라…… 아무래도 제 착각일 가능성이 크니 상대의 이름을 밝히는 건 좀……."

리아는 갈피를 잡지 못하고 횡설수설했다. 루실라는 그런 그녀를 무척 사랑스럽게 바라봤다. 그리고 아스티나는 두 주먹 불끈 쥐며 리아를 두둔해 주었다.

"당연한 일이죠. 상대를 생각한다면 단연 그래야죠. 착각일 수도 있고요. 안 그런가요, 미셸?"

미셸은 제 동의를 구하는 아스티나의 말에 열렬히 고개를 끄덕였다. 그러나 사실 그녀들에겐 지금 여기서 유유자적 대화를 나누고 있을 여유 같은 건 없었다. 다른 누구도 아닌 카인의 탄신연이다. 오랜만에 고향 사람들을, 운이 좋으면 형제나 자매를 보게될 수도 있었으니 그들을 맞이할 준비를 해야 했다.

그러나 어쩌겠는가.

"아, 그럼 후작님께서는…… 어떻게 생각하세요?"

평생을 해온 드레스 고르기보단 처음 기사로 임명되었을 때보다 진지한 표정으로 조언을 구하는 리아와 대화하는 것이 더 즐거운 것을. 갑작스러운 방문에도 거리낌 없이 리아를 맞이한 이유였다.

미셸이 나이 어린 소녀처럼 반짝이는 눈을 한 채 물어오자, 리아는 잠시 고민하고는 대답했다.

"글쎄요. 얼마 전까지는 좋은 동료라 생각했습니다만."

루실라는 리아의 뒷말을 기다리지 못하고 잽싸게 물었다.

"다른 기사님들과 비교해서요?"

"아뇨. 그것과는 조금 다릅니다. 그래서 조금 고민이……."

이번에는 아스티나였다.

"그럴 땐 손을 잡아보는 게 최고죠. 안 그런가요?"

"손이요?"

"그럼요. 왜, 손을 잡았는데도 아무 생각도 없으면 후작님께서 착각하셨을 가능성이 큰데, 거기서 조금이라도 두근거리면……."

꺄악! 비명을 내지르며 양 볼을 감싸는 아스티나 대신 미셸이 말을 끝마쳤다.

"진전의 가능성이 있는 거죠."

진전이라니. 이래서야 묻기 전보다 더 머릿속이 복잡해졌다. 차라리 누가 명쾌하게 답을 알려줬으면 좋겠는데, 세 후궁은 그 이상 힌트를 줄 수는 없다며 단호하게 고개를 저었다. 대체 어디가 힌트냐 묻고 싶은 마음이 굴뚝같았으나 관두었다. 저 반짝이는 눈들을 보건대 그 말을 꺼냈다간 조언이 아닌 사랑과 연애에 대한 강의를 듣게 될 것 같았으니 말이다.

결국 리아는 업무를 처리하는 오후 내내 이 묘한 기분을 정의 내리지 못했다. 그러니 약속시간이 다 되어 의상실로 향하는 걸음이 가벼울 리 없다. 며칠 전 무리한 애마를 쉬게 할 겸, 수도를 돌아볼 겸 마차도 마다한 채였다.

검에 제복까지 갖춰 입은 기사가 도보로 대로를 가로지르니 절로 사람들의 시선이 모였다. 물론 당사자는 그 시선, 전혀 느끼고 있지 못했지만 말이다.

'생각해 보면 드레스에 대한 것도 이유가 이상했지.'

한번 이상하다 생각하니, 그러려니 넘겼던 것들이 하나둘 걸리기 시작했다. 리아는 탄신연을 앞두고 부쩍 늘어난 인파를 살피며 하나하나 이상했던 점들을 손에 꼽았다.

'몇 년 전에 밑도 끝도 없이 합동훈련을 몇 번이나 진행한 것도 그렇고. 그때 이유가 뭐였더라…… 기사단 사이의 우호 증진이었던가.'

그때도 그런가, 넘겼다가 정작 합동훈련을 하면서 눈살을 찌푸렸다. 멀쩡한 제 부하들을 에드가가 앞서서 두들겨 패고 있으니 곱게 보일 리 만무하지 않은가. 그래서 바득바득 우겨 뜬금없이 시작되었던 합동훈련을 때려치운 것이 벌써 그리 오래되었다.

'저쪽 세상의 내가 페리엘 공작과 결혼을 한 것도 그렇고. 으으음…… 그래도 정략혼의 가능성을 생각하면 굳이 이쪽 세상과 엮을 필요는 없을 것 같긴 하지만.'

에드가로 시작한 생각은 양친으로 이어졌다가, 자연스레 마차 사고로 흘러갔다.

'그보다. 역시 마법사가 문제인가. 아는 것을 최대한 뽑아내라, 라. 그전에 다시 보기라도 해야 할 텐데 말이지.'

천천히 걷던 리아의 걸음이 점점 느려지더니, 이내 멈춰 섰다. 아직도 삼 년 전 그 순간만큼은 선연하게 떠올릴 수 있었다. 밤새 퍼붓던 비가 아침나절까지 그치지 않아 빗소리를 들으며 잠에서 깼었다. 집사가 아연실색한 낯으로 자신을 깨우러 온 것은 눈을 뜬 것과 거의 동시였다.

그 뒤는 기억이 흐릿하다. 어떤 정신으로 장례를 치렀는지, 기사직을 받고 임명식이 있을 때까지 무엇을 했는지 전부 뭉개져서 덩어리처럼 남아 있을 뿐이다.

두 발이 땅에 박힌 것처럼 움직일 생각을 안 했다. 리아가 할 수 있는 일이라고는 그저 오도카니 서 있는 것뿐이었다.

그 사이에 수많은 사람들이 거리를 스쳐 갔다. 시간이 멈춘 듯 굳어 있는 것은 리아가 유일했다. 가장 밝은 곳, 수도의 심장부라 할 수 있는 중앙광장에서 오롯이 서 있는 여기사가 눈에 띄지 않는다면 그게 더 이상한 일일 터다.

에드가가 리아를 발견한 이유 역시 그에 맞닿아 있었다. 사복으로 갈아입은 채 의상실로 향하던 에드가는 분수대 바로 앞에서 익숙한 제복을 발견했다. 모든 기사들이 하나같이 관리하기 어렵다며 불만을 토로하는 흰 제복은 군중 사이에서도 확연히 눈에 들어왔다. 금빛 단추와 어깨춤에 달린 붉은 휘장. 사실 그의 눈에 가장 먼저 들어온 것은 붉은 휘장이었다. 금실로 늑대를 자수 놓은 그것은 그에게 있어선 리아를 의미하는 것이라 해도 무방했다.

약속시간이 거의 다 되었음에도 불구하고 걸어서 삼 분밖에는 걸리지 않는 의상실을 코앞에 둔 채 멈춰 서 있는 리아는 무척이나 혼란스러워 보였다. 어슷하게 허공으로 빗겨나간 고개와 꾹 다

물린 입. 미동 없이 멈춰 서 하늘만 바라보고 있는 시선들이 그토록 많은 것들을 담고 있었다. 차마 건드려 깨뜨리기조차 저어한 순간이었다.

평소의 그라면, 지나쳤을 것이다.

한 걸음. 딱 그 정도의 거리를 지키며 뒤로 물러서서 지켜봐 왔던 그 긴 시간들처럼. 홀로 품어온 감정이 그리도 오래되어 속으로나마 응원을 전하고 물러서는 것은 그에겐 그리 어려운 일이 아니었다. 그것은 오히려 쉬운 것이었다. 아픈 것도, 절절함도 오롯이 혼자 하면 그만이었으니 말이다.

오히려 지금 하려는 게 어려운 일이었다. 에드가는 성큼, 리아를 향해 걸어가기 시작했다. 처음에는 조심스러웠던 걸음에 점차 속도가 붙었다. 앞으로 걸어가는 걸음에 비장함까지 느껴져 주변 행인들이 슬슬 옆으로 비켜줬을 정도였다. 그 사이에 섞여 있던 하급귀족 몇은 에드가와 리아를 알아보고는 서로 옹기종기 모여 '어머어머'를 연발했다. 그러나 지금 당장 그의 눈에 보이는 것은 오직 리아뿐이었다.

점차 빨라졌던 걸음은 리아에게 가까워지자 다시 느려졌다. 앞으로 한 걸음을 뻗는 그 순간에 수많은 고민들이 녹아 있었다. 그는 중앙광장에 깔린 벽돌에 색을 칠해 여러 무늬를 만들어내고 있다는 것을 25년 인생 처음으로 알게 되었다. 벽돌 하나를 한 걸음에 겨우 가로질렀으니 그 속도가 한숨이 나올 정도로 느렸다.

그리하여 한참의 시간이 흘러 리아의 뒤에 선 그가, 또다시 한참의 시간을 들여 겨우 한마디를 뱉어냈다.

"경."

놀라지 않길 바라는 마음에 자연스레 목소리가 낮아졌다. 그는 하늘에서 제게로 바뀌는 시선의 방향에 이유 모를 감정을 느꼈다. 말갛게 뜨인 녹안에 제 얼굴이 그대로 비쳐 보이는 것을 바라보며, 그는 말을 이었다.

"왜 그런 표정이지. 무슨 일이라도, 있었나."

무척이나 조심스러운 물음이었다. 그 물음에 리아의 눈이 깜빡였다. 그녀는 제가 넋을 빼고 있었다는 것을 그제야 깨달았다. 저 멀리 여행 나갔던 정신이 집을 찾아 돌아오듯 화드득 날갯짓을 했다.

"아."

갈라진 목소리에 살풋 미간을 좁힌 그녀가 큼큼, 헛기침을 뱉었다.

"아무것도 아닙니다."

이내 리아의 시선이 광장 위쪽에 매달려 있는 거대한 시계로 향했다. 그녀의 얼굴에 낭패감이 번졌다.

"제가 약조한 시간에 늦었군요."

"아니. 아직 늦지 않았으니 서두르지 않아도 괜찮아. 의상실은 이곳에서 가까우니."

이미 말했던 시간보다 이십분은 훌쩍 지나 있었다. 그러나 리아는 그 점을 굳이 지적하지 않았다.

"그렇습니까."

천천히 걷기 시작하는 리아의 옆을, 에드가가 지켰다. 미처 알지 못했으나 그녀의 곁에는 빨라졌다 느려졌다를 엇박으로 반복하는 발걸음을 맞추기 위해 옆에서 부단히 노력하는 에드가가 있었다. 의상실이 눈에 보이기 시작했을 때 즈음, 에드가가 몇 번이나 망설이던 말을 뱉었다.

"전하에 대한 것 때문이라면, 내가 시간을 더 벌어줄 수 있어."

"예?"

"전하께서 하신……."

아, 그거. 그제야 리아는 고개를 돌려 에드가의 옆모습을 눈에 담았다. 익숙해 인이 박일 정도로 보았던 제복 차림이 아닌 사복을 입고 조금은 편해 보이는 그가 거기에 있었다. 그리 크지 않지만 흔들림 없는 목소리로 그는 몇 가지를 더 주워 담았다. 황태자에 대한 얘기들이었다.

얘기를 하나하나 짚는 목소리는 안정적이었다. 마치 구두 보고를 듣고 있는 기분이었다. 평소와 다름없는 딱딱한 말투에 오히려 바짝 얼어붙었던 신경이 사르르 녹는 것만 같았다.

카인에 대한 얘기는 곧 어제 있었던 전투로 옮겨갔다. 오러를 사용했을 때 키메라가 순간적으로 반응한 것을 보면, 지능과 동시에 오러를 감지하는 능력도 있다는 얘기, 리아가 키메라를 막아서고 있지 않더라면 저 역시 단숨에 핵을 부수지는 못했을 것이라는 얘기가 잇따라 이어졌다.

익숙한 걱정과 익숙한 얘기들에 머릿속이 차분해지는 것만 같았다. 검에 대한 것과, 어떤 기사가 키메라의 시체를 보고 거품을 물었는지, 어떤 기사는 정말 검으로는 베어지지 않는지 실험해보고 싶다며 토막 난 시체를 검으로 두드리다가 두들겨 맞았다는 얘기에 리아가 작게 웃었다.

그녀가 웃자 그제야 에드가의 표정도 풀렸다. 그러나 다소 부드러워졌던 분위기는 의상실 앞에 도착하자 다시 딱딱하게 굳었으니.

"저, 경…… 이곳이 맞습니까."

"……그래."

어째서 의상실 입구가 계절과 맞지 않는 색색깔의 꽃과 리본들로 장식되어 있는지 도무지 모를 일이었다. 익숙함에서 낯섦으로 한 번에 뛰어넘어야 하는 순간의 도래에 리아는 저도 모르게 흡, 숨을 들이마셨다. 그리고 그녀는, 키메라를 상대할 때보다도 비장한 표정으로 문을 열었다.

퍼엉!

문을 열자마자 난데없이 터지는 종이 폭죽이 요란했다.

"뷰티에의 의상실에 오신 것을 환영…… 어마!"

폭죽을 터뜨린 여인은 한눈에 보더라도 화려했다. 위로 곱게 틀어 올린 머리에는 커다란 사파이어가 박힌 머리꽂이가 꽂혀 있었고, 상의의 목 부근에는 풍성한 주름이 잡혀 있었다. 통이 넓은 바지를 입은 채 리아를 환영하려던 그녀는, 검날을 보자마자 재빠르게 양손을 들어 올렸다. 항복의 표시였다.

"으아아! 죄송해요, 놀라셨죠? 놀라게 하려던…… 건 맞지만, 전 검은 잡아본 적도 없어요! 할 줄 아는 건 바느질뿐이라구요! 사람 살려!"

반사적으로 검을 뽑아들었던 리아는 오두방정을 떠는 여자의 모습에 재빨리 검을 거뒀다.

"미안합니다. 저도 모르게 그만."

리아의 사과에 뷰티에는 가슴께를 쓸어내리며 고개를 저었다.

"아휴, 아니에요. 제가 놀라게 해드린걸요. 후작 각하께서 저희 의상실에 오신다는 말에 너무 신이 나서. 그렇죠, 공작님?"

"그래. 감당이 안 될 정도로."

"오호호호! 무슨 그런 서운한 말씀을 하셔요. 그저 저는 앞으로 더더욱 그 명성이 드높아질 제 의상실의 핑크빛 미래를 꿈꿨을 뿐이랍니다!"

제 포부를 밝히는 모습이 당당하기 그지없었다. 어깨를 쭉 편 채 언젠가는 갈퀴로 돈을 긁어모을 것이라 말하는 여인을, 리아가 놀란 표정으로 바라봤다. 살면서 많은 사람을 만나봤지만 이렇게 직설적으로 후작가의 후광을 입겠다 말하는 이는 처음이었다. 그러나 에드가는 어깨를 으쓱이며 리아에게 말했다.

"어머니께서 자신감 넘치는 모습이 좋다며 전속계약을 맺었지."

"호홋! 그것뿐이겠어요? 실력도 있으니 부인께서도 좋게 봐주신 거죠. 그래도 공작님께서 말하신 드레스를 디자인하는 것은 정말, 저어엉말 어려웠답니다."

슬픈 표정을 지으며 말하는 뷰티에게 에드가가 직설적으로 물었다.

"불가능하다는 얘기인가."

"어머, 무슨 그런 말씀을. 물론 가능하지요. 안 그래도 방금 전에 막 도안을 완성했답니다!"

물 흐르듯 이어지는 대화에 당황한 것은 리아였다.

"도안이라니요?"

"어머! 전해 듣지 못하셨나요? 어찌나 낭만적인지 이루 말할 수 없는 순간이었는데! 공작께서 친히 의상실로 걸음해 각하를 위한 드레스를 의뢰하셨답니다! 정말 독특한 디자인이라 작업을 하는 내내 얼마나 즐거웠는지 몰라요!"

뷰티에는 리아에게 한쪽 눈을 찡긋하며 에드가를 한껏 추켜세웠다. 안느의 특별지시를 받은 그녀는 에드가의 있는 장점, 없는 장점 전부 드러내는 데 거리낌이 없었다.

"제게 어찌나 신신당부를 하시던지. 정말이지, 자상하지 않나
요?"

<어머, 이쪽 에드가와 저쪽 에드가가 다른 것 같다고? 음, 좋아. 그럼 한번
이렇게 해보자. 그이는 뒤에서 남몰래 내 편의를 봐주곤 해. 내가 좋아하는 디
자이너의 의상실을 통째로 예약해 놓는다거나, 먹고 싶은 것이 생기면 슬쩍 사
람을 보내 구해오곤 하지. 그러면 보통 자랑을 해야 하잖아? 그런데 그이는
자랑은커녕 들켜도 아무렇지도 않다는 듯 '그게 그렇게 큰일인가?' 하는 표정
으로 날 바라본다고. 근데 그게 얼마나 귀여운 줄 아니?>

리아는 눈을 깜빡였다. 남아 있었던 상념이 잠시 옆으로 치워
지고, 그 자리를 에드가가 대신 채웠다. 정확히는 저쪽 세상의 로
렐리아가 흥분해 줄줄이 늘어놓는 에드가에 대한 얘기였다.

그녀는 눈을 굴려 제 옆에 선 에드가를 곁눈질했다. 날것 그대
로의 칭찬에 부끄러워할 법도 했건만, 그는 묵묵히 서 있을 뿐이
었다. 당황스러워 낯이 굳어졌다기보다는 그저 뷰티에가 하는 말
에 그다지 큰 의미를 두지 않는 느낌이었다. 혹은 당연히 제가 해
야 할 일이라 생각하고 있거나.

"물론 무척이나 어려운 과정이었어요. 유행이 지난 옷을 새로
이 만드는 건 항상 도전이거든요. 아무래도 평이 안 좋을 가능성
이 높은지라. 그래도 공작께서 긴히 부탁하시는 일인데, 못 하겠
다 뺄 수는 없죠."

제 칭찬에 리아가 엉뚱한 생각을 하고 있다는 걸 알 리 없는
뷰티에는 도안을 가져와 커다란 작업용 책상 위에 펼쳤다. 연필

선이 몇 겹씩 겹쳐져 하나의 드레스를 만들어내고 있었다. 난생 처음 보는 형태의 드레스에 리아는 의아해했다.

"그러니까 이게…… 어떻게 되는 거지?"

"왜, 기억하시죠? 몇 년 전쯤에 상의는 코르셋과 일체형으로 만들어지고, 치마는 분리형으로 되어 있던 드레스가 유행했던 것."

"아아."

그제야 리아는 도안 속 드레스의 구조를 대강이나마 이해할 수 있었다. 리아는 상의와 하의가 떨어져 있으니 입기가 훨씬 수월하다던 미셸의 말을 떠올렸다. 한동안 여러 연회에서 상의는 조끼를 본 딴 디자인으로 만들어지고, 치마엔 색색깔의 레이스가 넘쳐났다는 것 역시 떠올랐다. 파딩게일─드레스 속을 부풀리기 위해 넣던 틀. 다양한 재료로 만든다─이 한풀 꺾이고 자연스러운 핏이 한창 유행했을 때 함께 유행했던 드레스였다.

물론 유행은 돌고 돌아 다시 영애들은 허리를 바짝 조이고 치마를 한껏 부풀리는 드레스를 찾아 입고 있지만 말이다. 리아가 고개를 끄덕이자, 뷰티에는 신이 나서 설명을 이어나갔다.

"저번 유행 때는 치맛단이 무척 길고 치렁치렁한 데다 겹겹이 둘러싸여서 무거웠거든요? 영애들 중 연약하신 분들은 치마를 입거나 벗을 때 넘어지기도 했고. 그래서 그 부분을 조금 보완하려고 했죠. 치마 속에 바지를 입으실 거라 하시던데, 맞나요?"

"아…….."

힐끔, 에드가를 본 리아가 고개를 끄덕였다. 뷰티에는 왜 그렇게 하느냐 묻지 않았다. 이 바닥에서 오래 살아남은 만큼, 그녀는 꽤 눈치가 빨랐다. 뷰티에는 아무것도 모른다는 듯 드레스에 대한 설명을 이어갔다.

"속에 바지를 입을 걸 생각하면 레이스 같은 것들은 최대한 덜어내는 게 더 좋죠. 그래서 최대한 가볍게 디자인해 봤답니다! 이제 각하께서 원하시는 부분을 얘기해 주시면 수정한 다음 바로 제작에 들어갈 거예요!"

그러니 원하는 게 있다면 어서어서 말해달라며 뷰티에는 눈을 빛냈다. 기사로서의 정체성을 드레스에 드러내는 것은 그녀로서도 첫 도전이라며 흥분한 목소리는 덤이었다. 그런 식으로 둘러댔구나. 리아는 그런 생각을 하며 덧붙일 것은 없다 답했다.

사실 드레스에 있어서는 유모보다도 아는 것이 적은 그녀였다. 하나부터 열까지 어떠냐 묻는 것보다 이렇게 결과물이 만들어져 있으니 편하다 생각하던 리아는 그대로 곧장 치수를 재는 곳으로 끌려갔다.

촤륵, 커튼이 둘려 쳐지자 뷰티에의 눈이 반짝였다. 줄자로 치수를 재면서도 그녀의 입은 쉬지 않았다.

"정말이지, 제가 이 일을 십 년째 하고 있는데 이렇게 직접 주문하러 오는 신사는 없었답니다. 다들 드레스는 여자가 알아서 해야 할 일이라고 생각하거든요. 그런데 이렇게 서프라이즈로 드레스를 주문하다니, 정말 낭만적인 것 같아요!"

안느에게 받은 특명과 그 특명의 뒤에 따라오는 묵직한 주머니에 뷰티에의 입이 더욱 속도를 박찼다.

"팔을 좀 들어보셔요. 어머! 왼팔, 다치셨어요?"

"조금……."

"어머머머. 그럼 각하께서 다치셔서 공작님이 오셨던 거로군요! 멋져라! 정말 부러워요, 각하."

그건 아니었으나 굳이 부정할 필요를 못 느낀 리아는 침묵으로 대신 대답했다. 이후로도 팔을 들라면 착실히 팔을 들고, 내리라면 내리고, 숨을 들이마시라면 들이마시면서 리아는 생각했다. 요새 왜 이렇게 에드가의 칭찬이 자주 들리는 것인지 모르겠다고.

리아의 상념을 깨뜨린 것은 뷰티에였다. 그녀는 특유의 활발함으로 리아의 정신을 쏙 빼놓았다. 수많은 걱정을 잠시 잊을 정도의 쾌활함이었다. 무언가에 휩쓸리듯 치수와 함께 에드가의 칭찬을 끝없이 듣고 나온 리아는 머리가 띵해질 정도였다.

며칠 뒤에 가봉을 확인하러 오라며 손수건까지 흔들어주는 뷰티에의 가게에서 벗어난 뒤에야 숨을 뱉어냈다. 드레스도 버겁건만 방방 떠 있는 것 같은 분위기까지 더해지니 그녀로서는 완전히 백기를 치켜들 수밖에 없는 조합이 아닐 수 없었다.

리아의 코앞에 작은 물병 하나가 슥 내밀어졌다. 심지어 차갑게 식힌 물이었다. 병 표면에 송골송골 맺힌 이슬을 보던 그녀의 미간이 미미하게 찌푸려졌다. 아주 신경 써서 보지 않으면 미처 알아차리지도 못할 정도의 표정변화였다.

"물은 별로인가?"

그걸 알아차리고 묻는 에드가의 물음에 리아는 고개를 저었다.

"아닙니다. 그저……."

"그저?"

"그저……."

같은 말을 중얼거리던 그녀는 서서히 말을 멈췄다. 키 차이를 줄이기 위해 고개를 들어 에드가를 바라보는 시선이 여상스러웠다. 한 번 더 달싹여지던 입술이 다시 닫혔다. 어떤 말을 해야 할지 알 도리가 없어 갈피를 잡지 못한 리아의 눈가가 잘게 주름졌다. 그런 그녀를 바라보며 에드가는 기다렸다. 그 기다림에 리아의 머릿속이 더욱 웅성거리기 시작했다는 것도 모른 채로.

갑작스레 내밀어지는 물이 거슬려서는 아니었다. 거슬리다니. 오히려 그 센스 있음에 절로 감탄이 나올 일이었다.

이리저리 시달리느라 지쳐 있던 리아에게 찬물은 무척이나 기껍게 느껴졌다. 그녀가 곧장 그것을 받아들지 않은 것은 다른 이유가 있어서는 아니었다.

〈경험해 본 적 있지 않니? 한 사람에게 관심을 기울이면 보이기 시작하잖아. 아주 사소한 것들이. 아, 이 사람이 지금 오래 걸어 힘들어하고 있구나. 이 사람이 말을 많이 해 목이 마르겠구나. 이런 것들. 그쪽 세상의 에드가가 그랬던 적 없어? 목이 말랐는데 타이밍 좋게 물을 건넨다던가, 일이 버거울 때 슬쩍 일을 더 가져간다던가.〉

이곳에 오기 전 읽었던 편지의 한 문단이 그대로 뚝 떼어져 눈앞에서 아른거리는 것만 같았다.

리아의 턱에 살짝 힘이 들어갔다. 정략혼이어야 했다. 그게 가장 이치에 맞았으니까. 저쪽과 이쪽의 성격이 같다면, 저는 정략혼이 아닌 이상 에드가 폰 페리엘에게 사랑을 느낄 리 만무하다 생각했다. 결혼 후에 정을 쌓아 잘 사는 부부가 없는 것도 아니니 그런 경우이겠거니, 리아는 막연히 그리 생각했고 또한 확신했다.

바꿔 말하자면, 리아는 에드가가 자신을 사랑할 이유가 전혀 없을 것이라, 은연중에 그런 확신을 갖고 있었다. 이성적으로 당연한 결론 도출이었다. 그녀가 에드가에 대해 겪어온 삼 년이 그러했으니, 그 역시 그러할 것이라는 생각이었다. 제가 기사로서 궁을 들락거렸을 때도 고작 그 정도의 관계였다. 검을 놓고 레이디로서 살아왔을 또 다른 로렐리아에겐 접점이 더 없는 것이 당연하지 않은가.

그러나 리아의 생각은 일견 타당함과 동시에 아주 심각한 오류를 품고 있었다. 바로 그녀가 정의 내리려는 것이 사람의 감정이라는 것. 이성적으로도, 논리적으로 설명할 수 없다는 사랑을, 리아는 제가 가진 잣대로 재려 했고, 그것이 실수였다. 때로 사람은 몇 초의 장면만으로도 사랑에 빠질 수 있다는 것을 그녀는 몰랐다. 그렇기에 지금 혼란스러운 기분을 느끼고 있는 그녀의 입에서 가까스로 한 단어가 툭, 던져졌다.

"경."

리아는 걸음을 멈췄다. 길 위였으나 워낙에 대로였기에 큰 문제는 없었다. 자신을 따라 순순히 멈춰 서는 에드가가 커다란 강아지처럼 보이는 건 제 눈이 미쳐서일까, 아니면 머리가 미쳐서일까. 리아는 심각하게 물었다.

"왜 그러십니까."

"무엇이."

"어째서 제 드레스에 그렇게 신경 써주는 겁니까. 무엇 때문에 전하와 제 일에 도움을 주겠다 말하십니까. 무슨 이유로 경께서는 서류를 열람함에 있어 제게 특혜를 주고, 의상실까지 직접 동행하는 겁니까."

그것도 이런 시기에. 리아는 잠시 숨을 들이마셨다가 내뱉으며, 말도 함께 뱉어냈다.

"경, 그런 태도는 남에게 오해를 사기 쉽습니다."

남에게도, 제게도. 리아의 말에 에드가의 표정이 처음으로 변했다. 그는 무척이나 충격 받은 표정으로 눈을 깜빡였다. 여전히 손에 들린 물병의 표면을 타고 물방울이 뚝뚝 떨어졌다.

"오해?"

"예. 경, 물론 전부 제 오해겠지만, 그러한 행동들은 마음에 둔 여인에게 해야 합니다."

리아는 떨어지는 물방울에 시선을 고정한 채 한숨처럼 말을 마쳤다.

"제가 아니라."

아무리 눈치 없는 이라도 주변에서 수없이 같은 내용을 반복해 주입시키면 눈치채기 마련이다. 무언가 이상하게 돌아가고 있다는 사실을.

재빠르게 도망갈 길을 만들어놓고 저만 바라보고 있는 리아의 녹안이 정말 아무것도 모른다는 양 맑았다.

에드가는 또다시 자신이 실수했음을 깨달았다. 카인에게 그렇게 말을 해놓고도 같은 실수를 반복한 것이다. 깨달으면 빠르게 고치는 라흘란 제국의 공작은, 이번에도 망설임 없이 입을 열었다.

"오해가 아니야. 나는."

물병을 들고 있던 손이 의식조차 못하고 있는 것처럼 느리게 땅을 향해 떨어졌다. 그는 지금까지 제가 꽤나 있는 힘을 다해 그녀에게 제 마음을 전하고 있다고만 생각하고 있었다. 카인에게 선언하듯 말한 뒤로 그는 나름대로 표현한다 노력했던 것이다. 그러나 남들 눈에는 너무도 잘 보이는 그 어색함과 애씀이 정작 제일 중요한 당사자에게는 보이지 않는다는 것이 문제라면 문제였다.

그리고 말을 하지 않았다는 것 역시. 말로 전하지 않는 마음을 그 누가 알아주겠는가. 에드가는 제 실책을 뼈저리게 자각하며 말을 이었다.

"그럴 상황이 아니라는 것은 알아. 알고 있지만."

그녀에게 뻗어간 손은 얼굴 근처에서 멈춰 섰다. 딱 그만큼의 거리. 친근감을 표현할 수는 있으나 얼굴을 감싸는 것조차 하지 못하는 그 정도의 사이. 에드가의 입가에 쓴 미소가 번졌다.

이럴 상황이 아니라는 것은 그가 가장 잘 알고 있었다. 그러나, 그렇다면, 이래도 되는 상황은 대체 언제란 말인가? 처음 리아를 마음에 담았을 땐 아직 후작부부의 추모 기간이 끝나기도 전이었다. 호의를 베풀고 싶었던 것은 미운털이 되어 박혔고, 그 이후에는 작위며 후계자며 각종 현실 문제에 부딪쳐 말을 꺼내기는커녕 가까이 다가갈 수조차 없었다.

그래서 아닌가 싶었다. 자신이 혼자 할 때도 이렇게 힘든데, 이 힘겨운 사랑에 리아를 끌어들이고 싶지 않았다. 그래서 한 걸음 물러선 채 그저 보기만 했다. 타오른 불이 언젠가 꺼지듯, 그녀에 대한 자신의 마음도 언젠간 그 끝이 보이겠지 싶어서.

"언제고 그래도 괜찮을 때가 올 것 같지가 않아."

사람 마음이라는 게 얼마나 제멋대로인지. 에드가는 웃었다. 일그러진 그 미소가 너무 아파 보여, 리아는 자신도 모르게 괜찮으냐 물을 뻔했다. 금방이라도 울음을 터뜨릴 것처럼 찌푸린 눈가가 무색하리만치 휘어 올라간 입매가 그녀의 시선을 사로잡지만 않아도 그랬을 것이다.

에드가의 손끝이 리아의 얼굴을 조심히 감쌌다. 손가락 끝이 눈가에 닿아, 리아는 자신도 모르게 눈을 깜빡였다. 그럼에도 피하지 않는다. 뒤로 물러서거나 경멸 어린 표정으로 무슨 짓이냐 소리 지르지 않았다. 그것만으로도 에드가는 세상을 다 가진 기분이었다. 그의 입술이 가늘게 떨리며 말을 만들어냈다.

"전부터, 경에게 계속해서 말하고 있었어."

깊이를 모를 남색 눈동자가 일순 차분히 가라앉았다.

"한 번이라도 좋으니 나를 보아달라고."

지금 이 순간, 연애라고는 한 번도 해본 적 없는 여자와, 역시 살아생전 연애라고는 꿈에서밖에 해본 적 없는 남자의 대화를 들은 이가 아무도 없다는 것이 다행이라면 다행이었고 불행이라면 불행이었다.

†

"단장이 좀 이상한 것 같습니다."

에이플의 표정이 심각했다. 안 그래도 요 며칠 황궁의 분위기는 물을 잔뜩 머금은 것처럼 무겁게 가라앉아 있었다. 시녀들은 대공이 어찌나 까다롭게 구는지 모른다며 인상을 썼고, 탄신연을 축하하기 위해 수도로 모여든 귀족들은 이번 습격에 대해 입방아를 찧느라 정신없었다. 그리고 황궁은 적을 가려내지 못한 채 상황을 주시하고 있었다.

그러나 정작 가장 심각해야 할 사람인 카인은 화를 내지도, 두려움에 떨지도 않았다. 에이플은 생각을 정리하다 카인에 이르자 한숨을 푹 내쉬며 고개를 떨궜다.

두려움은 개뿔.

[어제 무슨 일이 있었던 게 분명해. 안 그러면 사람이 어떻게 그렇게 변하나. 넋을 놓은 것 같은 후작이라니! 설마하니 그사이에 공작이 고백이라도 한 건 아니겠지? 응?]

그는 확신할 수 있었다. 현재 제 주군의 최대 관심사는 대공도, 마법사도, 일어날지 아닐지도 모르는 위험도 아닌 한 남자의 로맨스라고. 확신이고 뭐고 그게 사실이었다. 지금도 카인이 어찌나 흥분했는지 그를 말리는 오르도의 목소리가 마법 도구를 타고 들릴 정도였으니 말이다. 심지어 키메라 사체를 제 눈으로 본 뒤에도 이렇다. 에이플은 짜게 식은 표정으로 귀에서 마도구를 빼 잠시 그것을 멀거니 바라봤다.

'전하께서는 담이 크신 건지, 걱정이 없으신 건지.'

전자라면 꽤 좋은 황제가 될 테지만 후자라면 글쎄. 이유 없는 무사안일주의야말로 나라 말아먹기엔 딱 좋지 않은가. 부디 그의 행동에 이유가 있길 빌며, 에이플은 마도구를 다시 귀에 꽂고 답했다.

"그건 모르겠습니다만, 지금 막 공작께서 단장에게 인사를 건넸습니다. 어, 상황을 보아하니 길목에서 기다린 것 같은데요?"

[……공작을 불러와. 당장!]

마법 도구 너머에서 오르도가 빽 외쳤다. 안 됩니다, 전하! 카인이 안 될 게 뭐가 있느냐며 불만을 토로했다. 가만히 듣기만 하다간 푸른매 기사들이 출동해 에드가를 연행해 갈지도 몰랐다. 아니, 에이플은 확신했다. 카인이라면 반드시 그렇게 할 것이라고.

"저, 전하. 걱정 마십시오. 지금 분위기가 꽤 괜찮습니다. 공작이 꽃다발을 준비해 왔거든요. 저희 단장도 좀 머뭇거리긴 했지만 받았구요."

[장미인가!]

"……어, 파란 꽃인데요?"

[아니. 색이 아니라 무슨 꽃이냐고.]

에이플은 잠시 침묵했다. 무슨 꽃이냐고? 에이플에게 있어 꽃이 가진 의미는 단순했다. 예쁘긴 한데 어디에 써야 할지 모르겠는 것. 그런 그가 남들 다 아는 장미를 제외하고 꽃 이름을 알고 있을 리가 없다.

그는 눈을 가늘게 뜨고 꽃잎은 파랗고 꽃술은 새하얀 저 꽃의 이름이 과연 무엇일지 가늠해 봤다.

"……꽃집에 가서 물어보고 오겠습니다!"

결국 알아낼 수는 없었지만 말이다. 카인은 푹 한숨을 내쉬었다. 이런 연애 고자들을 데리고 대업을 이루려 하고 있다니. 갑자기 뒷골이 당기는 것 같다 생각하면서.

그런 말이 있다. 항상 같이 지내던 사람이 갑자기 달라 보인다면, 그건 무언가의 시작일 수도 있다는. 리아가 그랬다. 의상실에 갔다 온 다음 날 침대 위에서 눈을 뜬 채 생각했다. 이 모든 것이 꿈일지 모르겠다고. 그러나 옆으로 손을 뻗자 잡힌 종잇조각은 꿈이라는 좋은 도피처를 부숴 버렸다.

리아는 아직 잠에 취한 눈을 꿈뻑이며 비몽사몽한 채로 종이에 쓰인 글을 읽었다.

〈정략혼이냐고? 글쎄, 이걸 뭐라고 해야 할지 좀 헷갈리네. 시작은 정략혼이 맞아. 가문대 가문으로 청혼서가 오고갔으니까.〉

오. 세상에. 희고 가는 팔이 옆으로 떨어지며 그대로 눈가를 덮었다. 한번 물꼬가 터진 기억은 무너지는 둑에서 물이 쏟아지듯 와르르 쏟아져 내렸다. 어젯밤 그녀는 저택에 돌아오자마자 이 문제에 있어서 가장 주관적일 수밖에 없는 이에게 조언을 청했다.

바로 저쪽 세상의 자신에게 말이다.

〈하지만, 우리 연애결혼이라고 생각하고 있어. 왜인지 알아? 청혼서를 보낸 그날, 그이가 나를 찾아와서 말했거든. 만나보고, 마음에 들지 않는다면 무슨 수를 써서든 이 약혼을 없던 일로 해주겠다고. 세상에, 믿어지니? 그런 말을 하는 남자가 있다는 게?〉

믿어지지 않는다. 그만큼 비현실적이었다. 가문간의 결합에, 대대적으로 약혼까지 선언하고서, 그걸 없던 일로 한다니. 이 바닥은 그렇게 호락호락하지 않았다. 결혼식 전날 상대에게 사생아가 있다는 걸 알게 되더라도 웃으며 식을 올리는 게 당연한 세상이었다.

서로에게 값을 매기고, 팔고, 팔리고, 그 속에서 가장 득이 될 만한 선택을 하면서. 그런 굴레로부터 자유로워지기 위해서는 상당한 운과 상당한 능력을 갖춰야만 하는 세상이었다. 부모에게 절대적인 애정을 받거나, 뛰어난 마법사이거나, 그 자신이 선택할 수 있는 위치에 오르거나.

리아는 에드가를 저 세 조건에 대입해 봤다.

"마법사를 뛰어난 기사로 바꾸면 셋 다이긴 하네."

자신도 모르게 피식 웃은 리아는 자리에서 일어났다. 늑장부리는 것은 이 정도면 족했다.

평소와 다름없는 하루였다. 잠자리에서 일어나 간단히 씻고 아침을 먹고 제복을 갖춰 입은 뒤 검을 챙겨 황궁으로 향하는 과정. 매일 반복되는 일상이라 지겹다 느끼지조차 못하는 오전이었으나, 손끝이 좀 간질거리는 것도 같았다.

저택 밖으로 나서면서 오늘 하루 에드가를 보면 어떻게 대해야 하나 고민하면서도 그런 감각은 영 사라지지 않았다. 그래서 손가락을 굽혀 간질거림을 좀 없애보려던 그녀의 두 눈에, 일순, 갑자기, 에드가의 모습이 가득 들어찼다.

길목을 돌았을 때였다.

가장 먼저 흑발이 시선을 잡아끌었다. 익숙한 색이었다. 아니, 지난 삼 년간 익숙해진 색이었다. 시선을 끌어내리자 무심히 허공을 바라보다 눈이 마주치자 부드럽게 휘어지는 쪽빛 눈동자가 보였다.

너무 한 사람 생각만 해서 헛것이라도 보는 걸까. 리아는 멍하니 그런 생각을 했다가, 에드가가 기대고 있던 벽에서 몸을 일으키자 이게 현실이라는 걸 깨달았다.

"……경?"

에드가는 조금 걱정스러운 표정으로 리아를 불렀다. 그야, 갑자기 사람이 굳은 채 자신을 올려다보고 있으니 말이다. 깜빡. 리아의 녹안이 사라졌다, 나타났다. 그녀의 얼굴에 표정이 아로새겨졌다.

당혹감과 놀라움이었다.

"여기에는 어쩐 일로……."

"황궁으로 가는 길이었다만. 경도 알다시피, 이곳은 길 위라."

오늘은 날이 좋아 걷고 싶었거든. 에드가의 말에 리아의 얼굴이 화르륵 불타올랐다. 자신이 한 질문이 얼마나 어리석었는지 깨달은 탓이다. 그녀는 어색하기 그지없는 웃음을 터뜨리며 어떻게든 상황을 수습하려 애를 썼다.

오늘은 참 날이 좋지 않으냐는 말을 하며 시선을 어디에 둘지 몰라 하는 그녀의 모습에 에드가는 부드럽게 미소 지었다. 누구에게도 하지 못할 말이었으나, 그는 안도했다. 최악의 상황을 상정하고 있었으니 말이다.

겨우 사이가 좋아진 참이었다. 복잡한 문제들이 얽혀 있었지만 인사를 건네면 미소 어린 인사가 돌아오고, 의견을 나눌 수 있는 사이가 된 것만으로도 만족하고 있었다. 이 정도면 충분히 만족하고 뒤로 물러설 수 있지 않을까. 그렇게 생각했었다. 얼마 전까지는.

그러나 카인의 진심 어린 조언이 그의 눈을 뜨게 했다.

"날씨가…… 그리고 오늘은 캐슬러 경을 만나기로……."

우왕좌왕 방향을 잃고 입에 닿는 대로 뱉어내던 리아는 시야 한가득 들어오는 새파란 물결에 잠시 말조차 잊었다. 그녀의 녹안이 깜빡, 사라졌다 다시 나타났다. 바람에 따라 가느다랗게 흔들리는 푸른 꽃잎, 새하얀 수술들, 그리고 그 모든 것들을 감싸고 있는 새하얀 포장지와 리본.

"이게……."

무의식중에 뱉어진 말에 에드가의 귓가가 붉어졌다.

"경에게 선물을 주고 싶어서."

"예?"

"그러면, 조금이라도 나를 봐주지 않을까 하여."

자신에게 잘 보이기 위해 선물을 주고 싶었고, 무엇이 좋을까 고민하다 고른 게 꽃이라는 소리다. 이 꽃을 고르는 데까지는 또 얼마만큼의 시간이 걸렸을까. 에드가에게 받는 꽃 선물은 이번이 처음은 아니었다.

그런데도.

"아, 감…… 사합니다."

에드가에게서 꽃다발을 받아드는 손끝이 바짝 긴장되어 감각에 날이 섰다. 바스락거리는 포장지 소리, 건네주고 건네받는 사이에서 스쳐 가는 손끝이 선연했다. 꽃다발이 자신의 손으로 옮겨갔을 때는 간지러움이 온 팔로 번져 버린 뒤라, 리아는 황궁에 도착할 때까지 괜스레 헛기침만 뱉어냈다.

리아는 자신의 집무실이 화사해졌다는 것을 인정해야만 했다. 갈색과 흰색, 그리고 검은색 일색이던 그곳에 푸르른 꽃다발을 꽂아놓으니 외면하려 해도 외면할 수가 없었다. 고개를 돌리면 약속이라도 한 듯 시선이 꽃을 찾아 움직였으니 말이다.

결국 리아는 오전 내내 일에 집중하지 못했다. 그녀는 책상에 팔을 괸 채 머리를 감싸 쥐고는 지금껏 받았던 조언들을 차례로 떠올렸다.

〈그이가 얼마나 좋은 사람인지 알고 난 뒤에 거절해도 늦지 않잖아?〉

그렇게 따지자면 저쪽 세상의 로렐리아는 그리 좋은 조언자는 아니었다. 공정성이라고는 조금도 찾아볼 수 없었으니 말이다. 그렇다면 제 부하들은? 에이플이 언젠가 목청을 높여 외쳤었다. 인성을 보라고.

'그 정도면 훌륭하지 않나.'

그런 의도로 외친 것 같진 않았지만. 아니, 아무리 그래도 사람 인성이 그 정도면 충분하지 뭐가 더 있어야 한단 말인가. 리아는 점점 제 생각이 중심을 잡지 못한 채 한쪽으로 쏠리고 있다는 걸 눈치채지 못한 채 중얼거렸다. 그런 그녀의 상념을 끊어낸 것은 나지막한 노크 소리였다. 리아는 시간이 벌써 이렇게 흘렀음에 놀라움을 감추지 못하며 자리에서 일어났다.

찾아온 이가 누구인지, 그 이유는 무엇인지 이미 알고 있었다. 그녀는 제 손으로 문을 열어주었다. 예상한 대로 캐슬러와 에드가가 문가에 서 있었다.

"오랜만에 뵙습니다, 경."

에드가에게 짤막한 눈인사를 건넨 리아는 곧장 캐슬러에게 인사했다. 왼쪽 볼에 긴 흉터를 가지고 있는 남자는 고개를 끄덕이며 무뚝뚝한 목소리로 대꾸했다.

"오랜만이군."

자연스럽게 자리를 안내한 리아는 확신을 갖고 말할 수 있었다. 까다로운 일은 셀 수 없었지만 개중에서도 가장 까다로운 건 소파에 앉은 채 묘한 표정으로 꽃다발을 바라보고 있는 제4기사단의 단장, 캐슬러라고.

이제 서른 중반을 넘기고 있는 그는 온갖 영웅담을 몰고 다니고 있다 해도 과언이 아니었다. 얼굴을 가로지르는 커다란 검상을 보면 영웅담이 두세 개여도 모자라겠다 싶지만 말이다.

리아는 캐슬러가 어떤 식으로 키메라 사체를 조각냈는지 설명하던 프루트의 목소리를 떠올리며 작게 웃음 지었다. 그의 수많은 영웅담에 하나가 새로 추가되었을 것이라는 생각을 하면서.

"감사 인사가 늦었습니다. 키메라 사후 처리에 도움을 주셨다 들었습니다."

"아아. 그 키메라 말인가. 놀라울 정도로 비현실적이었지."

"예. 황실 마법사들이 확인을 해본 결과 재료에 드래곤 사체가 포함되어 있었다더군요. 경께서는 제국 전역을 돌아다니시니 묻는 겁니다만…… 혹시 짐작 가는 것이라도 있으십니까?"

아직 남아 있는 드래곤 레어나, 살아 있는 드래곤에 대해. 캐슬러는 리아가 묻고자 한 바를 알아차리고는 굳은 표정으로 고개를 저었다.

"드래곤? ……이 시대에? 그 마법사를 보게 되면 내가 가장 먼저 묻고 싶군. 드래곤의 사체를 대체 어디서 구했는지."

캐슬러의 목소리에는 약간 날이 서 있었다. 표정으로 거의 드러나지는 않았지만 그 역시 키메라를 봤을 때 당황하다 못해 기가 막혔더랬다. 오랜 방랑생활을 하며 온갖 것들을 경험했음에도 이처럼 기괴한 생물은 처음 본 탓이었다.

"그런 키메라를 만들어낸 걸 보면 어떤 마법사인지는 몰라도 실력 하나만큼은 상당할 것 같던데…… 의심 가는 이라도 있나?"

"아직입니다. 그러나 단순히 대공을 노린 것만은 아닐 겁니다. 대공을 노린 게 진짜라면 말이죠."

의미심장한 말이다. 캐슬러는 잔수염이 돋은 턱을 손으로 쓸어내렸다. 수도에 입성한 뒤 그동안 밀린 보고와 서류 작업을 몰아서 한 탓에 그다지 잠을 자지 못했다. 그것만으로도 지칠 지경인데 오랜만에 방문한 수도에서는 다들 날카롭게 벼린 칼날처럼 서로를 경계하고 있으니 슬쩍 짜증이 났다.

그는 이상하게 시선을 잡아끄는 파란 꽃과, 이유는 모르겠으나 자신을 경계하는 것 같은 에드가, 그리고 역시 자신을 그리 반기는 것 같지 않은 리아를 번갈아 바라봤다.

이 상황을 무어라 설명해야 할지 감을 잡을 수가 없었다. 에드가나 리아와 사이가 나쁜 것은 아니었다. 수도에 자주 올라오지는 않았으나, 올 때마다 잊지 않고 만나는 게 저 둘이라 해도 과언이 아니었으니 말이다.

별다른 이유는 없었다. 같은 모국, 비슷한 위치, 오러를 사용한다는 공통점. 캐슬러에겐 그것만으로도 둘을 만날 이유가 충분했다. 개중 한 명은 짧게나마 손수 가르친 제자이기도 했고 말이다. 그렇기에 캐슬러는 리아와 에드가의 사이가 그다지 좋지 못하다는 것도 알고 있었다.

그런데, 오늘은 둘 사이에 흐르는 분위기가 평소와는 많이 달랐다.

'뭐지.'

캐슬러는 자신이 수도에 몇 년 만에 돌아왔나 셈을 하다 관두었다. 마지막에 들른 것이 리아가 막 오러를 사용할 수 있게 됐을 때였으니 그렇게 오래된 일도 아니었다. 그때까지만 해도 저 둘의 사이는 한 단어로 정의내릴 수 있었다.

원수, 혹은 앙숙.

그는 이 묘한 분위기의 이유를 짐작이라도 하기 위해 슬쩍 떠봤다.

"태자전하의 탄신연인가."

"저 역시 그렇게 생각합니다. 아무래도 시기가…… 안 그렇습니까, 경?"

리아의 질문을 받은 에드가의 시선이 움직였다. 방금 전까지 자신을 보던 것과는 비교도 되지 않을 정도로 온화한 시선이었다.

"그렇지."

그러나 그 시선은 제게 돌아오자 언제 그랬냐는 듯 묘하게 날이 서 있어서, 캐슬러는 속으로 혀를 찼다.

"현재는 탄신연 때 황족들을 노리거나, 제국에 위해를 가하려는 세력이 있지 않을까, 의심하고 있습니다."

"충분히 가능한 일이군. 그런데 말이지, 에디. 내가 떠나 있던 동안 무슨 일이라도 있었나 보지?"

갑작스러운 애칭에 에드가의 어깨가 움찔 떨렸다. 그러나 겉보기에는 별다른 변화 없이, 에드가는 굳은 표정으로 고개를 저을 뿐이었다.

"일이라니. 당치 않습니다."

"아아. 그런가."

저렇게 티를 내면서 아니라니. 캐슬러는 한때나마 가르쳤던 제자에게 무슨 말을 해야 할지 알 수가 없어 미간만 만지작거렸다. 눈치채고 싶지 않아도 이렇게 티를 내는데 어떻게 모른단 말인가.

'짝사랑인가. 아니 그건 상관없는데 대체 나는 왜 경계하는 거야? 미혼이긴 하지만…… 저런 어린애를 누가.'

캐슬러의 짙은 고동색 눈동자가 가늘어지자, 에드가는 재빨리 리아에게서 시선을 떼며 그의 말을 부정했다.

"정말로, 아무것도 아닙니다."

"그래그래. 알았대도."

에드가는 피식 웃는 제 스승의 모습에 재빨리 말을 돌렸다.

"그보다 전하의 탄신연까지 수도에 머무신다 들었습니다. 제4기사단 역시 호위 목록에 넣어도 괜찮겠습니까?"

"아아. 상관없다만, 그보다 그게……."

"자세한 사항이 정해지면 알려드리겠습니다. 그럼 저희는 이만 할 일이 남아 있어서."

에드가는 눈살을 찌푸리고 있는 캐슬러에게 정중하게 예를 갖춘 다음 자리에서 일어났다. 그 다급함에 떠밀리듯 리아 역시 엉거주춤 자리에서 일어났다.

집무실 주인과 또 다른 손님이 자리에서 일어나니 어쩌겠는가. 자신도 일어나야지. 캐슬러는 히죽 웃으며 자리에서 일어났다.

"할 일이 남아 있다, 라. 단둘이 말이지?"

"그……!"

"아, 아니라고? 그렇다면 경, 오랜만에 대련 상대를 좀 해주면 좋겠는데. 긴히 할 얘기도 있고 말이지."

따라오지 않으면 지금 자신이 생각한 걸 전부 말해 버리겠다는 기색이 선연했다. 에드가는 그런 그의 표정에 무어라 대꾸하려다 말았다. 상대는 캐슬러다. 저 입에서 무슨 말이 튀어나올지 짐작조차 가지 않았다. 상대하기보다는 져 주는 것이 더 나았다. 결국 에드가는 리아에게 자신도 가보겠다 말한 다음 캐슬러의 뒤를 따라가야만 했다.

마치 풀죽은 강아지 같아.

리아는 그의 뒷모습을 바라보며 그런 생각을 했다가, 제 생각에 제가 놀라 얼굴을 붉히며 쾅! 소리가 나도록 문을 닫아버렸다.

5장.
원하는 것은……

두 남녀가 힘차게 삽질을 하고 있을 때, 카인의 손에는 또 다른 삽이 들려 있었다. 태자궁에 존재하는 수많은 응접실 중 가장 깊숙한 곳. 응접실이라기보다는 뒷방이라는 표현이 더 어울릴 법한 곳. 카인이 지금 있는 곳은 바로 그런 장소였다. 휘장으로 창이 전부 가려져 있어 어둑하기 그지없는 분위기와 그런 분위기를 한결 돋우는 수십 개의 촛불이 좌우로 흔들리며 일렁였다.

그는 자신을 응시하고 있는 푸른매와 붉은늑대들을 향해 선언하듯 말했다.

"다들 지금껏 수고 많았다. 수많은 작전들은 모두 성공했고, 우리는 아주 중요한 지점에 서 있다."

오늘 아침, 에드가가 리아에게 건넨 꽃의 꽃말을 조사해 온 페피는 자랑스럽게 가슴을 쭉 폈다. 블루벨의 꽃말은 지조, 불변이라. 이 얼마나 낭만적인 선물이란 말인가.

잠시 말을 멈췄던 카인은 그 경건한 얼굴을 들어 제 기사들과 한 번씩 시선을 맞추었다.

"이제 남은 것은 고백뿐이다. 그렇다면 누구보다 완벽한 순간을 만들어줘야지 않겠나."

카인의 연설에 감동해 반짝이는 눈들은 소리 없이 외치고 있었다. 그렇노라고. 불퉁해 보이는 건 두 명의 붉은늑대뿐이었다. 카인은 주먹을 불끈 쥐어 보이며 선언했다.

"이런 건 원래 분위기다. 분위기! 신하의 행복은 주군의 행복. 기꺼이 태자궁의 동쪽 후원을 갈아엎어 완벽한 순간을 만들 생각이냐, 시간이 필요하다. 그러니 경들은 지금까지처럼 둘 사이가 조금이라도 가까워질 수 있게 최선을 다하도록!"

기사들은 진중한 표정으로 외쳤다.

"충!"

오르도는 그들을 한걸음 떨어진 곳에서 바라보고 있다 타이밍에 맞춰 휘장을 걷어 올리며 생각했다.

'성공한 게 있긴 했었나.'

촤르르륵!

올라가는 휘장과 그 너머로 쏟아지는 햇살을 맞으며 위풍당당히 서 있는 카인에게는 들리지 않을 속마음이었다.

카인의 말을 빌리자면, 착실히 단계를 밟아가고 있는 리아는 비는 시간에 잠시 의상실에 들렀다. 뷰티에가 완벽한 드레스를 만들어내겠노라 호언장담했을지라도 가봉이며 뭐며 할 일들은 산더미처럼 많은 탓이었다. 저쪽 세상의 로렐리아가 말한 것 같은 드레스는 아니었으나, 못지않게 아름다운 드레스가 착실히 만들어지고 있었다.

황궁으로 돌아오는 길 위에서 리아는 뷰티에가 보여준, 가봉이 끝난 드레스를 생각하고 있었다.

'드레스라.'

벌써 완성된 드레스가 얼마나 아름다울지 보이지 않느냐는 뷰티에의 질문에 차마 아니라고 답할 수는 없어 고개를 끄덕이고 왔지만, 조각난 천들이 드레스가 된다는 걸 이해할 수가 없었다. 리아의 미적 감각이 나쁜 것은 아니었다. 최소한 파티에서 드레스를 입은 레이디들을 보며 정말 아름답다며 감탄할 정도의 미적 감각은 갖고 있었으니 말이다.

그러나 레이스니, 리본이니, 어떤 색에 무엇이 어울리고 어떤 디자인이 자신에게 꼭 맞는지, 그런 소소한 것들로 빠지자면, 그녀가 아는 것은 아무것도 없었다. 어렸을 적에는 관심이 있었던가. 너무 오래전 일이라 그런지 기억이 흐릿하다. 리아는 고개를 젖혀 새파란 하늘을 가만히 올려다보았다. 푸른 꽃이 떠올라 화드득 얼굴을 붉히며 시선을 돌려야 했지만 말이다.

그렇게 생기가 넘치는 대로를 걷던 그녀가 갑작스럽게 반대편에서 오던 이와 부딪친 것은 순전히 사고였다.

"아!"

분명 옆으로 피했건만, 찰나의 순간에 부딪쳤다는 것에 당황한 리아의 입에서 단말마에 가까운 소리가 흘러나왔다. 체구가 그렇게 크지 않았다. 부지불식간에 뻗은 손이 자신과 부딪친 이의 어깨를 잡았다. 그대로 뒤로 쓸려가려는 몸을 앞으로 당긴 리아는, 일순 눈에 들어온 회색 머리칼에 머릿속이 쩡하니 얼어버리는 기분을 느껴야만 했다.

"넥스."

"와우. 반사 신경이 끝내주네. 후작님, 그런데 어깨가 좀 아프 거든? 지난번과는 다르게."

이왕이면 손도 놔줬으면 하는데. 그렇게 말하는 넥스의 눈가에 는 웃음기가 가득했다. 그는 생글생글, 아무것도 모르는 순박한 아이처럼 웃고 있었다. 자신의 어깨를 움켜쥔 손에 바짝 힘이 들 어가 있다는 것을 모르는 것처럼.

"후작?"

회색 시선이 허공에 선을 긋듯 리아의 손 쪽을 응시했다. 차분 하게 가라앉은 두 눈은 마치 기다리는 것 같았다. 그녀가 화를 내는 순간을. 이 우습지도 않은 연극의 막을 내릴 수 있도록. 긴 장한 목울대가 위에서 아래로 움직였다.

"마탑의 전령은 우연스러운 만남을 좋아하는 모양이지?"

그러나 리아는 검을 뽑아 드는 대신 순순히 뒤로 물러섰다. 그 녀는 아쉽다는 표정을 감출 생각조차 하지 않은 채 어깨를 주무 르는 넥스를 눈에 담았다. 그런 생각을 했다. 또다시 제게 기회 가 주어져 우연히 그를 만나게 된다면 어떻게 할 것인가.

죽이자.

가정과 동시에 머릿속을 가득 채우는 생각은 하나뿐이었다.

죽이자.

저 목을 베어 양친의 무덤에 바치자고. 그러나 검을 뽑아 들기 엔 이성은 너무 빨리 돌아왔고, 어깨에 진 짐들은 너무도 무거웠 다. 리아는 아무렇지도 않은 표정을 꾸며내며 넥스를 바라보았다.

"그래서, 또 무슨 일이지. 지난번 얘기라면 이미 끝났다 생각했 는데."

"일이라기보다는…… 그래, 새로운 거래를 제안하러 왔어, 후 작님."

"거래?"

"그래. 거래. 일전에 했던 얘기 잊지 않고 있지? 내겐 땅이 필 요해. 누구에게도 위협받지 않고 안전하게 살아갈 수 있는 땅. 그 렇게 크진 않아도 돼. 한…… 3헥타르 정도?"

이건 뻔뻔하다고 해야 할지 생각이 없다고 해야 할지. 리아는 분수 끝에 걸터앉아 다리를 대롱대롱 흔들어대는 넥스의 모습에 이마를 짚으며 중얼거렸다.

"크지 않다고? 그게?"

"에이. 후작님, 이왕 살 거면 풍요로운 게 낫잖아?"

좀 더. 정보가 필요했다. 3헥타르. 농가 수십 채를 지을 수 있 는 규모다. 수십 명의 마법사를 이끌고 어디론가 사라지고 싶어 하는 것일까, 그게 아니라면 저 말이 사실일까.

"좋아. 땅을 준다고 가정해 보지. 그럼, 내가 안전을 보장할 것 이라는 확신은 대체 어디에서 나오는 거지?"

"……뭐?"

넥스의 두 눈이 커졌다. 그는 고개를 옆으로 기울였다가, 이내 배를 잡고 웃기 시작했다.

"푸하하하! 설, 끅, 설마 그럴 리가! 그게 아니라, 반영구 마법 을 걸 거야. 그걸 위해서는 소유권이 확실한 땅이 필요해서 그런 거고. 이왕 살 거면 풍요롭고 기름진 땅이 좋은데, 그런 건 다 주 인이 있단 말이지. 그렇다고 험난한 산속에다 신혼집을 지을 수 는 없잖아?"

신혼집이라니. 리아는 못 들은 척 대꾸했다.

"3헥타르의 기름진 땅이라. 구하기 어렵긴 하겠어. 그럼 되묻지. 고작 얘기 몇 마디를 듣자고 지불하기엔 과한 값이라 생각지 않나?"

긴 그늘이 눈앞에 드리웠다. 넥스는 제 앞으로 다가온 리아를 올려봤다. 색이 짙은 금발, 투명하고 맑은 녹안. 철혈이라는 별칭이 붙기엔 과하게 아름답고 선이 가늘다 싶은 여인이 자신을 내려다보고 있었다. 웃음기라고는 조금도 남아 있지 않은 묵직한 시선으로.

"무슨 말을 하고 싶은 거야?"

"원하는 것을 얻기 위해서는 그 이상을 보여줘야 한다는 소리야."

"예를 들자면?"

예상치 못한 방향으로 연극의 막이 내려오고 있었다. 대리석으로 만든 분수대 끝을 붙잡고 있는 넥스의 손에 바짝 힘이 들어갔다.

리아는 의뭉을 떠는 그를 가만히 바라봤다. 이번 습격 사건에 대공의 의지가 들어가 있지 않다는 에드가의 의견에 동의하는 바다. 애당초 대공은 그렇게 자신의 속내를 잘 숨기는 자가 아니었다. 황좌를 탐하는 시선이 어찌나 노골적이고도 탐욕적인지, 안느가 저치는 나이를 먹어도 변하는 것이 없다며 한숨을 내쉴 정도였다. 그래서 알 수 있다. 습격 사건 때 공포에 질린 대공의 표정은 진짜였다.

그러나 케이티의 반응으로 유추하건대, 대공이 넥스를 버릴 것이라 확신하긴 어려웠다. 그러지 않고서야 이쪽의 의심을 사면서까지 그에 대한 정보를 감추고자 했을 리가.

이 모든 사실들을 종합했을 때 나오는 답은 하나였다.

"네가 알고 있겠지. 내가 관심 가질 만한 정보가 무엇인지는."

넥스는 대공을 좋아하지 않는다. 만약 넥스가 대공의 충직한 개라면, 자신과의 첫 만남조차 없어야 했다. 거사를 치르기 전에 앞서서 정체를 드러내는 머저리는 없으니 말이다.

그러나 넥스는 자신을 찾아왔고 관계를 만들었으며 의심을 살 수 있는 말을 흘렸다. 마치 제 관심을 어떻게든 끌어보려는 듯이. 자신이 쥔 썩은 줄을 버리고 튼튼한 새 줄을 찾으려는 것처럼.

그렇게 선택한 것이 자신이라는 게 아이러니였지만. 양친을 살해한 자가 도와달라 말하는 상황이라니. 리아는 속으로 쓴웃음을 삼키며 상체를 숙였다. 그녀의 양손이 분수대를 짚었다.

"그럼 이제, 무엇으로 땅을 거래할 생각이지?"

"글쎄. 정말 동생 얘기엔 관심 없는 거야?"

"그래."

"도주했다니까? 진짜로."

"그래서?"

그리 말하는 목소리는 건조했다. 어떤 생각을 하면 저렇게 아무렇지 않을 수 있는지. 넥스로서는 도무지 이해할 수 없었다. 보통 하나뿐인 동생이 마탑에서 도주했다면, 그것도 사랑하는 사람과 도주했다면 절박해지는 것이 정상이지 않던가. 벨포스는 로렐리아에게 아픈 손가락이었다. 알아본 바에 따르면 삼 년 전 양친이 사망한 이후 동생의 미래를 위해 검을 쥐었다 했다. 삼 년간 부모 노릇도 했을 터.

그런데 저 여자는 어째서 절박하지 않을까. 어째서 제게 매달리지 않을까. 이해할 수 없는 일이라 중얼거리던 그는 고개를 기울이며 다시금 확인했다.

"진심이야?"

"도주했다면, 필요하다 생각한 거겠지."

"흐응. 너무 차갑네. 나는 단지 드벨 후작, 당신과 친분을 쌓고 싶을 뿐인데 말이지."

그의 팔이 하늘을 향해 쭉 뻗어 올랐다. 철없는 아이처럼 웃는 얼굴이 마냥 해맑았다. 얼마나 멋져? 드벨 후작과의 친분이라니! 새파란 하늘을 잡기라도 하려는 듯 뻗어나간 팔에, 리아는 피식 웃었다.

"하나뿐인 동생의 근황을 대가로?"

"근황이라 해야 할까…… 그런데 정말 궁금하지 않은 거야? 안전한지, 어떤지도?"

"미안하지만, 내 호의를 사는 데 그 정보는 무가치하다는 걸 알아야 할 거다."

리아의 말에 넥스의 얼굴에서 표정이 사라졌다. 방금 전까지 장난기가 가득하던 것과는 달리 그의 까맣게 가라앉은 눈동자가 손만 뻗으면 닿을 거리에 있는 리아를 응시했다.

"쉽지 않네."

동생을 들먹이면 꽤나 쉬울 것이라 생각했는데. 그 중얼거림에 리아가 웃었다.

"쉬울 것이라 생각했다는 것 자체가 우습다는 걸 모르는 건 아니겠지."

"어째서 걱정하지 않아?"

"누가 마법사의 안위를 걱정하나."

그녀의 걱정은 벨포스의 안위와는 다른 범주에 존재했다. 혹여나 정말 사랑을 해 마력을 잃은 제 동생이 황제의 화를 사지는 않을까 하는 걱정. 그러나 그것 역시 해결할 수 있는 범주였다. 동생이 사랑하는 여자를 만났다고? 그렇다면 보호해 줘야 하지 않겠는가. 처음 얘기를 듣자마자 대비책을 마련해 놓은 리아는, 그렇기에 더 이상 걱정하지 않았다. 괜히 천재 소리를 듣는 게 아니다. 그녀가 아는 한 벨포스는 전장에 뚝 떨어져도 살아 돌아올 능력이 충분했다.

저번과는 다른 리아의 반응에 넥스는 잠시 당황했다.

"사랑하는 사람이 함께라면 마력을 잃은 뒤인지도 모르는데?"

"그 정도도 생각하지 못하는 녀석이 아니야."

리아가 아는 한 제 동생은 안전이 확보되지 않은 상태에서 마력을 포기할 머저리가 아니었다. 적어도 그것만큼은 확신할 수 있었다. 리아가 넘어올 것처럼 보이질 않자, 그는 불만스러운 기색을 감추지 않았다.

"아— 정말이지. 나는 꼭 드벨 후작, 당신과 친해져야 한다니까. 그럼 어쩌지. 음. 어쩔까…… 후작님께서 관심을 가질 만한 정보라……."

혼잣말로 중얼거리던 넥스의 입술이 휘었다. 반달처럼 휘어져 거의 보이질 않던 회색 눈동자가 이채를 머금었다. 그는 분수대를 짚은 손에 힘을 줘 몸을 뒤로 뺐다. 그리곤 살짝 숙였던 고개를 들어 리아를 똑바로 응시하며 말을 이었다.

"반역죄에 대한 고발, 정도면 충분하려나?"

솨아아아—

분수대가 일순 물을 뿜었다. 리아의 눈가가 서늘하게 빛났다. 그 날 선 녹안을 똑바로 응시하던 넥스는 이를 드러내고 웃으며 완전히 몸을 뒤로 젖혔다.

이런.

리아는 몰아넣었던 마법사가 도망치려 하자 그대로 손을 뻗었다. 그러나 넥스는 리아의 손을 피하며 그대로 상체를 비틀었다. 마법사라면 대개 몸을 잘 쓰지 않는다는 편견이 있기 마련이다. 기사라면 단련을, 마법사라면 연구를. 그러나 넥스는 뒷골목 출신이었다. 제가 마법사라는 것을 알아차리기 전부터 살아남기 위해 재빠르게 도망치는 법을 먼저 배워야 했던 그는, 분수대의 장식물을 연달아 밟으며 뒷걸음질 쳤다.

여신의 어깨를, 초대 황제의 머리를 짓밟는 행동에 거리낌이란 없었다. 오히려 가벼운 몸놀림이 다른 이들의 시선을 잡아끌 뿐이었다. 넥스는 웬만한 사내 두엇은 저리가라 할 정도로 잽쌌다. 그런 그를 잡으려 한 걸음 내디딘 리아의 뒤로 어린아이들 몇이 까르르 웃으며 뛰어갔다.

"네가 술래야!"

"비겁해!"

아이들의 웃음소리, 고함 소리……. 뒷덜미가 그대로 잡아끌려 현실로 내던져졌다. 리아는 집중이 무너지는 것을 느끼며 주위를 살폈다. 손끝을 휘감고 돌던 오러가 허공으로 파스스 사라졌다. 사람들이 너무 많았다. 분수대 바로 앞, 대로의 정중앙에서 접근한 이유가 바로 이것 때문이었나, 리아는 그리 생각하며 눈살을 찌푸렸다. 다가오지도, 물러서지도 못한 채 서서히 검집으로 손이 내려가는 리아를 보며 넥스가 혀를 찼다.

"이런, 후작님. 잊고 있는 건 아니지?"

딱. 손가락이 맞부딪치는 소리가 작게 울렸다. 넥스는 이가 드러나게 웃었다.

"내가 마법사라는 걸."

눈을 한번 깜빡였을 때 장난이라도 친 것처럼 그의 모습이 사라졌다. 그야말로 순식간에 벌어진 일이었다.

햇빛에 날이 겨우 반짝일 정도로 뽑혔던 검이 다시 소리도 없이 제자리로 돌아갔다. 몇몇 사람들이 넥스의 갑작스러운 사라짐을 눈치채곤 손가락질을 했으나 그것도 잠시였다. 사람들은 넥스가 마법사였겠거니 스스로 납득하고는 제 할 일을 찾아 움직였다.

리아의 앞에서 극적으로 사라진 넥스는 얼마 떨어지지 않은 여관 앞에서 모습을 드러냈다. 공간이동은 비효율적인 마법이다. 움직일 수 있는 거리는 기껏해야 100m 남짓. 그것도 마나가 상당히 많이 필요해서 대부분의 마법사에게 외면받은 지 오래였다.

그러나 세상에 쓸모없는 것이 어디에 있겠는가. 이 마법도 나름대로 쓸 만했다. 이런 식으로.

'그보다, 반역죄라는 말에 그렇게 표정이 변한 걸 보면 대공이 무슨 속셈인지 저쪽에서도 눈치채고 있다는 건데…… 지금에라도 이그니스를 설득해서 몸을 빼야 하나. 아니면 대공을 넘기고 땅을 받아낼까.'

넥스는 머리칼에 맺힌 물방울을 툭툭 털며 풍채 좋은 여주인의 인사에 대답해 주곤 나무 계단을 올라갔다. 삐걱이는 계단 소리, 왁자지껄한 술 취한 사내들의 주정이 1층을 꽉 메우고 있었다. 난간 너머로 북적이는 1층을 힐끔 본 넥스는 이내 고개를 돌렸다. 품 안을 뒤지던 그는 이내 원하는 것을 찾아냈다.

창백한 손에 딸려 나오는 것은 낡은 장갑이었다. 마탑에서 벗어난 지 그토록 오랜 시간이 흘렀건만 여전히 이 얇은 천 쪼가리에서 벗어나지 못하는 현실이 비참한지, 아니면 우스운지 이젠 그조차도 헷갈렸다. 헛된 생각을 하다 피식 웃은 넥스는 이내 그것을 손에 끼워 넣었다. 며칠간 빌린 방문을 잡는 손이 유유자적했다.

"이그니……."

"너— 대체 뭘 한 거야!"

반쯤 열린 문 사이를 쨍한 이그니스의 목소리가 비집고 울렸다. 문고리를 잡지 않은 손으로 귀를 틀어막은 넥스가 눈살을 찌푸렸다. 그는 마저 문을 열어 방 안으로 들어온 뒤 재빠르게 문을 잠갔다.

"쉬, 이그니스, 목소리가 커."

"그럴 수밖에! 의논하지도 않고 대공을 습격하는 걸로도 모자랐니? 이번에는 대체 무슨 짓을 하고 온 거야!"

"아아. 그 돼지 같은 인사 말이지? 이그니스, 이번에는 네가 틀렸어. 그치는 우리에게 낙원을 만들어줄 만한 인사가 아니야."

화가 머리끝까지 난 이그니스를 가로질러 낡은 쿠션 위에 앉은 넥스가 말을 이었다.

"고작 키메라 따위에 겁을 집어먹는 놈이랑 무슨 일을 하겠어?"

"오— 넥스, 그는 대공이야. 공국을 다스리는 왕이라고. 그게 얼마나 대단한 건지 아직도 모르겠어?"

이그니스는 길게 늘어뜨린 붉은 머리칼을 한 손으로 부여잡았다. 그녀는 그것을 대충 동여맨 뒤 넥스에게 다가갔다. 쿠션의 팔걸이 부근을 손으로 짚은 채 상체를 숙이자 하나로 묶어둔 머리칼이 통째로 쏟아져 내렸다.

"그의 심기를 거스르지 마. 그보다 더 높은 사람이 없는 이상, 우리는 대공에게 거는 수밖에 없어. 너도 알고 있잖아? 마탑의 추적이 코앞이야. 더는 이런 식으로 살 수 없다고! 이런 시궁창같이 더럽고, 가난하고, 빌어먹을…… 내가 바라는 게 이제 정말 코앞에 있는데!"

이그니스의 목청이 점차 커졌다. 그녀는 제 분을 못 이기듯 아득아득 이를 갈았다. 그런 그녀의 모습을 바라보던 넥스의 손이 앞으로 뻗어갔다. 그는 성스러운 무언가에 닿는 것처럼 제 눈앞에서 살랑거리는 붉은 머리칼을 매만졌다. 한참이나 그렇게 손장난을 하던 넥스는, 그것에 입을 맞추고는 속닥였다.

"그럼. 네 말이 맞아. 대공은 귀족들 중에서도 높고도 높지. 황위 계승자이니까. 그리고 당연히, 이그니스, 네겐 그 누구보다 풍요로운 삶이 어울려. 화려한 드레스, 철마다 꽃이 흐드러지게 피어나고 푸른 초원이 넓게 펼쳐진 그런 곳이. 그래서 말인데, 드벨 후작은 어때?"

"……뭐?"

"드벨 후작가. 라흘란 제국의 공신 집안이자, 그 역사와 손에 쥔 권력, 따르는 가신들로는 제국 내에서 한 손 안에 드는 가문이잖아? 영지가 얼마나 넓겠어. 사병은 또 어떻고."

"넥스…… 너 뭘 하고 온 거야?"

"거래를 제안하고 왔지, 후작에게. 얘기해 보니까 생각했던 것보다 더 마음에 들던데?"

"……그게 무슨 소리야."

"일전에 네가 말해줬잖아? 마탑에 심어놓은 정보통에게서 들은 걸."

"벨포스가 여마법사와 야밤에 도주했다던, 그 얘기를 말하는 거야 지금?"

넥스의 눈이 사륵 접혔다. 그는 키득이며 웃었다.

"그래, 그거. 처음 후작에게 얘기해 줬을 때 얼굴이 어찌나 창백해지던지. 이그니스, 너도 봐야 했는데."

시체라 해도 믿었을 정도로 일순 핏기가 빠져나간 얼굴은 정말 창백했었다. 그렇게 심적으로 약해졌을 때 슬쩍 두드리면 쉽게 깨질 것이라 생각했다. 그러나 그녀는 그러지 않았다. 뻗어오던 손에는 분명 오러가 휘감겨 있었다. 조금만 늦었다면 마법이 무력화되어 잡혔을 터다.

평범한 사람이라면 두려워해야 할 상황이었건만 넥스는 즐거워했다. 그가 바라마지않던 모든 것이 바로 거기에 있었다. 가장 약한 부분을 건드렸음에도 무너지지 않는 그 강인한 정신력이란. 넥스의 키득거림이 점차 커졌다. 그는 반대쪽 손을 뻗어 이그니스의 얼굴을 쓸며 말을 이었다.

"네가 그랬지? 벨포스가 제국에 들어오는 걸 최대한 막기 위해 노력하고 있다고. 앞으로도 내게 벨포스가 어떤 위험에 처했는지, 마탑은 어떻게 반응하고 있는지 알려줘."

이그니스의 손끝이 가늘게 떨렸다. 누군가 찬 물을 제게 쏟아부은 것 같다. 드벨 후작가. 삼 년 전의 사고, 흑마, 그리고—

"이그니스?"

이그니스는 넥스의 걱정 가득한 목소리에 퍼뜩 정신을 차렸다. 다급히 뻗어 넥스의 얼굴을 감싸 쥐는 손끝이 창백하리만치 질려 있었다.

"오, 넥스. 대체 무슨 생각을 하는 거야. 후작은 오러 사용자야. 자칫 잘못했다간 붙잡혔을 거야. 그런데 그 짓을 계속 하겠다……."

걱정을 쏟아내던 붉은 입술이 닫혔다. 그녀는 저를 빤히 바라보는 회색 눈동자에 결국 한숨을 뱉어냈다. 한여름 피어오르는 아지랑이 같은 한숨이었다.

이그니스는 상체를 지탱하던 팔을 거두고는 천천히 몸을 일으켰다. 잘게 주름진 미간 사이가 그녀의 기분을 대신해 말해주었다. 팔짱을 낀 채 반대쪽으로 걸어가려는 그녀를, 넥스가 붙잡았다.

"가지 마, 이그니스. 화내지 마. 네가 원하지 않는다면 후작은 포기할게."

마치 아이 같은 칭얼거림이었다.

"우리를 위해서였어."

아아, 그것은 어딘가 비틀렸음을 알고 있음에도 벗어날 수 없는 마법과도 같은 말이었다. 이그니스의 붉은 눈동자가 눈꺼풀 사이로 사라졌다. 그녀의 고개가 돌리고, 다시 눈동자가 드러났다. 그녀는 가는 팔을 뻗어 넥스를 끌어안았다.

"알고 있어."

그러나 그의 어깨에 조심스럽게 얼굴을 기댄 이그니스의 낯빛은, 선연할 정도로 무감각했다.

††

카인이 준 유예가 끝이 났다. 그리 긴 시간은 아니었으나 마음을 정하기에 부족한 시간도 아니었다. 리아는 궁에 도착하자마자 곧장 후궁전에 들렀다가 카인을 만나러 갈 생각이었다.

"어, 단장!"

그러니까 생뚱맞게 푸른 휘장을 단 녀석들이 후궁전 안을 돌아다니고 있지만 않았어도 말이다. 그녀의 눈썹이 휙 위로 밀려 올라갔다. 하나, 둘, 셋. 한 명이라면 후궁 중 누군가에게 황실의 말을 전하러 왔겠거니 생각할 수도 있었지만 무려 셋이다. 그렇다면 얘기가 달라진다. 팔자 좋게 팔을 번쩍 치켜들고는 휘휘 휘젓는 푸른매 녀석을, 녹안이 매섭게 노려봤다.

"여기엔 무슨 일이지."

"예? 어어…… 그, 공문, 안 갔습니까?"

"공문?"

"예. 제가 듣기론 어젯밤에 급히 폐하의 승인이 떨어졌습니다."

집무실에 들르지 않고 곧장 후궁전에 도착한 참이다. 어젯밤에 승인된 공문을 봤을 리가. 리아는 얼굴을 구기며 말을 재촉했다.

"그러니까 무슨 승인."

"아시다시피 제1기사단은 인원수가 2기사단에 비해 많지 않습니까."

푸른매는 황족을 지키는 이들이었기에 예상치 못할 상황을 대비해 숫자가 넉넉했다. 리아의 고개가 위아래로 움직였다.

"그 여유 병력 중 일부를 요청에 따라 후궁전에 배치하라는 공문입니다."

"요청이라니. 대체 누가?"

"아유, 단장도 참. 누구겠습니까. 저희 단장님이지."

뿌듯함을 감추지 못한 입술이 씰룩였다.

"멋지지 않습니까?"

리아는 이제 이 이상한 패턴도 슬슬 익숙해진다 생각하며 물었다.

"뭐가?"

"저희 단장님 말입니다!"

세상에서 제일 멋진 남자! 한눈에 반할 남자! 제국의 영애들이 탐내 마지않는 신랑감 1순위! 푸른매의 눈이 반짝반짝거렸다. 그는 마치 잘난 형을 자랑하고 싶어 안달이 난 어린아이처럼 기대에 가득 찬 눈으로 리아를 바라봤다.

"그 소문도 참 잘 어울리고 말이죠. 아하하하!"

"소문이라니?"

"아유. 단장도 참. 모른 척하시긴. 두 분이 열애 중이라는 소문이 파다하게 퍼졌는걸요. 아. 물론 비밀이라는 건 잘 알고 있습니다. 걱정 마십시오! 저희가 또 입은 정말 무겁습니다. 으하하!"

슬쩍 리아를 떠본 기사는 두근거리는 마음으로 답을 기다렸다. 소문에 불과할지라도 리아가 당혹스러워한다면 반은 성공한 게 아닐까, 그는 태평하게 그런 생각을 했다. 잘생겼고 오러도 쓸 줄 알고 공작에 심지어 세심하기까지 하니 얼마나 완벽한가! 그러나 화를 내거나 부끄러워할 것이라 생각했던 리아의 표정은, 그 대신 차분하게 가라앉았다. 그녀의 녹안이 가늘어졌다.

"그래. 생각해 보면 이상한 것 투성이었지."

딸꾹. 푸른매는 제 쪽으로 기울어진 고개에 저도 모르게 딸꾹질을 했다. 여러 가지에 잠시 가려져 있었다만 리아가 누구던가. 데뷔당트 때 그 아름다움으로 사내들로도 모자라 여인들의 시선마저 앗아갔던 이가 아니던가. 그런 여인이 코앞에 다가와 있으니 놀라는 것도 영 무리는 아니었다.

"제1기사단은 갑자기 아무런 이유도 없이 내 부하들에게 시비를 걸기 시작하더니 근래에는 시비 걸던 것도 뚝 끊기고, 값비싼 마법 도구를 하루 종일 착용하고 다니기 시작했지. 나는 지금껏 다른 이유 때문이라 생각했는데 말이야."

리아의 목소리가 점점 낮아졌다.

"그게 아닐지도 모른다는 생각이 지금 막 들었는데. 경은 어찌 생각하나?"

그야말로 공후립의 최대 위기였다. 리아의 말에 푸른매의 눈동자가 격하게 흔들렸다.

"무슨 말씀이신지……."

"지금도 경의 귀에서 마도구가 보이는데도 시치미를 뗄 생각인가."

"헙!"

오른쪽 귀를 손으로 가린 푸른매는 슬쩍 뒷걸음질 쳤다. 저 멀리서 태평하게 리아를 향해 반갑다며 손을 흔들고 있는 동료들에게 사태의 심각성을 알려야만 했다. 황궁 안이라 카인에게만 연결되어 있는 버튼을 조작하려던 푸른매는 제 앞에 내밀어진 손을 멍하니 바라보았다.

"다 보인다. 말로 할 때 내놔."

"아, 그게…… 저, 있잖습니까, 이게 뭐냐면……."

"그게 뭔지는 이미 알고 있어. 키메라 습격 때, 벌써 잊은 건 아니겠지."

어떻게든 몸을 빼려던 푸른매는 그러나 처참히 실패했다. 애당초 싸움이 안 되는 게임이었다. 결국 통신기를 빼앗긴 푸른매의 두 눈이 울상으로 변했다.

"그거 진짜로 안 되는데…… 저 정말로 혼납니다……."

"그런 걱정이라면, 할 필요 없어. 만약 내가 생각한 것이 맞다면 경은 혼나기 전에 내 손에 죽기 직전까지 단련될 테니."

살벌한 말을 가벼운 어조로 뱉어낸 리아는 능숙하게 통신기를 작동시켰다. 일전에 한 번 써본 적이 있으니 더 거리낄 것 없는 손놀림이었다.

"경? 무슨 일이지?"

그러나 리아가 무언가 확인하려던 그 순간, 위기에 닥친 푸른매를 구원한 것은 아이러니하게도 에드가였다. 그는 의아한 시선으로 리아와 제 부하를 번갈아 바라봤다. 푸른매는 얼굴에 화색을 띠었다가, 이내 에드가 역시 이 문제의 구심점에 있다는 사실을 자각하고는 금세 얼굴을 구겼다. 그 색색깔의 표정 변화를 하나도 빠짐없이 눈에 담은 리아는 이내 만족하며 뒤돌았다. 통신기는 품 안에 욱여넣은 채였다. 그리고 잠시 후회했다.

"무슨 문제라도 있나?"

분명 어제와 같은 목소리이건만 다르게 들렸다. 같은 얼굴이건만, 어제와는 다른 기분이었다. 아, 또다. 간질거리기 시작했다. 손끝으로 시작해 팔을 타고 올라온 그 간질거림은 이제 심장께로 내려가 있었다.

아직도 집무실에는 생생한 푸른 꽃이 다발로 꽂혀 있었다. 집무실에 방문하는 기사들마다 화병을 힐끔거리며 히죽거리기에 밖에서는 보이지 않도록 책장에 얹어놔야만 했다. 고백은 또 어떻던가. 청혼서는 질릴 정도로 받아본 그녀였으나 대놓고 말로 고백하는 남자는 에드가가 처음이었다. 저 남자가 자신을 좋아한다고? 리아는 자신도 모르게 입을 열었다.

"그, 아무 일도 아닙니다. 그보다 경, 할 말이 있습니다."

"내게?"

"예."

"그럼……."

에드가의 시선이 리아의 뒤에서 발을 동동 구르는 제 부하에게로 향했다. 그리고 다시 리아에게 돌아왔다. 그는 고개를 끄덕이며 긍정했다.

"좋아."

허락이 떨어지자 리아는 머뭇거리지 않고 앞장섰다. 지나가던 시녀에게 빈 응접실을 안내받을 수 있었다. 안내하는 시녀는 양 볼을 붉힌 채 반짝이는 눈으로 둘을 안내했다. 세상사 뭐가 됐건 아는 만큼 보인다는 말이 있다. 속편으로는 아는 것에 집중하면 생각이 전부 그쪽으로 간다는 말도 있다.

에드가의 마음을 알게 되고, 소문에 대해 알게 되자 주변인들의 행동이 전부 그쪽으로 해석되었다. 방금 전 푸른매 기사도, 그리고 지금 길을 안내하는 시녀도 전부 그 소문을 들었을 것이라 생각하면 얼굴이 화끈거리기도 했다.

에드가를 한 번도 이성으로 봐본 역사가 없건만, 누군가의 머릿속에서는 혹은 입과 입 사이에서는 이미 열렬한 연인이 되어 있다니. 이래서 소문은 믿지 말라는 건가. 그녀는 손을 들어 슬쩍 열이 오르는 볼을 감췄다.

그런 그녀의 옆에서 에드가는 전혀 별세상 딴생각을 하고 있었다.

'남작가의 차남에, 황실 기사단에 들어올 정도로 뛰어난 실력. 혼인 적령기에 평판도 나쁘지 않아…… 요주의다.'

바로 방금 전 리아에게 공후럽에 대해 들킬 뻔한 제 부하의 신상을 체크하는 것이었다. 이 한 몸 다 바쳐 상사의 사랑이 이뤄지길 바라 마지않는 부하가 듣는다면 억울함에 울부짖을 만한 생각이었다. 그러나 어쩌겠는가. 다른 좋은 남편을 찾아주자던 카인의 말이 에드가에게는 머릿속 깊이 꽂히는 한방이었던 것을.

그리하여 응접실에, 단둘이, 그것도 차와 쿠키마저 놓인 채 남겨졌을 때 그와 그녀가 하는 생각은 전혀 정반대를 향해 내달리고 있었다.

리아는 어째서 찻잔에 장미꽃잎이 띄워져 있는 것인가 잠시 고민했다. 그러다 고개를 들어 주위를 살핀 그녀는, 장미꽃잎이 문제가 아니라는 걸 깨달았다. 소설 속에서나 나올 법한 낭만적인 물건들이 응접실을 가득 채우고 있었다. 가장 독보적인 것은 한쪽 벽에 걸린, 키스하고 있는 두 남녀의 그림이었다. 후궁에 드나든 삼 년이라는 시간에 맹세컨대 난생 처음 보는 그림이었다.

이상함을 느낀 리아의 시선이 찬찬히 응접실을 훑었다. 투명한 꽃병에는 색색깔의 꽃이 한 아름 꽂혀 있었고, 대낮임에도 연핑크빛 초에는 불이 붙어 있었다. 커튼을 걷어 화사하게 쏟아지는 햇살과 힘겹게 경쟁하는 촛불의 무용함을 잠시 생각하던 리아는 찻잔을 들어 올리자 기다렸다는 듯 하트가 빼꼼히 고개를 내미는 차받침을 보고는 마음을 정했다.

이 모든 것을 무시하기로.

마시려고 들었던 찻잔마저 다시 내려놓은 리아는 가장 중요한 문제를 먼저 꺼내들었다.

"후궁전에 푸른매를 배치한 연유를 물어도 되겠습니까."

"일전에 말하지 않았나. 후궁의 안위에 문제가 생길 수도 있다고. 이를 대비하기 위함이다. 어차피 예비 인력이니 걱정하지 않아도 돼."

에드가는 제가 걱정했던 부분을 입 밖에 내기도 전에 미리 짚어냈다.

"전하께서도 그대는 지금 무척이나 탐이 나는 인재라고 말하셨어. 경을 영입하기 위해서라면 기사 두엇은 흔쾌히 내어주실 분이니 걱정하지 마라. 거절하던, 받아들이건, 전하께서는 그대에게 빚을 지워놓을 수 있다며 오히려 즐거워하실 테니."

에드가는 잠시 생각하다 말을 이었다.

"그리고, 말이 나와서 말인데…… 그때의 생각은 바뀌지 않았나? 오러에 대한……."

"아. 예. 생각은 바뀌지 않았습니다. 어깨도 많이 나아서, 격하지만 않다면 슬슬 시작해도 될 겁니다. 과연 탄신연 때까지 얼마나 향상할 수 있을지 모르겠지만 말이죠."

그렇게 단기간에 되는 게 아니라는 건 리아가 가장 잘 알고 있었다. 마법처럼 검도 어느 정도는 재능이 필요한 일이었다. 그러나 마법과 검을 놓고 비교하자면 노력이 빛을 발하는 건 절대적으로 후자였다.

리아는 아무리 타고났더라도 노력하지 않으면 쓸모가 없다는 걸 누구보다도 잘 알고 있었다. 아무것도 모르는 호사가들은 그녀를 놓고 일 년 만에 오러를 사용하게 된 천재라며 떠받들었지만 말이다.

그런 그녀에게 가장 깊이 공감할 수 있는 사람은, 역시 천재라는 말 하나에 그간의 노력들이 저평가되고 있는 에드가뿐일 것이다. 그녀의 생각대로, 그는 단기간에 오러를 기적처럼 다룰 수 있게 될 거라는 말은 하지 않았다.

"그렇겠지, 아무래도."

에드가는 말을 이었다.

"그래도 조금이라면 도움이 될 거야."

아닐 수도 있지만. 거짓말은 영 못하는 성격인지 조금 자신 없는 모습으로 말끝을 흐리는 에드가의 모습에 리아는 터지려는 웃음을 속으로 삭이느라 애를 써야만 했다.

결국 에드가가 시간과 장소를 정해 알려주는 것으로 얘기를 마쳤다. 리아는 최대한 빨리 알려주겠다는 에드가의 말에 기꺼이 감사를 표했다.

"그럼 감사히. 아, 그리고 전하에 대한 얘기가 나와서 말입니다만…… 전하께서 저와 경의 혼사에 관여하시려는 것 같습니다."

에드가의 몸이 굳었다.

"전하의 보좌관을 필두로 푸른매 기사단이 전부 통신기를 갖고 다니기 시작하더니, 얼마 지나지 않아 제 부하들 중 몇도 갖고 다닌다는 얘기는 일전에 한 적이 있죠. 뒤로 좀 알아봤는데……."

그 변화를 눈치채지 못한 리아는 점점 진지해졌다.

"세간에 소문이 돌기 시작한 것도 그렇고, 아귀가 맞으려면 역시 그쪽……."

"잠시만. 소문이라니?"

"모르셨습니까?"

리아는 오히려 의외라는 듯 놀랐다. 그런 그녀의 반문에 에드가의 표정이 심각해졌다. 소문이라니. 당연하게도 그는 필요한 얘기와 소문들을 매일 받아보고 있었다. 페리엘 공작가에서 사적으로 수집하는 소문들이 무역이나 내란, 혹은 정치와 관련된 것들에 한정되어 있다는 게 이렇게 후회될 줄이야.

"지금 처음 듣는데…… 무슨 소문이지?"

"저와."

대답하려던 리아는 낮게 가라앉은 남색 눈동자와 시선이 마주치자 조개처럼 입을 딱 닫았다.

"제가."

한 마디만 더 하려 들면 목 안에 무언가가 턱 막히는 기분이었다. 왜 이러지. 근래 그녀는 새로이 경험하는 것들이 너무 많아 이 감정이 무엇이라 정의내리지 못했다. 그러나 하나만큼은 확실히 알겠다.

신경이 쓰였다. 저를 좋아한다 말해준 사내에게 열애설이 퍼지고 있다는 얘기를 하는 것이.

"그것이……."

반복해서 첫마디만 뱉었건만 한 번도 재촉하지 않는 것도 신경 쓰였다. 왜 저런 눈으로 저를 바라보고 있나. 그것마저도 신경 쓰이기 시작하자, 리아는 이번엔 아무 말도 못한 채 입을 꾹 다물었다. 이게 대체 무슨 헛짓인지 모르겠다 생각하면서.

결국 그녀는 자신도 모르게 찻잔을 들어 올렸다가 고작 두 번 봤는데 벌써 지긋지긋해져 버린 새빨갛고 앙증맞은 하트에 떠밀리듯 허공에 대고 말했다.

"저와 경이 열애 중이라는 소문이 돌고 있습니다."

숨 한번 쉬지 않은 채 말을 뱉어낸 리아는 식은 차를 반 넘게 들이켰다. 차마 '열렬히'라는 말은 하지 못한 채다. 그러나 에드가에게는 그것만으로도 충분히 충격이었다.

"소문이."

"예. 그래서인지는 모르겠습니다만 후작저로 들어오던 청혼서가 반으로 줄었습니다. 페리엘 공작가도 비슷한 상황일 텐데요."

"청혼서는…… 내가 관리를, 안 해서……."

"한번 확인해 보십시오. 그 수가 전과 비교했을 때 줄어든 것을 확인할 수 있을 겁니다. 소문이 얼마나 퍼졌는지 가늠해 볼 수 있는 지표죠."

아이러니하게도 말이다. 리아는 입안이 씁쓸하다 생각했다. 다급히 들이켠 차가 너무 많이 우러난 것일까.

덕분에 에드가가 남색을 하지 않는다 확신할 수 있게 되었으니 몇몇 가주들은 쾌재를 불렀을지도 모르겠다. 그러나 전과 비교했을 때 줄기는 줄었을 터. 리아는 그 점을 얘기했다.

하지만 그는 전혀 다른 것을 생각하고 있었다. 에드가의 낯빛이 어두워졌다. 마치 적군이 쳐들어왔다는 급보를 들은 것 같은 표정이었다.

"경."

"예?"

"그렇다면. 소문이 그렇게 나고 있어 경에게 피해가 가고 있다면."

잠시 말을 멈춘 채 에드가는 생각했다. 생각이 깊고 또한 영특해 일치감치 후계로 손꼽혔던, 그리하여 아우가 제멋대로 뛰어놀아도 괜찮을 터전을 다져 주었던 그는, 그 깊은 생각 탓에 여러 사람을 답답하게 만들고 있었다. 이번에도 그 성정은 어디 가지 않았다. 그러나 어쩌겠는가. 그렇게 타고난 것을.

"이번 탄신연에 경의 파트너로 나는 적합지 않아."

심지어 당사자인 로렐리아마저도 그의 말뜻을 완벽하게 이해하지 못했다. 그녀의 눈동자가 길을 잃고 잠시 헤매었다. 푸르른 녹음을 꼭 닮은 두 눈에 그늘이 드리우는 것만 같았다.

"무슨 의미인지 모르겠습니다만."

제가 부족하다는 겁니까? 리아는 뒷말을 꾹 삼키고는 에드가의 답을 기다렸다.

"우리가 파트너로서 탄신연에 참석한다면, 오해는 더욱 커지고 소문은 수그러들지 않을 것이다. 경, 나는 경이 주위 사람들의 떠밀림에 밀려 내게 오는 것을 바라지 않아. 내가 바라는 것은……."

누가 듣는다면 참으로 욕심이 많다 할 것이다. 그러나 그는 처음부터 욕심이 많았다. 상대방의 마음을 모르던 때부터 그의 마음의 종착지는 결혼이었다. 그래서 다가가지 못했다. 시작한다면 그 끝은 너무도 당연하게 결혼이어야 하는데, 청혼을 하기엔 걸리는 각자의 사정이 너무도 많아서.

그리고 어찌 마음을 전한 지금은 리아가 오롯이 그녀의 생각만으로 결정을 내렸으면 했다. 거절해도, 받아들여도 그것이 로렐리아의 결정이라면 기꺼웠다. 그렇기에 저는 참으로 욕심 많은 남자였다.

완전히 어둠에 잠기기 전, 하늘을 물들이는 짙은 쪽빛을 연상시키는 눈이 올곧았다. 마음에 품기만 했던 욕심을 한 번 입에 올렸던 남자는 두 번째에는 더욱 거침이 없었다.

"로렐리아, 오롯이 그대의 마음이니."

그 로렐리아가 잠시 잊은 게 있었으니. 품 안의 마도구가 바로 그것이었다. 그녀가 작동시킨 채 품 안에 넣어둔 마도구는 제 기능을 톡톡히 하고 있었다. 그리고 리아에게 닥친 불행은 마침 카인이 제 것을 켠 채 업무를 보고 있었다는 것이었다. 덕분에 황태자는 의도치 않게 둘의 대화를 엿듣고 있었다.

그리고 대화가 절정에 올랐을 때,

[로렐리아, 오롯이 그대의 마음이니.]

카인은 몇 초 동안 제 귀를 의심했다. 그리고 또 몇 초는 마도구의 고장을 의심했다. 양쪽 다 아니란 것을 알았을 때 그는 분노했다. 마호가니로 만든 책상 위에 떡하니 얹어져 있던 양 발이 책상 위를 굴렀다.

"무슨 말을 하는 거야 지금! 누구 코가 석자인데! 굴러들어온 기회를 왜 제 발로 걷어차냐고!"

"전하, 체통을 지키십시오. 그 책상은 대대로……."

그 말에 의자에 반쯤 드러눕듯 기대고 있던 상체가 무언가에 튕기듯 제자리로 돌아왔다. 그리고 연달아 황태자의 고귀한 손이 값비싼 마호가니를 두드려 팼다.

타-앙!

"오르도,"

탕!

"지금,"

타앙!

"이깟 고목枯木이 중요한가, 공작이 중요한가!"

몇 대 때리더니 아픈지 더는 올라가지 않는 손을 보며 오르도는 잠시 입을 다물었다. 코끝에 걸쳐 있는 안경이 찡긋하는 콧잔등을 따라 슬쩍 움직였다. 물론 그도 페리엘 공작과 마호가니 책상 하나를 견주는 것은 말도 안 되는 일임을 알고 있다. 어찌 공작을 고작 책상 하나와 견주겠는가. 그러나 비교대상이 페리엘 공작의 사랑으로 바뀐다면 얘기는 달라진다.

'공작의 연애 사업보다는 책상이 더 중요한 것 같습니다, 전하.'

시키니까 일단 하고는 있었지만, 오르도의 생각엔 안느와 카인의 계획이 성공할 것 같지가 않았다. 철야를 불사할 정도로 스케줄이 **빡빡한** 데 비해 성과가 보이질 않으니 의욕이 생길 리 만무하다. 그러나 그런 보좌관의 생각을 알 리 없는 카인은 앞으로 숙였던 상체를 그대로 푹신한 의자에 파묻었다.

"오르도."

"예."

"당장 고모님께 전령을 보내. 공작이 어쩌다 저 지경이 됐는지 물어봐야겠어. 대체 애를 어떻게 키우신 거람!"

"……진심이십니까, 전하?"

"그걸 말이라고 하나? 당연히 농담이지! 고모님께 이 사태에 대해 알리고, 저택에 남아 있는 청혼서란 것들을 다 불태워 버리라 전해. 공작이 다른 파트너를 구할 구멍을 아예 싹 막아버리라고!"

"……예?"

"그럼 저대로 저 둘이 다른 사람 손 붙들고 입장하는 꼴을 내가 봐야겠는가!"

심지어 내 탄신연인데! 카인은 절대 그 꼴은 못 본다며 단호하게 일갈했다. 그의 생각은 단순하면서도 단호했다. 제가 태어난 것을 축하하는 날이니 제가 보고픈 모습을 꼭 보고야 말겠다는 황태자의 고집을, 오르도는 제 세 살짜리 아들 보듯 바라봤다.

"이미 파투가 난 판을 어쩌시려고요."

"일단 기사단 전부에게 알려라. 누가 됐건 후작의 파트너 신청을 받아들이는 녀석이 있으면 내 손에 죽는다고."

"전하의 명으로 할까요?"

"오르도."

"예?"

"어찌 그리 생각이 짧은가. 고작 그런 일로 내 명령이니 뭐니 하면 황태자로서의 위엄이 떨어지지 않나. 대충 한 말처럼 흘려. 대충."

이제 오르도는 피로함을 넘어서 반쯤 포기한 상태로 고개를 끄덕였다. 공후럽의 최전선에서 기사단을 전두지휘하고 있는 상황에서 위엄은 끝난 것이 아니냐는 말이 목 근처에서 간질거렸지만, 그는 그것을 꿀꺽 삼켜내는 데 성공했다.

어차피 여기까지 온 것, 돌아갈 수도 없었다. 황실에서 주요한 인사들 대부분이 뛰어든 판이다. 황제의 총애를 받는 데다 페리엘 공작가의 실세라 할 수 있는 안느마저 앞장서고 있으니 장난이었다며 슬쩍 발을 뺄 수도 없게 되었다.

이제 이 문제를 종결하기 위해서는 두 가지 방법밖엔 남지 않았다. 리아가 에드가를 받아주든지, 아니면 뻥 차주든지. 오르도는 기왕이면 첫 번째였으면 참으로 좋겠다고 생각했다. 에드가가 차인 후 어떤 일들이 생길 것인가. 그건 정말이지 상상하는 것만으로도 끔찍했다.

"예, 전하."

대충 말한 것처럼 위장하라는 황태자의 명령을 전달하러 가려던 오르도를, 카인이 불러 세웠다.

"아. 그리고 가는 김에 공작도 부르게."

"페리엘 공작 말씀이십니까?"

"그래. 내가 비장의 수를 전수해 주든가 해야지, 이렇게 보고만 있다간 공작이 고백하기 전에 내가 늙어죽겠어."

"하지만 전하. 공작부인께서는……."

"오르도."

"예?"

"자고로 이런 일은 안 들키면 그만이라네. 공작저에 계실 고모님이 황궁 내에서 벌어지는 일을 어찌 아시겠는가. 안 그런가?"

그것 참 눈 가리고 아웅이 아닌가 싶은 말이었으나 어쩌겠는가. 상사는 저쪽인 것을. 오르도는 걱정 가득한 얼굴로 대답했다.

"예, 알겠습니다."

오르도가 위장약을 달고 살면서도 계속해서 황태자의 보좌관으로 남아 있을 수 있는 이유는 단순했다. 여기서 까이고 저기서 치일지언정 그는 무척이나 유능했다. 리아의 곁에서 에드가를 데려갈 정도로 말이다.

그리하여 가장 어색할 순간에 혼자 남게 된 리아는 안도의 한숨을 푹 내쉬었다. 고개를 뒤로 젖히고 눈을 감자 자연스레 로렐리아가 했던 말이 떠올랐다.

〈하지만, 우린 연애결혼이라고 생각하고 있어, 왜인지 알아? 청혼서를 보낸 그날, 그이가 나를 찾아와서 말했거든. 만나보고, 마음에 들지 않는다면 무슨 수를 써서든 이 약혼을 없던 일로 해주겠다고. 세상에, 믿어지니? 그런 말을 하는 남자가 있다는 게?〉

소파에 몸을 파묻은 리아는 자신도 모르게 바람 빠지는 소리를 내며 웃었다.

"다정이 아니지. 도망치지 말란 소리잖아, 로렐리아. 대체 어디가 다정하다는 거야."

정말이지 저쪽 세상의 자신은 에드가의 좋은 점만 눈에 보이는 모양이었다. 결국 외면하지 말고 똑바로 생각해 대답해 달라는 소리가 아닌가. 앞뒤로 도망갈 구멍이 꽉 막혀 버렸다. 꼼짝없이 저 남자 생각만 하게 생겼다.

'이런 상황에서조차 참 올곧은 남자라니까.'

그런 생각을 하던 리아는 초를 끈 다음 응접실에서 나왔다. 서서히 허공을 메워가던 달짝지근한 향기에 머리가 어지러운 것도 같았다. 그러나 어디 조용한 곳에 가서 이 문제에 대해 고민을 좀 해보려던 그녀의 계획은 시작과 동시에 막을 내려야만 했다.

"후작님!"

"페리엘 공작께서 급히 나가시던데!"

"무슨 일이라도 있으신 건 아니지요?"

리아가 응접실 문을 열자 기다렸다는 듯 옆방의 문이 벌컥 열리며 세 후궁이 달려들었기 때문이었다. 리아는 놀라서 그 자리에 그대로 멈춰 섰다. 예상치 못한 곳에서 예상치 못한 인물들이 튀어나왔으니 당황하지 않는 게 더 어려운 일일 것이다.

루실라는 그런 리아의 표정을 빠르게 읽어내고는 그녀에게 다가가려는 미셸과 아스티나의 팔을 잡아당겼다. 친구들을 끌어당기며 물러나는 걸음이 재빨랐다. 그녀는 마치 아무런 일도 없던 것처럼 살풋 웃으며 물었다.

"어머, 우리가 너무 서둘렀나 봐요. 후작님, 잠시 시간 괜찮으세요?"

아스티나가 맞장구쳤다.

"급한 일이 있으신 건 아니죠?"

"아, 예. 급한 일은 없습니다만……."

"그럼 저기로 들어가요, 어서어서!"

그녀들의 이끌림에 응접실 바로 옆방으로 들어선 리아는 눈이 동그래지고 말았다. 그녀의 기억이 잘못되지 않았다면, 이곳 역시 응접실이어야 했다. 그러나 완벽하게 다시 꾸며진 방은 전혀 다른 곳처럼 보였다. 소파가 싹 치워지고 푹신해 보이는 쿠션들이 그 자리를 대신하고 있었다. 동그랗게 모여 있는 쿠션들은 앙증맞았고, 한쪽 벽을 차지한 수많은 유리볼 화분 속에는 각종 식물들이 심어져 있었다.

삼단트레이에 꽉꽉 담겨 있는 쿠키와 케이크까지 확인한 리아는 확신할 수 있었다. 제 친구들이 이곳에서 꽤 즐거운 시간을 보냈다는 확신을.

누구 하나 말하지 않았건만 제자리를 찾아가는 모양새가 익숙하기 그지없었다. 리아는 자연스레 남은 쿠션에 몸을 기댔다. 몸의 절반이 푹 파묻히는 쿠션은 리아에게 있어선 낯설기 그지없었다. 어정쩡하게 다리를 굽혔다가 후궁들의 유쾌한 웃음소리를 듣기도 했다. 미셸은 웃음기가 걷히지 않은 낯으로 손을 뻗어 리아가 편히 앉을 수 있도록 도왔다.

가까스로 앉은 리아가 쿠키를 한입 베어 물자, 더는 참지 못한 루실라가 서두를 열었다.

"자아, 그럼 이제 얘기해 봐요, 후작님. 탄신연 때 같이 입장할 파트너는 구하셨나요?"

"아…… 구했었습니다만, 취소됐습니다."

"취소라니요? 잠시만요! 파트너가 취소되었다니, 그 무슨!"

"루실라, 조금만 진정해요. 후작님 얘길 들어봐야죠. 그런 멋진 기회를 날려 버린 남자가 대체 누구죠, 후작님?"

차분한 미셸의 말에 루실라는 볼을 빵빵하게 부풀리면서도 입을 닫았다. 다시 세 쌍의 시선이 제게 쏟아지자, 리아는 쿠키를 마저 삼키고는 답했다.

"페리엘 공작이었습니다."

루실라가 쿠션을 내리치며 한탄했다.

"세상에!"

"누가 먼저 취소하자 했죠?"

"공작입니다만…… 그게 사정이……."

"사정이 중요한 게 아니에요, 후작님! 탄신연이 고작 열흘밖에 남지 않았는데 갑자기 파트너를 취소하다니! 어쩜 그럴 수가!"

아스티나가 그런 경우는 없다며 화를 냈다. 덕분에 드레스에 촘촘히 달린 레이스가 엉망으로 구겨졌으나 누구도 그것을 지적하지 않았다. 다들 잔뜩 화가 나 있어 지적할 정신이 없었다는 게 더 맞을 것이다. 미셸이 들어 올렸던 찻잔을 입에도 대지 않고 내려놓으며 두둔했다.

"아스티나 말이 맞아요, 후작님. 저도 페리엘 공작님을 무척 좋게 생각했었는데, 어쩜 그러실 수가. 그 어떤 남자도 한번 정한 파트너를 취소하는 경우는 없어요. 취소할 생각이었으면 애당초 파트너 신청을 하면 안 되지요!"

"그러니까! 제 말이 그 말이랍니다! 말 한번 잘했네요, 미셸!

어쩜 이런 경우가! 저희가 생각을 잘못한 것 같아요!"

그녀들의 분노는 전후사정을 몰랐다는 점을 고려했을 때 무척이나 타당했다. 가족 외의 상대에게 파트너 신청을 했을 경우 서로에 대한 호감이 진하게 녹아 있다는 말과 일맥상통했으니 말이다.

'네가 마음에 드니 데이트할래?'의 다른 버전이 '이번 연회의 파트너가 되어주시겠습니까, 레이디?'라 해도 과언이 아니었다.

즉, 후궁들의 시각에서 현 상황을 재구성하면 이렇다. 파트너 신청을 한 에드가가—리아가 신청하긴 했지만 그녀들은 그 사실을 모르니 넘어가자면— 간접적으로 좋아한다 고백해 놓고서는 중간에 마음이 바뀌어 뻥 찬 것으로. 당사자인 에드가가 들으면 억울해할 상황이었으나 어쩌겠는가. 사건의 맥락만 본 그녀들에게 에드가는 세상에 둘도 없는 나쁜 놈으로밖에는 보이질 않는 것을.

루실라가 이를 갈며 분노의 목소리를 높였다.

"바람둥이로 유명한 윈디 남작도 그런 파렴치한 짓은 안 해요!"

리아의 두 눈이 당혹감으로 흔들렸다. 그녀들이 왜 이리 화를 내는지 이유조차 모르겠다. 어떻게든 과열된 분위기를 진정시키기 위해 대화에 끼어들려 시도했으나 전투력이 상승한 세 여인을 상대하기에는 역부족이었다. 후궁들은 리아가 너무 순진해 화조차 못 내고 있다 생각했다. 그녀들의 걱정 가득한 시선이 약속이라도 한 듯 리아에게 쏠렸다.

"오, 후작님, 걱정 마세요. 저희가 지켜드릴게요."

루실라가 팔을 뻗어 리아의 손을 꼭 잡았다. 그리고 상황 파악을 전혀 못한 리아가 대체 무슨 말이냐 묻기도 전에 다른 두 후궁도 팔을 뻗었다.

"생각해 보면 페리엘 공작과 이어진들 후작님껜 좋을 게 없는 것 같아요. 그분은 결국 공작인걸요!"

"그래요! 그렇게 갈대처럼 흔들릴 마음이라면 아예 시작도 안 해야죠! 저는 공작께서 모든 현실을 뛰어넘을 정도로 의지가 강한 줄 알았는데! 실망이에요!"

얘기가 점점 이상한 곳으로 흐르기 시작했다. 그리고 그 사이에서 리아는 벼락 같은 깨달음을 얻었다.

"……그런데."

리아는 제 손 위로 겹쳐진 후궁들의 손을 꼭 붙들며 말을 이었다.

"어떻게 이렇게 자세히 알고 계십니까?"

그 질문에 일순 공기 중에 침묵이 맴돌았다. 마치 시간이 멈춘 것만 같았다. 누구 하나 섣불리 움직이지 않은 채 주고받는 시선만 재빨랐다. 그 짧은 시간에 그녀들은 눈짓만으로 모든 파악을 마쳤다. 지금에야 거대한 황궁의 한편에서 반쯤 잊힌 채 살아가고 있다지만, 그녀들이 누구던가. 한때 각자의 왕국에서 가장 화려한 삶을 살았던 공주님들이자, 사교계를 주름잡았던 여인들이 아니던가.

원래 이런 건 눈치가 절반이요, 두뇌가 또 절반이라, 그녀들은 어색하게 웃음 지었다. 가장 먼저 애처로운 고갯짓과 함께 입을 연 것은 루실라였다.

"모르셨나요, 후작님? 공작께서는 평소에 후작님 뒷얘기를 하고 다닌 귀족들을 남몰래 응징하기로 유명하셨답니다. 왜 그러셨겠어요. 후작님께 마음이 있으니 그러셨겠지요!"

"그게 무슨……?"

"어머, 정말 모르셨나 봐요. 아시죠, 프룬 자작이라고, 삼 년 전에 작위와 재산을 몰수당했던."

작위를 받자마자 벌어진 사건이라 기억하고 있다. 리아가 고개를 끄덕이자 미셸이 말을 받았다.

"그 프룬 자작이 저지른 악행들을 모두 모아서 폐하께 고발한 게 바로 페리엘 공작이었다지 뭐예요! 그런 식으로 공작이 처단한 귀족들이 전부…… 뒤에서 후작님에 대한 안 좋은 소문들을 퍼뜨리던 이들이었다는 거죠!"

한 번에 너무 많은 것들을 알게 된 리아는 다급히 말을 끊었다.

"잠시…… 그렇다면, 소문이 난 게……."

"어머, 소문이요? 또 무슨 소문이 났나요?"

이번에 고개를 갸웃하며 반문한 것은 아스티나였다. 바깥출입이 자유롭지 못한 그녀들이었으니 귀족 영애들 사이에서 도는 소문들을 다 알 리 없었다. 그러나 새로 알게 된 사실에 정신이 없던 리아는 미처 그 부분을 눈치채지 못했다.

"예. 저와 공작이 열애 중이라는……."

"어머머!"

"세상에!"

"열애 중이셨어요?!"

"아뇨! 아닙니다! 그저 소문이 그렇게 난 것뿐입니다."

그제야 후궁들이 소문에 대해 알지 못했다는 사실을 깨달은 리아는 제발 이 얘기는 못 들은 걸로 해달라며 낯을 붉혔다. 목소리까지 높아지는 적극적인 부정에 세 후궁의 눈이 가늘어졌다.

그녀들은 리아를 꽤나 오래 알고 지내왔다. 정확히 삼 년 동안이었으니 모르는 것만 빼고 다 알 법한 기간이라 해두자. 그 시간들을 모두 걸고 그녀들은 단언할 수 있었다.

공작에 대한 로렐리아의 태도가 전과 비교했을 때 확연히 달라졌다는 것을. 실수로라도 에드가에 대한 얘기가 나올 때면 리아의 반응이 어땠는가. 차갑게 굳는 얼굴, 묘하게 딱딱해지는 목소리. 그에 대한 얘기라면 입에도 올리기 싫지만, 어쩔 수 없이 얘기한다는 티가 적나라해 모를 수가 없었다.

그때와 비교하면 지금은……

"공작님이, 싫으신 건 아닌가 봐요."

미셸이 찻잔을 슬쩍 들며 흘리듯 말을 건넸다. 방금 전까지 절대 공작은 안 된다며 목청을 높이던 여인들이 그 말 한마디에 무심한 척, 그러나 반짝이는 눈은 미처 숨기지 못한 채 리아를 바라봤다.

그리고 질문의 당사자인 리아는 제 앞에 놓인 질문 아닌 질문을 잠시 멍하니 바라봤다. 사실 짧은 시간 동안 너무 많은 사람들이 에드가 폰 페리엘의 이름을 속닥이고 있었다. 그래서 그녀는 원하건, 원치 않건 그에 대해 생각했다. 그럴 수밖에 없었다.

어떤 남자였더라. 삼 년 전부터 최근까지 그에 대한 이미지는 무척이나 단순하면서도 명료했다.

밤하늘보다도 더 짙은 흑발. 그리고 그 흑발에 시선이 잠시 빼앗기면 그사이 시간이 지났다는 듯 짙은 쪽빛으로 변한 두 눈이 자리 잡았다. 콧대는 멀쩡했으나 오른쪽 눈썹에는 상처가 아문 채로 남아 있었다. 고작 눈썹 두께 정도 되는 상처라 다들 검으로 베인 것이 아닐 것이라 짐작만 할 뿐, 상처의 이유를 아는 이는 없었다. 얼굴에는 표정이 있는 때보다 없는 때가 더 많았으며 키는 저보다 얼굴 하나는 더 컸고, 항상 한 걸음 뒤로 물러서 있어, 어쩐지 거리감이 느껴지던 남자다.

제가 화를 내도 무심했고, 무관심해 보이는 태도에, 화가 난 것도 십 수 번이 넘었다. 한마디로 재수 없었다.

그런데, 대화를 하기 시작하자 다른 점들이 보였다. 사려 깊었으며 생각이 많은 남자였다. 저도 모르게 했다는 일들은 또 왜 이렇게 많은지 모를 정도였다.

그래서일까. 이제는 알 수 있었다. 제가 말을 할 때면 딱딱하게 굳는 얼굴이 무시해서가 아니라 제 말을 한마디도 놓치지 않기 위해서임을. 흘리듯이 한 얘기도 놓치지 않는다는 것을. 그리고.

"내가, 조금 더 노력할 테니…… 페리엘 공작이 아닌, 나를 보아 줄 수는 없겠나."

그 서투르면서도 직설적인 고백이라니.

리아의 얼굴이 일순 붉게 달아올랐다. 그녀는 손을 들어 다급히 얼굴을 가렸다. 누가 그런 식으로 고백한단 말인가. 리아가 아무리 사랑이니 연애니 하는 것들에 관심이 없었어도 몇 통인가 읽었던 청혼서를 통해 사내들이 보통 어떤 식으로 마음을 전하는지 알고 있었다.

하늘에서 내리는 눈꽃송이보다 더 아름다운, 혹은 봄이면 움트는 새싹처럼 여리고 또 고운 그대여, 로 시작하던 청혼서의 글귀를 떠올리며 리아는 잠시 숨조차 멈췄다. 그녀 역시 알고 있다. 암컷에게 구애하는 공작처럼 화려하게 자신을 꾸미지 않은 에드

가의 담백한 고백이 훨씬 어려운 것임을. 몇 배는 더 진심이 담겨
있다는 것을.

"후작님……?"

"싫지, 않습니다."

그 짧은 말을 뱉어내기에 이토록 시간이 오래 걸렸다.

"싫지는 않습니다."

고작 한 글자가 덧붙여졌을 뿐이건만 의미는 이토록 달라진다.

"분명 싫은 것은 아닌데, 그저 동료로서……."

혼란스러워 보이는 리아의 모습에 상황을 정리하고자 나선 것
은 미셸이었다. 그녀는 쿠키 부스러기가 떨어진 치마를 탁탁 털어
내며 대화의 종결을 알렸다.

"후작님, 저희가 후작님을 곤란스럽게 해드린 것 같네요."

"걱정 마세요. 저희는 항상 후작님의 편이니."

여차하면 황태자와도 싸울 생각인 미셸의 목소리는 단호했다.
그런 그녀의 손 위로 루실라와 아스티나의 손이 차례로 겹쳐졌다.
서로 나눈 찻잔의 수만큼 쌓인 시간들을 바라보며 그녀들이 웃었
다. 가슴 한편이 온기로 차오르는 듯한 웃음소리였다.

뜨거운 물에 몸을 푹 담근 것 같은 표정으로 후궁전을 빠져나
오던 리아는, 벼락같이 깨달았다. 카인을 만나러 가기 전 해결해
야 할 일이 하나 늘어났다는 것을.

'새로운 파트너라니.'

절로 끙 소리가 나왔다. 분명히 명목상의 일이었다. 처음 에드
가에게 파트너 신청을 했던 이유도 그를 제일 먼저 만났기 때문
이 아니던가. 같이 가고 싶은 사람 같은 건 존재하지 않았으니 누

구와 가도 상관없었다. 거대한 홀도, 화려한 샹들리에도, 그 사이에서 뱅글뱅글 돌며 춤을 추는 것도 그녀에겐 그다지 중요하지 않았다. 그보다는 그날 터질지도 모를 사건에 온 신경을 집중했다. 당연한 일이었다.

그랬는데.

기분이 묘했다. 방금 전까지만 해도 에드가의 파트너는 자신이었는데 이제 더는 그렇지 않다는 게 이상해서, 리아는 눈살을 찌푸렸다. 그리고 이 기분의 정체를 알 수가 없어 저쪽 세상의 로렐리아에게 조언을 구했다가 분노가 가득한 장문의 편지를 받아야만 했다.

〈뭐?! 그런 이유로 파트너 신청을 취소했다고? 고작 탄신연 열흘 전에? 말도 안 돼! 이럴 순 없어! 그쪽 세상의 에드가는 파트너가 뭘 의미하는지 알고는 있는 거라니? 하, 당장 그이에게 가서 물어봐야겠어. 아니, 후퇴할 수는 없어, 소문이 소문이니까! 그런데 왜 거기서 하냐고! 파트너로 입장한 다음에 춤을 추지 말든지! 명목상 입장하는 것처럼 하든지! 방법은 많을 텐데!〉

그 뒤로도 파트너가 얼마나 중요한지에 대해 줄줄이 이어지는 편지를 잠시 훑어본 리아는 이내 그것을 조용히 접어 품 안으로 밀어 넣었다. 보건대 당분간 그녀와는 차분한 대화가 불가능할 것 같았다. 이 기분의 원인도 좀 같이 고민해 보고, 새로운 파트너에 대한 조언도 얻으려 했건만 관둬야겠다.

결국 문제를 해결할 사람은 자신뿐이었다. 고민은 천천히 해도 되니 가장 급한 문제부터 해결해야 하지 않겠는가. 거기까지 생각을 마친 리아는 공용 훈련장으로 향했다. 그리고 가장 처음 마주친 프루트를 향해 눈을 빛내며 다가갔다.

훗날 프루트는 이 순간을 회상하며 중얼거리곤 했다. 그때 자신에게 다가오던 단장은 마치 먹잇감을 발견한 한 마리의 짐승 같았다고. 무언가 심상치 않음을 눈치챈 프루트는 도망치려 했다. 그러나 프루트가 도망치는 것보다 리아가 그를 잡아채는 것이 더 빨랐다.

프루트의 어깨를 꾹 쥔 채, 리아가 웃었다.

"어딜 그리 급히 가나, 경."

"아하하! 그게, 갑자기 급한 일이 생각나서. 그런데 무슨 일입니까, 단장? 지금 시간이면 한창 업무를 보고 있어야 하는 거 아닙니까?"

"이 일만 해결하고 곧장 집무실로 갈 거니 걱정하지 마라. 어쨌든, 프루트."

"예?"

"전하의 탄신연 때 같이 입장할 파트너, 구했나?"

올 것이 왔노라. 프루트의 표정은 딱 그랬다.

그러나 그가 누구던가. 리아가 오기 전까지만 해도 붉은늑대를 주름잡던 제2기사단의 부단장이 아니던가. 프루트는 무척이나 안타까워하며 고개를 저었다. 그 표정 변화가 유명 극단의 배우는 저리가라였다.

"잊으셨습니까? 저 그날 당직입니다."

파티는 무슨. 연회는 개뿔.

그는 그날 하루 종일 꼼짝 않고 미셸의 곁을 지켜야 하는 임무를 부여받은 몸이었다. 붉은늑대 중에서 리아를 제외하고 가장 실력이 좋았으니 어찌 보면 당연한 일이었다.

잠시 망각했던 사실을 되새김당한 리아의 얼굴이 구겨졌다. 심지어 그 근무표를 짠 게 바로 자신이었다. 얼마나 정신이 없었으면. 그녀는 잠시 반성했다. 그러나 리아는 슬슬 뒷걸음질 치며 도망가려던 프루트를 놓치지 않았다.

"그럼 다른 놈. 알고 있지?"

"아하하. 무슨 말을 하시는지 잘 모르겠습니다만……."

리아의 녹안이 슬쩍 시선을 피하는 프루트를 따라 움직였다.

"그날 비번인 녀석들 중 파트너가 없는 녀석이 한 명쯤은 있겠지?"

불면 순순히 놓아주겠다는 리아의 말에 프루트는 끙 소리를 냈다. 그의 낯빛에 곤란하다는 기색이 스쳐 갔다. 당장 눈앞에 있는 그녀가 제 상사이긴 했다. 하지만 그다지 멀지 않은 곳에 있는 카인이 지위로 따지자면 한참 높았으며 권력으로 따지자면 한숨이 나올 정도로 위였다. 그 카인의 명령을 받은 직후였으니 쉬이 입이 떨어지지 않는 게 당연하다. 이러지도 저러지도 못한 채 끙끙거리던 프루트에게 구원자가 나타났으니.

"어? 단장! 여긴 어쩐 일입니까?"

에이플이었다. 당장 도망가라는 프루트의 수신호를 받지 못한 에이플은 태평하게 웃으며 리아 쪽으로 다가왔다.

"으하핫! 부단장과 또 무슨 실랑이를 벌이고 있는 겁니까? 거참, 매번……."

"에이플."

"예?"

"넌 전하의 탄신연에 참석하는 것으로 알고 있는데. 맞나."

"……뭐, 일단은 참석하죠."

"파트너는?"

"어, 딱히 생각 안 했는뎁쇼."

그런 거 번거롭고 귀찮기만 하다며 뒤통수를 긁적이는 에이플의 모습에, 리아의 입꼬리가 말려 올라갔다. 원하는 것을 손에 넣은 그녀는 미련 없이 프루트를 놓아주었다. 그뿐이랴. 어서 가서 할 일 하라며 허공에 대고 손까지 휘저어주기까지 했다.

프루트는 아직도 상황 파악을 못한 에이플을 안쓰러이 한 번 바라봐 주고는 재빨리 도망쳤다. 안쓰러운 건 안쓰러운 거고, 일단 제가 먼저 살아야 하지 않겠는가.

동료를 위해 목숨을 바치라는 기사도 정신에 당당히 빅엿을 날린 프루트가 사라지자 그제야 이상한 기색을 느낀 에이플이 한 걸음 뒤로 물러섰다. 그의 시선이 사선으로 빗겨 올라갔다. 어색하게 허공을 응시하며 더듬거리는 목소리가 어쩐지 떨리는 것 같기도 했다.

"단장, 생각해 보니까 내가 뭐 하던 게 있었던 것 같은데……."

"헛소리 그만하고, 파트너가 없다니 잘됐네. 나와 같이 파트너로 연회장에 입장 좀 해야겠다."

"아, 그거였습니까?"

"그래."

그거라면 자신도 할 말이 많다며 에이플이 허허 웃었다. 그는 이 문제에 있어서만큼은 당당했다. 도망친 프루트가 민망할 정도로 쭉 펴진 어깨가 그의 당당함을 보여주었다.

"저야 상관없습니다만, 단장은 괜찮겠습니까?"

"뭐가?"

"저랑 파트너로 입장하시면 당장 결혼 날짜를 잡아야 할걸요."

그렇다. 에이플의 든든한 지원군은 바로 그의 양친이었다. 나이는 먹을 만큼 먹은 아들이 결혼할 생각이 없으니 집안에서 아무 여자나 데려오라고 성화가 이만저만이 아니었다. 그런 상황에서 후작과 파트너로 입장한다? 일단 소문부터 낼 분들이다. 그리고 자신을 곱게 포장해 후작저로 보내시겠지. 에이플은 장담할 수 있었다.

그는 저 역시 결혼을 서둘러야 하는 나이라며 말을 이었다.

"그리고 여차저차 하는 사이에 평생가약을 맺고 있겠죠. 저와 결혼하고 싶으신 거라면 딱히 말리진 않겠습니다만……."

"……아니. 미안하군, 경."

"……단장, 왜 갑자기 진지해집니까, 사람 민망하게."

"아니다. 내가 생각이 짧았던 것 같아. 사과하지."

카인의 명을 어기는 한이 있더라도 제 부하와 결혼한다는 소문이 퍼지는 것은 절대 안 될 일이었다. 자신에 대한 인식이 손바닥 뒤집듯 뒤바뀌었다 하나 여전히 술자리에서 속닥이는 이들은 존재했다. 그 소문이 얼마나 저열하겠는가. 듣지 않아도 어떤 얘기일지 짐작하는 것은 그리 어렵지 않았다. 거기에 부하와의 염문설까지 더해진다고? 질색하는 리아의 모습에 에이플은 괜스레 무안해져 입맛을 다셨다.

"차라리 절 한 대 치십쇼."

"뭐?"

"거, 헛소리하지 말라며 한 대 맞는 게 속 편하단 말입니다."

"아아."

그제야 리아는 사과를 뱉었다.

"미안하다. 네가 부족하다는 뜻은 아니었어. 그저 그럴 것이라 생각했던 적이 있음에도 잊어버린 스스로에게 놀랐을 뿐이지.”

리아의 말에 에이플이 그러신 것 같다며 씩 웃었다. 리아의 표정은 썩 밝지만은 않았지만 말이다. 에이플이 안 되는데 다른 녀석들이 될 리가 없다. 결국 부하들 사이에서도 파트너를 구하지 못하게 된 리아가 한숨을 뱉었다.

“파트너라.”

결국 혼자 입장하게 되는 것인가. 착잡했다. 카인은 자신을 보자마자 파트너에 대한 얘기부터 물어볼 것이 뻔했다. 그런 성격이니 말이다. 리아는 복잡한 표정으로 혀를 찼다.

‘파트너도 파트너지만……’

언제까지고 중립이라는 어중간한 위치를 유지할 수는 없었다. 카인이 준 시간이 아직 남아 있긴 했다. 그러나 계속해 미뤄둘 수 있는 문제도 아니었다. 그녀는 마음을 정하자마자 제 영지에 전령을 보냈다. 의견을 묻기 위함이 아니라 통보였다. 그러니 아무리 늦어도 오늘 저녁쯤에는 답신이 돌아올 터.

어차피 언젠가는 오리라 생각한 날이었다. 카인의 말마따나 양친의 갑작스러운 사고사를 핑계 삼아 결정을 미뤄왔을 뿐이었다. 그러니 가신들 역시 때가 됐거니 생각할 터다. 리아는 버릇처럼 검집을 쥔 손에 힘을 줬다. 서로 주거니 받거니를 반복하던 황위 다툼이 슬슬 본격적으로 피를 보려 하고 있었다.

그럼 그 얘기를 하면서 슬쩍 파트너 없이 입장하면 안 되겠냐는 말을 할 수는 없을까.

‘아, 그 부분은 이미 반박당했었지.’

리아는 작게 한숨을 내쉬었다.

“—각하!”

명령을 어떻게든 피해보려던 리아를 일깨운 것은 푸른매기사단의 래디쉬였다. 키메라 사건이 일어나기 전날 약혼식을 치른 래디쉬는 그야말로 신수가 훤했다. 저놈은 파트너가 있겠지. 약혼녀가 있으니. 어쩐지 배알이 꼴려서, 답하는 목소리가 퉁명스러웠다.

"왜?"

"저희 단장님이 이걸 전하라 하셨습니다."

리아는 인장까지 찍혀 있는 봉투를 받아 들었다. 꽤나 고급스러워 보이는 봉투를 뜯자 그 안에는 작은 종이 하나만 덜렁 들어 있었다. 봉투가 아까울 정도다.

-훈련, 오후 5시, 공작가 제2저택, 불가할 시 연락 바람.

리아는 용건만 담긴 종이를 멀거니 들여다봤다. 그런 그녀의 옆에서 에이플이 고개를 쭉 빼며 물었다.

"뭡니까? 푸른매 녀석들이 또 뭘 한답니까?"

그 물음에 선잠에서 깨어나듯 화드득 놀란 리아의 손안에서 종이가 엉망으로 구겨졌다. 그녀는 그런 제 행위에 다시금 놀랐다. 종이의 구겨진 부분을 펴기 위해 노력하며 대꾸하는 목소리가 낮았다.

"아무것도 아니야."

그러나 아무것도 아닌 게 아니었다. 리아는 복잡한 시선으로 주먹 하나에 들어가고도 남는 작은 종잇조각을 슬쩍 검지로 쓸어보았다. 방금 전 이 남자는 제게 그렇게 말했다. 소문이 제게 해가 될 수 있으니 파트너는 할 수 없겠다고.

완전히 동감하기는 어려웠으나 어느 정도 이해는 할 수 있었다.

그러나, 그렇다면 이건 뭐란 말인가.

오러 훈련이라면 일전에 그녀가 청한 것이었다. 잊지 않고 있음은 오히려 리아가 감사할 일이었다. 기사로서 검술을 봐준다는 건 노하우를 전수해 주겠다는 의미와도 일맥상통했으니 냉큼 그럽시다, 할 일이었다.

하지만 말의 앞뒤가 안 맞았다. 소문을 피하기 위해서라면 공용 훈련장에서 공개적으로 하는 편이 더 나았다. 그런데 본 저택도 아니고 2저택이라니. 사적인 공간으로 굳이 저를 불러낸 이유가 무엇인지 그녀는 도무지 알 수가 없어 살짝 미간을 좁혔다.

정작 당사자인 리아는 알지 못했으나 에드가가 공용 훈련장을 사용하지 않고자 한 이유는 단순했다. 그가 리아에게 처음 반했던 모습이 바로 검을 쥐고 있던 그 고고함이었다. 그는 생각했다. 그 모습, 남들에게 보여주고 싶지 않다고. 물론 고민에 고민을 거쳐 내린 결과가 정작 리아에게 의심을 사고 있다는 것을 알 리 없는 에드가였다.

"단장? 아, 단장!"

넋 놓고 있던 리아를 현실로 잡아끌고 온 것은 에이플이었다. 그는 리아가 시선을 돌려 자신을 바라보자 기다렸다는 듯 투덜거렸다.

"요새 단장 좀 이상한 거 아십니까?"

물론 기막혀 하는 리아의 시선을 받아야만 했지만 말이다.

누군가의 저택에 방문할 때 선물을 준비하는 것은 예의였다. 지금껏 리아는 그런 류의 선물을 고르는 데 있어 어려움을 느낀

적이 없었다. 사실 직접 고른 게 거의 없었다. 대부분 집사나 유모의 선에서 준비되었으니 말이다.

"……저……."

그리고 대부분의 선물은 영애나 부인을 위한 것이었다. 그래서 평소 그녀는 그리 어렵지 않게 선물을 준비하곤 했다. 하지만 에드가에게 할 선물이라니. 리아는 지금 제가 올바른 곳에 서 있는지조차 확신할 수가 없었다.

"저기……."

세상 심각한 표정으로 물건들을 바라보던 리아의 고개가 들렸다. 직원은 그제야 해사하게 웃으며 물었다.

"도와드릴까요?"

마치 적을 바라보듯 날카로운 시선으로 꽃만 바라본 지 십여 분째. 직원은 확신할 수 있었다. 이 기사님은 꽃을 고르고 있는 게 아니라고.

에드가가 제게 주었던 푸른 꽃에 대한 이미지가 너무 강렬하게 남아 있어, 꽃잎이 파란 꽃들만 바라보던 리아는 내밀어진 도움의 손길에 안도의 한숨을 내쉬었다.

"그래주면 감사하겠습니다."

"누구에게 주실 건가요? 드릴 분의 특징이나, 취향이나, 그런 걸 알게 되면 고르는 게 훨씬 쉽거든요."

"저택 방문 선물을 사려고 하는데……."

에드가의 특징이라.

"푸른색이 잘 어울리는 사람입니다."

어깨에 달린 푸른 휘장도 그렇고, 푸르른 오러도 잘 어울리는 남자였다. 리아의 말에 점원은 활짝 웃으며 몇 가지 꽃을 추천해

주었다.

"그럼 일단 수레국화를 베이스로 잡고 주변을 이거랑, 이거로 주위를 둘러싸는 건 어떠세요? 여러 색을 섞으면 꽃다발이 더 화사해 보이거든요."

점원이 양껏 잡아든 꽃다발은, 그녀의 말마따나 화사하고 아름다웠다. 리아는 만족스러운 표정으로 고개를 끄덕였다.

"그렇게 하죠. 아, 그리고 리본은……"

리아는 잠시 머뭇거렸다. 그러나 해사하게 웃으며 자신을 기다리는 직원 앞에서 언제까지 우물쭈물할 수는 없는 노릇이다. 결국 리아는 슬쩍 시선을 돌리며 작은 목소리로 속닥이듯 말했다.

"남색으로."

그의 눈 색이니. 점원은 어쩐지 귓불이 붉어진 리아의 모습에, 즐겁게 웃으며 가게에서 가장 아름다운 남색 리본을 뽑아들었다.

고민한 시간이 무색하리만치 단숨에 커다란 꽃다발을 손에 쥐게 된 리아는 묘하게 일렁이는 기분을 느끼며 초대받은 곳으로 향했다. 그 걸음이 가볍기 그지없었다. 꽃이 이렇게 사람의 기분을 들뜨게 만들 수 있다는 걸 전에는 미처 몰랐다. 에드가가 이걸 받고 어떤 표정을 짓는지 어서 보고 싶어 걸음은 점차 빨라졌다.

공작가의 제2저택을 코앞에 두었을 때였다. 서두르던 걸음이 서서히 느려진 것은. 꽃다발이 바닥을 향했다. 그녀는 그대로 고개를 돌려 막 자신이 돌아온 모퉁이를 응시했다.

"경."

짧고 굵은 부름이다. 처음에는 그저 벽뿐이었다.

"끌려 나올 텐가?"

그러나 그 서늘한 경고에, 페피가 퍼렇게 죽은 낯으로 고개를 내밀었다. 혹시나 했건만 역시나다. 리아는 심지어, 사복 차림으로 제 뒤를 밟고 있는 페피를 복잡한 시선으로 바라봤다.

저걸 죽여, 살려?

어느 쪽이든 물어는 보고 결정해야겠다. 그렇게 마음을 정한 리아는 성큼 페피 쪽으로 다가갔다. 페피는 자신을 벽 쪽으로 밀어붙이는 리아에게 꼼짝없이 갇혀서 어쩔 줄 모르겠다는 표정으로 눈만 데룩 굴렸다. 어떻게 해서든 이 자리를 피하고 싶다는 기색이 역력했다. 그러나 리아는 그를 얌전히 보내줄 생각이 조금도 없었다. 제 뒤를 밟았다면, 잡혀서 문책당할 각오도 하는 게 당연하지 않은가.

"대체 뭘 하고 있던 거지?"

꼴깍. 페피의 목울대가 움직이는 게 보였다. 이 새끼 푸른매의 꾸밈없는 반응을 보건대, 들킬 가능성과 들켰을 경우 어떻게 대응할지에 대해서는 전혀 논의된 게 없는 모양이었다. 리아는 아직 파릇파릇한 어린 새싹을 더 겁주는 대신 한 걸음 뒤로 물러섰다. 어서 얘기해 보라는 턱짓에, 페피는 다급히 손을 휘저으며 변명을 늘어놓았다.

"그, 제가 다 설명할 수 있습니다. 이건 절대 단장의 뒤를 밟은 게 아니라……."

"아니라?"

"아주, 아주 중대한 극비 작전을 수행하는 중이었습니다!"

"……극비 작전?"

차라리 우연히 근처를 지나고 있었다는 변명이 더 그럴듯하겠다. 자신을 한심하게 바라보는 리아의 시선을 읽어낸 페피는 슬쩍 시선을 피했다.

"……그, 어쩌다 보니……."

어쩌다 보니 태자전하께서 이번 일에 개입했고, 점점 일이 커져서 이 지경까지 왔지 뭡니까. 아하하! 그렇게 말하고 싶은 마음은 굴뚝같았으나 차마 입이 떨어지지 않았다. 그렇게 슬금슬금 제 눈치를 보는 페피의 모습에 리아는 한숨을 내쉬었다.

"좋아. 지금부터 내가 질문을 할 텐데, 경은 '예, 아니오'로만 대답한다. 알겠나?"

"……네?"

꿈뻑. 꿈뻑. 온순한 눈이 아무것도 모르는 어린아이처럼 꿈뻑였다. 옆으로 기울어지는 고개를 보건대 이해하지 못했다는 건 알겠다. 리아의 눈썹이 위로 죽 밀려올라갔다. 그녀는 같은 말을 반복하려다가 그만 두고는 곧장 본론으로 들어갔다.

"이번 일에 태자전하께서 관계되어 있나?"

"예…… 니오?"

"그렇단 말이지. 그럼, 그 일이라는 게 나와 페리엘 공작에 대한 것인가?"

"어…… 그……."

페피는 이전 질문보다 더 버벅거렸다. 대답은커녕 제대로 눈조차 마주치지 못하는 그를 보건대 굳이 답이 필요 없었다. 송골송골 맺히는 식은땀이 곧 답이었으니 말이다. 리아의 눈이 가늘어졌다. 아아. 그런 건가. 이제야 이 모든 이상한 상황들이 이해가 갔다.

푸른매들이 언젠가부터 제2기사단에 시비를 걸기 시작한 이유, 카인이 이번 일에 끼어든 것부터 시작해서 주변 사람들의 이해 못할 행동까지.

"그렇단 말이지."

"그, 그렇지 않습니다!"

무슨 말인지도 모른 채 일단 부정부터 하고 보는 페피의 목소리는 다급하다 못해 절박해 보였다. 리아는 그런 그를 가만히 바라보다 턱을 쓸었다. 마침 코앞이 에드가의 저택이었다. 그리고 눈앞에는 푸른매기사단의 막내가 있지 않은가. 리아의 시선이 페피의 귀를 스쳐 갔다.

약속 시간도 잡았겠다, 증인도 있겠다, 증거도 있겠다. 리아의 입술이 호선을 그렸다.

"어, 저, 각하?"

자신을 향하는 미소에 불안감을 느낀 페피가 슬금슬금 뒷걸음질 쳤다. 그렇게 멀리 가지는 못했다. 고작 두어 걸음 만에 벽에 부딪치고 말았으니 말이다. 당장에라도 도망치고 싶다는 기색이 역력한 페피를, 리아가 상큼하게 웃으며 잡아챘다.

"내 뒤를 밟고 있었다면 같이 가도 되겠지."

"심각한 오해를 하고 계시는 것 같습니다. 전 절대 각하의 뒤를 밟은 게 아니라……."

"그렇다면 여기까지 온 김에 페리엘 공작에게 인사나 하고 가지."

"……저희 단장이요?"

리아는 굳이 대답하지 않았다. 어차피 제2저택은 코앞이었으니 말이다. 페피는 리아에게 질질 끌려가며 창백하게 질린 낯으로 생각했다.

좆됐다.

이 순간을 위해 얼마나 많은 준비를 했던가.

에드가는 노력의 결실을 앞에 둔 채 잠시 회상했다. 카인에게 불려가 연애를 어떻게 해야 하는지에 대한 이해 못할 연설을 들으면서도 리아가 무엇을 좋아할지 미친 듯이 고민했더랬다.

모든 준비가 완벽했으면 싶었다. 이를 위해 가장 먼저 평소라면 근처에도 가지 않았을 에리앙에 들렀다. 리아가 무척이나 행복해하며 케이크를 먹었던 기억이 머릿속에 아른거렸던 탓이다. 유명하다는 말마따나 가게는 온통 달아 보이는 것들로 채워져 있었고, 점원은 과할 정도로 친절했다. 점원이 추천하는 것을 전부 산 그는 그것들을 훈련이 끝난 뒤 차가운 음료와 함께 내놓으라 주방장에게 신신당부하기까지 했다.

오러 제어를 도와주고, 디저트를 같이 먹으며 얘기를 나눈 다음, 이번에야말로 그녀를 집까지 바래다주리라. 천천히 밤거리를 걸으며 대화를 주고받다 보면 조금은 서로를 이해할 수 있게 되지 않을까.

완벽한 계획이었다. 에드가는 자신이 세운 계획에 감탄했다. 몇 걸음 떨어져 그저 바라보기만 했던 과거를 생각하자면 놀라운 발전이 아닐 수 없었다.

그러나 그 완벽한 계획은 리아가 저택에 당도하자마자 와장창 부서졌다. 노크 소리에 문 근처에서 기다리고 있다 빠르게 달려간 것까지는 좋았다.

제2저택은 그리 잘 사용하는 곳이 아니라 따로 집사가 없었다.

애당초 에드가가 공작위를 물려받을 때 결혼 후 분가할 것을 대비해 구입해 놓았던 곳이다. 그렇게 되면 본 저택이 될 곳이었으니 고심에 고심을 기해 선택했었다. 몇 년이 흐르도록 결혼은커녕 연애할 생각도 하지 않아 반쯤 잊고 있었지만 말이다.

물론 필요하다면 급하게 본 저택에서 사람을 데려올 수도 있는 일이었으나 제일 처음 리아를 맞이하고 싶다는 욕심에 손수 문을 열어주었던 에드가는 당황했다.

"서, 선물입니다."

거짓말이 아니라, 리아의 얼굴보다 더 커다란 꽃다발이 다짜고짜 품에 안겼다. 얼결에 그것을 받아든 에드가는, 코끝으로 훅 풍겨오는 진한 향에 이게 꿈이 아니라는 걸 확인할 수 있었다.

"이건……."

"방문 선물입니다. 그, 뭐가 좋을지 몰라서, 아무래도 장식할 수 있는 꽃이 좋지 않을까……."

슬쩍 에드가의 눈치를 본 리아가 걱정이 가득 담긴 표정으로 물었다.

"마음에 안 드십니까?"

"그럴 리가!"

반사적으로 대답한 에드가는, 제 목소리가 너무 컸다는 걸 깨닫자마자 얼굴을 붉히며 목소리를 낮췄다.

"마음에, 들어. 고맙군."

"다행입니다."

그의 인생을 통틀어 꽃 선물은 처음이었다. 에드가는 얼굴을 붉힌 채 큼큼 헛기침을 연달아 뱉어냈다. 그러나 리아는 에드가가 이 간질간질한 기분을 만끽할 여유를 주지 않은 채 곧장 그의 팔을 잡으며 목소리를 낮췄다.

"경, 조용한 곳에서 할 얘기가 있습니다."

"조용한 곳이라니?"

의아한 목소리로 되물었던 에드가는, 그제야 리아의 등 뒤를 확인했다. 못 알아차렸다는 게 이상할 정도다. 페피가 아무리 있는 힘껏 몸을 웅크리고 있다 한들, 저 커다란 덩치가 완전히 가려질 리 없으니 말이다.

생각지도 못한 불청객의 등장이 반가울 리 없다. 에드가의 미간이 찌푸려졌다.

"……페피?"

상사의 부름에 페피는 해사하게 웃으며 슬쩍 고개만 들어 올렸다. 한쪽 팔은 리아에게 단단히 붙잡힌 채다.

"어, 단장님, 그러니까 전부 설명할 수 있습니다."

"설명이라."

에드가는 다시 리아에게 시선을 돌렸다.

"해야 할 말이 페피에 대한 얘기인가?"

"예. 그리고 오전에 말했던, 전하께서 저희에게 관여하고 계신 것 같다는 얘기 말입니다. 진짜인 것 같습니다."

지금 당장, 꼭 해야만 하는 얘기입니다. 그녀는 정확히 그렇게 말했다. 만약 분위기가 조금만 더 로맨틱했다면 고백을 하는 것이 아닌가 착각할 만한 발언이었다. 그러나 정작 당사자인 리아의 표정은 로맨틱과는 거리가 있었다. 그뿐이랴. 딱딱하게 굳은 얼굴은 사뭇 심각해 보이기까지 했다.

그런 그녀와 잠시 눈을 맞추고 무언가를 생각하던 에드가는 이내 제가 세워놓은 계획들을 아쉬움 없이 처분했다. 그는 그녀를 연무장이 아닌 응접실로 안내했다.

1층에 위치한 응접실은 남향인 데다 전면에 커다란 창이 있어 잘만 꾸미면 손님의 감탄을 자아낼 만한 위치에 자리 잡고 있었다. 만약 안느가 손을 댔으면 황실 못지않게 화려한 응접실로 꾸며놓았으리라. 그녀에겐 시시때때로 변화하는 햇빛을 완벽하게 살려낼 만한 안목이 있었으니 말이다.

그러나 2저택은 오롯이 에드가의 취향이 반영된 곳이었다. 미래 그와 그의 부인을 위해 마련한 곳이니 말이다. 안느 역시 그 부분을 존중했고, 저는 손을 대지 않겠노라 일찌감치 선언했다. 내부 장식이나 고용 문제가 전부 에드가에게 맡겨진 이유였다.

그 결과,

"조금…… 휑하긴 하지만…… 앉지."

저택의 얼굴이라 불리는 응접실이 텅 비는 대 참사가 일어났다. 오늘 일정을 위해 계획했던 동선, 정원에 마련된 티테이블과 수련장을 제외한 곳들은 전혀 손대지 않았기에 일어난 참사였다.

리아는 생각했다. 액자 하나 걸려 있지 않은 응접실은 이곳이 처음이라고. 그녀는 멍하니 응접실을 휘 둘러봤다. 그렇다 하여 달랑 소파와 테이블만 놓여 있는 응접실이 화사하게 바뀌는 기적은 일어나지 않았다.

에드가는 살짝 얼굴을 붉힌 채 소파로 안내했다. 평소라면 눈치조차 채지 못했을 그 모습이 새삼 눈에 밟혀서, 리아는 괜히 목청 높여 칭찬을 늘어놓았다.

"정말 좋은 소파네요. 유명한 장인이 만든 것 같은데, 아닙니까?"

"……아마도 ……그렇겠지."

그의 인생에 맹세코, 처음 보는 소파였다. 오랜 교육으로 만들어진 눈썰미는 소파가 꽤 값진 것이라는 것까지는 알아봤으나 누구의 손에서 만들어졌는지까지는 알아내지 못했다. 저걸 대체 어디서 가져온 거지? 에드가의 눈가가 찡그려졌다. 아무리 고민해도 저런 소파를 구매한 기억이 없다.

집사가 확인 차 저택에 방문했다 소파마저 없는 응접실에 뒷목을 한번 잡고는 기본적인 테이블과 소파라도 채워 넣었다는 사실을 알 리 없는 에드가였다. 겨우 찾아낸 칭찬거리가 오히려 분위기를 더 이상하게 만들고 있다는 사실을 깨달은 리아는 자신도 모르게 코끝을 찡그렸다.

"음. 그럴…… 겁니다."

그러나 리아의 목소리에도 확신은 없었다. 차라리 응접실에 검이나 방패가 장식되어 있었다면 쉬웠을 것이다. 둘 다 그런 쪽으로는 관심사가 확실했으니 말이다. 두 남녀는 그렇게 소파 근처에 선 채로 심각하게 고민했다. 과연 저 소파는 어디에서 튀어나온 것인가, 와 저 소파가 값진 것인가, 로.

그리고 페피는 두어 걸음 떨어진 뒤에서 그런 둘을 번갈아 바라보며 생각했다. 전 공작부인이나 태자전하께서 이 장면을 봤다면 뒷목을 잡았을 게 분명하다고.

다행히도 페피의 마도구는 전원이 꺼진 상태였고, 공후럽의 주도권을 쥔 사람은 이 자리에 없었기에 상황은 빠르게 진정됐다. 에드가는 리아에게 자리를 권하고는 곧장 물었다.

"그래서, 무슨 일이지?"

그렇게 묻는 에드가의 시선이 리아의 어깨 너머로 향했다. 페피는 서늘하게 날이 서 있는 에드가의 시선에 언제 그랬냐는 듯 바짝 얼어 자세를 바로잡았다.

"페피 경과 함께 올 만한 일이라는 게."

"아."

리아는 기꺼이 응접실을 칭찬하기 위해 고민하던 것을 때려치웠다. 사실 이 휑한 응접실에서 더 칭찬할 만한 걸 찾아내기도 어려운 일이었다. 그녀는 미련 없이 주변을 둘러보던 걸 그만두고는 서두를 꺼내들었다.

"태자전하를 비롯해 제1기사단과 제2기사단으로 이뤄진 단체와, 그 목적이 확실해졌습니다. 의혹뿐이었다면, 이젠 확신할 수 있죠."

등 뒤에서 페피가 움찔하는 게 느껴졌으나 리아는 가뿐히 무시한 뒤 말을 이었다.

"페피 경은 진위 여부를 가리기 위해 대동했습니다. 저택 근처에서, 우연히 만났거든요."

"……그렇게 얘기했는데, 또 경의 뒤를 밟았단 건가."

조용히 중얼거리는 에드가는 생각에 잠긴 것처럼 보였다.

그런 그를, 이번에는 리아가 응시했다. 자신이 햇빛을 등지고 앉아 있었기 때문에 의도치 않게 에드가는 점점 퍼져나가는 노을과 햇빛 경계 그 어딘가에 그대로 노출된 상태였다. 살짝 빗겨 들어오는 주홍빛 아래에서 고민에 잠긴 공작의 모습은 어느 여인이 보건 감탄을 뱉을 만했다.

그러나 리아의 생각은 조금 다른 지점에 있었다.

저 남자가 제게 고백했다. 명확하게 사랑이라는 단어를 뱉은 것은 아니었으나 결국 동일선상에 있었다. 사는 것이 바빠 생소하게만 생각했던 감정이었다.

영애들은 사랑을 새의 지저귐이나 봄에 피는 꽃, 저 멀리서 들려오는 작고 수많은 종소리, 안온함과 포근함 같은 것들로 표현했다. 그러고는 약속이라도 한 듯 하나같이 평생에 걸쳐 한 번은 경험해 봐야 한다는 말을 덧붙였다.

어린 시절 읽었던 동화책과 소설 속에 등장하는 사랑은 또 어떠한가. 동화 속에서 사랑이란 그저 아름다운 것이었다. 모든 사랑은 이뤄졌고, 행복한 결말을 맞이해 오래오래 행복하게 살았습니다, 로 끝났다. 그녀가 직접 지켜봐 온 양친의 사랑은 온화함 그 자체였다. 서로를 존중하고 보듬는 것. 에드가의 것도 그 비슷한 어딘가에 있지 않을까 지레짐작했던 이유가 바로 그러했다.

직접 겪어보니 그런 것들과는 영 거리가 먼 것 같긴 했지만 말이다.

"예상했던 대로, 저와 경이 연관된 것 같더군요. 정확히는……."

"잠, 시만."

다급히 리아의 말을 막느라 말허리가 뚝 끊어진 에드가의 얼굴이 어쩐지 붉었다. 얼굴을 반쯤 가린 손의 손등마저 붉게 달아오른 것 같다. 리아는 제 정면에 앉아 있는 에드가를 바라보며 멍하니 그런 생각을 했다.

그래서일 것이다. 왜 그러냐 물어볼 타이밍을 놓친 것은.

리아가 머뭇거리는 사이에 에드가는 곧장 시선을 올려 페피를 향해 고갯짓했다. 당장 응접실에서 나가라는, 어찌 보면 절박하기까지 한 신호였다. 그 눈짓에 페피의 어깨가 움찔 떨렸다. 공후럽이라는 성스러운 의무를 수행하고 있는 페피에게는 물러서서는 안 될 순간이었다.

그러나 점점 매서워지는 상사의 시선을 무시하기엔 아직 막내는 너무 어렸다. 그는 결국 에드가의 기백에 백기를 내걸었다. 페피가 응접실 문을 닫고 나간 뒤에야 에드가는 멈췄던 말을 이었다.

"그 얘기는 부디 내가 먼저 하게 해주겠나."

"……그러십시오."

그렇게까지 할 만한 얘기인가. 리아는 그렇게 생각하면서도 기꺼이 양보했다.

"사실."

어렵사리 첫 마디를 떼는 에드가의 얼굴은 이 이상 더 붉어질 수 있나 싶을 정도로 새빨갰다. 어디가 아픈 건가 걱정이 될 정도였다. 리아는 일단 대화를 중지하고 의원이라도 불러와야 하지 않나 심각하게 고민했다. 짙푸른 녹안이 진지하게 가라앉은 채 에드가를 찬찬히 살폈다.

무릎에 괸 팔을 따라 서서히 번져 나가는 붉음은 손등을 타고 올라갔다가 그대로 입술로 번졌다. 거기서 색이 보다 진해져 만면에 퍼져나가는 그 선연함이란.

붉었다.

하나부터 열까지, 그를 이루고 있는 것들이 죄다 붉어서 한번 만져 보고 싶을 정도였다. 자신도 모르게 멍하니 그렇게 생각했던 리아는 화드득 놀라며 시선을 아래로 내렸다.

'세상에. 내가 지금 무슨 생각을 하는 거야.'

무의식중이라고 해도 만져 보고 싶다니. 리아가 고개를 내저을 때, 에드가의 입이 열렸다.

"내가 경을 마음에 둔 게 꽤 오래됐어."

방금 전 했던 생각을 저 멀리 떨쳐 버릴 정도로 충격적인 말이었다.

"……예?"

"그런데 그, 그…… 걸 부하들에게 들켜서."

입 밖으로 내니 이보다 더 한심한 일은 없는 것 같다. 에드가
는 그렇게 생각하며 잠시 숨을 멈췄다. 띄엄띄엄 얘기하니 더 속
이 타는 기분이다. 얼굴을 가린 제 손끝만 응시하던 시선을 들어
올린 에드가는, 어쩐지 굳어 있는 리아를 똑바로 바라보며 말을
이었다.

"철없는 부하들이 멋대로 나를 도와주겠다 나서는 바람에 경
에게 피해를 입힌 점은 정말 미안해. 원한다면 어떤 방식으로든
보상을 해주고 싶……."

"자, 잠시만요. 예? 아니. 그러니까…… 그게 대체 무슨 말입니
까."

"……페피 경을 비롯해 푸른매 기사들이 내가 경에게 고백할
수 있도록 돕겠다 나섰다는 얘기를 하고 있다만. 그 얘기를 하려
던 게 아닌가?"

"아뇨. ……전 태자전하께서 드벨 후작가를 포섭하기 위해 이
모든 일을 벌이셨다 생각했습니다…… 만."

카인을 적극적으로 지지하는 에드가가 자신과 이어진다면 드
벨 후작가의 충성도 받아내기 쉬울 테니 말이다. 둘 사이에 무거
운 침묵이 내려앉았다. 무겁다 못해 그대로 짓눌릴 것 같은 침묵
이었다. 리아의 얼굴이 서서히 붉게 달아올랐다. 너무 놀라서 미
처 깨닫지 못했던 사실을 뒤늦게 자각한 탓이다.

지금 이건 완전히 공개 고백이지 않은가.

리아는 방금 전까지 에드가가 한 것처럼 한 손으로 얼굴을 가

린 채 자리를 박차고 일어났다.

"그. 오늘은 먼저 가보겠습니다."

가겠다 말한 것만으로도 대단했다. 에드가는 그대로 얼어붙은 채 움직이지도 못했으니. 리아는 재빠르게 저택에서 도망쳤다.

그리고 벌컥 열어젖혀진 문 너머로 빼꼼히 고개를 들이민 페피는 동상이 되어버린 것 같은 단장의 모습에 눈물을 삼켜야만 했다.

뭐든 해본 놈이 잘한다던가.

연애도 그런 모양이었다.

쿵.

그대로 곧장 밖으로 나온 리아는 달렸다. 말도, 마차도 사양한 채로 숨이 가빠져 더는 뛰지 못할 때까지 달려서, 마지막에는 심장이 쥐어짜내지는 것 같아 멈출 수밖에 없었다. 저택은 보이지도 않았다. 그사이에 멀리도 왔다. 리아는 가쁜 숨을 뱉어내며 고개를 위로 젖혔다.

하늘에 번지는 노을이 눈 안에 가득 들어찼다. 심장이 쿵쾅거리는 게 달렸기 때문인지, 에드가가 한 말 때문인지 알 수가 없었다.

"하아."

입 밖으로 심장이 튀어나올 것만 같아서, 리아는 자신도 모르게 손으로 심장께를 꾹 눌렀다. 이제야 이해가 가기 시작했다. 하나부터 열까지, 이 모든 이상한 일들엔 이유가 있었던 것이다. 의심했던 대공의 반란이나 포섭을 위한 것이 아니라, 한 남자의 순정이었지만.

자신을 볼 때면 아무런 말도 하지 않고 가만히 응시하던 남색 눈동자가 떠올랐다. 제 욕을 하고 다니는 귀족들을 하나하나 응징했다는 후궁들의 얘기와, 로렐리아가 쉼 없이 늘어놓았던 에드가와의 일화들이 머릿속을 가득 채웠다. 기억 사이사이로 무심히 넘겼던 감정들이, 부메랑이 되어 돌아왔다.

"세상에."

리아는 자신도 모르게 중얼거렸다가, 입을 가렸다. 깨닫지도 못한 사이에 열이 오른 얼굴이 화끈거렸다.

"오, 세상에."

리아는 전보다 조금 더 큰 목소리로 중얼거리곤 화드득 놀라며 주위를 살폈다. 안 그래도 눈에 띄는 삶이다. 그런데 제자리에 서서 얼굴을 붉힌 채 어쩔 줄 몰라 하고 있으니 사람들이 힐끗거리는 건 당연했다.

제게 쏠린 시선들이 처음으로 버거웠다. 주변을 살피는 녹안이 가늘게 떨렸다.

"내가 경을 마음에 둔 게 꽤 오래됐어."

언제고 갑자기 저 인파 사이를 뚫고 에드가가 걸어올 것만 같았다. 리아는 그런 생각을 하며 멍하니 사람들을 응시했다가, 제 행동에 제가 더 놀라 화드득 떨었다.

'대체 무슨 생각을 하는 거야, 로렐리아!'

정신 차려!

리아는 짝 소리가 날 정도로 제 양 볼을 쳤다. 제가 미친 게 분명했다. 그러지 않고서야 멀쩡한 사람들 속에서 에드가를 찾아

헤맬 리가 없지 않은가. 리아는 제멋대로 뛰기 시작한 심장께를 한 손으로 있는 힘껏 눌렀다. 그렇게라도 하지 않으면 이 요란스러운 신장 소리에 그대로 집어삼켜질 것만 같았다.

리아는 재빠르게 인파를 헤쳤다. 저택에 돌아가야 한다. 돌아가서, 네 벽과 지붕이 있는 곳에 홀로 앉아 이 사태를 정리해야만 한다.

"리아."

그렇게 한다면 계속해서 머릿속에 맴도는 에드가의 목소리도 사라지겠지. 리아는 아랫입술을 꾹 물었다. 손끝에만 번져 갔던 간질거림이 온몸으로 퍼진 지는 오래됐다. 무시할 수도, 모른 척할 수도 없다.

에드가의 감정이 너무도 선연해서 그것밖에는 보이지 않으니. 어쩔 줄 몰라 하는 리아의 걸음에 점차 속도가 붙기 시작했다. 점차 빨라져, 종국에는 뛰기 시작하는 그녀에게 수많은 시선들이 따라붙었다.

그중에는, 당연히, 푸른매의 것도 있었다. 페피와의 통신이 끊기자마자 곧장 교체 투입된 캐리엇이다. 어느 정도 거리를 벌린 채 리아와 페피를 같이 찾아 헤매던 캐리엇은 당황하고 있었다.

분명 공작가의 저택으로 향했을 그녀가, 왜 광장에서 미친 듯이 뛰고 있단 말인가. 심지어 페피는 보이지도 않았다. 전후사정을 알지 못하는 캐리엇은, 주홍빛 눈을 끔뻑이며 통신구에 대고 속닥였다.

"저, 전하. 후작께서 갑자기 그 자리에 멈춰 서더니 얼굴이 홍

당무처럼 새빨개져서는 냅다 달려가기 시작했는데 따라갈까요?"

이게 무슨 상황인지 감도 잡히질 않는다. 평소라면 곧장 뒤따라 뛰었을 캐리엇은, 그러나 점이 되어 멀어지는 리아를 멍하니 볼 뿐이었다.

[당연한 걸 뭐 하러…… 아니, 아니지. 일단 페피 경부터 찾게. 대체 뭐가 어떻게 되는 건지 알아야 대처를 할 게 아닌가!]

"예, 알겠습니다."

[무슨 상황인 지 정확히 알아오게. 알겠나? 정확히! 공작이 고백을 했는지, 안 했는지, 했으면 어떻게 했는지 알아오란 말일세! 그래야 식장을 잡든 말든 할 게 아닌가! 지금 잡아도 내년 봄에 식을 올리려면 얼마나 빠듯한지 아나!]

캐리엇은 우렁차게 대답하려다 멈칫했다. 귓가에 들려선 안 될 말이 들린 듯해서. 그는 인파 사이로 슬쩍 몸을 숨기며 속닥였다.

"시, 식장 말입니까? 내년 봄이라니, 전하 그게 무슨……."

[경. 이왕 결혼할 거라면 새 생명이 움트는 봄에 해야지 않겠나. 안 그런가? 날도 따뜻해지고, 꽃도 피고, 새도 지저귀고. 얼마나 좋아?]

캐리엇은 멍하니 카인의 말을 따라 햇살 가득한 봄날의 결혼식을 떠올렸다. 절로 미소가 번지는 장면이 아닐 수 없다. 결혼식에 설 당사자들에게 아무런 얘기도 하지 않았다는 것만 제외하면 말이다.

그는 처음으로 생각했다. 어쩌면 프루트의 말이 맞을지도 모른다고. 그는 영 찜찜하다는 표정으로 대꾸했다.

"저, 전하. 결혼은 두 단장이 정해야 할 일이지 않을까요."

[그 둘에게 맡겨뒀다간 서른이 넘어서도 못할걸세. 둘 다 나이

가 찼으니 서둘러야지. 자고로 훌륭한 주군이란 부하들의 행복을 위해 솔선수범하는 법이네, 경.]

늦었다는 카인의 말은 틀리지 않았다. 늦은 감이 없잖아 있다. 결혼 적령기가 평민들보다 빠른 귀족 사회에서 리아와 에드가는 특이하다 싶을 정도로 늦었다. 그러니 청혼서가 산처럼 쌓이고 있음에도 상대의 나이가 둘보다 어린 이들 뿐이지 않은가.

카인은 혀를 차며 둘에 대한 걱정을 늘어놓았다. 그리고 캐리엇은 마도구 너머로 들려오는 카인의 걱정을 고스란히 들으며 조용히 생각했다.

'늦기는 전하께서 제일 늦으셨습니다.'

차마 입 밖으로는 뱉을 수 없는 말을.

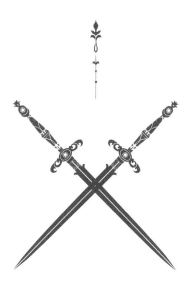

6장.
공후럽, 들키다

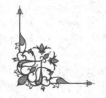

캐리엇은 한창 카인과 대화를 주고받느라 리아가 멀어지고 있다는 것도 눈치채지 못했다. 그렇게 리아를 보호하기도 했던 푸른매의 시야에 빈틈이 생겼을 때다. 리아가 개구지게 웃고 있는 넥스와 조우한 것은.

언제나 사람들이 오고가는 대로를 선호하던 넥스는, 그러나 이번에는 주택가로 이어지는 길목에 들어선 뒤에야 모습을 드러냈다. 정확히는 길목에 쪼그려 앉은 채로 리아를 반겼다.

"오, 드디어 왔네!"

리아는 잠시 제 눈을 의심했다. 그녀는 눈을 깜빡이며 어느 가문의 것일 담벼락에 쪼그려 앉아 있는 넥스를 내려다봤다. 사람이 너무 황당하니까 화도 나지 않는다. 아니, 저기에 왜 저렇게 불쌍한 모습으로 쪼그리고 있단 말인가.

리아는 그를 향해 무어라 말하려다가 그만두었다. 차라리 적이

냉혹한 성정이었다면 더 좋았을 뻔했다. 그랬다면 검을 뽑는 것이 더 수월했을 테니.

리아는 이마를 짚은 채 옅은 한숨을 흘리고는 말했다.

"이번에는 또 무슨 용건이지?"

"너무 냉정한 거 아냐, 후작님? 우리가 꼭 용건이 있어야만 만날 수 있는 사이는 아니잖아?"

"그런 사이이니 용건."

"냉정하네. 뭐……."

넥스는 자리에서 일어나며 바지를 탈탈 털었다. 그 사이에 리아의 허리춤을 살피는 것도 잊지 않은 채다. 리아는 제 검을 확인하는 넥스의 시선에 헛웃음을 삼켰다. 이러면서 무슨 사이? 리아는 우습지도 않다 생각하며 넥스를 향해 턱짓했다.

당장 저자의 목을 벨 수는 없었다. 카인의 명령이 내려온 이상, 그것을 어기는 건 있을 수 없는 일이었다. 그러니 어쩌겠는가. 일단 캐낼 수 있는 것들을 전부 캐내야지. 어서 얘기해 보라는 턱짓에, 넥스는 팔짱을 낀 채 벽에 몸을 기대며 입을 열었다.

"음. 사실 오늘은 얘기 상대가 필요해서 온 거야. 정확히 말하자면 고민 상대가 필요하거든. 좀 더 자세히 얘기하자면…… 연애 상담?"

"……뭐?"

황당한 것도 정도가 있는 법이다. 이제 리아는 뒷골이 당기는 기분을 느꼈다. 그녀는 뻔뻔한 표정으로 웃는 넥스를 똑바로 응시했다. 정말, 연애 상담을 하러 왔다고? 자신에게?

리아는 자신도 모르게 이마를 짚었다. 이쯤 되면 진지하게 고민할 수밖에 없다. 넥스가 흑마를 만든 게 맞는지, 만들었다면 그 흑마를 어떤 식으로 쓸지 알고 있었는지에 대해서. 모든 것을 알고 이러고 있다는 건 정말 믿기 어려운 얘기였다. 그런 리아의 표정을 엉뚱하게 해석한 넥스는 슬쩍 그녀의 눈치를 보며 말을 이었다.

"너무 그렇게 부담 갖지 마, 후작님. 사실 후작님이 그런 쪽으로는 영 숙맥이라는 것쯤은 보기만 해도 알 수 있으니까. 뭐 대단한 걸 기대하는 게 아니라 그냥 혼잣말하는 게 지쳐서 그래."

"너……"

리아의 고개가 들렸다. 그녀는 금방이라도 고함을 칠 것처럼 입을 벌렸다가, 생각을 바꿨다. 그렇게 쉬운 일은 아니었다. 리아는 무지도 죄가 될 수 있다는 말을 체감하며 한숨을 삼켰다. 그러나 어쩌겠는가. 죽일 수도, 대놓고 물을 수도 없으니 남은 방법이라고는 하나뿐인 것을.

"응?"

넥스가 고개를 옆으로 기울이며 묻자 리아는 손을 내저었다.

"아니. 됐다."

목 끝까지 차오른 말들을 삼키는 이의 표정은 그리 좋지 못했다. 넥스는 그런 그녀의 낯빛에, 눈을 가늘게 뜨며 말했다.

"아니면 됐고. 그럼 후작님, 얘기 시작해도 괜찮겠어?"

"싫다 해도 할 거잖나."

"잘 아네."

이 정도면 뻔뻔한 것도 능력이다. 리아는 한숨을 삼켰다. 그래. 좋게 생각하자. 끌어모은 정보가 전부 사실이라면, 넥스가 사랑을 울부짖는 여자는 이그니스일 것이다. 그녀에 대해 알고 있어서 나쁠 건 없었다. 리아는 저택이 죽 늘어져 있는 길 쪽을 가리키며 말했다.

"후작저에 도착할 때까지 만이다."

얼핏 들으면 딱딱하다 싶을 말에도 넥스는 해맑게 웃었다.

"그 정도면 충분해."

그는 시간을 낭비하지 않겠다는 듯 앞서 걷기 시작했다. 리아는 그런 그의 옆으로 바짝 붙어서며 손은 검집으로 내렸다. 언제든 제 옆에서 걷고 있는 마법사를 제압할 수 있도록. 넥스는 그런 것에는 조금의 신경도 쓰고 있지 않은 게 분명했다. 그는 리아보다 조금 앞서 걸으면서, 여전히 시선은 주지 않은 채로 곧 자신의 얘기에 푹 빠져들었다.

"첫 만남은 번개 같았어."

첫 마디부터 썩 소통이 수월하진 않았지만. 리아의 미간이 찌푸려졌다. 이해 못할 표현이다. 음유시인도 아니고, 갑자기 번개가 왜 나온단 말인가.

"와, 진짜 강렬했지. 후작님, 그거 알아? 그 전까지만 해도 비웃던 감정이 일순간 날 지배하는 기분?"

"글쎄."

냉담하다 못해 무심한 대답에 처음으로 넥스의 고개가 돌아갔다. 그는 냉혈한을 보는 듯한 표정으로 리아를 바라보며 폭 한숨을 쉬었다.

"후작님은 사랑을 몰라."

그리고 가볍게 젓는 고개까지.

이 새끼를 정말 살려야 하는 걸까. 리아는 갑자기 치솟는 살심에 검집 위에 얹은 손에 바짝 힘을 주며 턱짓했다.

"쓸데없는 소리는 하지 마 ."

"네, 네. 아. 어쨌든. 그렇게 우린 완벽했단 말이야. 운명, 반쪽, 영원한 사랑. 뭔지 알겠어?"

그런 절대적인 감정은 알지 못한다. 리아는 모른다 답하려 입술을 달싹였다가 그만두었다. 또다시 사랑을 모르느니 그래서 불쌍하다느니 하는 소리를 들으면 이번에야말로 검을 뽑을 것 같아서. 대신 리아는 침묵을 택했다.

"그래서 우리는 마탑에서 도망쳤어. 완벽한 자유를 손에 넣기 위해서. 사실 마탑은 겉만 번지르르하지 실상은 썩은 기둥이나 다름없어서 그렇게 아쉽진 않았어. 그랬는데…… 이런 걸 권태기라고 하는 걸까, 후작님?"

"권…… 뭐?"

"권태기."

하아. 넥스는 다시 고개를 저으며 한숨을 뱉어냈다. 사랑 때문에 아파 죽겠다는 표정을 지은 채. 요새 대화하기가 영 힘들다고 투덜거리는 목소리에 힘이 없었다.

리아는 그를 가만히 응시했다. 장난스러운 순간은 지나간 지 오래다. 웃음으로 때우거나 아무것도 몰랐다며 화들짝 놀랄 수 있는 시간 역시 끝나 버렸다.

이미 저자는 너무 멀리 왔다. 리아는 자신도 모르게 미약한 안타까움을 느꼈다가 미간을 찌푸렸다. 안타까움이라니. 반역죄인에게? 있어서는 안 될 일이다. 그녀는 스스로를 다잡듯 턱에 바짝 힘을 주며 대답했다.

"그래. 안타깝군."

"응. 맞아. 안타…… 안타깝다고 한 거야 지금? 어째서?"

넥스의 고개가 옆으로 기울었다. 그는 정말 모르겠다는 표정으로 순한 눈을 끔뻑이고 있을 따름이었다.

"무지가 죄라."

여전히 넥스가 이해하지 못할 말만 뱉어낸 리아는 고개를 젖혔다. 후작가의 저택이 보였다. 짧은 시간이 끝나 버린 것이다. 검날이 일순 넥스의 목 근처를 베어냈다. 코앞에서 서늘함이 스쳐 가는 감각은 선연하다 못해 섬뜩해서, 넥스는 그 자리에 그대로 굳은 채 눈만 크게 떴다. 갑자기 왜 이렇게 분위기가 반전됐는지 짐작조차 못 하겠다는 표정으로.

리아의 녹안이 낮게 가라앉았다. 그녀는 손속에 사정을 둔 검을 갈무리하며 대화의 끝을 알렸다.

"다음은 없다, 넥스. 또다시 대화를 하고 싶다면……."

천천히 넥스를 스쳐 가는 걸음에 리아의 목소리가 서늘하게 울렸다.

"좀 더 쓸모 있는 정보를 가져와야 할 거다."

†††

〈음, 리아, 네가 무슨 얘기를 하는지 잘 모르겠어. 전하께서 나와 에디를 이어주기 위해 뭘 하셨다고? 전혀 그런 낌새는 없었는데. 우리 결혼식 때 부케를 받겠다며 뛰어오시긴 했지만.〉

부케라니. 너무 카인다워서 놀랍지도 않다. 해가 뜨기 무섭게 출근한 뒤로 쭉 편지만 보고 있던 리아는 노크 소리가 들리자 고개를 들었다. 안 그래도 기다리고 있었다. 그녀는 서두르지 않았다. 천천히 편지를 두어 번 접어 서랍에 넣고 주변을 정돈하는 손길은 느긋했다. 그렇게 적당히 시간을 끈 뒤에야, 그녀는 들어오라는 말을 뱉었다.

이쪽은 급한 게 하나도 없건만, 문 너머에 서 있던 이는 아닌 모양이다. 리아는 턱을 괸 채 다급히 열리는 문을 바라봤다.

"어, 저, 단장?"

역시나. 리아는 제 예상을 전혀 벗어나지 않는 인물들을 웃음으로 반겨주었다. 예상대로다. 페피는 제1기사단에 소속되어 있을지언정 아직 햇병아리에 가까운 막내였다. 자신의 실수로 일이 틀어졌으니 곧장 보고를 했을 터. 그렇다면 역시 얘기를 전해 들었을 것이라 생각했다. 제 부하들 중에서 이번 일에 관여하고 있는 이들에게도. 그러니 그녀는 조용히 기다리기만 하면 될 일이었다.

'둘뿐인 건가.'

그런 리아의 생각을 꿈에서도 알 리 없는 에이플과 프루트는 슬금슬금 눈치를 보며 집무실 안으로 들어왔다.

"단장?"

에이플은 비뚜름히 앉아 턱을 괴고 있는 리아를 무척이나 조심스럽게 살폈다. 뭔가 좀 이상했다. 그가 예상한 대로라면 지금 리아는 저기에 앉아 있는 게 아니라 자리를 박차고 일어나거나 제 멱살이라도 붙잡아야 했다. 이왕 잡힐 멱살, 편안히 잡으시라고 셔츠를 좀 빼두기까지 했던 에이플은 프루트의 눈짓에 리아의 눈치를 보며 슬쩍 다가섰다.

"어…… 단장?"

"이상하다 싶었지."

웃고만 있던 리아의 입이 열린 것은 그때였다.

"에이플."

리아는 이런 일에 능숙할 프루트 대신 에이플을 노려봤다. 서늘하게 가라앉은 녹안에 에이플은 재빨리 외쳤다.

"억울합니다! 저는 그저 전하의 명령에 따랐을 뿐입니다!"

카인을 냅다 집어던져 버리는 속도가 어찌나 빠른지 프루트가 막을 틈도 없었다. 프루트는 상명하복이라는 말을 개한테나 줘버리는 에이플의 행태에 기가 막힌 표정을 지었다.

"에이플 말이 맞습니다. 단장. 어쩌겠습니까. 저희는 황가에 검을 맡긴 기사인 것을요."

물론 말과 생각이 따로 놀았지만 말이다. 카인은 좀 멀었고 리아는 코앞에 있었다. 어쩌겠는가. 일단 살고 봐야지. 두 기사는 무척이나 당당하게 이 일이 억압과 강압으로 이뤄진 것이라 고했다. 사실 그렇게 틀린 얘기도 아니었다.

"저희라고 마음이 편했겠습니까. 얼마나 고민했는지 단장은 모를 겁니다. 안 그러냐, 에이플?"

"아, 당연하죠! 반−공후럽을 창단하려고 했다니까요! 이렇게라도 들켜서 다행이지 뭡니까. 푸른매 녀석들이야 어쩔지 몰라도, 저희는 반대합니다. 결사반대죠. 결혼이 사랑만으로 되는 일이랍니까! 안 그렇습니까, 단장!"

따질 게 얼마나 많느냐는 에이플의 말은 현실적이었다. 가문부터 시작해서 후계 문제, 재산으로도 모자라 상대방의 가족 관계도 따지는 게 귀족의 혼사다. 틀린 말은 아닌데 그런 점에 있어서 에드가는 처음부터 탈락이라 말하는 에이플의 말을 듣고 있자니 기분이 좀 묘했다. 리아는 기묘한 기분을 뒤로한 채 가장 이해할 수 없는 것부터 물었다.

"반−공후럽?"

"아. 그게 뭐냐면요. 처음에는 푸른매 녀석들이 공후럽이라는 걸 창단했는데 말입니다, 어…… 공후럽이 뭔지부터 설명해야겠네요. 그게 뭐냐면……."

가볍게 시작한 설명은 점점 길어졌다. 공후럽의 시초와, 카인이 개입하게 된 경위, 그리고 자신이 이 모든 걸 알게 된 이유까지. 에이플의 변명을 듣는 리아의 눈이 천천히 가늘어졌다. 분명 틀린 말은 아니다. 에드가는 너무 많이 갖고 있다. 그와 결혼하게 된다면 수많은 문제에 봉착하게 될 것이 분명했다. 그런데 남에게 에드가여서는 안 되는 이유를 듣고 있자니…….

'왜 이렇게 기분이 더럽지.'

리아는 손을 들어 에이플의 말을 막았다. 더 듣고 있다간 공작이 얼마나 좋은 사람인지 아느냐며 한 대 후려칠 것만 같아서.

본래 계획대로라면 이대로 둘을 앞세워 카인에게 갈 생각이었다. 미래의 주군이 될 이와 싸우는 건 분명 현명한 생각은 아니다. 그러나 적당한 거래 정도라면, 시도해 볼 만했다. 그렇게 생각하고 있던 리아는 자리에서 일어났다.

"됐으니 임무로 복귀해라."

"차라리 제가…… 예?"

차라리 자신과 결혼하자는, 책임지지도 못할 말을 뱉으려던 에이플은 적당한 때에 입을 닫았다. 상황을 이해하지 못해 동그랗게 뜨인 눈이 슬금슬금 프루트 쪽으로 이동했다. 프루트는 도움을 요청하는 제 부하의 애탄 시선을 외면하지 않았다. 외면하기엔 자신도 이게 어떻게 돌아가는 상황인지 이해하지 못했으니 말이다.

"어, 음…… 이게 끝입니까, 단장?"

"왜. 뭔가 부족한가 보지?"

"으하하하! 그럴 리가요. 기뻐서 그럽니다, 기뻐서. 어이, 에이플. 어서 가자고. 오전 근무를 하러 가야지."

사회생활은 눈치가 전부라던가. 프루트는 재빠르게 에이플을 챙겨 집무실에서 도망쳤다. 혹여나 리아가 부를까 반쯤은 달리는 걸음으로. 그리고 리아는 열어젖혀진 문을 가만히 바라보다 무언가 결심한 표정으로 집무실을 나섰다.

등 뒤에 남겨진 보석함마저 잊은 채였다. 후궁들을 찾아가지도 않았다. 지금껏 그녀가 애타게 찾았던 조언자들은, 이를 테면 일종의 도피처였다. 갑자기 변한 에드가의 태도와 그에 맞추기라도 하듯 바뀌는 감정에 어떻게든 타당한 이유를 부여하기 위한 노력이기도 했다.

그러나 이쯤 되면 모를 수가 없다. 황궁의 긴 복도를 가로지르는 리아의 걸음에 점차 속도가 붙기 시작했다. 심장이 엇박으로 뛰기 시작했다. 제멋대로 널뛰듯 박동하는 그 선연한 감각에 바닥을 향했던 시선이 점차 위로, 위로 향했다.

에드가.

그를 봐야 했다. 지금 당장.

그렇게 리아가 에드가를 찾아 뛰고 있을 때, 당사자는 제1기사단 전용 연무장에 있었다. 제2기사단과는 달리 푸른매는 한 마음 한뜻으로 이번 일에 참여했기에 생긴 참사였다. 집무실에서 보고 싶어도 이 많은 녀석들을 전부 밀어 넣을 수는 없으니 어쩌겠는가. 너른 연무장에서 봐야지.

그리하여 에드가는 계단 형식으로 된 작은 단상에 걸터앉은 채 깍지 낀 손으로 턱을 괴고 있었고, 푸른매들은 흙바닥인 연무장에 얼차려를 한 채 두 줄로 서 있었다. 힐끔. 누구 하나 나서지 못한 채 서로 눈치만 보는 시간이 흘렀다. 다들 지은 죄가 있는지라 섣불리 앞으로 나서서 얘기는 못하고 에드가의 표정을 살피느라 여념이 없었다. 그러나 그것도 한 시간쯤 지나면 지치는 법이다.

가장 먼저 백기를 치켜든 것은 캐리엇이었다.

"저, 단장."

조심스러운 부름에 에드가의 시선이 들렸다. 그러자 기다렸다는 듯 와르르 쏟아지는 말들이 허공에서 한데 뒤엉켰다.

"진짜 잘못했습니다. 화 좀 푸십시오."

"다들 잠시 정신이 나간 모양입니다. 미친 거죠."

"다시는 안 그러겠⋯⋯."

섣불리 외치는 푸른매의 옆구리를 다이컨이 있는 힘껏 찔렀다. 자고로 책임지지 못할 말은 하지도 말랬다. 에드가는 쉬려던 한숨조차 집어삼켰다. 제 눈앞에서조차 다신 안 하겠다는 말은 입 밖으로도 꺼내지 않는 부하들의 행태에 화가 난다기보단 기가 막혀서. 에드가는 참았던 숨을 길게 뱉어내며 물었다.

"그래서. 정확히 어떤 일을 어디까지 하고 있는 거냐."

그로서도 대략적인 정황밖에는 알지 못했다. 카인이 이번 일에 개입하고부터는 정보가 차단된 상태였으니 말이다. 에드가의 물음에 다이컨이 자랑스럽게 어깨를 쭉 펴며 대답했다.

"단장의 짝사랑을 후작님께 알리기 위해 이 한 몸 불사르고 있습니다!"

그러니까, 불사르지 말라고. 에드가는 대체 어떻게 해야 이 엉

뚱한 방향으로 충심을 발휘하는 부하들을 그만두게 할 수 있을
지 고심했다. 말로 해서 안 들으니 어쩌겠는가. 두드려 패야지. 그
렇게 위험한 방향으로 흐르던 생각을 끊어준 것은 리아였다.

리아는 에드가를 찾아 집무실부터 시작해서 공용 연무장까지
전부 돌았다. 평소에는 주변에서 알짱거리던 푸른매 기사들이 오
늘따라 한 명도 보이지 않아 직접 발로 뛰어야만 했다. 그랬는데
전부 여기에 모여 있을 줄이야.

이러니 찾을 수가 없지. 리아는 자신을 등지고 있는 에드가를
바라보며 천천히 다가갔다. 그 사이에 저를 알아 본 푸른매의 눈
이 커졌으나 조용히 하라는 손짓을 한 채다. 한 걸음, 두 걸음.

앞으로 뻗어가는 걸음이 늘어날수록 그가 가까워진다는 사실
이 이토록 기껍게 느껴질 줄은 미처 몰랐다. 생각지도 못한 기분
이라, 리아는 고작 몇 걸음을 남겨놓고 불에 데인 것처럼 그 자리
에 멈춰 섰다.

시선은 에드가에게 둔 채 뒷걸음질 치는 발이 무거웠다. 다시
앞으로 뻗는 발은, 한없이 즐거웠다. 아무리 둔해도 이쯤 되면 알
아차릴 수밖에 없다. 서서히 쌓인 마음이 벼락 같은 깨달음에 그
대로 불붙었다.

그것이 너무 뜨거워 리아는 전진도 후퇴도 못한 채 그 자리에
서버렸다. 어떡해야 하지? 지금껏 그를 찾으며 했던 생각들이 먼
지가 되어 흩어졌다. 남은 것은 오직 의문뿐이다. 어떻게 해야 하
나. 자신도 모르는 사이에 싹터 버린 이 마음을, 어떻게 해야 하
나. 안 될 일이라며 짓밟아야 하나. 그게 아니라면 고이 품어 열
매를 맺게 해야 하나.

평생을 귀족으로 산 탓에 안 되는 이유가 먼저 머릿속을 장악했다. 에드가와 맺어져선 안 되는 이유는 수십 가지도 더 넘었다. 그러나 리아는, 에드가와 눈이 마주치자 다시 한 번 깨달았다.

"경?"

이런 건 마음먹은 대로 흘러가지 않는다는 것을. 그와 시선이 마주치자 널뛰는 심장이 외치고 있지 않나. 이미 답은 나왔노라고.

"무슨 일이라도 생겼나?"

자리를 털고 일어나는 에드가의 표정은 한없이 심각해 보였다. 그제야 리아는 제가 인상을 쓰고 있었다는 걸 깨달았다. 세상에. 리아는 스스로를 탓하며 재빨리 표정을 갈무리했다. 이미 에드가가 다 본 뒤였지만 말이다.

그는 무척이나 걱정스러운 낯으로 리아에게 다가와 다시 물었다.

"경?"

"그, 아니…… 큼! 혹시 바쁘시면 나중에 얘기해도 괜찮습니다."

"바쁘지 않아. 그러니 무슨 일이 있다면 지금 얘기하지."

그렇게 말한 에드가는 어깨 너머로 고개를 돌려 다이컨에게 눈짓했다. 적당히 눈치껏 사라지라는 의미였다. 다이컨은 세상 아쉽다 생각하면서도 착실히 기사들을 끌고 사라졌다. 여기서 버텼다가는 검으로 두들겨 맞을 게 뻔했으니 말이다.

제1기사단만을 위한 연무장에 기사들이 없으니 사방이 텅 비는 건 당연지사다. 에드가는 주변에 아무도 없다는 것을 재차 확인한 뒤에야 입을 열었다.

"그게 아니라면, 마차 사고에 대한 건가?"

"그…… 아닙니다. 그게 아니라……."

리아는 잠시 말을 멈췄다. 이걸 어떻게 표현해야 하지? 알고 봤더니 그쪽 짝사랑을 응원하기 위한 거대한 작전이 진행 중인데, 그 총책임자가 카인이라 가서 따질 생각이라고? 아니면 이걸 좀 써먹어도 되겠냐고? 리아의 표정이 점점 심각해지자 에드가도 덩달아 심각해졌다. 그는 미간을 좁힌 채로 다시 물었다.

"그렇다면, 넥스에 관한 얘기인가?"

"어느 정도 맞긴 합니다. 하지만 지금 하려는 얘기는 전혀 다른 겁니다."

아. 그건가. 에드가는 리아의 물음에 바짝 긴장하고 있던 것이 탁 풀리는 기분을 느끼며 고개를 끄덕였다. 알다마다. 방금 전까지 부하들을 모아놓고 하던 얘기가 바로 그거였다.

"무어라 사과해야 할지……."

"아. 괜찮습니다. 음. 그러니까, 기사들이 한 짓이 괜찮다는 게 아니라…… 아니, 물론 문제 삼을 생각은 없습니다. 그러니까, 그게……."

에드가는 횡설수설하는 리아의 모습에 입술을 휘었다. 자신만 당황한 게 아니었다. 그는 그 사실에 기쁜 마음을 감추지 못했다. 동요도 마음이 있어야 하는 것 아닌가. 그는 보다 짙게 웃으며 리아를 안심 시켰다.

"괜찮으니 천천히 얘기해. 부하들에겐 적절한 문책이 있을 거다. 전하께도 내가 말씀드리지."

"아. 그, 것 말입니다만."

에드가는 슬쩍 제 눈치를 보는 리아의 모습에, 눈썹을 밀어올렸다. 왜 그러지? 그러나 그는 재촉하는 대신 얌전히 입을 닫고 그녀의 말을 기다렸다. 리아는 한참을 머뭇거린 뒤에야, 얼굴은 물론이거니와 귀까지 붉어진 채로 말을 끝맺었다.

"……이번 일을 협상패로 써도 괜찮겠습니까?"

"협상?"

"예. 물론, 경께서 원하지 않는다면 하지 않겠습니다."

말을 끝낸 뒤에도, 그녀는 다급히 몇 마디를 더 덧붙였다. 제 부탁이 불쾌할 것이라는 걸 알고 있다던지, 정말 거절해도 괜찮 다는 말들이 귓가에서 웅웅 울리는 것 같았다. 에드가는 그러나, 전혀 다른 이유로 놀라고 있었다. 고작 그것으로 용서해 주겠다 고? 에드가는 미처 말로 표현하지 못할 만큼 놀랐다. 사실 그는 이번 일로 리아와의 관계가 회복하지 못할 만큼 틀어져도 감내해 야 한다는 생각하고 있었다. 그녀의 의견은 묻지도 않고 이 모든 일들을 방관한 셈이니 말이다. 그런데. 에드가는 세상 심각한 표 정으로 고개를 끄덕였다. 그러고는 작게 덧붙였다.

"그대는 너무 관대해."

"그렇진 않습니다. 전하께 이번 일에 대한 대가는 톡톡히 받아 낼 생각이라서요. 그래서 말인데, 하나만 더 부탁드려도 괜찮겠습 니까?"

"얼마든지."

"전하와 약속을 잡아주십시오. 빠르면 빠를수록 좋습니다."

리아는 그렇게 말하며 웃었다. 가장 재밌는 건 남 연애 구경이 라며 호탕하게 웃던 카인을 향한 반격의 서막이 오르는 순간이었 다.

라흘란 제국의 황태자, 카인은 남들이 모르는 황실 비밀통로를 꿰고 있었다. 어린 시절엔 비밀통로의 중요성에 대해 줄줄이 늘어 놓을 정도로 심취했던 적도 있었다. 그랬던 아이가 자라 시시때 때로 궁 밖을 돌아다니는 황태자가 되었다는 것은 그리 놀라운 얘기는 아닐 것이다.

몇 사람을 거쳐 말을 전해 들은 그는, 수도에 몇 채인가 비밀리 에 마련해 둔 저택들 중 한곳에서 에드가와 리아를 맞이했다. 황 실에서 입던 화려한 옷과는 달리 지금 그의 옷은 꽤나 수수했다. 평민들이나 입을 법한 평범한 셔츠와 바지를 아무렇지도 않게 걸 치고 있는 게 카인의 성격을 보여주는 듯했다.

"……에디, 너무 당당한 것 아닌가."

말을 하면서 그는 제 귓가를 톡톡 두드렸다. 이럴 때 쓰라고 준 통신구가 아닐 텐데, 라고 눈으로 말하면서. 사실 예상한 일이긴 했다. 에드가와 리아에게 모든 걸 들켜 버리고 말았다는 페피의 눈물 어린 보고를 전해 듣자마자 이런 일이 생길 것이라 생각했으 니 말이다.

당연한 말이겠지만 카인의 귀에도, 에드가의 귀에도 통신구가 달려 있었다. 에드가의 귀에 꽂혀 있는 건 부하의 것을 강탈한 거 긴 하지만 말이다. 카인의 불만스러운 시선에 에드가가 어깨를 으 쓱였다. 그는 당당했다.

"긴급한 일입니다, 전하."

"나도 알아. 후작에 대한 일이라 하지 않았나."

연애 쪽이건, 정치 쪽이건 리아의 이름값은 현재 그 정도였다.

그렇지 않았다면 안 나왔을 거라 투덜거린 카인은 에드가의 어깨 너머를 넘겨봤다. 눈이 마주치자, 에드가의 뒤에 서 있던 리아가 예를 갖췄다. 그런 그녀를 보며 카인이 다시 투덜거렸다. 거 참 고지식한 인사라니까. 그런 그를 보며 다른 이들이 우리 태자전하께서 조금만 고지식해졌으면 좋겠다는 생각을 하고 있음을 알 리 없는 그였다.

제복이 아닌 사복을 입고 있는 둘을 번갈아 바라보던 카인의 눈이 가늘어졌다.

"어쨌든 일단 들어오게. 여기까지 왔으니 얘기는 들어봐야지."

둘은 그렇게 카인의 떨떠름한 환영을 받으며 저택 안으로 들어섰다. 바닥을 밟자 추위와 더위를 번갈아 겪으며 벌어진 나무 바닥이 삐그덕 소리를 냈다. 항시 관리되는 저택에서는 들을 수 없는 소리였다. 평소에는 그저 비워두는 곳이라는 티가 거기에서부터 났다. 거미줄이 쳐진 등과 먼지가 쌓인 테이블, 그리고 한때는 아름다웠을 그림들이 세월에 번지며 스산한 분위기를 내는 복도를 지나며 리아는 생각했다.

이곳도 옛날에는 꽤나 명망 깊은 귀족저였을 것이라고. 세월에 녹이 슬고 먼지가 앉아도 지워낼 수 없는 고풍스러움이 있는 법이다. 주변을 살피는 리아의 시선을 읽었는지, 카인은 2층으로 이어진 계단을 앞서 오르며 말했다.

"자네들도 알걸. 두 세대 전인가, 반역죄로 멸문한 디페어 후작가."

"알고 있습니다."

"드벨 후작은? 알고 있지?"

"예. 들은 적이 있습니다. 전하, 설마 이곳이……."

"맞아. 바로 그 디페어 저택이네. 이제 와서는 다들 이름만 기억하지 저택이 어떻게 되었는지 아는 사람은 없을걸. 어쨌든 멸족당한 가문이 살던 저택이 팔릴 리가 없거든. 내가 여길 얼마나 싸게 샀는지 들으면 둘 다 놀랄걸."

거의 절반 가격에 구매했다며 카인은 웃었다. 멸족된 가문의 저택을, 심지어 남들은 저주받았다며 극도로 꺼리는 곳을 싸게 샀다 좋아하는 주군을 보며 웃어야 할지 울어야 할지 알 수가 없어, 그녀는 침묵을 택했다. 어차피 카인도 대답을 바라고 한 말은 아니었다.

리아는 층계참에 커다랗게 새겨져 있는 가문의 인장을 확인했다. 새하얀 까마귀를 디디는 걸음이 조심스러웠다.

그들을 중앙에 위치한 방으로 안내한 카인은 눈을 빛내며 한 발을 축 삼아 빙글 몸을 돌렸다.

"나름의 신념을 가졌던 디페어 가문을 존중하는 의미에서 다른 곳은 하나도 손대지 않았지. 이 방 하나만 제외하고 말이야. 어차피 손님방으로 사용되던 곳이니 이 정도는 상관없지 싶었달까."

그리고 열리는 문. 리아는 그가 어째서 저택의 다른 부분을 건들지 않았다 말했는지 이해했다. 고작 문지방 하나를 사이에 두고 있었지만 그 안과 밖은 전혀 다른 세상이었다. 디페어 가문의 장식이 전체적으로 채도가 낮은 편이었다면, 방 안쪽은 눈이 부실 정도로 화려했다. 벽에 붙어 있는 카펫에는 황실의 인장이 거대하게 수놓여 있었고 창가에는 각종 향초가 길게 늘어져 있었다. 일렁이는 촛불들을 보고 있자니 눈앞이 어지러울 정도였다.

"자자, 앉게나."

리아와 에드가를 재촉해 자리에 앉힌 카인은 경중 뛰어 건너편에 앉았다.

"그래. 일전에 한 제안에 대한 답을 냈다고? 내가 원하는 답을 가져왔으리라 믿네, 후작."

"예. 단, 조건이 하나 있습니다, 전하."

조건이라. 흔들림 없이 곧은 시선으로 자신을 응시하는 여인을 덧그리던 벽안이 그 옆에서, 역시 곧게 앉아 있는 사내 쪽으로 휙 건너뛰었다가 사륵 접혔다. 만에 하나라는 가능성을 항상 상정해 두고 있었지만, 그는 리아가 결국 제 편에 설 것임을 확신하고 있었다. 이번에 손을 쓴 것은 단지 그 기간을 조금이라도 앞당기고 싶었기 때문이었다. 그러나 그것을 대가로 무언가를 요구하는 것은 그의 예상 밖이었다.

로렐리아 폰 드벨의 요구라. 굳게 닫힌 저 입에서 무엇이 터져 나올지 짐작하기 어려웠다. 그녀에게 부족한 것이 있던가? 카인은 제 생각이 우스워 잠시 속으로 웃었다. 부족할 것이 무에 있단 말인가. 리아는 권력을 탐하지 않는 성정이었고 화려한 드레스나 보석들을 사들이느라 가산을 탕진하는 이도 아니었다. 권력도 부도 아니라면 또 무엇이 있을까. 카인은 그것이 궁금해 물었다.

"일단 들어보도록 하지."

"일전에 말씀드렸던 얘기입니다만, 오늘은 전하께 답을 듣고 싶습니다."

"이런. 무섭군, 그래. 그래서, 무슨 얘기인가?"

"공식적으로 벨포스 폰 드벨의 자유를 청하는 바입니다."

벨포스에 대한 얘기라면 전에 한 번 하긴 했다. 탈주를 했다고. 그때 리아는 카인에게 자비를 바란다 했고, 그는 생각해 보겠다

답했다. 하지만 그때 했던 얘기와 그 궤를 달리하는 말에, 카인의 얼굴에 의아함이 스쳐갔다.

"……응?"

벨포스가 어디 억압되어 있나? 아닌데. 탈주했다고 했는데. 카인이 슬쩍 눈을 옆으로 굴렸다. 그러나 에드가 역시 모른다는 표정이었다. 심지어 공작마저 모르는 억압이라. 그의 눈가가 살풋 찡그려졌다.

"설마하니 우리의 뛰어난 마법사께서 마탑에 억류된 건 아니겠지?"

맞아도 아니라고 말해. 손가락 마디로 책상을 두드리며, 카인은 그렇게 덧붙였다. 억류가 공식적으로 확인된다면 제국은 체면 때문에라도 마탑에 검을 겨눠야 하니 말이다. 마탑과의 전면전이라니. 가장 피하고 싶은 일이다. 냉혹하게 들릴 법한 말에도 리아는 그다지 동요하지 않았다.

"아닙니다. 제가 말하는 자유는 신체가 아니라 마음입니다, 전하."

점점 더 이해하기가 어려워 카인은 재는 것을 포기했다. 그는 꼬았던 다리를 풀고는 대놓고 물었다.

"후작, 무슨 말을 하는 건지 저어어언혀 이해가 안 되네."

"훗날 제 동생에게 사랑하는 이가 생기게 된다면 마력과 사랑, 둘 중에서 선택해야 할 때가 올 것입니다. 그때, 그의 선택을 존중해 주십시오. 제가 바라는 것은 오직 이것 하나입니다."

어려운 얘기였다. 벨포스, 그가 누구던가. 골치가 아픈 얘기라, 그는 끙 소리를 냈다.

"그 마력을 위해 경에게 후작위가 돌아갔다는 걸 모르지는 않을 테고."

오로지 사내에게만 인정되었던 작위 세습을 여인에게까지 개방한 유일한 이유였다. 뛰어난 마법사의 존속을 위하여. 벨포스가 어중간한 마력을 가졌다면 흔쾌히 고개를 끄덕였을 것이다. 마법사가 흔치 않다고는 하나 제국의 황태자로서 거느릴 수 있는 인재의 수를 생각해 보면 그리 어려운 일도 아니었다.

그러나 벨포스는 달랐다. 그는 천재였다. 특화된 마법의 종류도 활용할 수 있는 범주가 무한에 가깝다는 마도구였다. 카인은 무의식적으로 제 손목 부근을 매만졌다. 손목을 짧게 쓸어내린 손은 그대로 검지에 걸린 반지를 만지고 오른쪽 귓불에 박혀 있는 둥근 귀걸이 위를 덧그렸다. 이것들 역시 모두 벨포스의 작품이었다. 그리고 카인이 호위도 없이 여기저기 휘저으며 다닐 수 있는 이유이기도 했다.

"그럼에도 이런 말을 꺼내는 걸 보면……."

뒷말이 한숨과도 같이 스러졌다. 말과는 달리 드벨 후작가를 지탱하고 있는 여인을 보는 시선에는 딱히 노기가 있진 않았다.

"뭔가 있는 게로군. 그렇지?"

"……예."

"흐흠. 뭐, 그래. 나쁘진 않지. 좋아. 약조하마."

참으로 깔끔한 긍정이다. 카인이 너무 기껍게 고개를 끄덕여서, 오히려 리아가 놀랐다. 그녀는 그가 당연히 거절할 것이라 생각했다. 당황한 기색이 역력한 그녀의 얼굴에 카인은 킬킬 웃었다.

"뭐, 폐하께서 어찌 하실지 확언할 수는 없지만, 적어도 나는 벨포스 폰 드벨의 행보에 제재를 가하지 않겠다 약조할 수 있네. 어차피 하지 말라 한들 사랑하는 여자와 몰래 손만 잡으면 끝날 일이 아닌가. 제국에는 벨포스만큼은 아니더라도 뛰어난 마법사는 많으니 그럴 바에는 오러 사용자인 경을 잡는 게 이득이지. 부탁은 그게 다인가? 필요하면 공증이라도 남길까?"

그 말에 에드가가 기다렸다는 듯이 앞으로 나섰다.

"제가 증인이 되겠습니다."

"아아, 공작이 있었지 참. 그럼 공작이 증인이 되게. 저치는 내가 명령해도 그런 증인 선 적 없다며 뒤통수 때릴 인사는 아니니 안심하고. 뒤통수는커녕 내가 그런 적 없다고 하면 만 백성 앞에서 오늘 일을 얘기할 성정이지."

때려도 제 뒤통수를 칠 게 분명하다며 카인이 허허 웃었다. 그러나 에드가가 따라 웃지 않자 그는 이내 웃음을 그치고는 진지하게 물었다.

"어…… 공작? 정말 그럴 생각은 아니지?"

아무리 사랑이 중한들 저는 버리면 안 된다며 징징거리는 카인을, 두 남녀가 그런 당연한 소리를 왜 하는지 모르겠다는 표정으로 바라봤다. 손바닥도 부딪쳐야 소리가 난다던가. 농담을 진지하게 받아들이는 인간들을 앞에 둔 채 카인은 한숨을 푹 내쉬었다.

"경들은 참으로 재미없어. 어쨌든 같은 배에 탄 걸 환영하네. 후회하지 않도록 해주지."

"영광입니다, 전하."

"그래서 꼭 직접 만나서 해야 하는 비밀스러운 얘기가 뭔가? 그게 벨포스에 대한 얘기는 아닐 테고."

"얼마 전, 넥스와의 접촉이 있었습니다."

그 말에 카인의 입꼬리가 말려 올라갔다. 개구진 아이는 손바닥을 뒤집듯 그 위에 가면을 덮어썼다. 혹은, 썼던 가면을 툭 떨궜다. 값싼 옷을 입은 채 이를 드러내며 즐거이 웃던 때가 순박한 청년처럼 보였다면 지금 그는 그 자체로 고고했다. 둥근 곡선을 그리며 앞으로 숙인 상체가 살짝 들렸다.

카인은 에드가를 곁눈질했다. 이제야 이 모든 맥락을 이해할 수 있었다. 그러니까 결국 정체를 알 수 없는 마법사에게 노출된 리아가 혹여나 위험할까 걱정이 한가득인 남자의 안달이란 소리였는데 이게 말이 되는가. 생각이 제대로 박힌 사람이라면 오러 사용자를 걱정하냐 말이다. 카인은 공작이 차이게 되면 그 자리에 드러눕는 건 아닌지 모르겠다 중얼거리며 말했다.

"후작에게만 접근한다라. 그자가 마차 사고의 진범일지도 모른다 했었지?"

"예."

"……그게 사실이라면 그자는 머저리가 아닌가. 양친을 살해해 놓고 도움을 요청한다?"

그런 머저리가 적이라면 싸울 맛도 안 난다며 투덜거리는 카인에게 에드가가 대답했다.

"그 역시 대공의 물밑작전일 수도 있습니다."

"대공은 그렇게 영리하지 않아. 그건 내가 확신하지."

머리를 쓰기보다는 그 단단한 머리로 들이받는 쪽을 더 좋아하는 작자였다. 그러니 자신을 암살하려는 계획이 다 들통 난 뒤에도 암살자를 삿대질하며 자신을 본 적이 있느냐며 윽박을 지르지 않았나.

카인은 대공이 영리했다면 싸우는 맛이라도 있었을 것이라 중얼거리며 말을 이었다.

"그래서 그 마법사의 실력은? 키메라를 만드는 것 말고 다른 마법도 뛰어나던가?"

이번에는 리아가 답했다.

"공간을 뛰어넘는 마법을 꽤 자유롭게 쓰더군요. 그리고 마탑에 불만이 상당한 것 같았습니다."

에라이. 카인은 꼬았던 다리를 풀어 이번엔 반대로 꼬며 욕설을 뱉어냈다. 대공이 어디서 그런 인재를 거뒀는지 모를 일이다. 얌전히 죽어주면 안 되겠느냐며 투덜거리던 카인은, 턱을 톡톡 두드리며 말했다.

"땅이라. 땅을 요구하는 마법사에, 그런 마법사의 도움을 받아 내 탄신연을 엉망으로 만들 대공, 그리고 자료를 요청했음에도 모르쇠로 응하는 마탑."

하나부터 열까지 마음에 드는 놈이라고는 한 명도 없다. 비 내리기 직전, 먹구름이 잔뜩 끼는 하늘처럼 그의 벽안이 한층 짙어졌다. 하나부터 열까지 전부 짜증 나게 하는 것들뿐이었지만, 개중에서도 가장 골치 아픈 건 마탑이었다. 대공이야 좀 번거롭긴 해도 결국 제국 내의 문제라면, 마탑은 엄연히 제국 외의 문제였으니 말이다.

"경."

카인은 손을 뻗어 리아의 어깨를 도닥여 주었다. 그 애정 가득한 손길에, 에드가의 눈에 날이 섰다. 카인은 리아의 어깨 너머에서 제 손을 무시무시한 표정으로 바라보고 있는 사촌 동생의 모습에 속으로 쯔쯔 혀를 찼다. 저렇게 티를 내고 다니는데 들키지 않는다는 게 가당키나 하냔 말이다. 그러나 여기서 물러서면 카인이 아니다. 그는 일부러 에드가와 시선을 맞춘 채 능글맞게 웃으며 말했다.

"고생이 많았겠어. 그렇게 복잡한 사연이 엮여 있는 줄 알았더라면 사람이라도 붙여줬을 텐데 말이지."

"괜찮습니다."

"아냐아냐. 이런 건 미리 눈치를 챘어야 하는 건데 내가 부덕했지. 아암. 그런 의미에서, 상을 하나 주도록 하지. 다음에 또 넥스를 만났을 때, 후작이 원한다면 죽여도 좋아."

에드가의 눈이 커졌다. 리아 역시 마찬가지였다. 이 공간에 있는 사람들 중에서 여유로운 표정을 짓고 있는 이는 카인이 유일했다. 그는 리아의 어깨에서 손을 떼고는 말을 이었다.

"나라고 놀고만 있었던 건 아니거든. 그래. 결단을 내려준 내 사람에게 주는 선물이라고 해둘까. 사과할 것도 있고. 아, 물론 경도 알고 있겠지만."

리아의 눈이 커졌다. 손끝이 차갑게 식는 기분에, 그녀는 자신도 모르게 손을 말아 쥐어야만 했다.

"전하."

에드가가 잔뜩 굳은 표정으로 앞으로 나섰다. 리아의 어깨를 짚는 손끝이 경직되어 있다. 당장에라도 그녀를 제 등 뒤로 감추고 싶다는 기색이 역력했다.

카인은 손을 들어 그런 그를 제지했다. 마음에 둔 이를 지키고 싶어 하는 마음은 누구나 갖고 있는 것이리라. 성별이건 나이건 상관없이 말이다. 그러나 과한 보호는, 때로 안 하느니만 못한 법이다. 에드가의 눈을 똑바로 바라보며 고개를 저은 그는, 곧장 리아 쪽으로 시선을 돌리며 말을 이었다.

"그대의 손으로 끝을 보고, 과거의 일을 매듭지은 뒤 내게 와라."

카인은 그늘이 드리운 것 같은 리아의 표정에, 언제 그랬냐는 듯 씩 웃으며 그녀의 어깨를 두드려 주었다.

"물론 원한다면 말이지. 그럼 이 얘기는 여기서 끝내도록 하고. 진짜 골치 아픈 얘기들을 좀 해볼까?"

그 뒤로도 셋은 꽤 많은 대화를 하고, 자료를 검토하고, 탄신연을 대비하는 계획들을 세웠다. 그리하여 이 갑작스러운 모임이 파장한 것은 해가 다 지고 하늘이 깜깜하게 물들었을 때였다.

길고도 긴 대화가 끝난 후 카인은 에드가에게 신신당부했다. 리아를 집 앞까지 바래다주라고. 그리 말하는 목소리에 설핏 즐거움이 묻어나 있었다. 어차피 에드가는 저택에서 나오기 전에 이미 마차에 대한 처치를 한 뒤였다. 공용마차를 사용할 수는 없으니 그들을 태우기 위해 온 것은 공작가의 마차였다.

"전하께서는, 왜 저 저택을 사셨을까요."

리아는 창문 너머로 멀어지는 저택을 눈에 담으며 중얼거렸다. 반쯤은 혼잣말이었다. 그러나 에드가는 그 작은 중얼거림을 놓치지 않고 대답해 주었다.

"마음을 잡는 데 도움이 된다시더군."

"마음, 입니까."

"그래. 패배한 자의 말로가 그대로 보존된 곳이니까."

평소 당당하던 카인이 한 말이라고는 생각되지 않았다. 패배자. 반역자 대신 패배자라. 입안이 썼으나, 그게 제대로 된 표현임을 리아는 알았다. 반역이 성공했다면 역사가 기억하는 것은 디 페어 후작이었을 테니.

가라앉은 분위기에, 에드가는 자연스럽게 말을 돌렸다.

"결국 어제도, 그리고 오늘도 검 한번 쥐어보지 못했군."

"아."

상념에서 깨어난 리아가 어색하게 웃으며 답했다.

"그렇군요."

"그러니 다음에 또 약속을 잡아도 괜찮을까?"

진짜 하고 싶은 얘기는 이런 소소한 것이 아닐 것이다. 그러나 넥스에 대한 얘기는 단 한마디도 하지 않는 그의 마음씀씀이에, 리아는 푸스스 웃었다.

"예."

대화를 끝낸 리아는 의자에 몸을 깊숙이 파묻었다. 마차는 좋았다. 공작가에서 사용하는 것이니 황실의 것과 비견될 만했다. 아치형으로 둥글게 올라가는 벽면에도 푹신한 쿠션이 덧대어져 있었고, 덜컹거림도 적었다. 그러나 리아가 의문을 가진 것은 다른 지점에 존재했다.

"요새…… 작은 마차가 유행입니까?"

정말 궁금해서 묻는 것이었다. 얼마 전 황실에서 내어준 마차도, 공작가의 마차도 전부 나란히 앉으면 무릎이 맞닿을 정도로 크기가 작았다. 덕분에 지금 둘의 무릎은 엇갈린 채로 맞닿아 있었다. 조금만 움직이면 서로의 무릎이 쓸릴 정도였다. 진지한 리아의 물음에 에드가는 쉬이 답하지 못했다.

어떻게 답하겠는가. 유행이나 자재가 모자라 마차를 작게 만드는 것이 아니라 다들 어떤 경위로든 제 마음을 눈치채고 눈치 없는 짓들을 하고 있다는 말을. 제발 부탁이니 주변 사람들이 아무것도 하지 말아줬으면 좋겠다. 어째서 제 주변인들은 하나같이 남의 연애사에 이렇게 관심이 많단 말인가. 그러나 그걸 대놓고 말할 수도 없는 노릇이다. 이미 다 들켰대도 할 말이 있고 못할 말이 있지 않은가. 에드가는 어색한 표정으로 중얼거렸다.

"……그런 ……듯하더군."

"그렇군요. 미처 몰랐습니다."

후작저의 마차도 작은 것으로 바꿔야 하나. 리아는 잠시 꽤 심각하게 고민했다. 후작가의 집사에게는 다행히도 곧 다른 고민거리를 떠올렸지만 말이다.

"아. 그리고 물을 것이 있습니다."

"얼마든지."

"탄신연의 파트너 말입니다."

생각지 못한 주제에 에드가의 몸이 경직됐다. 갓 깎아낸 막대기처럼 뻣뻣하게 굳은 그의 모습을 알 리 없는 리아는 살풋 미간을 좁히며 말을 이었다.

"일전에 경께서 그러셨잖습니까. 내부에 돕는 이가 있다면 연회의 첫 춤을 추지 않는 것이 수상해 보일 수 있다고."

"그랬…… 지."

에드가의 목소리가 미미하게 떨렸다.

"보통 첫 춤은 파트너와 추는 것이 관례입니다. 그래서 말입니다, 경께서는 새로운 파트너를 구하셨습니까?"

섣부른 거짓말은 부메랑이 되어 제게 되돌아오는 법이다. 에드가의 경우가 그랬다. 지금 그는 제가 했던 거짓말에 호되게 얻어맞고 있었다. 그는 그저 짝사랑하는 여인과 춤 한 번 추고 싶었을 뿐이었다. 그것이 그렇게 과한 바람이란 말인가. 제 입으로 파트너 신청을 없던 일로 해달라 말했던 에드가의 얼굴이 거무죽죽하게 죽었다.

"그건……."

더는 견딜 수 없었다. 리아의 입에서 파트너를 구했다고, 그치와 첫 춤을 추겠다는 말을 듣느니 달리는 마차에서 뛰어내리는 게 더 나을 것 같았다. 에드가는 곁눈질로 문가에 난 자그마한 창으로 밖을 살폈다. 휙휙 스쳐 가는 풍경들의 속도가 꽤나 빨랐다. 뛰어내려서 다치지 않을 자신은 있었다. 그러나 그랬다간 얼마나 이상한 사람으로 보일지가 걱정이었다. 진퇴양난이라는 말은 이럴 때 쓰는 것인가 보다. 결국 빠져나갈 구멍을 찾지 못한 그는 참담한 표정으로 제 잘못을 고했다.

"거짓말이다."

"경께서 파트너를 구하지 못했다면 저와 첫 춤을…… 예?"

"응?"

"거짓말이라니, 그게 무슨 소리입니까?"

그렇게 되물은 리아는, 별안간 깨달았다. 춤추지 않으면 적이 의심할 것이라는 말이 거짓이라는 걸. 제 거짓을 밝혀서라도 춤은 못 추게 하고 싶었다. 그러나 에드가 역시 정신이 없는 상태였다. 그는 대답하는 대신 엉뚱한 얘기를 꺼냈다.

"파트너를 구하지 못했다니…… 구하지 못했나?"

"아, 예. 아무래도 제가 결혼 적령기라 그런지 다들 슬슬 피하는지라."

그 말에 그의 얼굴에 꽃이 피었다. 방금 전까지는 축 늘어진 눈썹에 바닥으로 향하던 어깨, 길게 드리워진 그늘까지 세상사 우울한 것들은 모두 이고 있는 사람처럼 굴던 이가 그 한마디에 안색이 변하니 못 알아보는 것이 더 이상했다.

리아는 저도 모르게 터지려는 웃음을 참기 위해 부단히도 애를 써야만 했다. 전혀 귀여운 얼굴이 아니건만, 저 모습을 보고 있자니 귀여운 것 같기도 했다. 제 말 한마디에 세상을 다 잃은 것 같다가 세상을 다 가진 것 같은 표정 변화는 신기할 정도였다.

이상하게 시선이 간다. 그리고, 그게 싫지 않았다.

"그런데, 왜 거짓말을 하셨습니까."

대충 짐작 가는 얘기를 굳이 물어보는 것도 그런 이유의 연장선상일 것이다. 리아는 아무것도 모른다는 양 답을 재촉했다.

"이유가 있습니까?"

그 재촉에 에드가의 시선이 위로 빗겨 올라갔다. 눈을 피한 채 그는 또 한참을 쩔쩔맸다. 이미 해가 다 지고 어스름마저 사라진 시각이라 보이는 것도 없건만 신기한 것을 보듯 창밖을 열심히도 살피던 에드가는 결국 백기를 들어 올렸다. 어차피 무릎이 맞닿을 정도로 작은 마차 안이라 피할 곳도 없긴 했다.

"……추고 싶어서."

"예?"

속삭이는 것 같은 작은 목소리에 리아가 되묻자, 에드가는 붉어진 귀를 감추지 못하며 목소리를 높였다.

"경과 춤을 추고 싶었어."

참으로 담백한 말에 왜 이리도 온몸이 간질거리는지 모를 일이다. 리아는 저도 모르게 쥐었다 폈다 손 운동을 반복했다. 방금 전까지만 해도 그저 좀 작다 생각했던 마차 안이 이제는 너무 좁게만 느껴졌다.

"그렇다면, 아직 파트너를 구하지 못하신 겁니까."

파트너? 에드가는 새삼스레 생각했다. 삼 년 전, 첫사랑을 시작한 뒤부터 단 한 번도 파트너와 입장한 적이 없었다. 처음에 안느는 파트너 없이 연회에 참석하는 제 아들에 걱정을 감추지 않앉다. 물론 걱정도 한두 번이라, 이유를 물어도 말하지 않고 달래도 듣지 않는 에드가의 고집에 결국 두 손 두 발 다 들었지만 말이다.

이번 탄신연에서도 리아가 아니라면 파트너는 구할 생각조차 없었던 에드가는 순순히 고개를 끄덕였다. 당장 페리엘 공작저에 도착한 청혼서를 모두 불태우라며 열을 냈던 카인이 에드가의 생각을 알았다면 깊은 한숨을 쉬었을 것이다.

하지만 이미 고백까지 한 마당에 무얼 숨기겠는가. 어둠속에서 달리는 마차 안, 낮게 깔린 저녁을 닮은 눈이 그 속에서도 리아만큼은 놓치지 않고 좇았다. 그는 생각했다. 마음을 숨기는 것도 어려웠지만, 지난 삼 년간 철저하게 숨겨왔던 마음을 입 밖으로 내는 것도 쉬운 일은 아니라고.

푸른매나 카인이 듣는다면 코웃음을 칠 얘기였으나 그는 꽤나 전심전력을 다해 제 짝사랑을 숨겨왔다. 그것이 햇수로만 삼 년이라, 그로서는 드러내는 것보다 숨기는 게 더 익숙할 정도였다.

고개를 끄덕이는 에드가를, 리아가 한 장면도 빠뜨리지 않고 눈에 담았다.

"어쩔 수 없군요."

다각다각…… 문 너머에서 들려오는 말발굽 소리가 점점 느려지기 시작했다. 후작저에 가까워진 것이다. 비슷한 속도로 달리던 것이 점점 느려지자 마차도 덜컹거리기 시작했다. 좌우로 흔들리는 마차를 따라 남녀의 무릎도 붙었다 떨어졌다를 반복했다. 이제는 얼굴 쪽으로 내려오는 붉은 기에 리아는 잠시 생각했다.

사랑이라는 것이 각기 다른 색을 가진 것이라면, 공작이 품은 것은 귀여운 색일 것이라고. 그게 무슨 색인지는 모르겠지만, 제 것만을 강렬하게 불태우는 넥스의 것과는 사뭇 다를 것이라고.

"부탁 하나만 들어주신다면 탄신연 때 경과 첫 춤을 추겠습니다."

"무엇이지?"

고민하는 기색도 없다. 따져 묻자면 에드가에게 별로 득 될 것도 없는 제안이었으나 그는 그보다 더 중요한 일은 없다는 양 세상 진지했다.

리아는 이 비슷한 장면을 어디선가 본 듯한 기시감에 눈을 깜빡였다. 안 그래도 긴 속눈썹이 위아래로 흩날리자 에드가의 시선이 그것을 따라 바삐 움직였다. 어서 부탁이 무엇인지 얘기하지 않고 뭘 하느냐는 무언의 재촉이었다.

그 재촉 아닌 재촉에 떠밀려 리아는 기시감의 이유를 잡아낼 수 있었다. 떠올리자, 그걸 생각하느라 잠시나마 고민했다는 것도 의아할 지경이었다.

왜냐하면, 항상 그랬으니까. 제가 시간을 내달라 할 때도, 부탁을 할 때도, 심지어 푸른매들을 잘 좀 관리하라 화를 낼 때도 그는 대답을 피한 적이 없었다. 표정이 좀 무뚝뚝할지언정, 그는 언제나 착실히 답해주었다. 그럴 필요가 없을 때조차.

이제 마차는 거의 멈췄다. 도착했다는 말이 문 밖에서 어렴풋하게 들려왔다. 마차가 달릴 때 살랑거리며 흔들렸던, 창의 윗부분을 장식한 레이스도 이젠 오도카니 멈춘 채였다. 공작가의 정보망을 이용해 제 동생에 대해 알아봐 달라 부탁하려던 리아는 문득 생각했다.

아쉬웠다.

왜 아쉬운지 알 도리는 없었다. 마차 안에서 보낸 시간이 생각했던 것보다 더 즐거워서일지도 모른다. 그게 아니라면 그저 아무런 이유도 없이, 그저 아쉬운 것일지도 몰랐다. 어쨌든 아쉬웠다. 짧게나마 즐거웠던 시간이 끝난다는 것도 아쉬웠고, 이대로 마차가 에드가를 태운 채 사라진다는 것도 아쉬웠다.

그래서일 것이다.

"경의 말대로 이대로 헤어지기는 아쉬우니, 후작저에서 제게 오러 제어를 조금이나마 가르쳐 주지 않겠습니까."

이 말을 한 것은, 그런 이유에서일 것이다.

나비효과라는 말이 있다. 나비의 날갯짓이 폭풍과도 같은 커다란 변화를 만들어낸다는 말마따나, 리아가 갑작스러운 심경의 변화로 뱉은 말에 드벨 후작저가 발칵 뒤집혔다. 개중 가장 정신이 없는 곳은 주방이었다. 평소처럼 예정된 시간에 맞춰 여유로이 저녁을 준비한 뒤 가주를 기다리던 사용인들은 갑작스러운 상황에 약속이라도 한 듯 입을 가린 채 좌에서 우로 내달렸다.

"당장 1인분을 더 준비하라니! 아, 대체 누가 왔기에 이 난리야!"

드벨 후작저의 주방을 책임지고 있는 쿠거는 성을 내면서도 재료를 뒤져 1인분을 더 만들어냈다. 어찌나 재빠른지 음식을 내가는 속도가 미리 준비해 둔 것과 별다른 차이가 없을 정도였다. 커다란 팬을 쥔 채 불앞에서 불같이 화를 내는 그의 옆에서, 시녀 하나가 종알거렸다.

"남자요!"

"남자아아아?! 우리 후작님께서?! 그 많은 청혼서 중 하나를 고르신 거야? 아아니! 잠시만, 어떤 놈팽이야? 집사는 뭐래? 괜찮은 놈이래?"

"아유, 주방장님도 참. 괜찮은 정도가 아니에요. 공작님이에요, 공작님! 페리엘 공작님이요!"

아아. 난 또 뭐라고.

페리엘이라는 말을 듣자 방금 전까지만 해도 얼굴이 시뻘겋게 달아올라 열성적으로 팬을 휘두르던 쿠거는 피식 웃었다. 그는 두터운 뱃살을 앞으로 죽 내밀어 그 힘으로 채소를 휙 뒤집으며 무심히 대꾸했다.

"아, 그래."

"어머! 무슨 반응이 그래요? 안 놀라요? 각하께서 공작님과 결혼할지도 모른다구요!"

그는 흥분이 극에 달해 앞치마를 찢을 것처럼 잡아당기는 시녀를 보며 혀를 찼다. 시녀는 쿠거의 반응에 더 열이 올라 발을 구르며 외쳤다.

"결혼이요! 결혼!"

저, 저. 그런 그녀를 보며 쿠거가 혀를 찼다. 후작저에서 일한 지 삼 년이 넘었으면 슬슬 눈치가 생길 법도 한데, 무슨 일이 벌어졌다 하면 방방 뛰는 버릇은 영 고쳐질 기세가 없다.

그는 노는 손을 뻗어 소스 병을 집어 들었다.

"말도 안 되는 소리. 생각을 해봐라. 각하께서 페리엘 공작과 결혼을? 후계는 어쩌고?"

"애기씨를 둘 낳으면 되지요!"

"그러다 하나가 마법사면?"

"그건…… 으음…… 하나를 더 낳으면……?"

"하이고. 그 말 집사나 유모 앞에서 한번 해봐라. 어떤 반응일지. 요새야 애 낳다 죽는 일이 드물다지만 그래도 잘못된 여자들 얘기가 일주일에 한 번 꼴로 들려오는데, 애를 셋이나 낳으라고?"

쿠거는 골머리 아픈 소리 하지 말고 저리 가서 일이나 하라며 핀잔을 줬다. 시녀는 볼을 빵빵하게 부풀리며 반박했다.

"윗분들께서 저희가 모르는 다른 방법을 아시겠지요! 어쨌든 공작님 표정이 심상치 않았다니까요! 이건 여자라서 아는 촉이에 요, 촉!"

"하이고오."

그놈의 촉. 열에 아홉을 틀리면 그건 촉이 아니라며 쿠거가 핀 잔을 주자 시녀의 눈이 뾰족하게 섰다. 주방장과 시녀의 다툼에 눈치만 슬슬 보던 주방 보조와 요리사, 그리고 다른 시녀들이 한 마디씩 보태기 시작했다. 삽시간에 시장바닥이 되어버린 주방은 크게 두 파로 나뉘었다. 이 결혼 절대 반대와 무조건 지지로.

그 의미 없는 치열한 싸움을 종결시킨 것은 다름 아닌 집사였 다. 한 손에 커다란 상자를 든 채 주방에 들어서던 집사는 아예 선을 그린 듯 딱 나눠서 서로를 노려보고 있는 이들의 모습에 눈 살을 찌푸렸다.

"이 무슨 추태인가!"

집사의 호통에 다들 화들짝 놀라며 허겁지겁 놓았던 일들을 다시 손에 잡았다. 이미 깐 양파를 또 까는 주방 보조와, 같은 음 식을 두 접시에 나눠 담고 있는 시녀를 한심스럽게 바라본 집사 는 혀를 차며 들고 온 상자를 내려놓았다.

"손님께 부족함 없이 대접해야 하니 쌈박질은 내일로 미뤄두 고, 후식으로 잊지 말고 이걸 내놓게."

"이게 뭡니까?"

들어 올리니 꽤나 묵직했다. 주방장의 물음에 집사는 고개를 쭉 빼고 있는 보조에게 눈을 흘기며 대답했다.

"케이크. 페리엘 공작께서 선물로 가져온 것이니 잊지 말아야 하네. 알겠나?"

집사의 신신당부에 주방장이 비장한 표정으로 고개를 끄덕였다.

주방에서 이 같은 일들이 벌어지고 있음을 알 리 없는 리아는 멋쩍음을 느끼며 음식을 권했다. 시중을 들기 위해 식탁 뒤에 서 있는 시녀들은 서로 곁눈질을 하며 이 묘한 저녁 식사를 빠짐없이 눈에 담았다.

후작저에 손님이 없었던 것은 아니다. 삼 년 전까지만 해도 저택에는 다양한 손님들이 끝없이 이어지곤 했다. 아버지의 친우들과 동료, 그리고 어머니의 지인들이 항시 응접실을 채우고 식사를 함께했다. 그러나 삼 년. 불의의 사고가 발생한 뒤 서서히 끊어진 발걸음을 생각해본다면 에드가는 드벨 후작저로서는 꽤 오랜만에 맞이하는 손님이 아닐 수 없었다. 리아는 어색하게 웃으며 사과했다.

"저녁 시간이라는 것을 잊었습니다. 공작저에서도 식사 준비를 해두었을 텐데, 잘못 생각했나 봅니다."

겸연쩍어하는 말에 에드가가 고개를 저었다.

"평소에도 저녁은 다들 적당히 해결하는 편이야. 일이 끝나는 시간이 다들 달라서 맞추기가 어렵거든."

"그렇습니까."

고개를 끄덕인 리아는 빵을 조금 뜯어 먹었다. 에드가 역시 따가운 시선을 느끼며 식사를 시작했다.

"그보다……."

서두를 여는 에드가의 목소리에 리아는 숙였던 고개를 들었다. 그의 얘기에 귀를 기울이겠다는 뜻을 내비치면서.

"평소에도 경이 오러를 사용하는 방식은 무척이나 독특하다 생각해 왔어."

그는 햇빛 아래에서 자취를 감추는 그녀의 오러를 떠올렸다. 기사들 사이에서 떠도는 소문처럼 광검光劍이라 이름 붙을 만했다. 거리낌 없는 에드가의 말에 리아의 두 눈이 커졌다. 생각지도 못한 칭찬이었다.

"과찬입니다."

살짝 붉어진 얼굴로 고개를 젓는 리아의 모습에 부끄러워하는 기색이 역력했다. 에드가는 그 모습에 덧붙이려던 칭찬을 속으로 삼켰다. 굳이 그녀를 창피하게 만들고 싶지는 않았다.

얘기는 어렵지 않게 다른 쪽으로 이어졌다. 그렇게 끊임없이 대화를 주고받으며, 식사는 특별날 것 없이 이어졌다.

제4기사단이 이번에는 어떤 일들을 해왔는지에 대한 얘기들과, 역시 오러 사용자인 캐슬러에 대한 얘기들. 이유는 알 수 없으나 에드가는 푸른매 막내인 페피의 단점에 대해 꽤 오랫동안 얘기했고, 리아는 상사에게 자근자근 씹히는 페피가 조금 불쌍해 그를 두둔했다가 축 늘어지는 에드가의 눈가에 잠시 당황해야만 했다.

이유는 알 수 없으나 에드가는 대화 사이사이에 제 부하들, 특히 미혼인 부하들의 단점을 하나씩 입에 올리고자 애를 쓰는 것 같았다. 그렇게 얘기는 겹쳐진 서로의 삶과 그렇지 않은 부분들을 제멋대로 겅중겅중 뛰며 끊임없이 이어졌다.

특별할 것 없는 시간이었다. 페리엘 공작과 마주 앉아 이러이러한 얘기들을 했다 한다면 그것 참 평이한 대화에, 평이한 시간들이었겠군요, 하는 대답이 돌아올 만한 수준이었다.

그러나 그 시간들이 무척이나 편안하고 즐거웠다면 그것은 또 다른 가치를 갖는 것이 아닐까. 리아는 마지막으로 와인을 입에 머금으며 자신도 모르게 그런 생각을 했다.

편했다.

편하다? 아니, 그보다는…….

리아는 잔을 내려놓고 냅킨으로 입가를 닦아낸 후 꽤나 즐거웠던 시간을 입에 담았다. 무척 즐거운 식사였고, 대화였다고. 그리고 말미에 그녀는 조심스럽게 덧붙였다.

"경. 너무 배려해 주지 않으셔도 됩니다."

그가 편하게 만들어주었다. 자신을.

한쪽이 무조건적으로 배려하는 대화는 배려받는 입장에서 편하고 즐거울 수밖에 없다. 그러나 그런 대화는 오래 지속되면 재미가 없어진다. 대화를 즐기는 사람일수록 더더욱 그 점을 예민하게 느끼는 법이다. 더 큰 문제는 따로 있었다. 무조건적인 배려는 결국 한쪽이 지치기 마련이다. 리아는 그것을 원치 않았다. 그녀는 삼국협정에 대해 의견을 나눌 사람이 있다는 것이 기뻤고, 12의결원의 문제점을 당당하게 비판하는 이가 자신의 앞에 앉아 있다는 것이 기꺼웠다. 이 시간들을 계속해서 이어나가고 싶었다.

리아의 말에 에드가는 놀란 기색을 감추지 않았다. 선연한 표정 변화에 리아는 그가 뱉을 말을 미리 알 수 있었다.

"내가…… 그랬나."

살짝 커진 눈과 당혹감 어린 목소리에 리아는 저번과 같은 느낌을 받았다. 손가락 끝이 간질간질거리는 느낌. 그녀는 가볍게 몸을 떨고는 재빨리 대화 주제를 바꿔 버렸다.

"음, 조금은요. 아. 식사가 끝났으니 슬슬 연무장으로 나갈까요?"

그 말에 뒤에서 대기하고 있던 집사가 슬쩍 리아에게 다가와 속삭였다.

"각하, 공작께서 준비하신 후식이 있습니다."

후식? 갑작스레 무슨 후식인가 싶었던 리아는 어렵지 않게 잠시 기억 저편에서 사라져 가던 것을 떠올릴 수 있었다. 아, 그거. 리아는 안 그래도 작았던 마차 한편에서 나온 커다란 상자를 떠올렸다. 그게 뭐냐는 질문에도 비밀이라며 끝까지 대답을 안 해 주더니 후식인 모양이었다. 배가 부른 감이 없잖아 있었으나 일부러 준비한 선물을 사양한다면 무척이나 실례였다. 리아의 당황한 표정을 눈치챈 에드가가 먼저 입을 열었다.

"훈련을 한 뒤에 먹도록 하지. 그대가 괜찮다면."

그는 제게 시선이 쏠리자 어깨를 으쓱이며 말을 덧붙였다.

"그게 아니면 내일 먹어도 괜찮고. 그대가 티파티에 초대해 준다면…… 나는 그게 더 좋아."

두 번째 초대를 원한다는 기색을 은근슬쩍도 아니고 아예 대놓고 얘기하는 에드가였다. 서로 무척 친한 벗이라 하더라도 이렇게 직접적으로 초대를 요청하는 법은 없었다. 어찌나 당당한지 홀에 있던 시녀들과 집사, 심지어 리아마저 순간적으로 그의 말뜻을 이해하지 못했다. 거의 열 명 가까이 되는 사람들이 눈만 깜빡이며 아무런 말도 하지 않자 에드가의 얼굴이 슬쩍 붉어졌다.

"아니, 내 말은……."

"……풉!"

리아는 터지려는 웃음을 막기 위해 안간힘을 썼다. 그녀가 22년 동안 쌓아온 사회적인 지위와 수년간 배운 예절이 큰 도움이 됐다. 상대에게 폐가 될 만큼 큰 웃음소리가 터져 나오기 전에 가까스로 그것을 참아낸 리아는 멋쩍음을 헛기침으로 없애기 위해 노력하며 이 상황을 수습할 수 있는 유일한 카드를 꺼내들었다.

"페리엘 공작께서 내일 티타임에 함께해 주신다면 더한 기쁨은 없을 것 같습니다. 물론 시간이 괜찮으시다면."

자존심이 강한 이라면 거절할 것이다. 창피함을 느끼게 한 상황에 불쾌함을 표할지도 모른다. 그러나 에드가 폰 페리엘, 그가 누구던가. 고작 이 정도에 물러설 것이었으면 삼 년 전에 그랬을 남자였다. 창피함? 부하들과 상사에게 짝사랑이 들켰을 때 평생 느낄 창피함은 다 느낀 지 오래였다. 이미 한 번 버린 몸, 두 번은 못 버릴 이유가 없었다.

"괜찮아."

언제든지. 다급히 덧붙여지는 말에 이번에는 시녀들의 양 볼에 홍조가 떠올랐다. 후계 문제라는 거대한 벽을 앞에 둔 채 열렬히 제 마음을 표현하는 남자는 심지어 모든 것을 갖춘 완벽한 존재였다. 부러움을 가득 담은 시선들이 리아에게 쏟아졌다.

리아는 손끝에서 시작된 간질거림이 점차 팔로 타고 올라오는 것 같다 생각하며 재빨리 고개를 끄덕였다. 조금만 더 지체했다간 이 간질거림이 팔을 타고 어깨로 넘어올 것만 같았기 때문이었다.

사용인들도 모두 물리고 단둘이서 연무장으로 가며 리아는 고심했던 말을 꺼내들었다.

"경. 그…… 남들 앞에서는 저를 다른 이들처럼 대해주시면 안 되겠습니까?"

저택 뒤편에 있는 연무장으로 가기 위해서는 밖으로 나와 정원을 가로질러야만 했다. 어둠이 내려앉은 길 위에서 에드가의 시선이 느껴졌다. 그 시선이 왠지 커다란 강아지가 울망거리는 것만 같았다. 에이 설마, 아니겠지. 아무리 그래도 그 에드가 폰 페리엘이다. 설마—라고 생각하며 곁눈질로 에드가를 살핀 리아는 바람 소리가 날 정도로 홱 고개를 제자리로 돌렸다.

미쳤어. 제 눈이 미친 게 분명하다. 그렇지 않고서야 저보다 머리 하나는 더 큰 공작이 저러고 절 바라보는 게 귀엽다는 생각이 들 리 없지 않은가.

"아니, 그게 싫다는 게 아닙니다. 그게 아니라 조금…… 그, 소문도 그렇고. 소문. 그래, 소문을 잠재우려 파트너까지 취하했는데 이런 식이면 소문이 커지면 커졌지 절대 줄어들지 않을 겁니다."

"이해할 수 없군."

에드가의 미간이 살풋 접혔다. 그는 고개를 돌려 고집스럽게 정면만을 응시하고 있는 리아를 바라봤다. 가벼운 셔츠에 바지 한 장을 걸치고 있는 모습은 이상적인 레이디와는 거리가 있었다. 허리춤에 검집이 덜렁 매달려 있기까지 하니 더더욱 레이디와는 거리가 멀었다. 그러나 그 모습이 로렐리아였다. 그렇기에 그는 그런 그녀가 좋았다.

"세간에 퍼진 소문은 사실과 다른 얘기다. 그대와 내가 열애하고 있다는 것은 거짓이니, 그런 가벼운 소문에 이 관계가 휘둘리는 것은 내가 원하는 바가 아니야. 하지만, 로렐리아."

그의 입에서 사적으로 제 이름이 나오는 것은 이것으로 두 번째였다. 첫 번째가 언제였더라, 멍하니 생각하던 리아는 그것이 그리 오래지 않았음을 깨달았다. 그가 제게 고백하던 그날이었다. 그녀는 슬쩍 시선을 내려 땅거미가 내린 땅에 온 신경을 집중하며 걸음 하나하나에 힘을 줬다.

저 남자는 왜 이렇게 직설적이고 또 저돌적인지 모르겠다. 편지로 마음을 전했다면 지금 같은 기분은 들지 않았을 것이다. 온갖 화려한 미사여구로 말을 꾸몄다면 조금은 멍한 기분으로 진심을 감싸고 있는 화려한 치장을 구경했을 것이다.

그러나 이렇게 날것 그대로 돌진해 오는 감정엔 어떻게 반응해야 한단 말인가. 아. 또 간질거린다. 이번에는 귓가가 미친 듯이 간질거렸다. 날벌레에게 물리기라도 했나 싶을 정도라 리아는 자신도 모르게 귓가를 매만졌다. 당연한 말이겠지만, 무언가에 물린 자국은 없었다.

"지금 내가 하는 모든 말과 행동은 내 진심이다. 내가 싫고, 더는 상대하고 싶지 않다면, 나는 그대의 의견을 존중해 물러설 생각이야. 그러나."

연무장은 이제 코앞이었다.

"그렇지 않다면 조금이라도 좋으니, 부디 내게서 좋은 점을 봐주겠나."

그렇게 말하는 목소리는 낮았다. 그 중저음이 또 듣기가 좋아 저도 모르게 그 말 하나하나에 귀를 기울이고야 만다. 리아는 목이 바짝 마른다 생각하면서도 슬쩍 고개를 돌려 에드가를 바라보았다. 그리고 속으로 침음을 흘리며 중얼거렸다.

저 남자는 왜 밤에도 저렇게 잘생긴 건지 모르겠다고. 낮밤을 가리지 않는 미모라니. 이건 좀 반칙이지 않나.

"예를 들면, 오러 제어력 같은."

연무장에 도착하자 그렇게 말한 에드가는 잠시 발을 멈췄다. 그리고 그의 옆에서 걷던 리아도 걸음을 멈췄다. 이 순간 두 남녀는 같은 생각을 하고 있었다.

저게 뭐지?

평소 드벨 후작저의 연무장은 별다른 장식 없이 깔끔한 곳이었다. 리아의 취향이 짙게 반영된 결과였다. 그랬던 연무장이 지금은 낭만적인 촛불들로 가득했다. 어둠을 밝히는 초들은 수십 개는 족히 넘을 것 같았다. 유리병에 하나하나 넣어 바람이 불더라도 꺼지지 않도록 하는 세심함이 단연 돋보였다. 그거로도 모자라, 유리병은 레이스가 주렁주렁 매달려 장식되어 있었다.

고백을 위한 로맨틱한 장소처럼 바뀌어 있는 연무장의 모습에 한동안 넋을 놓고 있던 리아는 화드득 놀라며 다급히 부정했다.

"아닙니다!"

제가 그런 것이, 아니, 명령을, 아니아니, 그게 아니라 저도 저게 왜 저렇게 되어 있는지 도무지 연유를 알 수가 없……. 횡설수설하던 리아는 자신이 변명하고 있다는 사실을 가까스로 깨달았다. 그녀는 입을 다물었다. 이 이해 못할 상황에서 벗어나려 하면 할수록 제 발목을 제가 잡는 기분이니 차라리 아무 말 안 하는 쪽이 이득이었다.

그럼에도 의문은 풀리지 않았다. 대체 왜 초들이 연무장을 빙 둘러싸고 있단 말인가. 그녀는 자신도 모르게 얼굴을 쓸어내렸다. 이번에 웃음을 참으려 애쓴 것은 에드가였다. 꾹 다문 입술과 대비되게 가늘게 떨리는 입꼬리에 리아가 눈을 흘겼다.

"그런 뜻이 아니었습니다."

"안다. 시중인들이 배려."

그는 바람 빠지는 웃음소리를 내지 않으려 어금니를 한번 꾹 물고는 말을 이었다.

"한 것이겠지."

"평소에는 이러는 이들이 아닙니다."

누구를 위한 변명인지 모를 것을 뱉으며 리아는 수많은 촛불을 착잡하게 바라봤다. 일렁이는 촛불들이 이 만남에 두근거리는 시녀들의 마음을 대변하고 있는 듯했다. 그녀는 천천히 걸어가 병하나를 집어 들었다. 혹여나 쓰러질까 유리병 바닥에 초를 고정해 두기까지 한 걸 확인하고는 혀를 내둘렀지만 말이다.

생각했던 것과는 사뭇 다른 분위기였으나 어차피 불이 없으면 어두워 제대로 검을 휘두를 수가 없었다. 결국 그녀는 병을 다시 바닥에 내려놓았다. 마음 같아서는 레이스라도 떼고 싶었다. 수많은 촛불들이 저와는 다른 속도로 내달리는 것 같은 기분이었다. 왜 그런 기분 있지 않은가. 자신은 한 번 만나보는 것도 괜찮을지 몰라, 라는 생각을 하고 있는데 주변에서는 결혼 날짜를 잡고 헹가래 치는 걸 보는 기분.

생각하니 더 이상하게 느껴져서 리아는 눈가를 살풋 찡그렸다가 고개를 저어 잡다한 상념들을 떨치고는 고개를 돌렸다. 바로 뒤편에는 에드가가 전과 그리 다를 것 없는 모습으로 서 있었다.

밤이라 색이 짙어진 녹안이 그를 한가득 담았다. 한껏 가라앉아 있을 흙냄새와 풀냄새가 뒤섞여 바람을 따라 흩날렸다. 하늘에서는 달빛이, 주변에는 수많은 초가 일렁이며 밤도 낮도 아닌 묘한 분위기를 만들어냈다.

묘하다니. 세상에 내가 무슨 생각을 하는 거람. 리아는 제 머릿속에 잠깐 반짝 떠올랐던 생각을 죽 밀어내고는 에드가를 건너보며 말했다.

"시작할까요."

"그래."

흔쾌히 대답한 그는 연무장 안쪽으로 걸어 들어왔다.

"경은 주로 오러를 검과 몸에 두르는 방식으로 사용하고 있어. 틀린 방법은 아니야. 오히려 그대가 갖고 있는 오러의 특성을 생각해 봤을 때 적절한 방법이라고 할 수 있겠지. 그러나."

그는 앞으로 손을 뻗었다. 아무것도 없이 텅 빈 손에서 일순 푸르른 오러가 작은 불길처럼 일어났다. 자유로운 영혼이 에드가의 손에 붙들린 채 사방으로 뻗어나가는 것처럼 보였다.

"그런 방법은 대개, 오러가 지속되는 시간이 짧을 수밖에 없어."

"예. 그 부분이 문제입니다."

항상 그게 문제였다. 연습할 때는 능숙하게 해내는 제어였다. 부하들과 대련을 할 때도 그리 문제는 없었다. 문제는 항상 실전에서 터져 나왔다.

오러라는 것은 자연에서 파생된 에너지의 또 다른 이름이자 형태였다. 오러 사용자들은 대개 그것을 변환해 사용한다. 그 과정에서 고유의 색이 발현되는데 원리나 이유에 대해서는 밝혀진 바가 없다.

애당초 오러나 마력에 대해 명확하게 정의내리거나 설명하는 책이나 학자가 없었으니 당연한 소리일지도 모른다. 에드가는 손을 살짝 오므렸다. 일렁이던 오러가 새벽안개가 걷히는 것처럼 사르르 녹듯 사라졌다.

그는 그대로 리아의 손을 잡았다. 갑작스러운 접촉에 손끝이 굽었다. 손목에 둥글게 말린 그의 검지와 중지가 마치 맥을 짚는 의원을 연상시켰다. 사내의 것과는 확연히 다른 손목은 놀랄 정도로 얇아서, 생경했다. 평소 익숙한 부하들의 것과는 비교하는 것 자체가 미안한 일일 것이다. 그는 허락을 구하듯 천천히, 조심스럽게 손목을 완전히 감싸 쥐었다. 그 과정에서 약간의 움찔거림은 있었지만 리아는 별다른 거절 없이 에드가가 하는 대로 내버려 두었다.

일정한 박자로 뛰는 맥박이 그보다 더 확실할 수 없다 싶게 지금 그녀의 감정을 말해주고 있었다. 어찌 되었건 레이디의 손을 허락도 받지 않고 잡는, 무척이나 비신사적인 행동을 한 에드가는, 그러나 덤덤한 표정으로 말을 이었다.

"물론 나쁜 방법은 아니지만, 하나 제안하자면, 몸 안쪽이 아니라 몸 주위로 막을 둘러싸는 편이 제어하기가 쉬울 거야."

말이 끝남과 동시에 오러가 그의 몸을 감싸기 시작했다. 리아의 눈이 살짝 커졌다. 푸른 오러가 에드가와 그 위를 덮은 얇은 막 안에서 휘몰아치고 있는 것처럼 보였다. 적어도 리아가 느낀 바는 그러했다.

"신기하군요."

"알고 있겠지만, 이게 정답은 아냐."

리아는 고개를 끄덕였다. 정답이든 아니든 쉽게 해낼 수 있는 일이 아니라는 말은 슬쩍 감춘 채다. 그녀는 고개를 들어 에드가를 응시했다. 일렁이는 촛불에 그늘이 길게 드리워 무슨 생각을 하고 있는지 짐작하기 어려웠다.

묻고 싶었다. 순간적으로 이런 방법을 고안해 낸 것인지, 아니면 나를 계속 지켜보면서 떠올린 것인지. 하지만 쓸데없이 그런 건 무엇 하러. 리아는 고개를 저어 상념을 털어내고는 슬쩍 팔을 꺾어 에드가의 손에서 벗어났다. 그리고 곧장 손을 뻗어 그의 팔목을 잡았다.

"한번 해보겠습니다."

"전보다는 덜할 테지만 이 방법도 실전에 사용하기까지는 시간이 필요할 거야."

"그렇다면 대화라도 하면서 연습하죠. 경, 넥스에 대해 어떻게 생각하십니까."

리아는 오러를 운용하며 말을 이었다.

"전하께서 말씀하신 것처럼, 그자가 제 양친을 살해하고서 접근하는 것이라면 연기력이 상당하다고 밖에는 말하지 못하겠습니다. 천성이 뻔뻔한 것 같긴 했습니다만……."

리아는 말끝을 흐렸다. 이걸 어떻게 표현해야 할지 모르겠다. 그런 그녀를 살피던 에드가가 조심스럽게 물었다.

"키메라로 흑마를 만든 게 넥스가 아닐 수도 있다?"

"아뇨. 그건 아닙니다. 그만큼 세세한 부분까지 신경 써 키메라를 만들 수 있는 자는 아마 넥스뿐이겠죠."

흔한 마법이 아니니 더욱 그럴 것이다.

오러가 미미하게 흐트러지자 에드가의 검지가 리아의 팔을 톡톡 두드렸다. 집중하라는 뜻이었다. 이런. 리아는 재빨리 오러를 다잡았다. 눈살을 찌푸린 채, 그녀는 말을 이었다.

"다만…… 그자도 이용당한 게 아닐까, 그런 생각이 문득 들었습니다."

자신이 한 말에 제가 동요해 버려서, 몸을 휘감고 있던 오러가 일순 들썩였다. 내뱉은 말을 따라 자연스레 떠오른 얼굴 때문이었다. 가족 중 마법사가 있다면 누구나 하는 고민. 넥스로부터 시작된 고민은 그렇게 리아의 것으로 이어지고 있었다. 에드가는 어둠 속에서도 한눈에 알아볼 자신이 있는 그녀의 두 눈을 들여다보았다. 그늘진 녹음은 깊게 침잠해 있으나, 그 안에 흔들림은 없었다.

에드가의 입술이 미미하게 달싹였다가 다시 닫혔다. 날 때부터 소공자였으며 열 번째 생일이 지난 뒤에는 후계로서 완벽하게 자리매김해 조금의 소란도 없이 공작위를 승계한 그에게 익숙한 것은 명령과, 지시였다. 기사로서의 길을 선택하면서 그것은 익숙함을 넘어서 삶 그 자체나 다름없게 되었다. 자신보다 더 높은 이에게 명령을 받고, 자신은 또다시 명령을 하는 순간들이 모여 만들어낸 삶.

그렇기에 누군가와 시선을 맞추고 상대방의 의견을 묻고 그것에 귀 기울이는 것은 에드가에게 있어 그렇게까지 잦은 일도, 익숙한 일도 아니었다. 방금 전에도 리아의 물음에 제 생각을 딱 잘라 내놓을 작정이지 않았는가.

그러나 그는 다시 입을 닫았다. 고민하고, 또 고민했다. 자신이 진정으로 원하는 것이 무엇인지 골몰했다. 그리고 다시 입을 열었다.

"……경은, 어떻게 생각하지?"

"저는……."

리아는 반사적으로 대답했다가 잠시 머뭇거렸다. 넥스를 믿을 수는 없다. 그것은 명확했다. 그가 흑마가 어떻게 사용될지 몰랐다 말한다면 고민 정도는 해볼 것이다. 그렇다고 그걸 믿는다는 건 절대 아니었다.

"그자의 말을 모두 믿을 수는 없습니다. 하지만,"

에드가는 경청했다.

"누군가가 그를 이용한 것이라면 제 적 역시 넥스는 아닐 겁니다."

리아의 눈가가 살풋 찡그려졌다.

"모든 일의 배후. 그자가 제가 검을 겨눠야 할 자이겠지요."

이제 와 그게 누구인지는 자명한 일이었다.

리아의 고개가 들어 올려졌다. 허공에서 에드가와의 시선이 마주쳤다. 조용히 자신의 얘기에 귀를 기울이는 남자가 녹안에 한가득 들어찼다.

두근.

맞잡은 살갗이 뜨거웠다. 갑작스럽게 오른 열기는 그대로 저를 집어삼키는 것처럼 강렬하면서도 대중없었다. 그 열기를 느끼며 그녀는 입을 닫았다.

뱉으려던 마지막 말과 함께.

††

미뤄왔던 일은 결국 해야만 하는 순간이 오는 법이다. 지금처럼. 넥스는 눈살을 찌푸린 채 노을이 번지는 창가를 바라봤다. 이그니스가 돌아오는 시간은 점점 늦어지고 있었다. 태자의 탄신연이 가까워지는 만큼, 그녀가 해야 할 일은 늘어났다. 하루는 한정되어 있기에 넥스는 점차 이그니스의 우선순위에서 밀려났다.

뒤로, 뒤로, 뒤로. 계속해서.

달칵.

문 열리는 소리가 들리자 넥스의 시선이 움직였다. 어제보다 십분 늦은 시간이었다.

"거기 서서 뭐 해."

시간이 부족해서인지, 신경이 날카롭게 서 있어서인지는 모르겠으나 이그니스의 안색은 썩 좋아 보이지 않았다. 푸석한 피부에 길게 내려앉은 다크서클이 짙었다. 넥스는 그런 그녀를 안타깝게 바라보며 손을 뻗었다.

"뭐 하긴. 널 기다리고 있었지."

"아. 다시 나가봐야 해. 미안해, 넥스. 아직 해야 할 일이 남아서……."

잠시 옷만 갈아입으러 왔다는 말에 넥스는 얼굴을 구겼다. 바쁜 것은 이해할 수 있다. 목적을 위해 감수해야 하는 일이었으니까. 넥스의 불안감은 다른 곳에서 기인했다. 대화의 단절. 그리고 그로 인한, 지독하리만치 고독한 침묵. 무슨 일을 하고 있는지 얘기해 주질 않는다. 알고 있는 것은 이번 일에 제가 만든 키메라 몇이 필요하다는 것과, 디데이가 황태자의 탄신연이라는 것뿐이다. 그동안은 아무런 말도 하지 않았지만 그것도 한계에 달했다. 알아야 도와줄 것이 아닌가.

"잠깐 얘기 좀 해, 이그니스. 중요한 얘기야."

넥스는 더러워진 옷을 갈아입는 그녀의 등 뒤에 대고 애원하듯 말했다. 불안감이 어른거리는 목소리로. 넥스의 시선이 이그니스의 움직임을 따라 움직였다. 손만 뻗으면 닿을 만큼 가까이 있는데도 한없이 멀게 느껴졌다. 영원한 사랑을 바라며 모든 것을 포기했건만 정작 그 사랑이 손가락 사이로 빠져나가는 기분에 넥스는 몸서리를 쳤다. 그러나 이그니스에겐 이미 그런 넥스의 애원조차 제대로 들리지 않았다.

"나중에……."

다시 얘기를 뒤로 미루는 이의 목소리는 무심했다. 넥스는 손을 뻗었다. 그에게 팔이 붙잡힌 이그니스는 막 나가려는 걸음을 멈추고 고개를 돌렸다. 그를 바라보는 두 눈에는 그저 귀찮음이 가득할 뿐이었다.

"왜 그래, 넥스."

"땅 때문에 이러는 거, 아니지?"

"그게 무슨 소리야."

"내가 물을 말이야, 이그니스. 지금 네가 하려는 건 반역이잖아. 실패한다면 제국이 우릴 쫓게 될 게 분명해."

그 단호함에 이그니스는 입술을 달싹였다. 아무런 말도 없이, 그녀는 깊은 한숨을 내뱉었다.

"그래."

"리스크가 너무 커. 차라리 후작을……."

"넥스."

그 부름에 넥스는 말을 멈추고는 시선을 들어 이그니스를 응시했다. 방금 전까지만 해도 피로만이 가득했던 붉은 두 눈은, 불씨를 헤집은 것처럼 일렁이고 있었다.

"말리지 마. 해야 할 일이야."

"대체 왜? 얘기라도 해줘. 내가 언제 네가 하려는 걸 못하게 한 적이 있어? 이그니스. 마탑에서조차 같이 도망쳤잖아. 도와줄게. 그게 무엇이든, 네가 원한다면. 얘기만 해줘."

이그니스는 자신의 팔에 매달려 애원하듯 말하는 넥스를 바라보았다. 그의 조급함과 불안감이 선연했다. 그러나 처음 그에게 손을 내밀었을 때와는 많은 것이 달라졌다. 말랑말랑했던 감정은 치솟는 분노에 집어삼켜져 형체를 잃어버린 지 오래다. 이그니스는 제 팔을 잡고 있는 넥스의 손을 천천히 떼어냈다.

참담하기까지 한 그의 얼굴을 똑바로 바라보며, 이그니스는 장갑을 벗었다. 창백하리만치 희고 가는 손이 모습을 드러냈다. 넥스는 그 모습을 홀린 듯이 바라봤다. 이그니스는 서두르지 않았다. 그녀는 마치 경건한 의식을 치르는 것처럼 천천히 넥스의 장갑도 벗겨냈다. 그리고 맞닿은 손. 물 흐르듯 자연스러워 피할 생각조차 들지 않았다. 얽힌 손가락 사이로 빠듯하게 차오른 열기를 느끼며, 넥스는 고개를 들었다.

"미안해."

쿵, 하고 무언가가 떨어지는 기분이었다. 넥스는 그렇게 생각하며 맞닿은 손을 멍하니 응시했다. 순식간에 몸속에 충만했던 것들이 사라지는 감각은, 낯설었으나 본능적으로 알 수 있었다. 자신의 마나가 빠른 속도로 줄어들고 있다는 것을.

"더는 널 사랑하지 않아서."

그렇게 말하는 이그니스의 목소리가 귓가에서 웅웅 소리를 내는 것만 같았다. 넥스의 얼굴이 엉망으로 일그러졌다. 분노가 아닌 슬픔이 만면에 가득했다. 그는 자신에게서 멀어지려는 이그니스를 잡아놓기 위해 얽혀진 손가락에 바짝 힘을 줘 잡았다. 사그라드는 마나보다 이 손 하나가 더 값져, 넥스의 얼굴이 엉망으로 일그러졌다.

"어째서?"

뱉어내는 물음이 탁했다. 그는 끓는 가래를 뱉어내듯 그렇게 물음을 토해냈다.

"대체, 어째서?"

흐르지 못한 눈물이 그의 시야를 일그러뜨렸다. 마법사의 사랑은 시작부터가 고달프다. 사랑하는 이와 닿게 되면 자신의 가치나 다름없는 마나를 잃게 되니 고달프지 않을 리가 없다. 그렇게 손에 넣은 사랑이라 생각했는데.

"이그니스!"

넥스는 제 손을 떨쳐 내는 이그니스를 똑바로 응시하며 외쳤다. 그러나 돌아오는 답은 없었다. 그저 자신을 바라보던 붉은 두 눈은 눈꺼풀 너머로 사라졌다가, 그대로 돌아섰을 뿐이다.

쿵.

문이 닫혔다.

그리고 마나의 일부를 잃은 남자는 사랑마저 잃은 채 무너져 내렸다.

7장.
종장

삼 년.

양친이 사망한 뒤 리아는 필사적으로 자신의 자리를 찾고자 노력해 왔다. 쉼 없이 무언가를 하는 나날들이 이어졌다. 오러를 제어하는 데 있어 어려움을 겪은 여러 이유들에는 아마 그것도 포함되어 있을 것이다.

리아는 그런 생각을 하며 내리깐 시선을 살짝 들었다. 한 번도, 두 번도 아니다. 세 번째쯤 되면 모른 척할 수도 없는 법이다. 리아는 기꺼워하며 고개를 돌렸다. 길 건너편 건물에 기대어 있다 시선이 마주친 사내는 그녀가 짐작한 대로였다.

그 무엇보다 화려하게 타오르고 남아버린 재를 꼭 닮아 있는 회색 머리칼과, 회색 눈동자를 가진 남자.

"넥스."

죽여도 된다. 주군으로 삼기로 한 카인은 그녀에게 그렇게 말했다. 그가 얼마나 마음을 써줬는지는 자신이 가장 잘 알고 있었다. 이번 일에 대해 유력한 증거인 넥스를 사로잡아 그 입을 열수만 있다면, 대공을 추락시키는 게 훨씬 용이해질 테니 말이다. 그럼에도 카인은 말했다. 그를 죽여도 괜찮노라고. 자신이 용인하겠다고.

리아는 자신도 모르게 검의 그립을 손끝으로 쓸었다. 당장에라도 뽑아들 수 있도록. 혹은, 이것을 쥐어야 하나 고민하는 것처럼.

"와우. 후작님, 완전 얼굴이 폈네."

한껏 고양된 목소리를 꾸며내고 있었으나, 가까이에서 본 넥스의 얼굴은 영 엉망이었다. 며칠 사이에 불면증이 생긴 게 아니라면 잠을 설칠 만한 일이 있었던 게 분명했다. 푸석푸석한 얼굴과 두 눈에 가득 담겨 있는 피로, 그리고 어쩐지 지쳐 보이는 표정. 일에 문제가 생겼거나, 연인과 의견 충돌이라도 있었던 게 분명했다.

리아는 최대한 말을 아끼며 물었다.

"이번에야말로 쓸모 있는 얘기를 가져왔길 빌지."

"그것도 그렇고. 땅 대신 다른 걸 받을 수 있을까 싶어서."

"다른 거라니?"

"누구를 좀 살리고 싶은데."

넥스는 반쯤 주저앉았던 몸을 일으키며 말했다. 리아가 곧장 검을 뽑아 들지 않은 건 예상치 못한 말 때문이기도 했다. 어떻게든 얻으려고 한 것을, 이렇게 쉽게 포기한다고? 그녀의 미간이 옅게 패였다. 무언가 틀어진 게 분명했다. 갑작스럽게 발생한 예외 상황을 제대로 파악하지도 않고 저 목을 베어버릴 수는 없는 노룻이다.

리아는 넥스의 얼굴을 가만히 바라봤다. 거짓을 말하는 것 같진 않았다.

"사랑한다는 그 여자에게 무슨 일이라도 생긴 모양이지?"

"정확히는 생길 예정이지."

"네가 해결할 수 없는 종류의 문제인가."

"그렇다기보단……."

넥스는 쓸쓸한 표정으로 웃었다. 금방이라도 울 것 같은 얼굴로.

"내 도움을 더는 필요로 하지 않아. 멍청하게도 그걸 이제야 깨달았지 뭐야."

대화라. 리아는 그립에서 손을 뗐다. 그를 죽이고 싶다. 그 마음은 지금도 변함없었다. 그녀는 시간이 흘렀다 하여 양친의 복수를 잊어버릴 수 있는 그런 성정은 아니었다. 적을 앞에 둔 채 동정하거나 없었던 자비심이 솟아 그를 살려야 할 이유를 생각할 수 있는 성격도 아니었다.

그러나 그의 목을 베기 전, 해야 할 일이 있었다.

"하나, 질문에 대답해 주면 고려하지 못할 것도 없지."

리아의 말에 넥스는 마치 자신이 꿈을 꾸고 있나, 싶은 표정으로 눈을 깜빡였다.

"세상에. 후작님, 농담은 아니겠지?"

"그럴 리가."

받아들일 건가? 리아의 재촉에 넥스는 씩 웃으며 양손을 들어 올렸다.

"그걸 지금 말이라고 해? 이렇게 좋은 기회를 놓치면 머저리일

걸. 그래서, 뭐가 궁금한데?"

리아는 두 눈을 초승달처럼 휜 채 자신을 바라보는 넥스를 가만히 응시했다. 탄신연에 대한 얘기를 곧장 물어볼 수는 없는 노릇이다. 아무리 그라 할지라도 그런 질문에 대답해 줄 것 같진 않았다.

하지만 대입할 수 있는 사건이라면, 하나가 더 있지 않은가.

"삼 년 전. 흑마와 똑같이 생긴 키메라를 만든 적이 있나?"

넥스로서는 생각하지도 못한 질문이었다. 그는 당혹감을 느끼며 방금 전 일어난 자리에 다시 주저앉았다. 삼 년 전이라니. 그렇게 오래전 일을 당장 얘기해 달래도 무리라며 투덜거린 그는 턱을 괸 채 잠시 고민했다. 리아는 그런 그를 재촉하지 않은 채 조용히 기다려 주었다.

몇 분이 지나서였을까. 멍하니 허공을 응시하던 넥스의 시선이 리아 쪽으로 향한 것은.

"아아. 맞아. 흑마가 섞여 있었지, 아마. 어쨌든 진짜 말과 똑같은 키메라를 만들었어. 다섯 마리 정도."

"다섯 마리?"

그렇게나 많이? 리아의 눈가가 찌푸려졌다. 넥스는 무어라 더 질문하려는 그녀를 손을 저어 말리고는 말을 이었다.

"응. 다섯 마리. 의뢰를 받았거든. 왜, 도망자도 먹고 살아야 하잖아? 어쨌든 꽤 까다로운 조건들이라 짜증 났던 기억이 나. 네 발이 흰 흑마에 새하얀 백마 네 마리였거든. 아니, 키메라가 뚝딱 만들어지는 줄 아는 놈이었다니까."

"그 키메라가 어디에 쓰였는지는? 그것도 알고 있나?"

넥스는 리아의 안색을 살폈다. 창백하게 질린 얼굴이 어쩐지 무서울 정도였다. 그의 눈이 가늘어졌다.

"어디에? 아니. 그런 건 몰라. 아는 건…… 그 키메라를 주문한 자가 공국민이라는 것 정도랄까. 보수가 두둑했던 일이었지."

대공이다. 순간적으로 숨이 턱 막혀서, 리아는 입안 여린 살을 콱 깨물어야만 했다. 그렇다 하여 현실이 바뀌는 기적 같은 일이 벌어지진 않았다. 역시나, 대공이었다. 이 모든 일의 중심에는 언제나 그가 있었다.

자신이 알지 못했을 뿐.

"저기? 후작님? 물을 거라는 건 그게 다야?"

"한 번."

"응?"

"그 여자가 이번 일에서 손을 뗀다면, 한 번은 눈감아주지."

자신이 해줄 수 있는 건 그 정도뿐이었다. 넥스는 할 말만 한 채 곧장 뒤돌아 가버리는 리아를 황당한 표정으로 바라봤다. 손을 뗀다면? 그는 표정을 바꾸고는 리아 쪽으로 달려갔다. 그녀의 어깨를 잡아 돌리는 손이 거칠었다.

"얘기가 다르……!"

어라.

넥스는 두 눈을 크게 뜬 채 하려던 말을 끝맺지 못했다. 그는 그저 멍하니 생각했을 뿐이다.

그녀가, 이렇게, 분노할 줄 아는 사람이었나?

어깨를 잡아 돌리는 그 순간 검집에서 뽑힌 검날이 햇빛을 받아 반짝였다. 그러나 그것이 오러의 빛이라는 걸 깨달은 건 반사적으로 발동시킨 방어마법이 힘없이 깨졌을 때였다. 검날은 그대로 쇄도했다.

뚝, 뚝.

검날을 타고 흐르는 피를 본 뒤에야 통증이 덮쳐 왔다.

"하…… 이거, 진짜, 더럽게 아프네."

검이 자신의 옆구리를 벤 채 그대로 멈춰 있었다. 다음 공격을 고민하고 있기라도 한 듯이. 넥스는 리아가 일부러 얕게 베었음을 깨닫고는 천천히 그녀의 어깨를 짚었던 손을 떼어냈다.

그는 자신도 모르게 손끝을 오므렸다가, 눈살을 찌푸렸다. 자신이 약해졌음을 이런 식으로 체감하게 될 줄이야. 사랑하는 사람과의 접촉은 이다지도 값비싼 대가를 치르게 했다.

어딘지 얼이 빠진 것 같은 넥스의 모습에 리아는 짓씹듯 분노를 뱉어냈다.

"경고다. 넥스, 봐주는 건 여기까지야."

고개를 살짝 돌린 채 곁눈질로 자신을 응시하는 두 눈이 서늘하다 못해 차가웠다. 푸르른 녹음을 품고 있을 그녀의 눈은 쩡하니 얼어붙어 잘게 금이 가 있었다.

무서웠다.

넥스는 처음으로 느낀 공포에 몸을 가늘게 떨며 가쁜 숨을 뱉어냈다.

"잠시만, 왜 그렇게 화를 내? 내가 대체 뭘 했다고?"

"모르기에 아직 살아 있는 거겠지."

넥스는 거둬지는 검날에 눈살을 찌푸렸다. 제 갈 길을 가는 리아를 다시 막아설 용기는 나지 않았다. 아니, 설마 키메라 습격이 제 짓이라는 걸…….

"하."

이어지던 생각이 뚝 잘려 나갔다. 넥스는 그 자리에 멈춰 섰다.

제게 물었더랬다. 흑마와 똑같은 키메라를 만든 적이 있냐고. 넥스의 미간이 찌푸려졌다. 그녀에게 제 마법에 대해 얘기한 적이 있던가? 없다. 장난으로라도 흘릴 리가 없는 얘기였다. 제 입으로 죄를 자백하는 꼴일 테니.

그런데도 그녀는 물었고, 자신은 넋이 나가 머저리처럼 대답해 주었다. 전부 들켜 버린 것이다. 키메라 습격의 배후가 저라는 것을.

하지만, 그렇다면 어째서 흑마를?

흑마, 대공, 그리고 드벨 후작. 넥스의 얼굴이 엉망으로 구겨졌다. 그는 이마를 짚은 채 긴 숨을 뱉어냈다.

"……젠장."

대체 뭐가 어떻게 돌아가는지 전혀 모르겠다는 표정으로.

†

〈넥스? 잠시만, 리아. 그쪽에서 키메라를 만든 마법사를 알아낸 거야? 회색 머리에 회색 눈이라니, 아무 것도 모르고 한 짓이라는 건 또 무슨 소리야?〉

리아는 미리 약조된 시간에 맞춰 카인의 집무실을 향해 걸음을 옮기며 끝부분이 흔들리던 필체를 다시금 떠올렸다.

〈리아, 너 괜찮니? 말이 너무 횡설수설해서 알아보기가 힘들어. 그래서 그 넥스라는 마법사를 붙잡은 거야? 자백을 들었니?〉

서로의 눈을 본 것도, 목소리를 들은 것도 아니었다. 그러나 리아는 새하얀 종이 위에 채워진 새까만 글씨만으로도 짐작할 수 있었다. 저쪽 세상의 로렐리아가 살아온 온화한 삶을.

그러나,

하나만큼은 확실해졌다.

리아를 맞이한 카인은 드물게 가면을 벗어던진 채였다. 리아가 급작스럽게 알현을 청한 이유 때문이었다. 그는 집무실 중앙에 마련되어 있는 고풍스러운 의자 끝에 걸터앉은 채 자리를 권했다. 우스꽝스러운 가면 아래에 꽁꽁 숨겨두었던 날 선 시선을 느끼며 리아는 주인 없는 찻잔이 놓여 있는 왼편에 자리를 잡았다.

"큰 그림이라?"

카인은 제 앞에 앉아 있는 리아를 보며 중얼거렸다. 진부한 안부 인사마저 생략된 채였다.

"예. 전하께서는 어떻게 생각하십니까?"

점점 베일이 걷히고 있다 생각하지. 카인은 그렇게 생각하면서 휙 입술을 말아 올렸다. 그의 지위를 상징하는 인장이 홀로 경쾌하게 흔들렸다.

"조금 더 자세히 얘기해 주면 이해가 쉬울 것 같은데, 경."

"처음, 저는 이번 일을 단편적으로 생각했습니다. 대공의 반역, 넥스, 그리고 이 모든 것을 이어주는 탈주 마법사들까지."

그런데?

카인의 추임새 아닌 추임새에 리아는 조용히 답했다.

"생각이 바뀌었습니다."

그는 그제야 이 대화가 꽤나 흥미롭게 흘러간다는 생각을 하며 자세를 고쳤다. 그는 홀짝거리던 찻잔을 내려놓고, 턱을 괸 채 상체를 앞으로 숙였다.

"어떤 식으로 바뀌었지?"

"마탑은 오롯이 마법사들의 성지로 여겨지는 공간입니다. 그러나 어떤 마법사도 마탑에서 태어나진 않습니다. 모든 마법사들은 어딘가에 뿌리를 두고 있지요. 라흘란 제국 역시 마찬가지입니다. 이 땅에서는 매년 수많은 평민 출신 마법사들이 태어나고, 자라납니다. 그렇다면, 전하. 폐하께서, 정녕 모르셨을 것이라 생각하십니까? 대공 역시 알고 있었다면, 그가 수많은 탈주 마법사들에게 무엇을 약속했는지도 짐작 갑니다."

마탑이 자행하던 일들과 대공이 이를 통해 무언가를 얻고자 했는지를. 참으로 의미심장한 물음이 아닐 수 없었다.

그러나 조금만 생각해 보면 될 얘기다. 마탑은, 이를테면 마법사만을 위한 세상을 만들겠다 떨어져 나간 하나의 거대한 국가였다. 그러나 결국 마법사는 제국에서 혹은 여러 왕국에서 배출된다. 황제와 수많은 왕들은 마법사들이 어떤 식으로 마탑을 선택하는지 주시할 수밖에 없는 것이다.

지배자들은 높은 자리에 앉아 끊임없이 고민했다.

평민 출신인 마법사들이, 마탑에 들어가 어떤 식으로 사고思考하게 될 것인가? 모든 마법사들은 평등하다는 그 말도 안 되는 주장 아래에서 어린 시절 받았던 평민으로서의 수모를 기억할 것인가? 고향을 향해 칼끝을 겨눌 것인가? 아니면 그저 모두 잊고 평화로움을 즐길 것인가?

수십, 수백의 마법사가 가진 힘을 알기에 나오는 경계였다. 그러할진대 제국의 황제가 평민 마법사들에게 취해지는 그 불합리함을 정녕 몰랐을까?

리아의 물음에 카인은 즐거이 웃었다. 그리고 그는 제 하나뿐인 부친을 떠올리며 다시금 웃었다. 가장 높은 곳에 앉아 세상을 제 마음대로 주무르는 고고한 황제의 모습이 눈앞에서 아른거렸다. 그걸 보고 있던 이가 자신만이 아니라는 사실이 이토록 즐거울 수 없었다.

"그럴 리가. 폐하께서 그걸 모르셨을 리 없지."

"제 생각 역시 그렇습니다. 하면 전하. 폐하께서는 이미 넥스라는 마법사도, 대공이 움직이고 있다는 것도 알고 계실 가능성이 높습니다."

"알고서, 묵인하고 있다?"

황제의 침묵은 카인 역시 생각하고 있던 여러 가능성 중 하나였다. 그런 그가 굳이 되묻는 이유는 하나였다. 리아의 생각을 듣기 위해.

"경의 말대로라면 남는 의문은 하나군. 폐하께서 이 모든 것을 묵인하는 이유."

"그 의문에 대한 답은, 전하께서 아실 것이라 믿습니다."

이건 또 생각지도 못한 답이다.

"그거 아나, 경?"

카인의 눈이 휘었다.

"나는 경이 참 좋아."

낮은 웃음이 허공을 긁었다.

"하나 동시에 생각하곤 해. 만에 하나 그대가 대공의 편에 섰더라면, 어찌 했을지에 대해."

카인은 아무런 대답도 하지 않는 리아를 한동안 바라보다 몸을 일으켰다. 그는 언제 그랬냐는 듯 다시금 장난스러운 황태자로 돌아와 있었다.

"그러니 작금의 상황이 참으로 만족스럽다네. 왜, 경도 몇몇 개는 알지 않을까 싶은데, 동화는 항상 해피엔딩으로 끝나잖은가."

나는 그게 참으로 좋았어. 그러니 이 얘기도 그렇게 끝낼 생각이라네.

카인은 그것으로 대화의 종결을 알렸다. 리아가 자리에서 일어나자, 책상으로 걸어가던 그는 잊었던 것이 갑작스럽게 떠오른 사람처럼 낮은 탄식과 함께 고개를 돌렸다.

"하고 싶은 말은 해도 괜찮아."

이제 와 그건 중요하지 않으니 말이야.

카인의 허락이 떨어지자, 리아는 지체 없이 후궁전으로 걸음을 옮겼다. 시간이 날 때마다 들렀지만 고작 반나절 사이에 사람이 또 늘었다. 리아는 머리를 반쯤 틀어 올린 시녀를 눈에 담으며 후궁전 안쪽으로 향했다.

신경 쓰고 있다는 말이 빈말은 아닌 듯, 안쪽으로 들어가면 갈수록 알게 모르게 늘어난 후궁전의 호위가 가장 먼저 눈에 띄었다. 카인이 후궁전에 제 사람을 심기 시작한 이유에는 여러 가지가 있었다. 그러나 가장 큰 이유는 적이 침입한다면 후궁전일 것이라 생각하기 때문이었다. 탄신연 동안 비면서 동시에 황궁의 구석에 위치한 궁. 카인은 그 점에 주목했고, 후궁전과 연결된 통로를 샅샅이 수색하고 있었다.

어떤 이유에서건 실력 있는 이들이 후궁전에 배치된다는 것은 리아로서는 나쁘지 않은 일이었다. 그만큼 미셸의 안전도 보장될 테니 말이다. 리아는 복도를 가로지르며 낯선 얼굴을 훑었다. 접시를 든 채 걸어가는 시종은 손을 보건대 검을 꽤나 잡은 이였고, 빨랫감을 한아름 안고 종종걸음 치는 시녀는 언젠가 마주친 적 있는 황태자의 사람이었다.

오랜 세월 동안 반쯤 버려져 있던 후궁이 이토록 많은 이들의 관심과 비호를 받게 된 것은 처음일 것이다. 리아는 곁눈질로 제게 눈인사를 건네는 시녀에게 슬쩍 고개를 끄덕여 주고는 곧장 루실라의 방으로 향했다.

"어머! 후작님이 이 시간엔 웬일이세요?"

방문을 두드리자, 루실라는 제 손으로 문을 열고는 놀라움을 감추지 않았다. 루실라의 뒤로 자수감을 들고 있는 아스티나가 보였다.

그러나 리아가 두 후궁의 위치를 알고 있는 것은 전혀 우연이 아니었다. 원하건 원치 않건 리아는 후궁전과 후궁들에 대한 보고를 규칙적으로 받았다. 그녀들을 보호하고, 동시에 감시하기 위함이었다. 그렇기에 리아는 이 시간 루실라와 아스티나가 어디에 있는지 알고 있었다. 리아는 검지를 입가에 가져갔다. 그러자 루실라는 눈을 데굴 굴리면서 제 손으로 입을 막았고, 아스티나는 손짓으로 시녀들을 물렸다.

"무슨 일이라도 있나요?"

문을 닫으며 아스티나가 물었다.

"드릴 말이 있습니다."

리아의 대답에, 이번엔 루실라의 표정이 심각해졌다.

"연애 상담은 아니죠?"

"아닙니다. 있을지도 모를 위험과 관련된 얘기입니다."

"……이런!"

짧은 탄성을 내지른 루실라는 고개를 저으며 중얼거렸다.

"정말, 제 착각이길 바랐는데 말이죠……."

폭 한숨을 내쉰 루실라는 이내 후궁이자 방주인으로서의 제 위치를 자각했다. 그녀는 재빨리 리아와 아스티나에게 자리를 권했다. 그러고는 차를 내오지 못해 미안하다며 정중히 사과했다.

"그래서, 궁에 부쩍 새로운 사람들이 늘어난 것과 관련이 있는 건가요?"

"……알고 계셨습니까."

"처음에는 몰랐죠. 원래 후궁전은 종종 시녀들이 바뀌곤 하니까요."

그리 말하는 루실라의 두 눈은 무겁게 가라앉아 있었다. 후궁에게 오랜 시간 함께한 시녀들은 수족과 다름없다. 그래서일까. 그녀들은 주기적으로 사람이 바뀌는 걸 가장 힘들어했다. 익숙해질 만하면 사람이 바뀐다. 세력을 만들지 못하게 하기 위함이라는 것을 알았을 때 그녀들은 화를 내는 대신 그럴 줄 알았다며 웃었다. 화낼 이유는 없었다. 애당초 모든 것을 포기하고 선택한 혼사였으니 말이다.

루실라는 놀란 것 같은 아스티나를 미안한 시선으로 바라보고는 말을 이었다.

"그런데 작은 실수가 있었죠. 실수라고 하기에도 뭐한 실수라고 해야 하나…… 미셸을 담당하던 시녀 셋이 한꺼번에 바뀌었거든요. 후작님께서도 아시겠지만, 보통 그렇게 한 번에 바꾸진 않아요. 그래서 생각했죠. 무언가가 있구나."

아스티나의 표정이 묘했다. 저는 전혀 눈치채지 못했다. 미셸의 시녀 셋이 한꺼번에 바뀌었다는 것도 눈치채지 못했고, 만약 눈치챘더라도 이상함을 느끼지 못했을 것이다.

아스티나는 황제의 후궁이 된 뒤로 그런 사사로운 것에 신경 쓰지 않는 버릇을 들여왔다. 그렇지 않고서는 팔다리가 잘린 것 같은 삶을 견디기 어려웠다. 그렇게 눈을 감고 귀를 닫아왔는데 친우이자 동기나 다름없는 루실라는 그렇지 않았다는 것이 놀라웠다.

그런 아스티나의 감정을 읽기라도 한 듯, 루실라는 손을 뻗어 아스티나의 손을 붙잡았다. 맞닿은 온기는 따스하기 그지없었다.

"물론 전 공작부인께서 재미있는 부탁을 하기도 하셨지만, 그것과는 또 다른 문제인 것 같았거든요. 제 생각이 틀렸나요?"

"아닙니다."

리아는 짧게 대답하고는 다시 입을 닫았다. 어디서부터 시작해서 어디까지 얘기해야 할지 쉽사리 정하기가 어려웠다. 카인은 말해도 좋다 했다.

'전부'를.

그러나 그가 말하는 전부와 제가 생각하는 전부는 달랐다. 어디까지 얘기해도 괜찮은가. 리아는 짧은 고민을 마치고 말을 이었다.

"얼마 전 불온한 움직임을 감지했습니다. 황실 경비를 강화하는 과정에서 후궁전 역시 위험할 수 있다 판단했습니다. 갑작스러운 인사이동은 그 때문입니다."

"……대공인가요?"

"어째서 그렇게 생각하십니까."

"오!"

그제야 루실라는 자신의 실수를 눈치챘다. 그녀는 재빠르게 덧붙였다.

"그저 여인의 수다랍니다. 후작님, 근거도 증좌도 없는, 그저 바람결에 흘리는 입소문이죠."

"그럼요."

아스티나가 맞장구쳤다. 그러나 대공이 황위를 노린다는 것은 너무도 공공연해 비밀이랄 것도 없었다. 모두가 그 사실을 알았고, 얘기했고, 평가했다. 세상사와 반쯤은 단절되어 있는 후궁들마저 알고 있을 정도니 그 공공연함은 짐작할 만했다.

12의결원은 양팔저울 위에 황태자와 대공을 올려놓고 재고 있었고 황제는 모든 사실을 알면서 침묵했다. 그 아래에 있는 귀족들은 서로의 눈치를 보며 재빠르게 편을 정했다. 그들의 관심사는 하나였다.

누가 이길 것인가?

사내들과 여인들이 얘깃거리가 떨어질 때면 앞다퉈 입에 올리는 주제가 바로 그것이었다.

"후작님, 그쪽 일이라면 저희는 최대한 적게 듣는 게 좋겠어요. 위험한 일인지만 말해주세요."

"위험합니다."

루실라의 손이 가늘게 떨렸다. 그녀는 드레스 자락을 움켜쥔 손에 꾹 힘을 주며 되물었다.

"정확히 누구에게 위험하죠?"

리아는 짧은 침음을 삼켰다.

"미셸 마마께서, 위험하실 겁니다."

오.

두 후궁이 서로를 마주 보았다. 확장된 동공에는 각자 느끼는 감정이 한가득 들어차 있었다.

루실라의 방 안이 무겁게 가라앉아 있을 때, 그리 머지않은 궁

입구는 또 다른 긴장감으로 가득했다.

"……그러니까 단장, 여기 왜 있는 거라 하셨습니까?"

"산책이라 몇 번을 말하지."

"……아, 예."

산책이라구요. 그렇겠죠. 그럼요.

페피는 혼잣말로 중얼거리곤 푹 한숨을 쉬었다. 아니, 누가 산책을 후궁전에서 한단 말인가? 최소한 정신이 제대로 박힌 인간이라면 후궁전 근처를 산책이랍시고 얼씬거리진 않을 것이다. 페피는 제정신이 아닌 것 같은 에드가를 곁눈질로 힐끔거리며 다시 한숨지었다.

"저, 단장."

에드가는 대답하는 대신 왜 그러냐는 시선으로 페피를 바라봤다. 그 무심한 시선을 받으며 페피는 조금 상처 입었다. 오로지 충심만으로 제 상사의 사랑을 위해 뛰었건만 돌아오는 건 차가운 냉대라니. 이런 서글픈 일이 또 있냐 생각하며 페피는 말했다.

"그래서 고백은 언제 하실 겁니까?"

이젠 제발 좀 하라는 투였다. 그 말투에 불손함이 가득했다. 그러나 에드가는 화내는 대신 무심하게 툭 대답했다.

"이미 했다."

"아, 하셨…… 예?"

"귀가 먹었나, 경?"

"……예?"

"귀가 먹었…….."

"아아아뇨! 아뇨, 아니아니! 그거 말고 말입니다! 뭐, 뭘 하셨다 하셨습니까?!"

"고백."

에드가는 말을 이었다.

"근래 귀족들 사이에서 이상한 소문이 돌고 있는 것, 다 알고 있다. 후작과의 관계는 나의 일방적인 것일 뿐, 후작과는 아무런 상관도 없어."

그저 내가 혼자 마음에 두고 혼자 노력하는 것이 이상하게 소문이 난 것뿐이야. 에드가는 그로서는 무척이나 드물게 구구절절하게 상황을 설명했다. 잘못된 방향으로 퍼진 소문을 바로잡기 위함이었으나, 페피는 다른 의미로 말문을 잃었다.

그는 생각했다.

이게 뭐람.

그리고 동시에 생각했다.

그렇게 오랫동안 노력하고, 뒤를 밟고, 계획을 세워도 안 되던 것이 눈 깜빡하는 사이에 끝났다는 사실에 기뻐해야 할지 슬퍼해야 할지를. 남의 연애 문제엔 끼어드는 게 아니라더니 그게 진짜인 모양이었다.

고백은 했으나 대답은 듣지 못했다는 사실을 알지 못하기에 나오는 허탈감이었다. 페피는 양손을 가지런히 모아 잡은 채 두 눈으로 간절하게 질문했다.

그럼 이제 두 분은 결혼하시는 건가요? 후작가와 공작가의 결합인가요? 희대의 로맨스, 극적인 사랑, 가문의 벽을 허물고 비호감의 늪을 뛰어넘은 사랑의 결실이 드디어 맺히는 건가요?

할 질문은 많았으나 페피의 입에서 뱉어진 것은 하나도 없었다.

"단……"

그가 무어라 묻기 전에, 궁에서 나온 리아를 발견한 에드가가 휘적이며 저 멀리 가버렸기 때문이다. 마치 태어나 처음 본 이에게 각인해 졸졸 쫓아다니는 오리처럼 리아를 따라 움직이는 에드가를 멀거니 보던 페피가 파, 숨을 뱉었다.

정말,

상상만 했던,

공작가와 후작가의 불가능해 보이는 결합을 보게 될지도 모른다는 생각을 하면서.

그렇게 에드가가 의도했던 '소문 바로잡기'는 시작과 동시에 실패했다.

에드가는 페피를 뒤로한 채 리아를 향해 걸어갔다. 걸음 하나에 풍경 하나를 담았다. 고작 몇 걸음 앞에서 걷고 있는 리아의 뒷모습에서 시선을 떼지 않으며, 그렇게 그녀를 향해 걸어갔다. 그 걸음이 기꺼웠다. 상황은 최악을 향해 치닫고 있었으나 리아와의 관계는 빠르게 가까워지고 있었다. 고작 얼마 전까지만 해도 미처 상상조차 못했던 일이다. 멀리 떨어져 서 있던 그날과 비교한다면 이렇게 뒤를 따르는 것조차 기적이었으니까.

둘 사이의 거리가 몇 걸음밖에 되지 않을 정도로 가까워지자, 리아는 기다렸다는 듯 몸을 돌렸다. 당연히 푸른매가 제 뒤를 밟는다 생각했다. 그랬기에 리아는 에드가의 모습에 조금 놀랐다. 커진 녹안이 그녀의 그런 감정을 고스란히 보여주었다. 그러나 그녀는 곧, 부드럽게 웃었다.

"어쩐 일이십니까."

"……가는 방향이 정문 쪽이기에 무슨 일이 있나 싶어서."

"아. 드레스를 찾으러 갑니다."

손이 어찌나 빠른지 벌써 완성되었다 하더군요. 안느가 총애하는 자라더니 그저 빈말은 아니었다. 손이 빠르기도 빨랐으나 디자인도 리아의 마음에 쏙 들었다. 그녀는 얼마 전 최종적으로 피팅한 드레스를 떠올리며 뿌듯해했다. 드레스를 입은 채로도 검을 찰 수 있다는 것은 그야말로 혁신이었다. 리아는 방금 전과는 달리 환하게 웃었다. 두 눈이 샐쭉 접힐 정도로.

"모두 경의 덕입니다."

"그렇다면 상을 하나 받고 싶은데."

"예?"

"아주 작은 상이야."

드레스를 준비해 주겠노라 한 남자가, 상을 달라며 제 앞에 서 있다. 이 상황을 알고 있다. 고백 이후에 수많은 책을 읽었고, 수 없이 많은 이들에게 경험을 듣고 조언을 구했다. 리아는 제 눈앞에 있는 남자가 원하는 상이라는 것이 정말 아주 작을 것이라 확신도 할 수 있었다. 내기하는 취미는 없었으나, 필요하다면 내기라도 할 수 있었다.

이 남자는 진심이고, 원하는 것은 아주 사소할 것이며, 자신은 그런 그가, 이 상황이 싫지 않았다.

그건 무척이나 중요했다.

싫지 않았다.

싫지 않다니.

리아는 자신도 모르게 터질 뻔한 탄성을 삼키며, 가까스로 대답했다.

"말하십시오."

"의상실까지, 같이 가도 괜찮겠나."

어찌나 직설적인지, 그런 쪽으로는 영 재능이 없는 리아마저 단번에 알아들을 정도였다. 고개를 들자 보이는, 자신을 보고 있는 눈이 고요했다. 갑자기 귀가 화끈거리는 기분이었다. 사소할 것이라 예상은 했지만 이렇게까지 사소할 줄이야. 빗기는 시선으로 눈에 들어오는 풍경이 괜스레 창피했다.

"……넥스가, 또다시 나타날지도 모르니까."

응?

리아가 빠르게 눈을 깜빡였다.

"그뿐……?"

"……이런 변명을 해서라도 같이 가고 싶어서."

화르륵, 리아의 얼굴에 열꽃이 피었다. 이 남자는 돌려 말한다는 것이 무엇인지 전혀 모르는 게 분명했다. 그렇지 않고서야 항상 이렇게 직설적일 수 있을 리가 없다. 너무 직설적이니 그에 맞닿는 반응도 직설적일 수밖에. 리아는 품 안에 있는 보석함이 달그락거리는 것을 느끼며 작게 한숨지었다. 정말이지, 이젠 어쩔 수 없다 생각하며.

"좋습니다."

그 한마디에 화색이 도는 남자를 이젠 어쩔 수 없었다. 자신을 올곧게 바라보는 남자와 마주하는 것만으로도 머릿속은 복잡하기 그지없다. 따져야 할 조건들이 가장 먼저 떠오르고 흐릿한 미래에 눈앞이 캄캄했다. 가장 이상적인 선택은 처음부터 정해져 있던 것이나 다름없었다. 지금도 늦지 않았다는 것을 잘 알고 있다. 그는 모든 것을 얘기했고 남은 것은 자신의 답뿐이었다. 안 된다, 불가하다 말하면 그만이다. 그가 깔끔하게 물러날 것임을 안다. 한 번만 더 생각해 보라는 말도 하지 않으리라. 그런 남자이니.

그럼에도.

"같이 가죠."

입 밖으로 뱉어지는 말은 이상과 정반대에 있었다. 리아는 화색이 도는 에드가를 향해 웃으며 생각했다.

이건 정말 어쩔 수 없는 일이라고.

"경."

작은 목소리였으나 에드가는 그것을 놓치지 않고 리아를 응시했다. 이제는 익숙해져 어둠속에서도 알아볼 수 있을 남색 눈동자가 새삼스러웠다. 예전에는 미처 눈치채지 못한 애정이 그 안에 가득했다. 어째서 이걸 악의라 생각했을까 싶을 정도로.

"일전에, 연회에 파트너로 참석할 수 없는 이유가 소문이라 하셨죠."

"그래."

"제가, 소문이 나도 상관없다 한다면 어쩌겠습니까."

우뚝. 에드가의 걸음이 멈췄다.

"그 말은……."

더듬거리는 목소리가 가늘게 떨렸다. 그걸 듣고 있자니 어쩐지 기분이 이상했다. 리아는 대답하는 대신 손을 뻗었다. 맞닿은 온기가 금방이라도 델 것처럼 뜨거웠다. 어째서 지금 이 순간 손을 잡아보라던 웃음기 어린 조언이 떠오르는 것일까. 괜스레 거기에 생각이 쏠려서 맞닿은 살갗에 온 신경이 집중됐다.

"경. 경? ……로렐리아!"

리아는 두 눈을 동그랗게 뜬 채 고개를 돌려 에드가를 바라보았다. 마치 제가 들은 말이 진짜인지 확인이라도 하고 싶다는 표정으로. 그녀의 녹안이 가늘게 떨렸다.

"뭐라고, 했습니까?"

"내가 묻고 싶은 말이야. 소문이 나도 상관없다니, 그게 무슨 의미지?"

그렇게 묻는 에드가는 어쩐지 초조해 보였다. 당장 답을 듣지 않으면 큰일이라도 나는 것처럼 그는 그녀의 입을 빤히 바라봤다. 무슨 말이라도 해주길 기다리는 아이처럼.

불쑥 장난기가 고개를 치켜들었다. 리아는 손에 살짝 힘을 주었다. 그러자 연쇄작용이라도 되는 것처럼 에드가의 귓불이 붉게 물들었다. 이전에는 눈치채지 못했다는 게 놀라울 정도로 그의 표정은 시시각각 변했다. 엄지로 손등을 만지작거리자 동공이 눈에 띄게 떨리면서도 차마 손을 빼지는 못한 채 방황하는 시선이 선연했다.

세상에.

리아는 생각했다. 저쪽 세상의 로렐리아는 뭘 아주 잘못 알고 있는 게 분명하다고. 그녀는 연신 에드가의 멋진 점만 말해주었다. 그가 얼마나 자상하고, 세심하고, 또 멋진지에 대해서.

'귀엽다는 얘기는 없었잖아.'

동생이 있어서인지, 취향인지는 모르겠으나 리아는 귀여운 것에 약했다. 달콤한 것, 귀여운 것, 그리고 예쁜 것들은 보고 있자면 절로 부드러운 미소가 지어지는 법인지라 이번에도 그녀의 입가는 호선을 그리며 휘어 올랐다. 자신보다도 얼굴 하나는 더 큰 남자를 귀엽다 여기게 될 날이 올 줄이야.

에드가는 지금 이 자리에서 도망가고 싶어 하는 게 분명했다. 제 눈에는 그렇게 보였다. 그러나 답을 듣지 못해 손이 붙잡힌 채로 안절부절못하는 그의 모습을 보고 있자니 심장께가 간질거리는 이유를 알 것만 같아서, 리아는 잡은 손을 들어 올렸다.

"이런 의미입니다."

그의 손등에 내려앉는 입술에 온기가 가득했다. 보통 남자가 레이디에게 경애의 뜻으로 하는 입맞춤이었다. 그러나 사랑을 남자만 하던가. 리아는 거리낌 없이 그의 손등에 입 맞추고는, 어쩐지 넋이 나가 보이는 에드가를 향해 잘게 웃었다. 무척이나 기쁘게.

"어머! 어머머!"

에드가는 초조함을 느끼며 커튼을 빤히 바라봤다. 당장에라도 커튼을 젖히고 싶다는 티가 역력한 표정에 견습으로 일하는 소녀가 그 기분 알 것 같다는 표정으로 차를 한 잔 가져다주었다. 뜨거운 김이 모락모락 올라오는 찻잔이 전부 식을 때까지 커튼 너머의 바람잡이는 계속 이어졌다. 에드가의 인내심이 바닥에 달했을 즈음에서야 디자이너는 커튼 끝을 붙잡고 고개를 쏙 내밀었다.

"다 되었답니다."

"꽤나 즐거워 보이는데."

"어머, 그럴 리가요. 호호호."

눈웃음을 치던 디자이너는 에드가의 표정이 심상치 않자 재빨리 태도를 전환했다. 커튼을 움켜쥔 손이 잽싸게 움직였다. 차르르 소리를 내며 커튼이 걷히자 어색한 얼굴의 리아가 모습을 드러냈다.

"가장 중요한 것이 활동성이라 강조를 하셔서 코르셋은 모양만 냈답니다."

조끼는 얇은 가죽으로 만들어져 라인을 부드럽게 살려주었다.

체계적인 관리 덕에 코르셋을 힘껏 조일 필요도 없었다. 코르셋은 사실상 명목상에 불과했을 정도로 손쉽게 팔을 뻗고 검을 휘두를 수 있는 디자인이었다.

"치마 쪽은 더욱 고심을 했지요. 부해 보여도 안 되고, 너무 얇으면 속에 입은 바지가 비칠 테니까요."

조끼가 연갈색이었다면, 치마는 검은 가죽 위에 속이 비칠 정도로 얇은 실크가 덧대어진 것이었다. 가죽에 금사로 놓아진 수는 그녀의 머리칼과 짝을 이루고 있었고, 매듭으로 만들어진 끝부분은 가죽이라는 재질 덕에 하나의 장식처럼 잘 어우러졌다.

눈꺼풀이 천천히 감겼다가, 다시 뜨였다. 뷰티에의 말은 끊이지 않고 이어졌지만 제대로 들리는 것은 하나도 없었다.

방금 전까지만 해도 머릿속이 온갖 것들로 가득했다. 드레스가 그녀의 마음에 들 것인지부터 시작해서, 넥스의 일, 코앞으로 다가온 연회와 카인에 대한 일들까지. 그러나 그런 복잡한 현실들은 찰나의 순간에 자취를 감추었다. 그 순간 그의 눈 안에 들어온 것은 오직 리아, 그녀뿐이었다.

"마음에 드시나요?"

뷰티에의 목소리도, 견습 디자이너의 탄성도 들리지 않았다. 처음 로렐리아를 봤던 날과 같았다. 세상이 정지한 것 같은 감각과 그 중심에서 오로지 그녀만 숨 쉬고 움직이는 그 낯선 기분이 온몸을 사로잡았다.

"각하?"

어째서 뷰티에가 계속 제게 의견을 묻는지 이해가 가지 않았다. 마음에 드냐는 질문은 어색하게 거울에 자신의 모습을 비춰 보는 리아에게 물어야 하는 것 아닌가. 그녀가 드레스의 주인이니 말이다.

"리아."

그녀의 애칭을 입에 담은 것은 순전히 무의식이었다. 그래서였다. 뷰티에부터 시작해서 정작 불린 로렐리아까지 놀란 눈으로 자신을 보는 것을 미처 눈치채지 못한 이유는.

"드레스는, 마음에 드나."

갑자기 던져진 질문에 그제야 뷰티에는 자신의 실수를 자각하고는 면구스러운 표정으로 슬쩍 뒤로 물러섰다. 어슷하게 가려졌던 시야가 트이자 에드가는 자신의 질문에 대한 답을 곧장 얻을 수 있었다.

환하게 웃고 있는 미소로.

그로부터 또다시 며칠이 흘렀다. 캐슬러와의 약속을 이렇게 늦은 밤에 잡을 수밖에 없을 정도로 에드가는 과한 업무에 시달리고 있었다. 그는 복도를 밝히고 있는 횃불을 힐끔 곁눈질하며 캐슬러와 약속한 응접실에 들어섰다.

"하?"

에드가가 새로이 짠 배치도를 확인한 캐슬러의 눈썹이 위로 휘어 올라갔다.

"무슨 배치가 이 모양이냐?"

"문제라도 있습니까?"

"문제가 있느냐고."

캐슬러는 허탈한 탄성을 뱉어냈다.

"있지. 홀 안에 기사를 왜 이렇게 많이 배치해? 게다가 예상 대피로라니."

굳은살이 잔뜩 박인 손이 배치도 위를 어지럽게 움직였다. 딱히 귀족다운 무언가를 해본 적은 없었지만, 그도 귀족은 귀족이었다. 대충 이 판이 어떻게 돌아가는지 정도는 알고 있다는 소리다. 기사들 중 절반 이상이 귀족인지라 탄신연처럼 큰 파티가 있는 날에는 비번이 많았다. 그 때문에 근무를 서는 기사로는 수가 부족해 병사들까지 동원하는 게 보통이었다.

그런데 에드가가 가져온 배치도는 전혀 다른 양상을 보이고 있었다. 쉬는 기사가 한 손에 꼽을 정도인 데다, 궁에 배치된 수도 과하다 싶을 정도로 많았다. 캐슬러는 눈을 들어 제 옛 제자를 바라보았다.

"……대체 무슨 일이 벌어지고 있는 거냐."

"말할 수 없습니다."

"나는 신뢰할 수 없다?"

"그런 의미의 신뢰가 아니라는 것, 알고 계시잖습니까."

에드가는 피식 웃는 캐슬러를 조금은 착잡한 심정으로 바라봤다. 짧은 시간이었으나 그에게는 꽤 많은 것을 배웠다. 성정이 곧고 우직하다는 것도 알고 있다. 금은보화나 작위로 넘어갈 만한 인사는 아니었다. 그러나 오랜 시간 수도를 떠나 있었던 것도 사실. 확신할 수 없는 이를 독단으로 신뢰할 순 없었다.

"그리고…… 굳이 제게 듣지 않아도 이미 짐작하고 계시잖습니까."

"아아. 분위기가 분위기이니 말이지."

캐슬러의 시선이 에드가의 눈가에 난 상처로 향했다. 카인에게는 그보다 큰 상처가 있다. 다행히 옷으로 가릴 수 있는 곳에 있어 아는 이가 많진 않았지만. 저런 흔적들을 헤아려 보면 대공은 꽤 운이 좋거나, 더 수완이 좋은 게 분명했다. 그러지 않고서야 한 나라의 황태자와 공작에게 저렇게 훈장 같은 상처를 하나씩 남길 수 있었을 리가 없을 테니 말이다.

그는 그것을 빤히 들여다보다 툭 던지듯 물었다.

"대공이냐."

또다시. 혹은 지긋지긋하게. 거추장스러운 수식어를 떼어냈지만 에드가는 캐슬러의 표정만으로도 그의 생각을 읽은 듯 비식 웃었다.

"글쎄요."

"에라이. 이 귀염성 없는 제자 같으니라고."

"제겐 권한이 없습니다. 아실 때도 되지 않았습니까."

"하! 전하께 가서 달라 해봐라. 확신하건대, 좋다며 주실 거다, 그 권한."

"……농담으로라도 그런 말은 하지 않도록 조심해야겠군요."

"에디. 네가 어릴 적부터 누누이 당부했지만, 권력욕도 어느 정도는 있는 게 좋아. 이 끔찍한 수도에서 계속 살 생각이라면 말이지."

"당신이 할 말은 아니지 않습니까."

좁아터진 수도에서 아등바등 싸우는 게 싫다며 4기사단을 맡았으면서. 에드가의 지적에 캐슬러는 그도 그렇다며 호탕하게 웃어젖혔다. 집무실이 떠나가라 웃던 그는, 일순간 뚝 웃음을 멈추고는 물었다.

"그래서, 후작은 어떻게 잘 꼬셨냐?"

그 직설적인 표현에 에드가는 손에 이마를 파묻었다. 이놈의 수도에서는 어째 비밀이 없는지 모르겠다 중얼거리며. 에드가가 질색하는 표정으로 고개를 젓자, 캐슬러는 킬킬 웃었다. 아무래도 영 진전이 없어 보이던 제자에게도 드디어 꽃길이 펼쳐진 모양이라 중얼거리며. 그는 붉게 물드는 에드가의 얼굴을 즐거이 바라보다, 툭 던지듯 화제를 돌렸다.

"적이 몇인지는 파악했고?"

"……그렇게 말을 뛰어넘지 좀 마십시오."

"네놈이 적응해. 목숨이 왔다 갔다 하는 상황에서 살다 보면 다 이렇게 되는 거다. 대공이라고 치고. 사실 대공 말고 또 이런 무식한 짓을 벌일 인간이 있겠나 싶지만. 어쨌든, 그자에게 그렇게 실력 좋은 마법사가 붙은 거라면, 알고 있겠지? 일이 터지기 전에 병력을 묶어두는 게 최선이다."

이 자리에 더 있다간 전부 파헤쳐질 게 분명했다. 캐슬러는 그런 쪽으로는 실력이 출중했다. 이 이상 얘기를 흘릴 수는 없다. 에드가는 단호하게 잘라내며 자리에서 일어났다.

"전하께. 그게 먼저입니다."

짧게나마 맺었던 사제 간의 정도, 기사로 서로에게 가진 경의도 없다. 그 단호한 자름에 캐슬러는 손이 베일까 두려운 것처럼 뒤로 몸을 뺐다.

생각이 바뀌면 언제든 도움을 청하라는 장난 가득한 목소리를 한 귀로 흘리며, 에드가는 문을 열고 밖으로 나섰다.

카인은 캐슬러를 썩 마음에 들어 하지 않았다. 그 작자는 무슨 생각을 하는지 모르겠다며 얼굴을 구기는 카인을 볼 때마다, 에드가는 동족혐오라는 단어를 떠올리곤 했다. 그 정도로 둘은 비슷한 구석이 있었다. 그러니 언젠가는 서로의 마음이 꽤 잘 맞다는 걸 알아차리고는 사이가 좋아질지도 모를 일이었다.

그러나 지금은 아니었다. 에드가는 문가에서 자신을 기다리고 있던 기사에게 물었다.

"로렐리아 경은?"

"기사들과 함께 약속한 장소에서 기다리고 있을 겁니다."

에드가는 캐슬러의 조언을 떠올리며 걸음을 재촉했다. 병력을 묶어두는 게 좋을 거라고?

"서두르지."

"예!"

그렇게 하는 게 당연하지 않은가. 복도를 가로지르는 발소리가 묵직하게 울렸다. 종막을 향해 나아가는 극의 끝을 직감하기라도 한 듯이.

동쪽 성문 근처의 작은 저택. 리아를 필두로 기사 둘과 마법사 둘은 그곳에 몸을 감춘 채 에드가를 기다리고 있었다.

"신기하네. 탐지마법도 엄청 희귀한 거라던데 그걸로 마법사까지 찾을 수 있을 줄은 또 몰랐네."

팔짱을 낀 채 의자에 앉아 있는 다이컨의 말에, 셴은 푹 고개를 수그렸다. 프루트나 캐리엇은 마차 사고를 재조사하며 조금이나마 친분을 쌓았다지만 다이컨은 아니었다. 낯선 사람이, 심지어 근육질에 무시무시한 얼굴로 자신을 위에서 아래로 훑어보고 있으니 겁먹는 것도 무리는 아니었다.

그런 셴의 앞을 막아선 것은 토리아였다.

"황실의 귀한 재원인데, 그만 좀 괴롭히시죠?"

"아니, 내가 뭘 괴롭혔다고……."

그냥 좀 봤다며 억울해하는 다이컨의 말에, 토리아는 상큼하게 웃으며 반박했다.

"의도한 게 아닐지라도 상대가 공포를 느꼈으면 그만하고 사과하는 게 예의랍니다, 경."

어찌나 단호한지 다이컨은 차마 반박하지도 못했다. 심지어 틀린 말도 아니지 않나. 그런 둘을 먼 나라 얘기인 양 구경하던 프루트는 늘어져라 하품하며 리아에게 말했다.

"벌써 내일인데 걱정은 안 되십니까?"

"걱정이라. ······부탁이니 허둥거리지 말고 지정된 대피로로 곧장 귀족들을 안내해라. 몇 번이나 연습을 하긴 했지만······."

그렇게 원활하게 이뤄지진 않았다. 애당초 붉은늑대기사단은 이런 류의 임무를 수행한 역사가 없었다. 외부 임무는 기껏해야 몬스터 토벌이었으니 대인대피에 대해 기본적인 지식조차 없었다. 그런 그들을 열심히 굴린 것이 바로 에드가다.

쓰러지기 직전까지 같은 행동을 무수히 반복시키던 에드가의 잔혹함을 떠올린 프루트는, 부르르 몸을 떨었다.

"걱정 마십쇼. 그만큼 했는데도 실수하면 그건 멍청이도 아니고 머저리니. 그런데 그쪽이 몇인지도 모르는데 고작 이 정도의 인원으로 괜찮겠습니까?"

병사를 걱정하는 것이 아니다. 프루트는 마법사를 걱정하고 있다. 아무리 예외적인 상황이라는 것을 알고 있다 할지라도 뇌리에 박혀 버린 것이다. 몬스터라기보다는 괴물이라는 표현이 더 걸맞을 것 같던 키메라의 모습이. 그는 자신도 모르게 몸서리를 쳤다.

그가 하는 생각이 훤히 들여다본 리아는 비식 웃었다. 하기야. 자신도 완벽하게 낫지 않은 어깨가 욱신거릴 때면 그날의 괴물 같던 키메라가 떠올랐으니 뭐라 할 위치가 아니긴 했다. 그러나 그 정도의 천재는 드문 법이다.

"그래서 리앙느 영애가 같이 가잖아."

"아니, 저쪽은 마법사가 몇일 줄 알고요."

방이 그렇게 큰 편이 아니었기에, 토리아는 프루트의 투덜거림을 전부 들을 수 있었다. 그녀는 우스운 얘기를 들었다는 표정으로 프루트에게 다가왔다. 리아는 그럴 줄 알았다는 표정으로 뒤로 물러섰다.

"경, 저는 황실 마법사 중에서 마법 실력으로는 케이티 다음이랍니다. 그게 무슨 의미인지 알고 있나요?"

드레스 대신 바지를 입고, 하나로 땋아 내린 머리칼을 다시 동그랗게 말아 단단히 고정한 레이디의 모습이 익숙지 않은 프루트는 얼떨결에 대답했다.

"잘 모릅니다만."

그렇겠죠. 그러니 그런 말을 아무렇지도 않게 하는 거겠죠. 토리아는 붉은 입술을 비틀며 손가락을 튕겼다. 그녀의 손끝에서부터 쩌적, 쩍, 소리와 함께 날카로운 얼음결정이 모습을 드러냈다. 거대한 얼음 검이었다. 살면서 처음 봤다. 이 날씨에 꽁꽁 얼어붙은 얼음 검이 선연하게 빛나는 모습 같은 건. 프루트의 시선이 멍하니 얼음 검에 꽂히자, 토리아는 즐겁게 웃으며 한 번 더 손가락을 튕겼다.

"이런 의미랍니다."

수십 자루가 된 얼음 검은 토리아의 주변을 휘감고 있었다. 마치 얼음으로 된 방패처럼.

그 정도면 충분했다. 리아는 그녀를 말리고자 앞으로 나섰다. 시작하기도 전에 마나를 전부 소모하는 것은 바보 같은 짓이었다. 그러나 그녀가 미처 말리기도 전에, 타이밍 좋게 에드가가 도착했다.

물밑 전쟁의 시작이었다.

††

"후작님, 많이 피곤해 보이세요."

리아는 루실라의 목소리에 퍼뜩 정신을 차렸다. 아무래도 잠이 부족했다. 밤새 은밀하게 이뤄진 작전에 해가 뜰 때쯤에서야 저택으로 돌아올 수 있었다. 비밀 작전이니만큼 하루 쉴 수 있을 리가. 덕분에 리아는 채 한 시간도 자지 못한 상태였다.

그렇게 티가 났나. 리아는 재빨리 표정을 갈무리하며 웃어 보였다.

"생각할 것들이 좀 있어서 그렇습니다."

적당히 둘러댄 얘기다. 그러나 시기가 시기인지라 루실라와 아스티나의 표정이 의미심장하게 변했다. 둘은 서로 시선을 주고받더니 고개를 끄덕였다.

"그렇군요. 그럼 바쁘신 분을 붙잡아둬선 안되죠. 그렇죠, 아스티나?"

"물론이에요. 미셸, 이번에 새로 들어온 목걸이가 좀 이상한데 잠시 봐줄래요?"

단숨에 미셸을 자리에서 일으키는 솜씨가 일품이었다. 그녀들은 미셸을 가운데에 둔 채 목걸이의 장식과 보석이 얼마나 어중간한지 끊임없이 얘기했다. 리아는 빠르게 사라지는 후궁들을 멍하니 바라봤다.

아니, 그런 의미가 아니었는데. 그러나 이미 늦은 일이다. 이미 세 후궁은 점이 되어 사라지고 있었으니 말이다. 리아는 입술만 달싹이다가 아무 말도 못한 채 자리에서 일어났다. 의도한 바는 아니었지만 피곤한 것은 사실이었다. 입조차 대지 못한 다과가 아쉽긴 해도 지금 더 급한 건 잠시 눈을 붙일 수 있는 시간이었다. 그녀는 루실라와 아스티나에게 마음 깊이 감사를 보내며 자리에서 일어났다.

집무실에서 잠시 쉬었다가 황궁 지하 감옥에 억류되어 있는 마법사들을 심문할 생각이었다. 리아는 머릿속으로 계획을 정리하며 궁을 빠져나왔다. 궁 벽에 기대어 서 있는 남자를 반쯤 스쳤을 때였다. 그녀의 계획이 산산이 부서진 것은.

"각하. 기다리고 있었습니다."

리아의 걸음이 멈칫, 멈췄다. 그녀는 낯선 목소리를 따라 고개를 돌렸다. 처음 보는 남자다. 평범한 사람도 아니었다.

'마법사인가.'

그 사실을 확인하자마자 리아의 시선이 경비를 서고 있는 기사를 향했다. 어깨를 으쓱여 신분이 확실하다는 확언을 받은 뒤에야 리아의 표정에서 경계심이 걷혔다.

"처음 보는데. 어느 가문 사람이지?"

그렇게 묻는 리아는 자연스레 말을 놓은 채였다. 자신이 말을 높여야 할 만한 신분이라면 얼굴을 모를 리가 없다. 그렇다면 남은 가능성은 몇 없었다. 미처 안면을 트지 못한 귀족이거나…….

"평민입니다. 대공께서 각하를 모셔오라 보내셨습니다."

그만한 사람의 밑에서 일하는 자이거나.

후자로군. 리아의 두 눈에 이채가 감돌았다. 그것도 가장 골치 아픈 자의 밑에서 일하는 남자라. 그것도 마법사.

"대공께서, 나를?"

"예. 긴히 제안할 것이 있다 말하면 무슨 얘긴지 아실 거라더군요."

"제안이라."

리아는 의도적으로 말끝을 흐렸다. 남자는 그런 리아의 태도에도 사람 좋게 웃고 있을 뿐이었다.

'어설픈 사람은 곁에 두지도 않는다, 이건가.'

평민이라 해서 얕볼 수 없는 모양이다. 인복 하나는 인정해 줄 만했다. 리아는 제 쪽을 힐끔거리며 똥마려운 강아지처럼 어쩔 줄 몰라 하는 기사에게 눈짓했다. 카인에게 알리라는 뜻으로. 알아들었는지 알 수 없었으나 눈치가 좋길 바랄 수밖에 없었다.

리아는 곧장 남자 쪽으로 고개를 돌렸다. 대공이 보낸 사람이다. 무시한 채 돌려보낼 수는 없었다. 그것도 황태자의 탄신연이 하루 전인 지금.

"가지."

리아의 말에 남자는 그렇게 나올 줄 알았다는 표정으로 앞장섰다. 대공이 머물고 있는 궁은 그리 멀지 않은 곳에 있었다. 신분이 신분이니만큼 당연했다. 덕분에 리아는 머지않아 커다란 문을 마주할 수 있었다. 남자는 자리에 멈춰 선 뒤 리아를 돌아보며 양해를 구했다.

"여기서 기다려 주시겠습니까."

들어가 얘기를 전하고 오겠다는 말이다. 리아는 고개를 끄덕이는 것으로 대답을 대신했다. 그녀는 눈앞에서 열린 문이 닫히기 직전, 시야를 가득 메우는 광경에 얼굴을 구겼다.

'붉은, 머리.'

문이 열리자 재빨리 고개를 돌린 탓에 얼굴은 보지 못했다. 그러나 눈앞에 흐드러지는 저 선명한 붉은빛을 어찌 착각할 수 있을까.

쿵.

육중한 소리와 함께 문이 닫혔다. 리아는 자신을 경계하는 공국 기사 쪽으로는 시선도 주지 않았다. 중요한 것은 기사가 아니었다. 저 안에 들어앉아 있는 대공과, 그런 대공의 도움을 받아 황궁의 심장부에 걸음한 붉은 머리의 여자. 리아의 관심사는 온통 그 둘에게 쏠려 있었다. 다행히도 리아의 기다림은 그리 길지 않았다. 몇 분 지나지 않아 남자는 문을 열어주며 리아를 반겼다.

"들어오십시오."

옆으로 물러서는 남자를 스치며 안으로 들어간 리아는 방 내부를 훑었다. 그 사이에 테라스에서 뛰어내리기라도 한 건지 여자는 없었다. 있는 것이라고는 사람 좋게 웃으며 자리에서 일어나는 그리드 대공뿐이었다.

남자는 조용히 문을 닫고 나갔다. 다시금 쿵 소리와 함께 문이 닫혔다. 리아는 어깨 너머로 문이 닫히는 걸 확인하고는 성큼 대공에게 다가섰다.

"부르셨다 들었습니다. 무슨 일이신지요."

"하하하! 왜 그리 딱딱하게 말하나. 그대는 모르겠지만 드벨 후작가와 나는 오랜 시간 무척이나 좋은 관계를 쌓아왔다네."

리아의 입술이 비틀렸다. 그녀는 아무것도 모르는 양 웃어 보이는 대공의 목을 조르고 싶은 것을 참기 위해 애를 써야만 했다. 절로 손가락이 굽었다. 뻔뻔한 것도 저 정도면 능력이다. 양친을 살해한 것으로도 모자라 드벨 후작가를 포기하지 못하는 작태란. 리아는 치솟는 분노를 누르며 웃어 보였다.

"몇 번인가 아버지께 얘기를 들은 적은 있습니다."

리아의 말에 대공은 흠칫했다. 미처 갈무리하지 못한 표정에 놀란 감정이 선연히 드러났다. 그러나 그는 곧 아무렇지도 않게 대답했다.

"그런가. 음. 내가 오늘 자네를 보자 부른 건 다른 이유가 있어서가 아니라……."

대공은 말끝을 흐리며 털썩 자리에 주저앉았다. 차갑게 식힌 냉차를 단숨에 들이켜고 몇 번인가 테이블을 손가락 마디로 두드린 뒤에야 말이 이어졌다.

"제안을 하나 할까 해서 말이지."

"제안이라 하심은?"

"그대도 알다시피 후작가는 제국의 흥망성쇠를 함께해 오지 않았는가."

그 오랜 시간 동안 쌓아온 것들이 상당하다. 다른 귀족들이 자신의 편을 정하고 있을 때 유일하게 중립에 서 상황을 관망해 온 가문이기도 했다. 대공은 대업을 앞둔 채 마지막으로 드벨을 손에 넣고 싶어 했다.

이유는 하나였다. 어제, 갑작스럽게 연락이 끊긴 마법사들. 그리드는 미간을 좁힌 채 쯔, 혀를 찼다. 준비해 둔 병력의 일부였으니 큰 타격은 없었다. 하지만 일이 틀어졌다는 것만큼은 확실했다.

수도에 미등록된 마법사들을 끌고 들어왔으니 그것만으로도 중죄다. 그러나 여기서 그만둘 수는 없는 노릇이었다. 그리드는 한쪽으로 기운 상황을 타개할 가장 효과적인 방법을 드벨 후작가로 봤다.

"그런데 아직도 후작위라니!"

쾅! 그리드는 분통을 터뜨리며 책상을 내려쳤다.

"이 무슨 부당한 처사란 말인가. 안 그런가?"

그는 이대로 넘어가서는 안 된다 말하며 슬쩍 리아의 안색을 살폈다. 무심해 보이는 표정에서 무슨 생각을 하고 있는지 읽어내기란 무척이나 어려운 일이었다. 대공은 간보는 것을 그만두었다. 어차피 디데이는 하루 남았으니 머뭇거릴 시간이 없기도 했다.

"공작위를 약속하지."

"무슨 말씀이신지 모르겠습니다."

"다 알고 있으리라 믿네. 이런 부당한 일은 바로잡아야지 않겠는가. 아, 물론 곧장 대답을 달라는 건 아니네. 당연히 생각할 시간이 필요하겠지. 마음을 정한다면…… 지금과는 비교도 할 수 없을 만큼 융숭한 대접을 약속하겠네."

숨을 쉬긴 하는지 걱정될 정도다. 대공은 쉼 없이 말을 쏟아내고는 막판에 가쁜 숨을 몰아쉬었다. 그는 자리에서 일어나 리아 쪽으로 걸어왔다. 해를 보지 않아 새하얗고 반들거리는 얼굴에 비장미가 흘렀다.

리아는 제 어깨를 두드리는 손을 잡아 비틀고 싶다 생각하면서도 아무런 말 없이 웃어 보였다.

"그래. 잘 생각해 보게나."

이미 기습은 글렀다. 그러나 아직까지 병사가 들이닥치지 않는 것으로 보아 명확한 증거를 찾은 것도 아니다. 대공 그리드는 거기까지 계산을 마친 다음 웃었다. 여기서 후작이 황태자에게 자신을 의심하는 발언을 해봤자 이미 들킨 일이었으니 상관없다. 만에 하나라도 그녀가 제 손을 잡는다면?

그리드는 이를 드러내며 탐욕스럽게 웃었다.

어차피 잃을 것은 없다 생각하며.

††

"각하, 각하?"

"아…… 그래."

잠시 멍하니 있던 리아는 잠에서 깨어나듯 퍼뜩 정신을 차리고는 자리에서 일어났다. 그러자 차르르 아래로 퍼져 내리는 드레스 자락에 시녀 몇이 탄성을 터뜨렸다. 처음 리아가 드레스를 가져왔을 때만 해도 다들 고개를 갸웃거렸었다. 부드러운 실크로 만들곤 하는 다른 드레스들과는 너무 달랐기 때문이다. 그러나 지금 리아를 보며 그런 생각을 하는 이는 아무도 없었다.

"잘 어울리세요!"

"정말, 정말 아름다워요!"

오랜 시간 검을 잡아 만들어진 꼿꼿한 자세와 주변을 경계하는 태도는 그녀를 여려 보이게 하는 대신 믿음직스럽게 보이게 했다. 확실히 이상적인 레이디와는 조금 거리가 멀었다. 그럼에도 시녀들은 만족스러운 표정이었다.

"그 어떤 드레스보다 이게 잘 어울리시는 것 같아요!"

"고마워."

길게 늘어진 치맛자락 속에 숨겨놓은 검집을 확인하며 리아는 웃어 보였다. 그런 그녀를 재촉한 것은 집사였다. 슬슬 출발해야 할 시간이라는 집사의 말에 시녀 하나가 재빨리 다가와 손목에 가느다란 장신구를 걸어주었다.

얼핏 보면 밋밋할 수도 있을 드레스의 끝에 걸린 은색 장신구를 발견한 시녀들 몇이 다시 탄성을 터뜨렸다. 본래도 완벽했던 리아가 한층 더 완벽해졌다는 말을 하는 것도 잊지 않았다.

그녀들의 얼굴은 하나같이 기대감으로 반짝였다. 그 모습에 리아는 조금 어색한 웃음을 지으며 다녀오겠다며 저택을 나섰다.

'그럴 만도 하지. 아무것도 모르는 이들이 보기에, 오늘은 그저 전하의 탄신연에 불과할 테니.'

에드가와 함께 있는 모습을 보였기에 시녀들의 기대감은 하늘을 뚫고 있을 게 분명했다. 게다가 평소에는 즐겨 입지 않는 드레스까지 갖춰 입었으니 더 말해 무엇 할까. 얼마 전의 사투가 없었다면 그녀 역시 그런 기분에 젖었을지도 모르겠다. 그러나 어둠을 틈타 진압한 마법사는 여섯, 병사는 스물에 달했다. 그것도 일부에 불과할 테지만.

다그닥, 다그닥ㅡ.

창 너머로 들리는 말발굽 소리를 들으며 리아는 조용히 눈을 감았다. 마음의 준비는 이미 끝냈다 생각했었는데 그저 자신의 착각에 불과했던 모양이다.

뱃속이 일렁여 눈앞까지 흔들리는 것 같은 기분이었다. 살아남을 수 있을 것인가. 본질적인 질문에 그녀는 쉽게 답하지 못했다.

황족의 탄신연은 대개 해가 중천에 떴을 때 시작해 달이 가장 높은 하늘에 걸릴 때 끝이 난다. 정오에 시작해 자정에 끝나니 한나절을 먹고 논다 해도 과언이 아니었다. 누구에게는 길 수 있는, 그러나 누구에게는 찰나에 불과한 짧은 시간에 모든 것이 결정될 것이다.

기사로 살기로 결정한 순간부터 수없이 맞이한 찰나였다. 리아는 익숙하게 들썩이는 마음을 가라앉혔다.

'하지만.'

숱 많은 눈꺼풀이 서서히 위로 밀려 올라갔다. 카인의 뒤에 서기로 결정한 순간 그녀의 운명은 둘 중 하나로 나뉘었다. 승리하거나, 패배하거나. 그리드 대공이 인정받지 못한다곤 하나 그래도 공국을 다스리는 대공이다. 넥스를 제 편으로 끌어들인 것만 봐도 알 수 있다.

'사이가 그렇게 좋은 것 같진 않았지만.'

어제 사로잡은 마법사의 말이 맞다면, 그와 비슷한 수준의 또 다른 마법사가 대공의 곁에 있을 것이다.

붉은 머리칼을 가진……

복잡해지는 생각들에, 리아는 고개를 뒤로 젖혔다. 마차에 등을 기댄 채 눈을 감자 옅은 숨이 입가에서 새어 나왔다.

'에드가.'

이렇게 처리해야 할 것들이 많은데, 어째서 그가 떠오르는가.

의문은 짧았다. 남은 것은 그저 이유 모를 그리움뿐이다. 그가 보고 싶었다. 고민에 고민을 거듭하느라 대화 사이에 침묵이 이어져도 재촉 없이 조용히 기다려 주는 그가 보고 싶었다. 무언가를 하기 전 자신의 입장에서 생각해 주는 그가 이렇게까지 머릿속을 가득 채울 것이라고는, 정말이지 미처 생각지 못했었다.

그러나.

'보고 싶어.'

리아는 무척이나 솔직하게 자신의 감정을 인정했다. 그를 보고 싶었다. 파트너로서 입장하진 못하게 되었지만, 그와 추게 될 첫 춤이 기대되었다. 반짝, 뜨인 눈 사이로 무언가가 비치는 것도 같았다.

"올 탄신연은 정말 성대하네요."

카인의 탄신연을 축하하기 위해 며칠 전부터 수도로 모여든 귀족들은 너나할 것 없이 이번 연회의 성대함을 입에 올렸다. 빈말은 아니었다. 실제로 올해 탄신연은 지금까지 중에서 가장 성대했으니 말이다. 황제는 가장 큰 홀을 개방했고 그 안은 온갖 진귀한 것들로 꾸며졌다.

대낮의 밝음보다 더 화려한 샹들리에와 꽃망울을 터뜨린 나뭇가지 사이사이로 길게 늘어진 장식들에, 레이디들은 하나같이 감탄사를 터뜨리느라 바빴다.

세 후궁 역시 마찬가지였다. 루실라와 아스티나는 전해 들은 말이 있어서인지 조금 경직된 표정이었으나 미세하게 드러나는 찬탄까지는 막지 못했고, 미셸은 두 눈을 반짝이며 장식들을 구경하느라 정신이 없었다.

"아! 후작님!"

그들 중 가장 먼저 리아를 발견한 것은 미셸이었다. 막 마차에서 내리던 리아는 그녀의 부름에 기쁜 마음으로 화답했다. 그러나 그녀가 미처 미셸의 드레스를 칭찬하기도 전에, 뒤따라오던 루실라가 양손으로 입을 틀어막았다.

"소문이 사실이었다니……!"

소문?

리아의 두 눈이 의아함으로 차올랐다. 본디 소문이란 당사자만 모른 채 주변인들에겐 파다하게 퍼지는 법. 무슨 얘긴지 짐작조차 하지 못하는 리아의 표정에, 루실라는 연신 '어머어머'를 연발했다.

그사이 귀족들의 시선이 하나둘 리아에게로 쏠리기 시작했다. 언제고 그러지 않았던 적이 없었지만, 요 근래 들어 리아는 사교계의 관심을 온몸에 받고 있었다. 같은 이유로 에드가 역시 세간의 관심을 받고 있었다.

그러나 지금 이 순간 그녀에게 귀부인들과 영애들의 관심이 쏠린 이유는 하나였다.

"역시, 뷰티에의 솜씨죠?"

한껏 목소리를 낮춘 미셸의 물음에 리아는 놀란 기색을 감추지 못했다. 리아는 설마하니 드레스에 뷰티에의 인장이라도 있는 건가 싶어 드레스를 살폈다. 그러나 그런 게 있을 리가 없다. 결국 아무것도 발견하지 못한 리아는 눈을 동그랗게 뜬 채 중얼거렸다.

"어떻게……"

그 당혹스러운 목소리에 미셸은 한쪽 눈을 찡긋하며 말을 이었다.

"레이디들의 소식통을 얕보지 마세요. 공작께서 공작가가 전속으로 이용하는 의상실에 급히 드레스를 주문했다는 소문이 파다했답니다. 게다가 이 특이한 자수는 그녀의 특기거든요."

그것까지 소문이 나다니.

"아마 의상실과 관련된 사람 몇은 돈 좀 만졌을걸요? 뭐…… 천을 대는 사람이라든가, 아니면 의상실 다과를 전담하고 있는 가게라든가."

가능한 모든 귀를 동원했다는 소리였다. 잡아내려면야 못할 것도 없을 터다. 그러나 소문낸 이를 찾아야겠다는 생각 이전에 어째서 이들에게 넥스에 대한 소문은 나지 않았을까, 라는 생각이 먼저 들었다.

홀의 입구로 걸어가는 내내 자신의 드레스가 얼마나 아름다우며 디자인이 얼마나 독특한지에 대해 연신 얘기를 나누는 후궁들 틈바구니에서 리아는 진지하게 생각했다. 여인들의 정보 수집력을 잘만 이용하면 못 알아낼 게 없을 것이라고.

당연한 말이겠으나, 파트너가 없는 것은 세 후궁들과 리아 정도가 전부였다. 다른 이들에겐 전부 옆에 파트너가 있었다. 그것이 가족이건, 연인이건, 친구이건, 이렇게 큰 연회에 홀로 들어오는 강심장을 가지긴 쉽지 않았으니 말이다.

그 덕에 제게 시선이 더 쏠리고 있다는 사실을 알 리 없는 리아는 진지하게 드레스를 바라보며 생각했다. 이게 그렇게 특이한 디자인인가, 하고.

리아의 고민이 채 끝나기도 전에, 시종은 목청 높여 그녀의 입장을 알렸다.

"로렐리아 폰 드벨 후작께서 입장하십니다!"

거대한 홀에 그 이름이 울려 퍼지자 찰나의 침묵이 홀을 휘감았다. 부인들은 하나같이 눈을 반짝이며 요 근래 사교계에서 가장 핫한 드벨 후작의 등장을 기다렸다. 그리고 홀 안으로 또각이는 구두 소리와 함께 리아가 모습을 드러내자, 그녀들의 부채가 앞다퉈 펼쳐졌다. 언젠가 그녀가 입었던 벨벳 드레스가 영애들에게 경악을 선사했다면, 이번 드레스는 감탄을 자아냈다.

가죽이라니!

그녀들은 하나같이 생각도 해보지 못한 재질로 만들어진 드레스를 훑어 내리느라 정신이 없었다. 그리고 리아는 다른 의미로 정신이 없었다.

'홀에서 공격이라니. 어디일까. 어디가 가장……'

다른 레이디들이 파트너의 도움을 받아 내려오는 수십 개의 계단을 홀로 내려오며, 리아는 홀을 휘 둘러보았다. 몇 번이고 확인한 곳이니 낯선 것은 없었다. 홀 중앙에 높게 걸린 샹들리에와 왼쪽 난간을 차지하고 있는 악단, 그리고 정중앙에 놓인 황족들을 위한 자리까지. 모든 것이 평소와 같았다.

리아는 치마 속에 찬 검을 느끼며 천천히 걸음을 옮겼다. 급해서 해결될 일이 아니다. 적이 준비한 기습이라는 패는 이미 쓸모없어진 것이나 다름없으니 서두를 필요도 없었다.

"경, 우리는 이쪽으로 가볼게요. 저쪽은 귀족들이 너무 많아서……"

테라스를 가리키며 말끝을 흐리는 미셸의 말에, 리아는 웃으며 고개를 끄덕였다. 다른 두 후궁이 그런 리아에게 걱정 말라는 뜻으로 슬쩍 윙크를 날렸다. 그러나 아무리 경계한다 할지라도 검한번 잡아보지 못한 이들이다. 리아는 보기만 해도 답답해 보이는 재킷이 인상적인 에이플을 손짓해 불렀다. 리아와 눈이 마주친 그는 조금 놀란 표정을 지었다가, 재빨리 달려왔다.

"와, 진짜 아름답습니다. 작년의 드레스에 비할 바가 못 되는데요? 그보다 단장, 정말 그 소문이 사실인 겁니까?"

"무슨 소문?"

"아, 그……"

에이플은 일부러 티 나게 주위를 경계했다. 그러고는 리아가 입을 열기 직전에 뒷말을 뱉었다.

"페리엘 공작가의 전담 디자이너에게 드레스를 맡기셨다고 소문이, 아주 그냥……"

영애들이나 귀부인 사이에서만 돈 소문이 아닌 모양이다. 리아는 그 소문이 얼마나 퍼졌는지 모르겠다며 고개를 내젓는 에이플을 바라보며 생각했다. 드레스 하나 맞추는 게 그렇게 별난 일인가, 하고.

"자세한 얘기는 나중에 듣도록 하고. 잘 들어라."

당장 한 대 맞을 각오를 하고 있던 에이플은, 정강이를 걷어차이는 대신 진지한 목소리가 돌아오자 재빨리 낯빛을 바꿨다.

"심각한 일입니까?"

정확하게는 심각해질 일이었으나, 리아는 굳이 정정해 주는 대신 고개를 끄덕였다.

"그래."

"말하십시오."

"일전에 경비 배치를 할 때도 설명했지만, 에이플."

"예."

"후궁 마마의 곁에서 떨어지지 마. 연회에 자연스럽게 녹아들되, 곁을 지켜라."

"단장도 참. 저만 믿으시라니까요."

"후. 그래서, 그 마마께서 지금 어디 계시지?"

그제야 에이플은 이 대화의 맥락을 잡아내고는 슬금슬금 뒷걸음질 쳤다. 그리고 이번에야말로 정강이를 걷어차이기 전, 재빨리 테라스 쪽으로 달려갔다.

'정말이지.'

리아는 골치가 아프다 생각하며 고개를 저었다. 규율과 규범에 철저한 푸른매기사단과는 달리 제 부하들은 매사에 가벼운 느낌이 강했다. 정작 일이 터지면 누구보다 책임감 있게 해결하긴 하지만…….

'그전에도 진지했으면 좋겠건만.'

천성이라는 걸까. 고개를 저은 리아는 홀 안으로 들어와 다른 귀족들 틈에 섞여들었다. 인사를 건네는 몇몇 면식 있는 이들에게 짧은 대답으로 대화를 차단한 그녀는 연신 주위를 살폈다.

'붉은 머리칼이라 했지.'

마법사가 고발한 여인을 찾아보려는 심산이었다. 그러나 붉은 머리칼은 그리 드문 것이 아닌지라 여기저기에서 각기 다른 붉은 머리칼이 눈에 들어왔다. 그들을 일일이 붙잡고 적인지 아닌지 확인할 수도 없는 노릇이다.

'골치 아프군.'

리아의 눈가에 가벼운 주름이 졌다. 그렇다고 포기할 수도 없었다. 리아는 귀족들로 빽빽하게 차 있는 홀 안을 자유자재로 누비며 붉은 머리칼을 가진 레이디들을 하나하나 확인했다.

모든 레이디를 확인했으나 하나같이 귀족가의 레이디들인 것은 물론이거니와 어릴 적부터 사교계에 입문한 이들 뿐이었다.

'아직 입장 전인가.'

그렇다면 차라리 더 좋았다. 리아는 다시 홀 가장자리로 이동했다. 입장하는 중앙 계단이 가장 잘 보이는 자리였다. 그런 그녀의 주의를 잡아끈 것은 웅성거리기 시작한 주변이었다. 서로서로 눈치를 살피며 슬슬 멀어지는 귀족들의 모습에 의아함을 느끼던 리아는, 금세 그 이유를 알아차리고는 부드럽게 웃었다.

"경."

"사석이니 이름을 불러주면 더 좋을 것 같은데. 리아."

사석이라 말하고 있었으나 에드가가 입고 있는 것은 제복이었다. 검은 차고 있지 않았으나 위급한 상황에게 그에게 검을 건네줄 기사 몇이 주변에 대기하고 있었다. 군이 그 점을 지적하지 않은 리아는 두 눈을 휘어 웃으며 대답했다.

"그렇게 하죠, 에드가."

"수상한 사람은?"

"아직까지는 없습니다. 제가 아는 귀족들 중에서 마탑의 마법사가 있을 리 없으니, 최소한 이곳에 있는 '붉은 머리 여자'들은 모두 용의선상에서 벗어났습니다."

둘 사이의 대화였으나 듣는 귀도, 보는 눈도 많은 연회장이다. 딱 달라붙어 있는 리아와 에드가의 모습에 수많은 레이디들의 눈이 격하게 반짝였다. 양쪽 다 파트너 없이 홀에 입장했다. 마음만 먹는다면 파트너를 수십 명쯤 구할 수 있는 남녀가 저 홀로 입장한 뒤 처음으로 대화를 나누는 것이 서로라니. 시선을 끌지 않는 게 더 이상한 일일 터다. 다음 소문을 충분히 예상할 수 있는 상황에서, 에드가는 그런 것엔 전혀 개의치 않는다는 낯으로 리아의 귓가에 속삭였다.

"남은 건 하나군."

"예. 아직 입장하지 않았겠죠."

리아는 고개를 끄덕이며 고개를 들었다. 연회의 시작 전인지라 뒤늦게 입장하는 귀족들을 살피기 위함이었다.

"이렇게 늑장을 부린다면……."

리아는 에드가가 삼킨 뒷말을 어렵지 않게 짐작했다. 그녀의 두 눈이 무겁게 가라앉았다. 통상적으로 입장 시간은 지위와 연관되어 있었다. 물론 리아나 에드가처럼 신경 쓰지 않는 이들도 분명 있었으나, 대체적으로 지위가 낮을수록 연회에 빨리 도착하는 것이 예의라 여겼다.

지금은 연회 시작 직전이었다. 슬슬 악단이 음악을 연주하기 시작했고, 홀을 힐끔거리는 이들도 늘어났다. 그 말인 즉슨, 지금까지 입장하지 않았다는 것은 넥스가 말한 여인이, 혹은 그 여인의 파트너가 상당한 신분을 갖고 있을 가능성이 농후하다는 소리였다.

"역시…… 대공의 파트너로 입장할 가능성이 높아졌네요."

"그렇지. 설마하니 그렇게까지 할까 싶지만……."

에드가는 말끝을 흐렸다. 그는 눈살을 찌푸리며 막 입장하는 대공을 바라보았다.

"……하."

리아의 시선 역시 에드가의 것을 따라 움직였다. 리아는 입안으로 욕설을 삼켰다. 대공의 옆에 당당히 서 있는 여자의 머리칼은 금방이라도 타오를 것처럼 선연한 붉은빛이었다. 한 번도 본 적 없는 얼굴, 그럼에도 허리를 꼿꼿이 세운 채 주위를 둘러보는 시선은 당당했다.

처음 보는 여인의 등장이다. 그것도 대공의 파트너였다. 사람들이 술렁이는 것은 당연지사다. 그렇게 수많은 이들의 집중을 받으며 홀로 내려온 둘을, 리아의 시선이 천천히 좇았다. 붉은 두 눈과 시선이 마주친 것은 그때였다. 놀라는 기색 없이 입술을 휘어 올리는 모습이 여유로웠다.

또각이는 구두 소리, 그리고 드레스 자락이 맞부딪치는 소리가 들릴 정도로 날카롭게 곤두서 있던 신경은 어깨를 감싸는 손길에 천천히 가라앉았다.

"다른 수상한 이들은?"

"아직까지 크게 수상한 사람은 발견하지 못했지만, 부하들에게 근래 궁에서 일을 시작한 이들은 전부 확인하라 일러두었으니 곧 밝혀질 겁니다."

둘 사이의 대화가 끊어진 것은 요란스러운 나팔 소리 때문이었다. 황족의 입장을 알리는 소리에 모든 이들의 시선이 위쪽으로 향했다.

연회의 시작이었다.

부드러운 음악이 홀 안을 가득 채웠다. 날이 날이니만큼 난간 한쪽을 전부 차지한 관현악단은 제국에서도 가장 유명한 이들이었다. 평소에는 무대의 주인공이던 이들이 오늘은 이 자리에 모인 수많은 귀족들을 위한 잔잔한 음악을 연주했다.

황족들이 착석하고, 첫 춤곡을 준비하는 기색이 역력하자, 귀족들도 삼삼오오 움직이기 시작했다. 정식적으로라면 황가에서 첫 춤곡을 추는 것이 법도였으나 이번 대에서 그런 것에 신경 쓰는 이는 없었다. 덕분에 홀은 텅 비어 있었고, 다들 대공, 혹은 에드가를 바라보며 연회의 서막을 기다렸다. 방금 전까지만 해도 첫 춤을 고대하던 리아는, 다른 곳에 정신이 팔린 채였다.

사람들이 갑작스레 이동하니 대공이 그들 사이에 파묻혀 보이지 않은 탓이었다.

'놓치겠어.'

정원이나 발코니로 나가 버리면 찾는 것이 더 요원하다. 그렇게 생각한 리아는 기대가 가득한 시선으로 자신을 바라보는 이들을 헤치고 앞으로 나가려 했다. 그 다급한 마음을 진정시켜 준 것은 에드가였다.

그는 익숙하게 그녀의 어깨를 감싼 뒤 고개를 숙였다. 귓가에 속삭이는 목소리가 간지러웠다.

"홀로 가지."

낮은 목소리가 이어졌다. 대공은 주목받길 좋아하니, 이런 큰 연회의 첫 춤을 놓치지 않을 것이라는. 리아는 그에 동의했다. 실제로 대공은 저를 둘러싸려는 인파를 헤치며 홀 쪽으로 나오고 있었다.

리아는 자신의 손을 끌어당기는 손길을 따라 두어 걸음 앞으로 종종걸음 쳤다. 무슨 일인가, 싶었던 것은 그의 두 눈에 어리는 얕은 장난기에 그가 무엇을 할 생각인지 알아차렸다.

오, 세상에!

미처 입 밖으로 튀어나오지 못한 감탄은 그녀의 낯에 고스란히 새겨졌다. 수많은 시선들이 그녀의 손끝을 따라 움직였다. 그 끝에 조심스럽게 닿는 입맞춤을.

"부디 첫 춤을 허락해 주시겠습니까, 후작."

리아의 입가에 미소가 번졌다.

"기꺼이."

허락이 떨어지자 에드가는 부드럽게 웃으며 그녀를 홀 쪽으로 에스코트했다. 그의 팔에 손을 얹은 채 홀로 향하는 리아의 입가에는 선연한 미소가 번지고 있었다. 귀부인들을 비롯해 수많은 이들이 둘의 관계가 꽤나 깊다는, 결국에는 결혼까지 갈 것이라는 속닥임이 빨라졌다.

물론,

"이그니스는 화염 계열 마법사라 했으니, 폭발을 사용할 가능성이 가장 크겠죠."

"그래."

현실은 언제나 낭만적인 상상과는 꽤나 멀지만 말이다. 에드가의 조언을 들은 리아는 고개를 끄덕였다. 안 그래도 홀 중앙에 나 있는 둥근 금테를 밟은 순간부터 그녀의 온 신경은 구두 굽에 쏠려 있었다. 작은 피해로 최대의 효과를 낼 수 있는 방법.

폭발.

최대 목표는 황족의 죽음이었다. 체제의 전복, 모반, 역모. 리아는 대공의 손에 이끌려 중앙으로 나오는 여인을 바라보며 생각했다. 온몸으로 자신은 타오르는 불꽃이라 말하는 듯한 그녀가, 과연 얼마나 요란스럽게 시작할지에 대해서.

그런 그녀의 정신을 환기시킨 것은 에드가였다.

"리아."

자신을 부르는 소리에 고개가 움직인다. 들린 시선 안에 가득 들어차는 것은 그였다. 리아는 팔에 얹어놓았던 손을 잡아 제 어깨에 올려놓는 그의 손길에 슬쩍 눈을 흘기면서도 순순히 따라주었다. 한 손은 어깨에, 한 손은 맞잡은 채로.

"언제나 춤을 잘 췄었지."

첫 음을 시작으로 제 허리를 감싸는 손에 약간 힘이 들어갔다. 리아는 자연스럽게 오른쪽으로 스텝을 밟으며 대답했다.

"본 겁니까?"

"봤지. 항상. 언제나 잘 췄지만, 추는 걸 좋아하는 것 같지 않아 청하지 못했을 뿐."

"그걸, 어떻게 안 거죠?"

"무엇을?"

"제가 춤추는 걸 그리 좋아하지 않는다는 걸 말입니다."

제 동생도 알아차리지 못한 사실이다. 춤은 연회나 파티 때 빠져서는 안 될 것이었고, 자신의 지위는 첫 춤을 물리기엔 너무 높았기에 항상 노력했다. 조금이라도 잘 추도록. 꺼리는 것이 보이지 않도록.

"그야 항상 봐왔으니까."

오. 이 남자는 항상 이렇게 직설적이다. 미사여구도, 돌려 말하는 기색도 없다. 직진밖에 모르는 것처럼 제 눈을 따라오는 시선 또한 직설적이었다. 리아는 살풋 붉어지는 낯을 어찌하지 못한 채 풋워크를 성공시켰다.

고개를 돌린 그 순간. 이그니스와 눈이 마주친 것은 그때였다. 붉은 눈동자가 일순 가늘어지며 웃음을 흘렸다. 그 다음부터는 모든 것이 찰나이자 순간이었다.

한번 힘을 쥐 잡은 손이 그대로 뒤로 밀쳐졌다. 리아는 군중 속에서 소리 없이 호선을 그리며 허공을 가로지르는 검을 보았다. 푸른매 기사 중 한 명이 에드가에게 던진 검은, 그가 익히 사용해 온 것이었다.

리아는 생각했다. 만약 소리가 눈에 보인다면, 지금 홀을 가득 메우고 있는 이것은 너무도 느리다고.

귀족들의 웅성임, 검집에서 검날이 뽑히는 서늘한 소리가 눈앞에서 느리게 흘러갔다.

리아는 뒤로 기울었던 몸을 왼발로 지지하며 재빠르게 몸을 낮췄다. 검을 치켜드는 찰나 이그니스의 두 눈이 분노로 일렁이고 대공이 무어라 고함쳤다. 그러나 그들은 듣지 못했을 에드가의 말을, 그녀는 들었다.

'전하를.'

에드가가 검을 홀 중앙에 내리꽂자 이그니스의 입에서 짜증에 가까운 주문이 연달아 터졌다.

"꺄아아악—!"

콰아앙—

이상함을 눈치챈 레이디의 비명과 폭발음이 동시에 들렸다. 이미 알고 있던 일이다. 두 기사단이 머리를 맞대고 세운 계획이 수십 가지다. 혹시 모를 상황을 대비해 예비로 세워놓은 것도 많았다.

그러니 지금 상황은 가장 이상적인 방향이었다.

"에드가."

폭발음이 가라앉자 뒤돌아 도망치던 귀족들이 이상함을 느끼며 하나둘, 그 자리에 멈춰 섰다. 푸른매와 붉은늑대들이 수없이 연습했던 대로 귀족들을 인도했다. 리아는 넋을 놓은 듯한 영식을 그대로 등에 들쳐 업어버리는 베리얼을 곁눈질하고는 천천히 고개를 돌렸다. 그러나 움직일 생각을 않는 수많은 귀족 중 한 명은 푸른 막이 둥글게 댄스홀을 감싸고 있는 것을, 그 바로 앞에 리아가 저 홀로 한쪽 무릎을 꿇고 있는 것을 멍하니 볼 뿐이었다.

푸른 막.

"오러다."

다른 귀족이 중얼거렸다. 그런 그들을 기사들이 재촉했다. 좀처럼 보기 힘든 에드가의 활약을 좀 더 지켜보려던 이들은 죽고 싶느냐는 외침에 화들짝 놀라며 다시 움직이기 시작했다.

그 거대한 이동의 홍수 속에서, 오직 리아만이 멈춰 있었다.

카인에게 가야 한다. 그를 보호하는 것이 자신의 역할이었다. 미셸은 제 부하들을 비롯해 두엇의 기사가 더 지키고 있으니, 자신은 카인을 지켜야만 한다. 그러나 발이 땅에 붙은 양 움직이질 않았다. 손끝이 저릿해서 리아는 자신도 모른 채, 채 가시지 않은 연기 속에서 애타게 눈을 굴렸다.

죽지 않았을 것임을 안다. 그렇게 쉽게 죽지 않을 이라는 것도 알고 있다. 그럼에도 이그니스의 실력이 마탑에서도 알아줄 정도였다던 마법사의 목소리가 계속해서 머릿속을 떠돌아, 혹시, 하는 불안감이 떠나질 않는다.

채앵―!

연기로 뿌연 시야보다 먼저 걷힌 것은 날붙이의 둔탁한 마찰음이었다. 리아는 자신도 모르게 자리에서 일어났다. 오러로 만들어진 푸르른 막 너머로 에드가의 모습이 서서히 보이기 시작했다.

살아 있다.

표독스러운 낯을 한 이그니스와 첨예하게 대립하고 있는 그를 본 순간, 리아의 머릿속이 일순 맑아졌다. 리아는 곧장 드레스의 치마 부분을 연결하고 있던 매듭을 풀어냈다. 툭, 소리도 없이 부드러운 가죽이 바닥에 가라앉자마자 그녀는 검을 뽑아들었다.

곧장 홀 위를 살피는 시선이 잽쌌다. 참으로 예상대로 움직이는 분들이다. 리아는 다리를 꼰 채 흥미진진한 표정으로 이곳을 바라보고 있는 황제와, 불퉁해 보이는 카인을 확인하고는 작게 한숨지었다.

정말이지, 위기감이라고는 조금도 없는 황족들이라 중얼거리며.

"단장!"

리아는 고개를 돌리자마자 보이는 푸른매기사단 소속, 캐리엇의 모습에 무슨 일이냐 물었다. 물론 눈짓으로. 낯빛이 희다 못해 푸르죽죽하게 죽어 있는 그의 검에는 이미 누구의 것인지 모를 피가 묻어 있었다.

"저희 단장은—"

채 말을 끝내기도 전에 캐리엇의 시선이 오러로 만들어진 막 너머로 향했다. 바닥에 널브러진 대공은 안에서 커진 폭발에 얼굴 한쪽이 일그러져 있었다. 예상치 못한 화상이었을 것이다. 연달아 이그니스의 손끝에서 피어오르는 불꽃과 대립하고 있는 에드가를 멍하니 바라보던 캐리엇이 중얼거렸다.

"—예상한 대로, 키메라가 나타났습니다. 후원입니다."

넥스.

얼굴을 구긴 리아는 머뭇거림 없이 지시했다.

"곧 4기사단이 일을 마무리하고 돌아올 것이다. 훈련한 대로 움직여라. 귀족들을 안전지대로 이동시키고, 지켜."

이기라 말하지 않는다. 넥스의 실력을 짐작하기에 한 말이었으나, 자존심에 상처 입은 캐리엇의 두 눈에 이채가 돌아왔다.

"예! 반드시 적을 섬멸하겠습니다!"

우렁차게 대답한 채 곧장 후원 쪽으로 달려 나가는 캐리엇의 뒷모습에 무작정 상대하지 말라 외치려던 리아는 곧 고개를 젓고는 홀 중앙 계단으로 향했다. 폭발이 일어났다. 그러나 대공이 준비했을 것이 분명한 병사들도, 마법사도 보이지 않았다. 바꿔 말하자면 4기사단과 셴이 시기적절하게 잔당들을 발견했다는 소리일 터다. 그러니 할 일을 마친 그들이 곧 도착할 것이다. 리아의 턱에 힘이 바짝 들어갔다. 세상이 다시금 빠르게 움직이기 시작했다.

아무런 희생이 없을 것이라는 확신은 어디에도 없었다. 그러나 승리할 것이라는 확신은 있었다.

"폐하. 피하셔야 합니다."

화려한 황좌 앞에서 곧장 뱉어지는 말은 그러했다. 아직 채 빠져나가지 못한 귀족들의 고함과 비명, 그리고 거대한 불덩어리를 그대로 베어내는 에드가의 모습을 하나하나 살피며, 황제는 입술을 비틀었다.

"기어코 선을 넘는군."

그리 말하고 일어나는 황제에겐, 화상을 입은 채 정신을 잃은 제 아우에 대한 별다른 감정은 느껴지지 않았다. 그는 그저 제 아들을 바라보며 명했을 뿐이다.

"정리하거라."

짧은 한마디다. 그리고 곧장 몸을 돌려 궁 안쪽으로 사라지는 그의 뒤를 지키는 기사들 역시 고개 한 번 돌리지 않았다. 그럼에도 카인은 놀라움을 감추지 않았다. 대공이 자신을 죽이려 했던 것은 이번이 처음은 아니었다. 에드가의 도움으로 죽기 직전 살아난 적도 있었으니 더 말할 것도 없었다. 그때마다 황제는 침묵을 지켰다.

마치 자신이 죽길 원한다는 듯 턱을 괸 채 무심한 시선으로 증좌가 부족하다는 말만 반복할 뿐인 아비였다.

그랬던 그가.

카인은 온몸에서 전율이 이는 것 같다고 생각하며 숨죽여 웃었다.

"이렇게 적나라하게 보여줘도 증거가 부족하다 하시면 이번에야말로 멱살을 잡아볼까 했는데 말이지…… 세상 오래 살고 볼 일이군. 경."

"예, 전하."

"폐하께서 방금, 대공을 죽이라 명하셨네."

분명 그렇게 들리긴 했다. 황족인 그를 재판 한 번 없이 죽였다 간 뒷말이 나오기 쉽다는 생각이 잠시 들었으나, 다시 고개를 돌려 난장판인 홀을 눈에 담자 그 생각은 말끔히 사라졌다. 재판을 열건, 열지 않건 황제가 이 모든 일의 배후를 대공으로 지목한다면 그의 편을 들 이는 아무도 없을 것이라는 생각에.

리아는 일단 피해야겠다는 생각이 들어 오러로 만들어진 막을 공격하는 이그니스를 힐끔 보고는 말했다.

"전하, 일단 피하셔야 합니다. 사전에 얘기한 곳으로……."

"경, 모르겠나."

"피하셔야 한다는 것은 알고 있습니다만."

"아니. 아니지. 방금 전권이 내게 넘어왔어. 전장에서 장수가 피한다면, 어떤 병사가 죽음을 걸고 싸우겠는가."

카인의 두 눈에서 불꽃이 튀었다. 난간 아래에서 치열하게 맞붙고 있는 에드가에게 눈짓으로 사과한 그는 치렁치렁하기만 한 휘장을 잡아 뜯었다. 홀에만 있어달라던 간곡한 부탁을 지키지 못할 것 같다. 카인은 슬쩍 어깨를 으쓱였다. 따지자면 약속하진 않았으니 별문제는 없다 중얼거리면서.

그리고 리아는 그의 두 눈에 가득 담긴 열기에 무언가 잘못됐음을 눈치챘다. 아무리 대비하고 있었다고는 하나 무슨 일이 벌어져도 놀랍지 않을 상황이다. 그런데 황태자의 단독행동이라니. 리아는 다시금 그를 설득하기 위해 입을 열었다.

"전하, 하지만……."

"아닐세. 경! 지금은 도망갈 때가 아니야. 넥스라 했던가. 그자는 지금 어디에 있는가."

대답은 필요치 않았다.

쿵—! 쿠우웅!

거대한 무언가가 땅을 박차는 진동이 온몸을 울렸으니 말이다. 카인의 시선이 한쪽 벽면을 차지하고 있는 스테인드글라스 쪽으로 향했다. 장인이 한 땀 한 땀 정성을 다해 만들었을 색색깔의 유리는 몸이 울릴 만큼 강한 진동을 견디지 못하고 쩍, 쩌억 소리를 내며 갈라지고 있었다. 카인의 입술이 비틀렸다. 심장이 미친 듯이 뛰는 건 아비의 인정 때문일까, 발밑에서 온몸을 울리는 진동 때문일까.

"후원이로군."

"전하!"

"경. 명이다."

이런.

리아는 얼굴을 구겼다. 당장 그를 피신시켜야만 한다. 그러나 카인이 명령이라 한 이상 따르는 수밖에는 없었다. 그의 편에 서기로 했으니, 더더욱. 리아는 새어 나오려는 한숨을 삼킨 채 고개를 숙였다. 어떻게든 그의 신변을 지키는 수밖에 없다 생각하며.

카인은 곧장 후원으로 향했다. 그가 움직이자 2층 홀에 배치해 놓았던 기사 몇이 따라붙었다. 약속했던 장소가 아닌 후원으로 향하는 걸음에 그들의 낯이 당혹감으로 물들었으나, 리아가 아무 말도 말라는 고갯짓을 하자 누구도 이에 이의를 제기하지 않았다.

그리하여—

후원이었다.

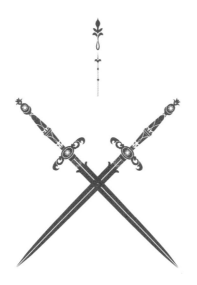

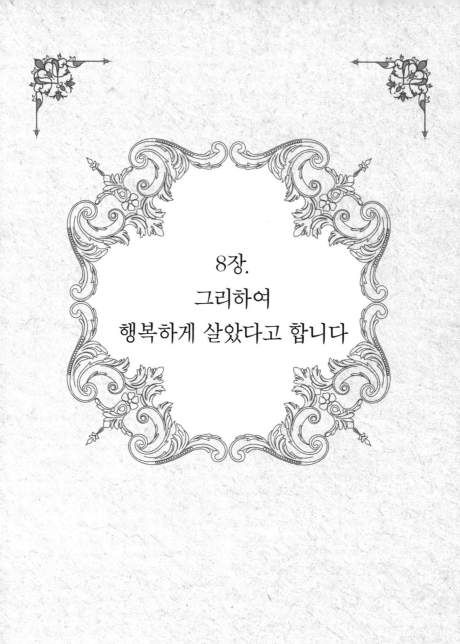

8장.
그리하여
행복하게 살았다고 합니다

에드가는 카인의 주위를 경계한 채 후원으로 빠져나가는 리아의 뒷모습을 눈으로 좇았다. 계획에 없던 돌발 행동이다. 게다가 카인까지 동행하다니? 그녀의 금발이 후원으로 통하는 테라스 너머로 사라지는 것을 마지막으로, 에드가의 턱에 바짝 힘이 들어갔다. 점점 더 이해할 수가 없었다.

'후원?'

적이 전과 같은 키메라를 궁 안으로 끌고 들어왔다면 있을 법한 곳은 후원뿐이다. 그런데 어째서 지금 가장 위험할 곳으로 가고 있단 말인가? 그의 두 눈에 당혹감이 스쳐 갔다. 다급히 기사들을 찾아 움직이는 두 눈이 바빴다. 그리고 이그니스는 그 찰나를 놓치지 않았다.

또각.

정신을 잃은 대공을 뛰어넘는 구두 소리가 홀 바닥을 타고 울렸다. 거치적거리는 드레스 끝이 찌직 소리를 내며 잡아 뜯겼다. 타오르는 불꽃보다도 더 선연한 붉은빛을 품고 있는 여인은 그렇게 에드가의 검날을 손끝으로 밀어냈다.

"왜? 걱정되나 보지? 걱정하지 마. 곧 네 뒤를 따르게 해줄 테니."

표독스럽게 웃으며 스펠을 읊조리는 목소리가 단조로웠다. 그녀의 손끝에서 화려한 불길이 타올랐다. 검날에 닿아 있던 손가락을 타고 강철을 녹일 정도로 뜨거운 불길이 피어올랐다. 에드가는 그대로 검날을 휘감은 불길로 시선을 돌렸다. 혀를 날름거리는 불은 금방이라도 그의 손을 집어삼킬 것만 같았다.

"불이라."

"너무 무서워하진 마. 금방 끝날 테니. 내 오랜 숙원을 코앞에 둔 채라 그리 오래 놀아줄 수는 없거든."

키득이는 이그니스의 말에, 에드가는 검날을 바라보던 시선을 들어 올렸다. 승리자의 표정을 짓고 있는 여자를 바라보는 에드가의 두 눈은 무서우리만치 차갑게 가라앉아 있었다.

"숙원이라 함은 포티아 자작의 죽음에 대한 복수를 이름인가."

포티아. 그 단어 하나에 이그니스의 표정이 변했다. 붉은 입술이 마치 에드가를 비웃듯 비틀렸다.

"그렇다면?"

"죽기 전에 엉뚱한 적을 노리고 있다는 것쯤은 알아야 할 것 같아서."

그렇게 대답한 에드가는 검을 사선으로 틀며 거둬들였다. 이그니스의 손가락이 엇방향으로 빗기며 미끄러져 내렸다. 금방이라도 그를 불태울 것 같던 불은 애당초 존재조차 하지 않았던 것처럼 사그라들었다. 검날을 감쌌던 불길을 마치 먼지를 털어내듯 털어낸 에드가는 천천히 뒤로 물러섰다.

이그니스의 반응을 살피며.

예상대로다. 이그니스의 두 눈이 서서히 커졌다가 가늘게 접혔다. 마치 에드가의 말을 곱씹듯이. 고개를 살짝 옆으로 기울인 채, 이그니스의 얼굴에 잔잔한 미소가 번졌다. 그녀는 곧 넝마가 되어버린 드레스의 끝을 가볍게 잡아 올리며 에드가를 비웃었다.

"헛소리. 내 적은 내가 누구보다 잘 알아. 그런 헛소리로는 날 막을 수 없을걸, 공작 각하."

"포티아 자작이 그 모든 일들을 혼자 해냈다 생각하지는 않겠지. 조금만 생각하면 쉽게 알 수 있을 텐데, 이그니스. 포티아 자작의 근거리에 누가 있었는지, 그자의 오랜 숙원이 무엇인지 정도는."

에드가의 시선이 겨우 숨만 붙어 있는 그리드 쪽으로 향했다. 그 말에 이그니스의 두 눈이 쩡하니 얼어붙었다. 이그니스는 결코 어리석지 않았다. 오히려 그녀의 머리는 비상한 편이었다. 그러니 반역죄라는 듣기만 해도 숨이 턱 막히는 죄목으로 아버지가 사형대에 올랐을 때 좌절하는 대신 복수를 꿈꿀 수 있었으리라.

머릿속이 일순간 희게 질렸다. 지금껏 외면해 왔던 의문이다. 그러나 반드시 해결해야만 하는 의문이기도 했다.

어째서?

아버지는 무슨 이유로 그런 끔찍한 죄를 저질렀단 말인가. 승패가 확연해 보이는 싸움이었다. 자갈과 바위의 싸움이 그러하리라. 그랬는데 제 아버지는, 무엇을 믿고, 무엇을 위해 황제에게 검을 겨누었는가. 황제를 발치에 꿇린 뒤 묻고자 한 물음이었다. 그녀의 붉은 눈이 허공을 어지러이 헤맸다. 갈피를 잡지 못한 채 헤매던 시선이 향한 곳은 아직까지도 정신을 차리지 못한 대공, 그리드였다.

"……아니야."

열기가 목마저 바짝 태워, 갈라진 목소리가 새어 나왔다. 쉭쉭 소리를 내는 목소리는 마치 처절한 절규를 연상시켰다. 에드가는 이그니스에게 설명을 덧붙이지 않았다. 그는 그저 검을 고쳐 잡았을 뿐이다. 견고한 믿음조차 깨뜨리는 것이 의심이다. 그러할진대 실금이 쩍쩍 가 있는 이그니스의 것을 깨뜨리는 것은 얼마나 쉬운가.

에드가는 천천히 그리드를 향해 걸어가는 이그니스를 경계하며 동시에 무언가 커다란 굉음이 울리는 후원을 곁눈질했다.

'최대한 빨리 이쪽을 정리하고…….'

그런 생각을 했을 때였다. 방금 전까지만 해도 화려한 드레스들이 입장하던 문이 벌컥 열리고 마법사들이 뛰어 들어온 것이. 황실 마법사는 아니었다. 저들은 심지어 홀을 있는 대로 망가뜨리는 데 온 신경을 쏟고 있는 듯했다.

그렇다면 나오는 답은 하나다.

'미처 잡지 못한 마법사들인가.'

에드가의 눈가가 엉망으로 구겨졌다. 안 그래도 골치가 아파 죽겠는데 어째서 예상치 못한 상황은 늘어만 간단 말인가. 그는 입 안으로 한숨을 삼키며 오로로 둘러쳤던 결계를 거둬들였다. 이그니스의 상태를 확인하는 것은 잊지 않은 채다. 그녀는 이제 그리드의 멱살을 잡아 올리고 있었다. 저 입을 통해 직접 들을 심산인 듯했다.

'저쪽은 시간이 좀 걸릴 테고.'

에드가는 이그니스에 대한 경계를 늦추지 않은 채 몸을 틀었다. 안 그래도 정신이 없을 후원이다. 아군이라면 또 모를까, 적을 늘려줄 수는 없는 노릇이었다. 에드가는 검을 고쳐 잡았다. 마법사 몇이 그런 그를 손가락질하며 대놓고 비웃었다.

'다섯.'

에드가는 홀을 박차고 올랐다. 예고도 없이 시작된 공격에 가장 가까이에 있던 마법사가 손바닥이 꿰뚫린 채 비명을 내질렀다.

"끄, 아아악!"

단말마에 가까운 비명에 남은 마법사 넷의 표정이 진중하게 가라앉았다. 에드가가 궁 밖에서 상대하던 평기사들과는 다르다는 것을 깨달은 그들은 서로 시선을 주고받았다. 에드가는 그런 그들을 비웃듯 마법사의 숨을 끊어놓았다. 그 일련의 행동이 물 흐르듯 유려했다. 저벅. 그는 천천히 마법사들을 향해 다가갔다. 주춤거리며 뒷걸음질 치는 마법사의 입에서 무언가 스펠이 읊어지고 동시에 눈앞에서 터지는 폭발음은 일렁이는 오러에 집어삼켜졌다.

"이런, 씨……."

푸른 오러가 폭발을 제 안으로 삼켜 넣는 모습에 마법사 하나가 낮게 욕설을 짓씹었다.

그때였다. 에드가가 두 번째 마법사를 해치웠을 때.

"쿨럭, 쿨럭!"

그리드가 정신을 차렸다. 남은 마법사들을 필두로 에드가와 이그니스, 홀에 남아 있던 모든 이들의 신경이 그리드에게 쏠리졌다. 그렇게 만인의 관심을 온몸으로 받으며 그리드는 무거운 눈을 밀어 올렸다.

"이게, 무슨……!"

정신을 차리자마자 덮쳐 오는 고통에 비명을 입안으로 삼켜야 했지만 말이다. 그러나 이그니스는 그리드가 제 상처를 살피는 시간조차 주지 않았다. 그녀는 넝마가 되어버린 그리드의 옷자락을 붙들어 올리며 아득 이를 갈았다.

"그리드. 내 아버지를 죽음으로 몰아넣은 게 너였나!"

물음이 아니다. 확신에 가득 찬 목소리에 그리드는 숨이 막혀 켁켁거리다가 숨조차 멈췄다. 황족을 상징하는 벽안이 가늘게 떨렸다. 그리고 이그니스는 그것만으로도 제가 원하는 답을 얻어냈다.

아아. 이자였구나. 이 모든 분노의 이유가, 이자였어.

툭.

힘이 빠진 손끝을 따라, 그리드가 바닥으로 떨어졌다. 이그니스는 그런 그의 앞에 미끄러지듯 주저앉았다.

"이, 이그니스. 내 말을 들어보거라. 그게 모두……!"

"닥쳐."

이그니스는 얼굴을 반쯤 가렸던 손을 미끄러뜨리며 욕을 짓씹었다. 일평생 겪어본 적 없는 대우에 그리드가 모욕감으로 몸을 부르르 떨었다. 그러나 그것도 잠시다. 그는 자신에게 다가오는 에드가를 발견하자 자리를 박차고 일어났다. 몇 번이고 미끄러졌으나, 결국 몸을 일으키는 데 성공한 그리드는 다급히 에드가를 향해 손을 뻗었다.

"고, 공작. 이 반란을 일으킨 역도들을 처치하게, 어서! 나를,

나를 보호하지 않고 무엇 하나!"

겁에 잔뜩 질린 그리드의 모습을, 이그니스가 허망한 표정으로 바라봤다. 차라리 저자가 뻔뻔했으면 싶을 정도다. 제 물음에 그게 무슨 말이냐고 되물었다면 속아주었을 텐데. 이 모든 일을 마무리하고 다시금 죄를 물었을 텐데. 갑작스레 덮친 진실은 그녀에게서 모든 의지를 앗아가 버렸다.

이그니스는 가빠지는 숨을 가까스로 뱉어내며 자리에서 일어났다.

비틀.

에드가는 금방이라도 무너질 듯 휘청이는 이그니스에게 시선을 거두지 않으며 마법사들을 상대하고 있는 제 기사들을 확인했다. 그리드는 지금 여기서 죽어서는 안 되는 존재였다. 이번에야말로 모든 죄를 등에 진 채 재판에 세우리라. 그것이 어렵다면 리아의 손에 죽음을 맞이할 수 있도록 백방으로 도울 것이다. 에드가는 그런 생각을 하며 그리드 쪽으로 손을 뻗었다.

"멍청하게 속아 반란을 일으킨 셈이 되었으니⋯⋯."

이그니스의 혼잣말이 홀을 울렸다. 에드가는 시선을 돌려 이그니스를 눈에 담았다. 결 좋던 붉은 머리칼은 엉망으로 헝클어진 채였고 아름다웠던 드레스는 넝마가 되었다. 그럼에도 새빨간 구두만큼은 멀쩡해서, 그녀의 걸음에 찬사를 보내듯 또각이고 있었다.

"황족 한 명쯤은 죽여야지 않겠어요?"

그녀의 붉은 입술이 길게 찢어졌다. 이를 드러낸 웃음은 비명을 내지르는 것처럼 보였다. 그 모든 것이 찰나에 이뤄졌다. 에드가는 낮게 욕을 짓씹으며 그리드 쪽으로 손을 뻗었다. 체격이 체격인지라 비틀거리는 것만으로도 무게가 상당한 그리드를 반쯤은 억지로 제 뒤로 패대기친 에드가는 양손으로 검을 맞잡았다. 오러가 둘러진 검날이 이그니스의 불길을 갈랐다.

살갗이 검날을 밀어내는 그 선연한 감각이 그의 손끝에 잠시 머물렀다가, 빠르게 박동하던 심장을 그대로 꿰뚫었다. 피가 검날을 타고 흘러내렸다. 에드가는 제 어깨 위로 무너지는 이그니스를 지탱하며 턱에 바짝 힘을 줬다.

"그…… 리드!"

경련하듯 떨리는 손이 주저앉은 채 뒷걸음질 치는 그리드를 잡고자 앞으로 뻗어갔다. 그러나 이 자리에 있는 이들은 모두 본능적으로 확신하고 있었다. 이그니스의 몸에서 빠른 속도로 생명이 빠져나가고 있다는 것을. 그것을 가장 잘 느끼고 있는 것은 에드가였다. 그의 미간이 깊게 패였다. 언제고 어느 때고 원치 않는 일이다. 그럼에도 해야만 했다. 그렇기에 그는 마지막 가는 길을 조금이라도 가볍게 해주고자 이그니스의 귓가에 낮은 목소리로 속삭였다.

"누구보다 고통스럽게 죽게 될 거다."

그 말에 복수로 일렁이는 두 눈이 크게 뜨였다. 잡지 못할 그리드만 응시하던 두 눈이 천천히 에드가 쪽으로 움직였다. 핏발이 터져 엉망이 되어버린 눈은 간절하게 묻고 있었다. 그 말, 지킬 수 있느냐고.

에드가는 이그니스에게 시간이 얼마 남지 않았음을 직감하며 고개를 끄덕였다.

"페리엘의 이름을 걸고 맹세하지."

한때나마 귀족이었기에 알 수 있다. 저 말이 얼마나 무거운지.

이그니스의 얼굴이 일그러졌다. 그녀는 무어라 더 말하려는 듯 입술을 달싹였다. 그러나 붉게 칠한 입술은 그저 그녀가 토해낸 피로 더 붉게 물들 뿐이었다.

"……쿨럭!"

에드가는 제 팔을 움켜쥔 이그니스의 손에서 점차 힘이 빠지는 것을 느끼며 다시금 되새겨 주었다.

"반드시."

그렇게 될 거다. 에드가의 그 말에 그제야 이그니스의 입가에 미소가 번졌다. 소리조차 없는 고요한 미소였다.

기사와 마법사의 역량이나 실력을 놓고 우위를 논하는 것만큼 어리석은 일은 또 없을 것이다. 둘은 기본적으로 상성부터 나빴다. 아무리 뛰어난 기사라도 수 미터 떨어진 곳에서 마법으로 공격하는 마법사를 상대하는 것은 어려웠고, 아무리 뛰어난 마법사라도 발치에서 내질러지는 검보다 빨리 마법을 발동시키는 것은 욕이 나올 만한 일이었다.

그러니 기사의 상대로 마법사를 내세운 대공의 선택은 탁월했다.

리아는 참담함을 느끼며 엉망이 되어버린 후원을 눈에 담았다. 귀족들은 다른 궁으로 피신시킨 덕에 후원을 채우고 있는 것은 기사와,

—키메라뿐이었다.

카인은 그것을 온전히 제 눈으로 보았다. 그의 삶도 그리 평탄하지만은 않았으나, 이토록 압도적인 무력은 참으로 오랜만이라, 그는 자신이 인지하지도 못하는 사이 리아를 불렀다.

"있잖나, 후작."

"예, 전하."

카인은 고개를 숙인 리아 쪽으로는 시선 한 줌 주지 않았다. 키메라에 온 신경이 쏠려, 그럴 여유조차 없었다.

"……지금 고작 마법사 하나에 황실 기사 다섯이 당해내지 못하고 있는 건가."

리아는 침묵했다. 카인이 답을 원하고 한 말이 아님을 알고 있기도 했거니와, 그의 목소리는 그저 황망함 그뿐이었던 탓이다. 그러나 그녀의 심정도 그와 다르진 않았다.

리아는 귀족들이 잘 빠져나갔는가를 걱정하기 이전에 과연 저 한 명의 마법사로부터 카인을 온전히 지킬 수 있을 것인가를 걱정해야만 했다.

"전하!"

갑작스러운 인기척에 프루트가 고개를 돌린 것은 그때였다. 키메라를 상대하고 있던 그는, 참담한 낯으로 외쳤다. 단말마에 가까웠으나 말하고자 하는 바는 명확했다. 내궁 쪽으로 피해 있어야 할 그가 왜 이곳에 있느냐는 물음이자 외침. 그러나 그것도 잠시였다. 그는 곧장 제게 달려드는 키메라를 상대하기 위해 겅중 뒤로 몸을 물리며 검을 휘둘러야만 했다.

난장판에 가까운 상황에 카인은 허리춤에 차고 있던 검을 뽑았다. 연회 때는 대개 날이 없는, 장식에 불과한 검을 차고 있었으나 오늘만큼은 아니었다. 서늘하게 날이 서 있는 검은, 단언컨대 몇 번이고 피를 묻혔으리라. 리아는 자연스럽게 그런 그의 앞을 막아섰다.

"전하. 이 이상은 위험합니다."

"저자인가."

동문서답이다. 그러나 그가 묻는 것이 무엇인지는 쉽게 알아차릴 수 있었다. 그녀 역시 후원에 발을 들여놓자마자 본 것이 바로 그것이었으니.

"예."

회색 머리칼에 회색 눈. 금방이라도 울 것 같은 표정을 한 채 악단을 지휘하듯 손을 허공에 휘두르고 있는 사내.

"저자가 넥스입니다."

마법사 혼자 움직이고 있는 키메라의 수가 열을 넘어섰다. 카인은 질린 표정으로 중얼거렸다.

"……황실 마법사로 입단시키는 조건들 중에서 신분 제한 폐지를 진지하게 고려해 봐야겠군."

"부디."

그리 말하며 리아는 검을 횡으로 그었다. 뻗어오던 키메라의 일부가 그대로 잘려 나갔다. 검날을 감싸고 있는 오러에 질긴 가죽이 종잇장처럼 베어지자 오크의 얼굴을 한 키메라가 고통에 울부짖었다.

넥스의 시선이 리아에게 향한 것은 그러한 이유에서였다. 어찌할 도리가 없었다는 듯 가볍게 어깨를 으쓱이는 두 눈은 까맣게 죽어 있었다. 몇 번이고 그를 봐왔기에, 그녀는 자신도 모르게 아랫입술을 물어뜯었다.

저자는 진심이었다. 이 자리에서 죽을 각오를 한 것이다.

"전하."

리아는 넥스의 손짓을 따라 제 쪽으로 고개를 돌리는 키메라에게서 눈을 떼지 않으며 카인을 불렀다.

"아아. 타깃이 된 모양이로군."

"지금이라도 늦지 않았습니다. 1층 중앙홀로 가시면 에드가 경이⋯⋯."

"음⋯⋯ 후작?"

"지금은 장단을 가릴 때가 아닙니다! 어서—"

채앵—!

카인은 제 옆구리를 노리며 달려든 촉수 같은 것을 검을 빗긴채 막아내며 말을 이었다.

"아니. 그게 아니라, 미셸이 왜 저기에 있는 거지?"

검에 오러를 두른 채 카인이 막아낸 키메라의 잔재를 깔끔하게 베어내던 리아의 낯이 경악에 휩싸였다. 그녀는 인지하지도 못한채 고개를 돌렸다. 그곳에 에이플과 미셸이 있었다. 다른 기사들과 후궁들은 어디로 갔는지 보이지 않았다. 피신하는 도중 뿔뿔이 흩어진 것이리라. 다행히도 키메라 셋 모두 이쪽에 신경을 쓰느라 아직까지는 별 피해가 없었으나 그것도 시간문제였다.

카인은 경악에 찬 리아의 표정에 속으로 쯧, 혀를 찼다. 그녀가 후궁들과 꽤나 깊은 유대를 쌓아왔다는 것은 익히 알고 있었다. 그녀들의 안전에 신경 쓰고 있었다는 것 역시 알고 있었다. 그는 정말 위험해질지도 모르겠다 생각하며 말했다.

"합류한다."

"안 됩니다. 전하, 이 길로 곧장 내궁으로⋯⋯."

"경. 황실의 일원이 다치거나 죽기라도 하면 경이 책임질 텐가?"

카인은 길게 보라며 쯔쯔 혀를 찼다.

"단연코 그녀는 살려야 하네. 황실의 위엄을 위한 일이야. 알겠나, 경?"

　미셸의 목숨이 카인의 말 한마디로 인해 버려도 되는 패에서 황실의 일원으로 거듭났다. 리아는 자신도 모르는 사이 얼굴을 구겼다. 속에서 끓어오르는 감정을 꾹 내리누르기 위해. 그녀는 그에게 하지 못할 감사를 속으로 뱉으며 명을 받잡았다.

　"알겠습니다. 전하께서는 이 길로 내궁으로 피하십시오. 그녀는 제가 목숨을 걸고 모시……."

　그때였다.

　넥스가 허공으로 붕 떠오른 것은. 그는 무척이나 안타깝다는 표정으로 대화에 불쑥 끼어들었다.

　"―미안하지만, 누구 하나 살려 보낼 수는 없어."

　제기랄.

　리아는 암담함을 느끼며 키메라의 팔을 베었다. 이 중에서 오러 사용자는 자신뿐이다. 에드가 올 때까지 버틸 수 있을까? 4기 사단이 올 때까지는? 그녀는 불확실한 상황을 가정하는 대신 검에 묻은 피를 털어내며 부하들에게 눈짓했다.

　최악의 상황에서, 카인만큼은 살려야 했다. 리아는 자연스럽게 카인의 앞을 막아섰다. 넥스는 그런 그녀를 응시하며 한숨 섞인 목소리로 사과했다.

　"미안, 후작. 나도 어쩔 수 없었어."

　"이그니스라 했던가."

　리아의 입에서 그녀의 이름이 나오자, 처음으로 넥스의 얼굴에 쩍 균열이 갔다.

　"이쪽 역시 사과하지. 그렇게 요란스럽게 연회를 파투 낸 주도자를 순순히 놓아줄 수는 없어."

"그렇게 말할 줄 알았어."

그렇게 말렸건만, 이그니스는 결국 가장 화려한 모습으로 홀에 등장했다. 더는 숨는 것이 지긋지긋하다 말했던 것처럼 세상에 자신을 내보인 것이다. 자신에게도 보이는 그 끝을, 보지 못한 채로.

무언가를 쫓는 듯하던 그녀를 결국 말리지 못한 넥스는 쓴 미소를 지으며 손가락을 튕겼다.

쿠웅―!

"음. 대장."

부하 중 한 명이 리아의 옆에서 걱정스러운 목소리로 말했다.

"……키메라가 더 강해진 것 같은 건 제 착각입니까?"

"안타깝게도 사실이다."

역시나. 두 눈이 붉게 달아오른 키메라를 다시금 바라보며 그는 생각했다. 어쩌면 이곳이 제 무덤이 될 수도 있겠다고.

'후…….'

리아는 낮게 숨을 뱉으며 한 걸음, 앞으로 나섰다. 키메라라면 상대해 본 적이 있다. 그때는 꽤나 못 볼 꼴을 보였지만 그것도 이미 지난 일이었다.

그녀는 손으로 수신호를 보내며 가장 거대한 키메라 앞에 섰다. 등 뒤에서 일사불란하게 움직이는 이들이 느껴졌다. 곁눈질로 미셸을 확인하며, 그녀는 자신도 모르는 사이 입안 여린 살을 물어뜯었다.

양쪽 다 구할 수 있을 것인가.

검을 고쳐 드는 손이 묵직했다. 저보다 다섯 배는 더 큰 녀석을 앞에 둔 채 양쪽을 다 구하겠다는 생각을 하고 있다는 것 자체가 왠지 우스웠다. 그러나 그것이 본심인지라, 그녀는 감았던 눈을 다시 올려 떴다.

—콰아앙!

"쿨럭, 쿨럭! 아휴, 이게 다 뭐람. 아니, 대체 왜 수배령이 내려진 녀석들이 죄다 정문에 모여 있느냐고!"

경쾌한 나나의 목소리가 가장 먼저 진지하기 그지없는 분위기를 와장창 깨뜨렸다. 그런 나나의 뒤에서 지친 모습으로 나타난 것은—

"누님! 저, 전하?!"

벨포스였다.

"이런, 젠장."

넥스의 입술이 비틀렸다. 낯익은 얼굴들이다. 어떻게든 수도로 들어오지 못하게 이그니스가 손을 써두었다더니, 실패한 모양이다. 하필이면 이 타이밍에 도착한 것을 보아하니 말이다. 넥스는 서서히 허공에서 내려왔다.

보통 마법사들은 전투 시 거리를 두거나 넥스처럼 허공에 뜬 채로 공격했다. 물론 상대가 마법사가 아니라는 전제가 있을 때다.

상대가 마법사인 데다가,

"어머, 마탑에서 찾느라 혈안이 됐다던 그 넥스 아냐?"

실력마저도 상당하다면 얘기는 달라진다.

넥스를 발견한 나나의 두 눈에 이채가 감돌았다. 다른 누구도 아닌, 넥스다. 마탑에서 원로들의 사랑을 온몸에 받은 것으로도 모자라 그들을 배신하고 도망간 배반자이자 탈주 마법사. 나나는 단숨에 마탑의 처벌을 피할 수 있는 방법을 떠올렸다.

저놈을 잡아가자.

나나는 눈치만으로 카인이 이 자리에서 가장 높은 사람임을 알아채고는 넙죽 고개를 숙여 예를 표했다.

"고귀한 분께 인사드립니다. 마탑의 마법사이자, 저—"

그녀는 무척이나 당당하게 넥스를 가리켰다.

"탈주 마법사를 잡으러 온 마탑의 전령이랍니다."

신분 도용과 사기는 덤이었다. 그렇게 말하는 나나의 목소리가 어찌나 경쾌한지 거짓이라는 생각조차 못 할 정도였다. 그러나 사실을 알고 있는 벨포스는 소리 없이 그저 양손에 얼굴을 파묻었을 따름이다.

"하! 마탑의 전령? 네가? 지나가던 마법사가 웃을 얘기군!"

넥스의 비웃음에도 나나는 기죽지 않았다. 그녀는 씩 웃으며 손가락을 튕겼을 뿐이었다.

"누가 웃을지 한번 해볼까? 아, 전하, 잡아가도 괜찮죠?"

"……상관없다만…… 이게 대체……."

한때 제국에서 공후럽을 조직하고 기사단을 공작과 후작의 로맨스에 이용하는 등등 온갖 사건들을 일으키고 다녔던 카인마저 나나에게는 한 수 접고 들어갔다. 그는 조금 멍한 기분으로 땅을 박차는 레이디를 바라보았다. 심지어 그녀가 입고 있는 것은 드레스였다. 코르셋이 없는 것이라 할지라도 드레스는 드레스. 그는 조용히 생각했다. 저걸 입고 뛰는 게 가능하구나, 하고.

조종자가 사라지자 키메라들은 전과 달리 통제를 잃고 발을 굴렀다. 방금 전까지는 넥스의 지휘 아래에 카인만을 노렸다면, 가까이 있는 인간에게 무작정 팔을 휘두르는 기세가 사나웠다.

허공을 가로지르는 비명 소리가 들린 것은 그러한 이유에서였다.

'미셸.'

에이플과 그녀에게 가장 가까이 있던 키메라가 공격을 시작한 것이다. 리아는 아득 이를 물며 에이플의 상태를 확인했다. 어찌어찌 막고는 있었으나 곧 한계가 올 것이 자명해 보였다.

허공에 내질러지는 고함과, 땅을 울리는 진동, 그리고 그 틈바구니에서 번쩍이는 마법들이 한데 뒤섞여 그야말로 난장판인 상황에서 리아는 오랜만에 보는 제 동생을 불렀다.

"벨."

"누님, 이게 대체 무슨……."

"대공이 태자전하 시해 사건을 주도했다. 폐하의 목숨까지 노렸으니, 의심할 여지없는 반역죄인이다."

"예에?!"

"길게 설명할 시간 없어. 벨, 태자전하를—"

프루트가 다급히 무어라 외치며 그녀의 말을 끊어냈다. 리아는 눈살을 찌푸리며 오른손으로만 쥐고 있던 검 위에 왼손을 얹고 그대로 옆을 베어냈다.

끼에에엑—!

허리를 베인 키메라의 비명이 허공을 찢어 내렸다. 리아는 벌어진 상처에서 터져 나온 피를 그대로 뒤집어써야만 했다. 얼굴을 엉망으로 만든 진득한 액체를 손으로 훑어 내린 그녀는 잠시 멈췄던 말을 이었다.

"전하를 모셔라."

벨포스. 희대의 천재로 실력 또한 그에 못지않게 뛰어난 그였으나, 실전 경험은 나나와 이곳에 오면서 한 것이 전부인 그는 멍하니 생각했다. 그저 누이가 편지에 답장이 없어 와봤을 뿐인데 어째서 일이 이렇게 커져 있는 것일까, 하고.

반역이라니. 반역이라니! 키메라라니! 그러나 넋을 놓고 있을 여유조차 없었다.

"벨포스!"

리아의 외침에 그는 퍼뜩 정신을 차리며 재빨리 손을 휘둘렀다. 그가 상처 입은 키메라의 움직임을 봉한 뒤에야, 리아는 미셸을 눈에 담았다. 그런 그녀의 시선을 눈치챈 카인이 그녀의 뒤를 떠밀었다.

"아, 됐고. 천재 마법사가 왔으니 경은 가서 후궁을 안전히 모셔오도록."

"……감사합니다, 전하."

그 말에 그는 개구지게 웃으며 손을 내저었다.

"걱정 말게. 세상에 공짜가 어디에 있는가. 다— 나중에 받을 걸세. 그보다 경, 키메라 피는 악취가 상당한 것 같군. 일이 마무리되면 필히 샤워부터 하게나."

이 상황에서도 농담이라니. 리아는 어쩌면 그가 훗날 황제가 되었을 때 타국 사절단을 앞에 두고도 농담을 건넬지도 모르겠다 생각하며 고개를 숙여 보였다. 그 찰나에 다시금 허공을 찢어 내리는 비명이 다급했다. 등골이 서늘해지는 다급함에 카인의 얼굴에서도 장난기가 사라졌다.

리아는 곧장 몸을 돌려 오크와 오우거를 섞어놓은 듯한 키메라를 향해 내달렸다. 검을 양손으로 받쳐 들고 있는 에이플의 다리가 꺾이는 것이 보였다.

닿을 것인가.

〈미셸 후궁은 사망했어.〉

하필이면 그때 왔던 편지가 머릿속을 가득 채웠다. 에이플이 욕을 짓씹으며 검을 크게 휘둘렀다. 미셸의 다리가 꺾이고, 오늘을 위해 심혈을 기울여 골랐을 드레스가 엉망진창이 되는 것이 보였다.

리아는 검을 바짝 쥐었다. 그토록 노력해 오러를 손에 넣었으나 언제나 실전에서는 쓰기 힘들었다. 그것이 자신의 약점이라 생각하며 고뇌하던 날들이 그토록 길었다.

에드가.

그의 도움이 없었다면 지금 검날을 휘감고 있는 오러 역시 불가능했을 터. 리아는 왠지 그가 곁에 있는 것 같다 생각하며 검을 고쳐 쥐었다. 자신을 발견한 에이플이 화들짝 놀라며 뒤로 물러서는 것이 보였다.

"후작님!"

미셸의 고함, 혹은 부름, 그것도 아니라면 비명에 가까운 것을 들으며 리아는 검을 내질렀다. 오크에 오우거를 섞어놓았으니 그 이유는 하나일 것임이 분명했다. 어떤 검으로도 벨 수 없는 키메라를 만들고자 한 것일 테지. 리아는 단단한 살가죽이 검날을 밀어내는 듯한 감각을 온몸으로 느끼며 이를 악물었다.

검신 전체에 퍼져 있던 오러가 검 끝으로 모이며 틈을 만들었다. 그녀는 그 찰나를 놓치지 않았다.

끼에에에엑—!

양손으로 검을 잡은 채 목 뒤에서부터 등까지 그대로 베어내리는 검을 따라 울컥이며 피가 튀었다. 제아무리 키메라라 할지라도 몸이 반으로 쪼개졌는데 움직일 수 있을 리 없다. 리아의 입에서 뱉어지는 숨이 뜨거웠다. 그녀는 눈을 가린 핏덩이를 손으로 훔쳐내며 낮게 욕을 짓씹었다.

"다, 단장, 괜찮으십니까!"

"……후궁께서는."

"괜찮으십니다. 생체기는 조금 있으시지만, 뭐…… 이 난리통에 그 정도면 아주 양호하죠. 그런데 단장……."

"또 왜."

"대체 저 마법사는 뭡니까……?"

에이플이 질린 목소리로 묻자, 리아는 의문을 느끼며 고개를 돌렸다. 그리고 넥스를 반쯤 때려눕힌 나나의 모습을 보며 중얼거렸다.

"마탑의 전령."

아무것도 모르고 있을 마탑에서 듣는다면 그대로 뒷목 잡을 얘기였다.

††

에드가의 어머니이자 페리엘 공작가의 안주인인 안느는 몸이 좋지 않아 탄신연에 불참한 탓에, 뒤늦게 소식을 전해 들었다. 그녀는 제 아들이 마법사를 다섯 넘게 쓰러뜨렸다는 것에 한 번, 리아가 키메라를 두 기나 죽였다는 사실에 또 한 번 기함하며 곧장 입궐했다.

지난 밤, 치열했던 전투의 흔적이 그대로 남아 있는 중앙 홀을 가로지르는 그녀의 기세에 머뭇거림이란 없었다. 누구의 것인지 모를 피와 초록 빛깔의 기괴한 무언가를 열심히 닦아내던 궁인들은 갑작스러운 그녀의 방문에 화드득 놀라며 몸을 일으켰다.

그런 그들 사이로 뛰어온 것은 황제의 보좌관 중 한 명이었다. 안느는 곧장 그를 알아보고는 본론을 꺼내들었다.

"폐하께서는 어디에 계신가!"

무어라 말하려던 보좌관은 안느의 고함에 입 한 번 벙긋하지 못하고는 잽싸게 고개를 숙였다.

"공작 각하를 비롯한 고위 귀족들과 대공의 처분에 대해 논하고 계십니다."

"……안내하라."

"그……."

"내 오라비에게 가야겠으니 당장 안내하라지 않아!"

결국 백기를 내건 보좌관은 잽싸게 길을 안내했다. 치맛단을 더럽히는 오물들 사이를 아무렇지도 않게 가로지르는 안느의 두 눈이 서늘했다. 미처 치우지 못한 키메라의 사체에도 눈 하나 꿈쩍하지 않는 그녀의 위엄에 궁인 몇이 모여 속닥였다. 두 오라비가 여동생에게 혼쭐이 나겠노라고.

사실은 그네들의 말과 그리 크게 다르지 않았다. 안느의 등장에 미리 황제에게 언질을 받은 기사 둘은 순순히 문을 열어주었다. 그 순순함에 안느의 눈썹이 위로 밀려올라갔다.

'나를 이용하시겠다…… 이놈의 오라비를.'

그러나 당장 밤새 돌아오지 않은 아들의 안위가 걱정되는 터라 안느는 머뭇거림 없이 안으로 들어섰다. 황제의 앞에 설 몰골은 아니었다. 어깨를 덮고 있던 숄은 그 난장판을 지나는 와중 어디엔가 떨어뜨렸고 드레스의 끝은 피와 오물로 엉망이었으니 말이다.

그러나 정면을 곧게 응시하는 안느에게 중요한 건 그런 것들이 아니었다. 그녀는 그저 고개를 들어 황제를 바라보았을 뿐이다. 방금 전 화낸 것은 거짓인 것처럼 차분하게 가라앉은 안느의 두 눈은, 상황이 이 지경에 이르렀음에도 홀로 고고히 앉아 있는 오라비를 한가득 담아냈다.

"멈출 수 있었습니다."

"그랬겠지."

"그런데, 어째서 지켜만 보신 겁니까."

황제의 고개가 기울었다. 그는 무척이나 이상한 얘기를 들은 것 같은 표정으로 하나뿐인 여동생을 바라보았다.

"당연한, 그리고 필요한 일이었다. 내겐 아들이 하나뿐이었으니. 보거라. 태자는 공작과 누구보다 깊은 연대를 갖게 되었고, 후작도 돌아서지 않았느냐. 공동의 적이 있었으니."

"······폐하, 설마 지금······."

고운 이마가 찌푸려졌다. 황제는 그것을 꽤 안타깝게 바라보았다. 선황제는 죽음을 목전에 앞두고서 오직 자신만을 침소 안에 들였다. 바싹 마른 손을 뻗어 간곡히 부탁한 것은 오직 안느에 대한 것뿐이었다. 그 안에 그리드에 대한 얘기는 단 한 줄도 없었다.

그는 상체를 앞으로 숙여 제 동생의 이마를 쓸어내리며 달래듯 속삭였다.

"안느. 황제라는 건 그저 생기는 게 아니란다. 하늘에서 내려주는 것도, 태어날 때부터 타고나는 것도 아니지. 황제라는 건 만드는 거야."

"제 아들이 죽을 뻔했습니다."

"죽지 않았을 거다. 오러를 쓰는 이들을 평범한 사람의 기준으로 생각해선 곤란해. 4기사단은 수도에 있었고, 예기치 못할 상황을 대비한 준비도 되어 있었다."

그는 어깨를 으쓱이며 덧붙였다.

"그럼에도 살아남지 못했다면 운명이겠지."

황제는 제 여동생을 바라보며 그리 말했다.

"폐하."

그 목소리의 잔혹함에, 안느의 손끝이 파르르 떨렸다. 떨군 고개에 감춰진 두 눈은 질끈 감긴 채였다.

"자, 안느. 사사로운 얘기는 뒤로 미루고. 네 의견도 들어야 내 결정을 할 수 있을 것 같으니 그것부터 하자꾸나."

"의견이라니요. 지금 이 무슨—"

"그리드의 사형 집행에 대한 얘기다."

대공이자 제 둘째 오라비의 사형 얘기에 안느의 말이 우뚝 멈췄다. 그녀는 믿기지 않는다는 낯으로 고개를 들어 황제를 올려다보았다.

"폐하, 지금…… 사형이라 하셨습니까."

"그만한 일을 벌였으니, 대가를 치러야지."

대가를 논하는 목소리가 차디찼다. 안느는 오라비의 의중을 짐작하기라도 하려는 듯 그를 빤히 들여다보았다. 그럴 수밖에 없었다. 하나뿐인 아들이자 태자인 카인에게 검상을 입혔음에도 제대로 된 처벌 한 번 받지 않은 것이 바로 대공이었다. 황제의 하해와도 같은 자비 속에서 권세를 누려오지 않았던가.

그것이 자비가 아니었을지라도, 이 비틀린 관계 속에서 자신의 아들인 에드가도 몇 번이고 죽을 고비를 넘겨야만 했다.

그럼에도.

안느는 치맛자락을 쥔 손에 바짝 힘을 주며 오라비를 불렀다.

"……폐하."

"네가 망설이다니. 의외구나. 아니면 아직 전해 듣지 못했나."

"무엇, 무엇을 말입니까."

"삼 년 전, 마차 사고의 진범이 드러났다. 대공이 자수했지. 마법사에게 사주해 후작가의 흑마와 똑같은 키메라를 만들고, 키메라를 조종할 수 있는 마석을 시기적절하게 깨뜨렸다더군. 덕분에 이성을 잃은 키메라는 절벽에서 날뛰다— 그대로 추락했지."

안느의 얼굴이 일그러졌다. 가늘게 떨리는 입술과 경직된 턱이 그녀가 느끼는 감정을 선연히 보여주었다. 사석이었다면 그녀는 슬픔을 누르지 않았을 것이다. 분노를 감추고 태연한 낯을 꾸며 내기 위해 안간힘을 쓰지도 않았을 것이다. 그러나 이곳은 황궁이었고, 마주하고 있는 것은 오라비일지언정 황제였다.

그렇기에 그녀는 고개를 든 채 되물었다.

"사실입니까."

"안느. 내 언제 네게 거짓을 말한 적이 있더냐."

오.

안느는 침통함을 느끼며 눈을 감았다. 싫어하다 못해 혐오했던 오라비다. 대공에도 만족하지 못한 채 자신의 것도 아닌 것을 손에 쥐겠다며 날뛰던 자였지만, 그래도 혈육이라고 완전히 손에서 놓지는 못했던 오라비였다.

그러나 이제 놓을 때가 온 모양이다.

"폐하의 뜻에 따르겠습니다."

안느는 움켜쥐고 있던 손을 폈다. 엉망이 되어버린 것을 버리고자. 미미하게 남아 있던 미련이 감기는 눈꺼풀을 따라 뚝 떨어졌다. 끝이었다.

††

에드가는 리아를 걱정하는 시선을 거두지 않았다. 아직 다 낫지 않은 어깨의 상처가 어젯밤의 혈투로 벌어졌기 때문이다. 그러나 그녀를 말리지도 않았다.

"십 분. 그 이상은 안 됩니다."

그것도 폐하께서 많이 주신 것이라 종알거리는 간수를 향해, 에드가가 작은 주머니를 던져 줬다. 안을 확인한 간수는 그제야 시끄러운 입을 다물고는 뒤로 물러섰다. 금화가 가득 담겨 있는 주머니를 품 안에 챙긴 채로.

간수 하나가 입을 다물었을 뿐인데 지독한 고요가 지하 감옥에 내려앉았다. 리아는 붕대로 칭칭 동여매 제대로 들어 올리지도 못하는 팔을 힐끗 확인하고는 깊게 숨을 들이마셨다. 이그니스는 전투 중 사망했다. 그녀의 죽음에 슬퍼하는 이는 아무도 없었다. 아직 그 사실을 알지 못하는 이를 제외하고는.

넥스에게 이그니스의 죽음을 알리는 역할을 자처한 것은 리아였다. 어쩐지 그래야만 할 것 같았다.

"리아. 무슨 일이 있으면……."

에드가는 말끝을 흐렸다. 이그니스를 끝낸 것은 자신이다. 본디 죽이는 것보다 살리는 게 더 어려운 상황이었다. 그럴진대 상대가 죽을 각오로 덤벼드니 살릴 수 있었을 리가 없다. 아직도 생생하게 남아 있었다. 이그니스의 심장을 꿰뚫는 검날과 그 끝을 타고 터져 나오는 그녀의 한 맺힌 비명이.

후회하진 않는다. 후회할 수 있는 일도 아니었다. 그러나 가슴께에 남아 있는 찌꺼기 같은 감정은 그로서도 어찌 할 수 없는 것이라, 에드가의 얼굴이 엉망으로 구겨졌다.

리아는 미간을 찌푸리고 있는 에드가의 모습에 손을 뻗어 그의 것을 잡았다.

"금방, 나올게요."

전보다 가벼워진 말투다. 에드가는 그녀를 향해 웃어 보였다. 리아는 에드가를 스쳐 지하감옥 안쪽으로 이어지는 통로에 발을 들였다. 횃불들이 일렁이며 음침한 공간을 더욱 우울하게 만들었다. 발소리마저 울려 사람의 신경을 바짝 날 세우는 공간. 넥스는 그곳에 있었다.

다른 감옥들과 외떨어진 독방. 리아는 그의 양팔과 다리의 구속구를 눈으로 훑었다. 상대가 상대이니 만큼 구속에 공을 들였다는 게 보였다.

기분이 이상했다. 누구보다 자유롭게 뛰어다녔던 이가 저렇게 작은 감옥에 갇혀 있다니. 리아는 특수한 재질로 만들어졌다는 쇠창살에서 두어 걸음 떨어진 곳에 섰다.

"넥스."

그녀의 목소리가 낮게 깔리며 웅웅 울렸다. 그제야 바닥만을 응시하고 있던 넥스의 고개가 들렸다. 회색 머리칼이 들리는 고개를 따라 뭉텅이로 흘러내렸다.

"여— 후작님."

개구지게 웃는 낯은 그대로였으나 목소리엔 힘이 빠져 있었다. 리아는 그런 그를 가만히 바라봤다. 사랑을 위해 황제에게 검을 겨눈 남자를.

"알려줄 것이 있어⋯⋯."

"이그니스는, 죽었지?"

리아가 채 말을 마치기도 전에 넥스가 그녀의 말을 가로챘다. 이미 짐작하고 있었다는 듯 확신하는 어투다. 리아는 입을 다문 채 미간을 좁혔다.

"그래."

의심을 확신으로 바꾸는 그 한마디에, 넥스는 울지도 고함을 지르지도 않았다. 그는 그저 고개를 뒤로 젖혀 돌로 만들어진 천장을 바라보며 되물었을 뿐이다.

"시신은?"

"⋯⋯최소한 땅에는 묻힐 수 있도록 조치를 취해놨어."

"고맙네. 그럼 나는?"

"지금 상황으로서는 마탑으로 이송될 가능성이 가장 높아."

"이야. 오랜만에 원로들과 재회하겠네. 다들 난리도 아니겠어. 있잖아, 후작님. 이그니스의 적은 황제 폐하가 아니었던 거지? 간수가 하는 말을 들었어. 대공이 뒤에서 손을 쓴 거라던데."

그 빌어먹을 자식. 리아는 속으로 욕을 짓씹었다. 입이 가벼운 것이 깃털보다 더하다. 그러나 차마 거짓을 말할 수도 없었다. 그러기엔 다시 고개를 내려 자신을 빤히 바라보는 회색 눈이 지독하리만치 무겁게 가라앉아 있어서.

리아는 버석하니 마른 입안을 혀로 훑었다.

"그래."

넥스의 두 눈에 불이 붙었다. 그는 속으로 일렁이는 열기를 삼키는 것처럼 그렇게 한동안 아무런 말도 하지 않은 채 앉아 있었다. 마치 다 타버린 재에서 다시 불꽃이 일어나는 것 같아, 리아는 침음을 삼켰다. 넥스가 입을 연 것은 그로부터 한참의 시간이 흐른 뒤였다.

"사형이겠지."

주어는 없었다. 그러나 물을 필요조차 없었다. 누구를 염두에 두고 하는 얘기인지는 명확하기 그지없었으므로.

"그래. 집행인은 내가 될 거다."

카인은 뱉었던 말을 지켰다. 황족인 대공의 처형을 집행할 수 있는 권한을 리아에게 건네준 것이다. 내키지 않는다면 하지 않아도 된다는 말에, 리아는 머뭇거림 없이 고개를 저었다. 단 한 번도 잊어본 적 없는 맹세다. 적의 피를 양친의 무덤에 바치겠다는, 그 선연한 감정은 지금도 여전했으니.

그 말에 넥스의 두 눈에 이채가 돌아왔다. 그는 천천히 자리에서 일어났다. 절그럭거리는 쇠사슬 소리에도 아랑곳하지 않은 채, 천천히 철창으로 다가오는 걸음이 느렸다. 그럼에도 그는 멈추지 않았고, 리아는 재촉하지 않았다.

그렇게 한참.

넥스는 기어코 철창을 붙들었다. 차갑다 못해 냉기가 흐르는 쇠창살을 붙드는 손등에 핏줄이 도드라졌다.

"후작님. 부탁 하나만 해도 될까?"

"해줄 수 있는 범위라면. 일전의 약속은 지키지 못했으니."

그 말에 넥스는 웃었다. 이를 드러내고 웃는 그는 무척이나 유쾌해 보여서, 리아가 당황할 정도였다.

"해줄 수 있는 일이야. 그리고 후작님도 무척 기꺼울 일이지."

넥스는 콧노래마저 흥얼거리며 말을 이었다.

"후작님도 검을 쓰는 사람이니 알겠지?"

어디를 어떻게 찔러야 가장 고통스럽게 몸을 비틀며 죽어갈지. 넥스는 쇠창살에 얼굴을 바짝 붙인 채로 속닥였다.

"……최대한 고통스럽게 죽여."

감히 이그니스를 죽음으로 몰아넣은 그자를,

"제발 죽여달라 빌도록, 차라리 죽는 게 낫다 싶을 만큼, 고통스럽게."

절대 쉽게 죽이지 마.

넥스의 말에 리아는 천천히 그를 향해 다가갔다. 뚜벅, 뚜벅, 그녀의 발소리가 감옥 안을 웅웅 울렸다. 리아는 손을 뻗었다. 넥스의 죄는 용서받을 수 없는 종류의 것이다. 황궁 내에 허가받지 않은 키메라를 끌어들였으며 기사들을 공격했고, 더 나아가 황태자인 카인마저 공격했다.

당장 목이 잘려도 이상하지 않을 짓들을 저질렀으니 그 죄의 무게가 가히 짐작 가는가. 그럼에도. 리아의 손이 허공을 가로질러 넥스의 것에 닿았다.

"맹세하지."

검이 없으니 말로써. 리아는 그렇게 말했다. 그제야 넥스의 입가에 진정으로 기뻐하는 미소가 번져 나갔다. 그는 더 이상 미련 없다는 표정으로 양손을 가볍게 들어 올렸다. 다시 본래의 자리로 돌아간 넥스는 털썩 자리에 주저앉았다. 그리곤 리아를 올려다보며 말했다.

"고마워, 후작님."

마지막 인사를.

††

사후 처리는 빠르게 진행됐다. 대공은 고통으로 몸부림치며 그 생을 마감했고, 이그니스는 반역을 저질렀음에도 이례적으로 후작가의 땅에 묻혔다. 그리고 리아는 그날의 공을 인정받아 이틀의 휴가를 얻었다. 그 외에도 받은 것은 많았으나 그녀가 전부 거절했으니 남은 것만 얘기하면 그렇다. 리아는 본래 이틀이라는 짧은 휴가를 알차게 쓸 생각이었다.

"아니, 그러니까, 사랑의 도피가 아니었단 말인가!"

첫날부터 카인이 들이닥치지만 않았다면 말이다.

리아로부터 보석 상자의 비밀을 전해 들은 벨포스는 한창 골머리를 앓고 있던 와중에 카인의 방문에 반쯤 넋을 놓아야만 했다.

"사랑의…… 쿨럭쿨럭!"

너무 당황해 마른기침을 뱉어내는 그의 등을, 나나가 한심하다는 표정으로 두드려 주었다.

"아닙니다. 절대 아닙니다! 맞다고 해도 얘는 아닙니다!"

그 간절한 외침에 점차 내려치는 강도가 강해졌다는 게 문제라면 문제였지만. 사색이 된 걸로도 모자라 양손을 내젓는 벨포스의 진심 어린 모습에 카인은 쯧, 혀를 찼다. 그는 등받이에 몸을 기댄 채 아쉽다는 표정으로 고개를 내저었다.

"이렇게 되면 제1안은 써먹질 못하는구만."

"전하……."

"왜 그러는가, 경?"

"송구하오나…… 그 1안이라는 게, 설마하니 소신과 관련되어 있는 건 아니겠지요."

"당연히 관련되어 있지. 벨포스가 사랑의 도피를 한 것이라면 그를 차기 후작으로 내세울 생각이었거든. 그러면 후계 문제도 해결되고, 둘은 축복 아래에 결혼하면 되고, 누이 좋고 매부 좋고, 완벽하지 않은가!"

혹시나 했건만 역시나. 이마를 짚는 리아의 모습에 카인이 눈을 동그랗게 뜨며 되물었다.

"아니, 경. 설마 여기까지 와서 아니라고 말하는 건 아니겠지?"

"아뇨. 그게 아니라…… 전하. 이후 얘기는 저와 공작, 둘이 결정할 일입니다. 그러니 부디……."

나나의 손길을 열심히 피하던 벨포스는 이상한 기류를 느끼고는 자리를 박차고 일어났다. 그는 제 귀를 의심했다. 그러나 자신의 귀는 멀쩡했고, 방금 들은 얘기는 어찌 오해할 수 없을 만큼 명료했다.

"누, 누님. 지금 이게 전부 무슨 말입니까."

그저 연락이 닿지 않아 여기까지 왔던 벨포스다. 누님을 아끼는 마음이 하늘 끝에 닿아 있는 그는 자신이 자리를 비운 그 짧은 사이에 어떤 일이 벌어졌는지 전혀 모르고 있었다. 카인은 어깨를 으쓱이며 리아에게 발언권을 넘겼다.

그리고 이런 쪽으로는 꽤나 무던한 리아는…….

"아. 벨, 네게 말하는 걸 잊었구나. 에드가 경과 서로 알아가고 있는 중이란다."

아무렇지도 않은 표정으로 제 동생에게 청천벽력 같은 말을 던져 주었다.

그 자리에서 굳어버린 벨포스를 안쓰럽게 바라보던 카인은 남매끼리 잘 대화해 보라며 자리에서 일어났다. 물론 귀에 꽂은, 작은 마도구를 꾹 누르는 걸 잊지 않은 채로.

"여기는 황금사자. 황금사자. 푸른매가 설마하니 반지를 갖고 오고 있다면 무슨 수를 쓰든 탈취하도록. 반복한다. 탈취하라. 반지는 시기상조다. 반드시 탈취하라."

[여기는 푸른매 1호, 탈취하겠습니다! 꽃다발은 어쩔까요?]

"꽃다발은 놔두도록. 반지만 탈취하라."

[여기는 푸른매 2호, 푸른매 2호. 그런데…… 단장한테서 반지를 어떻게 탈취합니까?]

"그대들을 믿는다."

카인은 이건 좀 아니지 않느냐 웅성거리는 목소리를 깔끔하게 무시하고는 마도구의 전원을 껐다. 둥글게 난 창 너머로 펼쳐지는 하늘이 참으로 푸르렀다.

"역시 남은 건 공작의 남동생인가."

에드가의 남동생, 로이드 폰 페리엘. 인생을 살면서 단 한 번도 페리엘 공작가의 후계가 될 생각이 없었던 그는 뒷수습을 위해 열심히 뛰어다니다 갑자기 든 오한에 부르르 몸을 떨었다.

머지않은 미래에 자신이 임시 후계자가 된다는, 황태자와 황제의 낙인이 찍힌 임명서를 받게 된다는 것도 알지 못한 채로.

††

마탑의 원로들은 모든 소식을 전해 들은 뒤 곧장 뒷목을 잡았다. 나나의 뻔뻔스러움에 기함을 토하는 이들도 한둘이 아니었다. 그러나 카인이 친필로 써 보낸 편지 한 장에 그 요란스러움은 그대로 먼지가 되어 가라앉았다.

황제에게 마탑과 관련된 모든 권한들을 건네받았다는 말과 함께, 마탑에 용인되었던 모든 불합리한 일들을 더는 묵과하지 않겠다는, 그 단호한 말에.

"어머머. 태자전하께서는 마탑과 싸울 생각이신가요?"

눈이 동그래진 나나의 겁 없는 발언에 기겁한 벨포스가 그녀의 입을 막고자 노력했다. 물론 힘으로 나나를 이길 수 있었다면 진작 그렇게 했을 것이다. 나나는 어렵지 않게 벨포스의 저지를 저지하면서 말을 이었다.

"마탑이 등을 돌릴 수도 있답니다, 전하. 아. 넥스의 신병을 인도해 주신 건 정말 감사드리지만요."

"하하핫! 나나라고 했나?"

"예, 전하."

생긋 웃는 나나와 마주보며 웃던 카인은 이내 긴 숨을 뱉어내며 의자에 몸을 기댔다. 언제나 장난기가 가득했던 두 눈이 차갑게 가라앉는 것은 순간이었다. 그는 난간을 툭툭 치며 물었다.

"—그대가 보기엔, 내가 고작 마탑의 노인들에게 잡아먹힐 것처럼 약해 보이는가?"

낯빛이 변하는 것이 마치 손바닥을 뒤집는 것 같았기에, 나나는 재빨리 사과했다.

"죄송합니다, 전하. 제가 착각을 했나 보군요."

"그랬다네. 그리고, 벨포스."

카인은 각 잡힌 군인처럼 얼차려자세를 취하는 벨을 바라보며 낮게 웃음을 터뜨렸다.

"마탑에서 자리를 잘 잡아놓게. 알았나."

"예!"

"후후…… 그래. 아, 그리고 후작 말이지. 내년 봄쯤에 결혼식을 할 것 같으니 미리미리 시간 빼놓게나."

"……예?"

"자고로 결혼은 꽃피는 봄이야. 안 그런가?"

벨포스는 어째서 제 누이인 리아도 입에 올린 적 없는 결혼식이, 카인의 일정표에 들어 있는지 도무지 모르겠다는 표정이 되었다. 그가 양팔을 걷어붙이고 식 준비를 시작했다는 사실을 알 리 없는 벨포스는 얼떨떨한 기분으로 대답했다.

"봄…… 입니까?"

"봄이 최고지. 꽃도 피고. 날씨도 온화하고. 나나, 그대 생각은 어떠한가?"

"어머. 그럼요. 결혼 하면 단연코 봄이지요!"

"역시 자네는 뭔가 아는군. 꽃이 말이지……."

벨포스는 이젠 자포자기한 심정으로 식장을 어떻게 꾸밀 것인가에 대해 일장 토론을 시작하는 나나와 카인을 바라보았다. 왠지 정말로 내년 봄, 결혼식이 열릴 것 같다는 불안함을 애써 외면한 채.

결혼 계획이라고는 조금도 없는 리아는 근무지에 복귀하자마자 후궁전을 찾았다. 출궁이 어려운 그녀들이었기에, 리아를 보자마자 달려 나오는 기세가 어마어마했다.

"후작님!"

가장 먼저 달려온 미셸이 경중 뛰어 리아의 목에 매달렸다. 이

틀 동안 세상의 걱정이란 걱정은 전부 한 표정으로 그녀는 엉엉 울었다.

"세상에! 크게 다치신 줄 알았어요! 다들 괜찮다고 했지만…… 그래도……!"

피 범벅이었는걸요!

리아는 미셸의 외침에 그게 자신의 피가 아닌 키메라의 것이라는 말을 차마 하지 못했다. 미셸의 기세가 어찌나 대단했는지 뒤이어 뛰어나온 루실라와 아스티나는 몇 걸음 떨어진 곳에서 그저 기분 좋게 웃을 따름이었다. 미셸이 진정된 것은 그로부터 몇 분이 흐른 뒤였다. 그녀는 한참 운 뒤에야 창피해졌는지 얼굴이 붉게 달아오른 채로 아스티나가 쥐어준 천으로 얼굴을 닦아냈다.

"그래서, 쿵! 결혼은 3월에 하신다구요?"

기분 좋게 웃던 리아의 얼굴에 커다란 물음표가 떠올랐다.

"예? 누가 결혼합니까?"

리아의 목소리에서 느껴지는 당혹스러움은 거짓이 아니었다. 세 후궁은 고개를 갸웃하며 서로 시선을 주고받았다.

"……후작님이요."

리아의 두 눈이 거세게 흔들렸다.

"제가…… 말입니까?"

"네. 저희는 그렇게 전해 들었…… 후, 후작님? 후작님!"

뒤에서 저를 애타게 부르는 외침이 전혀 들리지 않았다. 결혼이라는 단어 하나를 듣자마자 그것이 머릿속을 가득 채워 버려서, 다른 건 전혀 생각할 여유가 없었다. 곧장 몸을 돌려 내달리는 걸음이 잽쌌다. 후궁전을 벗어나는 그녀의 모습에 늘어져라 하품을 하던 에이플이 입을 쩍 벌린 채 그대로 굳는 것도 보이지 않았고, 제게 손을 흔들어 보이는 다른 이들도 전혀 보이지 않았다. 그녀는 그대로 곧장 에드가의 집무실로 향했다.

'결혼이라니. 청혼도 없이? 아니, 그보다 서로 알게 된 지 얼마나 됐다고 결혼을!'

오! 리아는 순서가 완전히 뒤죽박죽이 되어버린 결혼을 상상하며 탄성을 내질렀다. 결혼이라니. 에드가와 자신이? 아직 제대로 입 한 번 맞춰본 적 없는데?

불행인지 다행인지 그녀의 상념을 끊어낸 것은 다이컨이었다. 푸른매기사단의 부단장이자, 이 모든 오해의 시작점이자, 공후럽−공작님 후작님의 영원한 사랑을 응원하는 모임−의 창시자인 그는 리아가 보이자마자 재빠르게 그녀에게 다가갔다.

"오셨, 큼! 오셨습니까."

웃음을 애써 감추려는 다이컨의 모습에 리아는 살풋 미간을 좁혔다. 어째 한 번 본 적 있는 것 같은 장면이었다. 그러나 그녀는 재빨리 상념을 잘라내고는 굳게 닫혀 있는 집무실 문 쪽을 턱짓했다.

"……공작께서는, 안에 있나?"

"물론입니다. 하하핫! 요새 정시에 퇴근해야 한다며 어찌나 일을 열심히……."

"그럼 비켜라."

"예?"

"할 말이 있으니 비키라고."

"어…… 그, 그게, 지금 아주, 아주아주, 중요한 일을 하고 계시는지라……."

리아는 세 번 말하지 않았다. 그녀는 그대로 버티려는 다이컨을 옆으로 죽 밀어낸 채 곧장 문을 열어젖혔다.

그리고…….

"아니, 당연히 사파이어지! 그게 얼마나 예쁜데!"

"이 멍청한 놈아. 반지잖아, 반지! 후작 각하의 눈이 녹색이란 걸 생각해야지. 그러니까 단연……."

"……경들이 내 눈 색에 그렇게 관심이 많을 줄은 몰랐군."

푸른매 기사들은 하나같이 제 귀를 의심했다. 낯익은 목소리가 들린 것 같은데. 하하하. 설마. 하하하하. 그러나 끼긱 소리를 내며 돌아간 시선 끝에 서 있는 것은 불행히도 로렐리아였다.

"에드가 경은 어디에 가고, 다들 여기 모여서 내 눈 색을 논하고 있는 거지?"

"……그러게 말이다. 나는 여기에 있는데, 분명 훈련을 하라 했건만 왜 이곳에 모여서…… 후작의 눈 색을…… 눈?"

이미 인기척을 느끼고 있었기에, 리아는 등 뒤에서 들리는 목소리에도 그리 놀라지 않으며 고개를 젖혔다. 에드가. 그가 자연스럽게 제 허리를 감싸 안으며 동시에 화를 내고 있었다.

"대체 또 무슨 짓을 꾸미는 거냐."

음. 이 남자는 화내는 것도 잘 어울린다. 리아는 방금 전까지 자신이 화내고 있었다는 것을 까맣게 잊은 채 허리를 감싼 그의 손 위에 제 것을 얹었다. 그에게 몸을 기대는 일련의 행동이 자연스러웠다.

"지난번에는 있지도 않은 반지를 내놓으라며 덤비더니. ……요새 살 만한가 보군."

무시무시한 말을 하면서 동시에 리아와 손장난을 하는 에드가의 모습에 푸른매들은 잠시 혼돈스러운 낯으로 둘을 번갈아 바라봤다. 무서워해야 하는 것인가, 닭살이라며 야유를 보내야 하는가.

그들은 혼돈은 그리 오래가지 않았다.

"아직도 있었나."

에드가의 낮은 말 한마디에, 그들은 일동 자리를 박차고 일어났다.

"아닙니다!"

"뛰쳐나가겠습니다!"

"죄송합니다!"

우르르, 도망치는 녀석들을 바라보며 혀를 차던 리아는 그대로 에드가를 향해 고개를 젖혔다.

"에드가, 이상한 얘기를 들었……."

그리고 문 뒤에 서 있던 다이컨은 목격하고야 말았다. 그녀의 입술을 훔치는 대장을.

오, 세상에.

다이컨은 재빨리 귀에 착용하고 있는 마법 도구의 스위치를 눌렀다.

특종이었다.

完

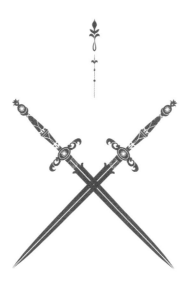

외전

1

공후럽의 시작은 미약했으나 그 끝은 창대했다. 그렇다면 그 창대한 모임은 어떻게 시작된 것일까?

이 모든 사건의 시발점이자, 원흉이라 할 수 있는 남자 에드가에 대해 말해보겠다. 아니, 정확히는 그가 가슴 깊이 남몰래 간직해 왔던 짝사랑이 어찌하여 모두에게 알려지게 되었는지 얘기해보고자 한다.

그의 나이 올해로 스물다섯. 오러가 처음 발현한 것은 열아홉 때 일로, 그날 공작가는 축제나 다름없었다. 가문에서 오러 사용자가 나와서? 아니. 드디어 가문을 물려줄 명분이 생겼다며 공작이 축포를 터뜨려서.

그리하여 고작 열아홉이라는 나이로 작위를 떠맡은 에드가는 스물둘에 첫사랑이자 짝사랑을 시작하게 된다. 그의 짝사랑을 처음부터 모든 이들이 알게 된 것은 아니었다. 모든 시작은 사소하기 마련. 그의 사랑도 처음에는 참으로 미약하기 그지없었다.

남들은 걷지 않는 길을 택한 여인. 저를 부정하는 부하들 앞에서 검을 뽑아드는 그 당당함. 햇빛 아래에서 저 홀로 환하게 빛나는 여인을 처음 마음에 담은 그것은 약간의 두근거림에 불과했다.

"……단장, 대체 이 갑작스러운 합동훈련은 왜 하는 겁니까?"

두근거림은 미약했으나, 에드가는 그것을 사소하게 넘기지 않았다. 그리하여 한 번이라도 더 리아를 보고자 난생 처음 권력을 휘둘렀으니. 개중 하나가 바로 합동훈련이었다. 어차피 그녀는 후작이고 저는 공작이었다. 이뤄지지 못할 사랑 실컷 보기라도 하자며 내놓은 아이디어가 고작 훈련이었으니 누가 듣는다면 깊게 한숨을 뱉어낼 얘기이긴 하다. 그러나 평생을 청렴하게 살아온 그로서는 난생 처음 휘둘러 본 권력이오, 처음 내질러 본 사심 충족이었다.

"그것도 하필이면 붉은늑대 녀석들과 말입니다. 그 자식들 저번 대토벌 때 보니까 지휘 체계고 뭐고 없이 엉망으로 날뛰던데 훈련이 되긴 할지 걱정입니다."

에드가는 엉망진창인 붉은늑대 녀석들과는 상종하기도 싫다며 입을 비죽이는 다이컨의 말을 무시했다. 리아가 막 제2기사단의 단장직을 맡았을 때만 해도 제2기사단은 다른 기사단에게 빈축을 사는 존재였다. 앞서서 황실기사단의 위엄을 떨어뜨리고 있으니 당연한 일이었다. 에드가가 아무런 말도 하지 않은 채 계속해서 걸어가자, 다이컨은 그 뒤를 따르면서도 투덜거림을 멈추지 않았다.

"아, 사실이 그렇잖습니까. 합동훈련이라는 건 서로 성장할 가능성이 보일 때나 하는 건데, 이건 뭐, 그냥 시간 낭비…….”

투덜투덜. 열심히 입을 놀리던 다이컨은 갑작스럽게 멈춰 서는 제 상사의 모습에 후다닥 걸음을 멈췄다. 속으로는 제가 너무 입을 놀렸나, 걱정하며 슬쩍 에드가의 눈치를 보는 것도 잊지 않았다.

그러나 에드가는 다이컨의 말은 조금도 듣고 있지 않았다. 그가 들은 것은 다른 이의 것이었다.

“거, 이게 말이 되냔 말이오! 아무리 후작이래도 그렇지 기사단이라니! 그것도 황실기사단이라니! 어디 여자가 할 것이 없어서 검을…… 쯔쯔쯔. 자고로 작위를 이은 여자란 얌전히 서류나 보다가 결혼하는 것이 최고 아닙니까!”

카랑카랑한 목소리는 기둥 뒤편에서 들려오고 있었다. 에드가는 그 목소리의 주인을 알았다. 요 근래 대공에게 황실 소식을 바지런히 물어다 나르는 프룬 자작이었다. 이미 그 까마귀 같은 짓거리가 전부 까발려진 것도 모른 채 황태자의 곁에서도 알랑거리며 돌아다니는 이의 얼굴을 떠올리는 에드가의 두 눈이 흉흉했다.

‘왜 이렇게, 화가 나지.’

프룬 자작. 그에 대해서는 카인이 이미 조금 더 두고 보자 언질을 한 적이 있었다. 그 밑으로 줄줄이 엮인 이들을 전부 파악하지 못했으니 미끼를 슬슬 던지며 가장 큰 놈을 잡아내자고 했던가. 그러니 지금 자신이 해야 할 일은 그를 무시하고 지나치는 것이었다.

지금껏 아무렇지도 않게 해왔던 그 일이 갑자기 내키지 않았다. 손끝이 절로 굽어서, 주먹이 쥐어지려는 것을 가까스로 참아야만 했다. 에드가의 남색 눈동자가 옆으로 움직였다. 검집 근처를 오가는 손은 무언가를 고민하듯 잠시 오므라졌다가 펴지기를 반복했다.

그때까지만 하더라도 그는 사랑을 경험해 본 적이 없었다. 스물둘의 나이에 첫사랑이라니. 누구는 너무 늦는 것이 아니냐 하겠으나 가문의 후계로서 에드가가 소화해 온 빽빽한 일정을 아는 이들은 그것도 빠르다 할 것이다. 경험해 보지 못한 감정은 그가 쌓아온 모든 것들을 근본에서부터 흔들었다.

프룬 자작의 말이 한 말은 그저 헛소리라 치부해도 될 정도의 수위였다. 세상사 뒷말 없는 이가 어디에 있으며 불만을 토로하지 않는 인사가 몇이나 되겠는가. 프룬 자작 역시 천재들만 득시글거리는 드벨 후작가가 부럽고 탐이 나 그런 것이리라.

그러나 사랑에 빠진 남자의 마음은 달랐다. 저는 두 번 보면 닳을까 한 번밖에 보지 못하는 이였다. 혹여나 거칠기로 소문이 자자한 붉은늑대기사단 녀석들에게 상처 입을까 걱정되어 제가 먼저 두들겨 패주겠다는 다짐으로 합동훈련까지 잡아놓은 상태였다.

합리적인 비판이어도 열불이 날판에 무작정 비난이 귓가에 들려오니 속이 뒤집히는 것은 당연지사.

"다이컨."

뱉어지는 목소리가 스산했다. 해가 쨍쨍했건만 그의 주위에만 어둠이 내려앉은 것 같았다. 때로, 화가 나면 날수록 고요해지는 인사들이 있다.

에드가가 그러했다. 가라앉은 낯빛은 차분하다 못해 서늘했다. 그의 검지가 검집 부근을 두드렸다. 딱, 딱. 엇박으로 이어지는 박자는 의미가 있다기보다는 고민에 빠진 손버릇처럼 보였다. 그런 그의 뒤에 서 있던 다이컨은 서서히 기둥 쪽으로 향하는 상관의 고개에 흠칫 놀랐다.

"오, 예!"

이 정도로 화가 난 에드가를 다이컨은 딱 한 번 보았다. 이 년 전 몬스터 대토벌 때 실력은 쥐뿔도 없으면서 지원군이랍시고 병사들을 이끌고 나타난 대공이 날뛰었을 때. 다이컨은 무언가 심각하게 잘못되었음을 느끼며 꿀꺽 마른침을 삼켰다.

방금 전 잔뜩 풀어진 채 투덜거리던 것과는 정반대의 태도였다. 그러나 에드가는 여전히 제 등 뒤에 서 있는 다이컨 쪽으로는 시선조차 주지 않았다. 대신 그는 잠시 고민했을 뿐이다.

'곁가지들을 한 번에 모아서. 불쏘시개로는 딱이로군.'

이 모든 것은 오롯이 주군, 황태자인 카인을 위한 일이었다. 에드가는 그렇게 생각하며 입을 열었다.

"합동훈련 때도 그딴 식으로 입을 놀리면, 어떻게 될지 궁금하지 않나."

"아, 아닙니다!"

우렁찬 다이컨의 목소리에 그제야 기둥 뒤쪽에서도 에드가의 존재를 눈치챘다. 기둥 옆으로 푸른 자작의 얼굴이 빼꼼, 비쳤다. 그의 미간이 살짝 찌푸려졌다. 뭐야, 표정이 왜 저래. 이 치열한 황실에서 그동안 살아남을 수 있었던 게 운뿐만은 아니다. 자작은 눈치 빠르게 에드가의 표정이 좋지 못하다는 것을 알아차렸다. 대게 저런 표정을 짓고 있는 사람은 피하는 것이 상책이었다.

그러나 상대는 에드가 폰 페리엘이 아니던가. 고작 몇 해 전에 작위를 이은 아무것도 모르는 새파란 애송이. 거기까지 생각을 마친 그는 가슴을 쭉 펴며 에드가에게 다가갔다.

"페리엘 공작 아니십니까! 이거이거, 여기서 공작을 볼 줄은 몰랐습니다그려. 그래, 전 공작께서는 어찌 잘 계십니까?"

올해로 쉰을 넘긴 자작은 새파랗게 어린 공작을 꽤나 쉽게 생각하고 있었다. 공작이면 무엇 하나. 연륜으로 쌓아온 눈치와 말재간은 이길 도리가 없지 않은가. 그리 생각하고 있는 자작은 멋들어진 지팡이로 바닥을 탁탁 짚으며 경쾌하게 인사했다. 평소처럼 적당한 대답이 돌아올 것이라 생각했기에 나온 여유였다.

"슬슬 공작께서도 안주인을 들여야 할 터인데, 어찌, 그래 이번 연회에서 내 딸아이가 데뷔당트를 치르는데 한번 얘기나 나눠보는 게 어떻습니까?"

그러나.

"그 여식이, 무엇을 할 줄 알지?"

"하하핫! 여인들이 해야 할 것들은 전부 가르쳤지요. 암, 제 어미를 닮아 수를 그리 잘 놓긴 합니다. 하하하!"

"그럼 안 되겠군."

에드가는 여상스러운 목소리로 말을 이었다.

"나는 합을 나눌 여인을 찾고 있는 중이라."

잠시간 그 말을 자작도, 다이컨도 이해하지 못했다. 먼저 이해한 것은 다이컨이었다.

'왜 저래?'

그는 에드가가 방금 전 자작이 한 말을 굳이 끌어온 이유를 알지 못해 고개를 갸웃했다. 그러나 사랑에 눈 먼 사내를 그 누가 막으리. 그는 매우 당당하게 흑역사에 이름을 아로새겼다.

"여인이라면 자고로 검을 쓸 줄 알아야 하지 않겠는가."

참으로 직설적이면서도 낯부끄러운 발언이 아닐 수 없었다. 다이컨은 이해 못할 말에 고개를 갸웃하면서도 곧 그날의 소소한 일을 잊어버렸다. 그러나 얼마 지나지 않아 프룬 자작이 잔당과 함께 작위와 재산을 몰수당했다는 소식을 접하고 다시 그날 일을 떠올렸다. 평소와 다름없었던 에드가의 표정이 갑자기 굳은 건 언제였던가. 프룬 자작이 드벨 후작을 신나게 씹어대기 시작했을 때부터가 아니던가.

'에이, 설마.'

그러나 설마는 현실이 되었다. 그런 식으로 카인이 명단에만 적어놓았던 인사들이 어느 순간부터 대중없이 하나하나 공작의 손에 의해 처리되거나 악행이 드러나기 시작했으니 말이다. 가장 먼저 공통점이라고는 없어 보이는 일들의 연결고리를 눈치챈 것은 다이컨이었다. 기이하게 에드가가 로렐리아의 욕을 듣기만 하면 그 인사의 더러운 행실이 세상에 밝혀졌으니 들킬 수밖에 없긴 했다.

다이컨의 깨달음은 이내 얼마지 않아 카인으로 이어지고, 에드가의 동생에게, 더 나아가 푸른매 기사들 전부에게 퍼지기 시작하니.

바로 공후럽의 시초라 할 수 있겠다.

††

에드가의 짝사랑은 처음만 하더라도 그리 널리 알려지지 않았다. 기껏해야 제1기사단의 기사들에게나 좀 알려졌을까. 사실 에드가는 그다지 사람들과 교류가 활발한 성격이 아니었다. 그러니 갑작스러운 정략혼 얘기만 아니었다면 그의 비밀은 조금 더 오래 지속되었을 것이다.

그의 짝사랑이 사교계에 알음알음 퍼지게 된 계기는 수많은 맞선이었다.

선대 후작부부의 갑작스러운 사망과 로렐리아의 후작위 계승
이 겹치며 안느의 걱정은 날로 늘어갔다. 안 그래도 슬슬 결혼 적
령기에 들어선 아들이다. 본디 리아와 결혼을 시키려 했던 것이
틀어지니 마음이 급해지는 것은 당연지사.

그리하여 모든 일이 정리된 뒤 적절한 혼사 자리를 알아봤으
나, 문제라면 하나뿐이었다. 이미 에드가는 리아를 보고 첫눈에
반해 버린 뒤라는 것.

"얘기는 많이 들었답니다. 공작님께서는 뭘 좋아하시나요?"

사교계에서 요새 새로운 꽃으로 떠오르고 있는 세리안느는 적
당히 예의를 갖추며 물었다. 다른 누구도 아닌 페리엘 공작이라
니. 나쁘다 못해 과한 상대였으나, 그렇기에 세리안느는 이 만남
을 썩 마음에 들어 하지 않았다. 연애결혼을 원하는 그녀에게 있
어 에드가는 너무 딱딱하다 못해 사랑의 '사'자도 모를 것처럼 보
였기 때문이다.

'적당히 시간을 보내고 돌아가야지. 그리고 정중히 거절하자.'

지금도 보라. 저 남자는 거리를 둔 채 허리를 쭉 펴고 앉아서
찻잔만 노려보고 있지 않은가.

'역시 재미가 없어.'

그렇게 생각하며 세리안느는 한숨을 삼켰다. 얼마나 더 있다가
일어나야 안느에게 폐가 되지 않을까. 그녀의 머릿속은 오직 그것
만으로 가득 차 있었다.

그런데.

"저, 공작님……?"

상대는 자신보다 더해 보였다. 찻잔을 응시하는 에드가의 눈이
멍했다. 무언가에 온통 정신이 팔려 있어 눈앞의 것은 전혀 보이

지 않는다는 투가 역력했다. 아무리 귀족 간의 혼사가 조건을 따져 성사된다고는 하나, 어느 정도 호감도 필요한 법이다. 지금 에드가의 태도는 무척이나 예의 없는 것을 넘어서 당신이 마음에 들지 않는다는 직접적인 표현이었다. 그것도 너무 노골적인 표현.

아무리 거절할 생각이었다고는 하나 상대가 이렇게까지 비협조적일 줄 몰랐던 세리안느의 얼굴에 당혹감이 스쳐 갔다. 만난 지 시간이 지났다면 맞지 않는 건가 싶었을 것이다. 그러나 자리에 앉은 지 채 십분도 흐르지 않았다. 제대로 된 대화 한마디 주고받지 못한 것이다.

'세상에. 그렇게 내 얘기가 재미없나? 적어도 삼십분은 더 있어야 할 텐데. 무슨 얘기를 해야 하지? 공작님께서는 기사님이시니까……'

세리안느의 머리에 얼마 전 후작위를 물려받은 것으로도 모자라 제2기사단의 단장으로 임명된 로렐리아가 스쳐 간 것은, 순전히 우연이었다. 그러나 그녀는 꽤 좋은 대화거리라 생각했다. 같은 기사에, 익히 알고 있는 레이디이니 대화 주제가 될 것이라 생각한 세리안느는 가볍게 손뼉을 치며 말했다.

"참! 얼마 전 드벨 후작님께서 제2기사단 단장으로 임명되셨잖아요. 붉은늑대기사단은 어떤가요?"

드벨 후작.

그 한마디에 초점이 흐렸던 에드가의 두 눈에 빛이 돌아왔다.

"드벨 후작, 말입니까."

에드가의 대꾸에 세리안느는 흐드러지듯 웃어 보였다.

"네. 정말 대단하신 분이시죠. 그런데 공작님께서도 아시겠지만 제2기사단은 워낙……"

세리안느는 슬쩍 말끝을 흐리며 에드가의 눈치를 보았다. 제2기사단은 사교계에서도 유명했다. 그들이 하는 짓이 얼마나 기상천외한지 소문이 안 날 리가 없었다. 그러나 상대는 기사다. 에드가에게 흉을 봐도 되는 것일까. 그러나 세리안느의 걱정과는 달리 에드가의 입에서 나온 말들은 결코 온화하지 않았다.

"주제 모르고 날뛰는 망아지 같지."

그 거친 언사에 세리안느의 눈이 동그래졌다.

'어머?'

신사적이라고만 생각했던 에드가의 얼굴에서 가면이 벗겨진 것 같은 기분이다. 세리안느는 못마땅하다는 표정으로 쯔, 혀를 차는 에드가의 모습에 눈을 깜빡였다. 이게 뭐지? 예민한 촉이 그녀에게 말하고 있었다. 이건 뭔가 있다고. 세리안느는 슬쩍 에드가의 낯을 살피며 말을 흘렸다.

"그렇군요. 그럼 후작님께서 많이 힘드시겠어요."

그녀의 말에 그제야 에드가는 세리안느를 인지했다. 그는 화드득 놀라며 방금 제가 뱉어낸 말을 떠올리고는 낮게 기침을 뱉었다. 찻잔을 들어 뜨겁게 데워져 있는 차를 한 모금 들이킨 뒤에야 이어지는 말은 전과 달리 한결 부드러웠다.

"아아. 드벨 후작은 잘 해낼 겁니다. 그녀는 검 실력이 뛰어날 뿐만 아니라 통솔력도……."

잔잔한 미소를 띤 채 에드가의 말에 귀를 기울이던 세리안느의 표정이 점차 묘하게 변했다.

"그리고 얼마 전에는 대련을 했었는데, 전보다도 실력이 향상됐더군요. 그렇게 단기간에 무언가를 성취하는 게 얼마나 어려운지……."

가득 채워져 있던 찻잔이 절반 넘게 비워졌다. 스콘은 다 먹은 지 오래고, 쿠키도 슬슬 바닥을 보였다. 그러나 에드가는 말을 멈출 생각이 없어 보였다. 멈추기는커녕 그동안 속으로만 생각했던 것을 입 밖으로 뱉기 시작하니 발동이 걸린 것 같았다. 세리안느는 이제 미지근하게 식어버린 찻잔을 들어 올린 채 멍하니 생각했다.

'세상에.'

이렇게 좋아하는 티를 못 감추는 남자라니. 그래서 이 만남에 관심이 없었던 거다. 자신이 마음에 안 든 게 아니라, 이미 마음에 둔 여인이 있어서. 손끝이 간질거리는 기분이다. 이렇게 자신의 마음을 감추지 못하는 남자였다니!

세리안느는 머지않아 드벨 후작이 오러를 사용할 수 있을지도 모르겠다 말하는 남자의 반짝이는 눈에 자신도 모르게 풉 웃어버렸다.

만나자마자 거절당한 셈인데 기분이 상해야 할 이 시점에 왜 이렇게 웃음이 나는 걸까. 어쩌면 저 남자가 자신의 감정을 짐작조차 못했기 때문일지도 모르겠다. 그게 아니라면 조금의 악의도 없이 저러고 있기 때문일지도 모른다. 혹은 자신이 드벨 후작에게 호감이 가득하고 에드가에게는 별 관심이 없었기 때문일지도 모르지.

지금도 보라. 저렇게 신이 나서 얘기하면서 뭐가 잘못된 건지 전혀 모르고 있지 않은가.

"……영애?"

세리안느가 고개를 숙인 채 쿡쿡 웃기 시작하자 그제야 에드가의 말이 멈췄다. 그는 자신이 무슨 짓을 했는지 전혀 모른다는 표정으로 세리안느를 불렀다.

"아니, 아니에요. 그게 아니라…… 공작님께서, 너무……."

귀여우셔서. 세리안느는 차마 입 밖으로 꺼내지 못할 말을 꾹 삼켰다. 그리고 속으로 생각했다. 이 짝사랑을 응원하고 싶어졌다고.

세리안느는 여전히 뭐가 잘못된 건지 모르는 것 같은 에드가를 향해 손을 뻗었다. 앞으로 기울어진 상체를 따라 길게 늘어뜨린 머리칼이 흩날렸다. 그녀는 에드가의 양손을 꼭 잡은 채 반짝이는 눈으로 말했다.

"힘내세요, 공작님!"

"……예?"

"쉽게 포기하시면 안 돼요!"

"포기…… 말입니까?"

에드가의 동공이 가늘게 흔들렸다. 포기라니. 대체 뭘? 내가 뭘 포기한다고 했나? 대화의 맥락을 짐작조차 못하는 에드가는 자세한 설명을 간절히 바라며 세리안느를 바라봤다. 그러나 이런 건 자신이 직접 깨달아야 하는 법이다. 세리안느는 지름길은 용납하지 않겠다 말하며 몸을 일으켰다.

"먼 곳에서나마 응원할게요, 공작님! 오늘 만남은 정말 즐거웠답니다. 파이팅! 힘내세요!"

양 주먹을 옹골지게 쥐어 파이팅을 연발한 세리안느는 곧장 뒤돌아 사라졌다. 그리고 커다란 카페에 혼자 남겨진 에드가는 멍하니 테이블과 멀어지는 세리안느의 뒷모습을 번갈아 바라보며 생각했다.

아니, 그러니까 뭘?

자신이 온몸으로 자각조차 하지 못한 짝사랑을 여기저기 퍼뜨리고 다니고 있다는 사실조차 모르는 남자, 에드가의 첫 번째 선

자리는 그렇게 막을 내렸다. 그리고 비슷한 일이 다섯 번쯤 반복되자 안느는 그제야 깨달았다. 이게 얼마나 무용한 짓인지를. 그렇게 에드가는 끝없는 만남의 장에서 해방될 수 있었다. 해방된 이유는 끝끝내 알지 못했지만 말이다.

††

어렵사리 맺어진 커플은 수많은 사람들의 관심과 사랑을 받았다. 수많은 영애들과 후궁들, 그리고 제1기사단을 필두로 형성된 공후럽의 눈길을 피해 데이트하는 것은 그리 쉬운 일은 아니었다.

그러나 리아와 에드가가 누구던가.

"……이렇게까지 해야 하는 걸까요."

오러 사용자이자 제국을 지탱하는 두 기둥이 아닌가. 리아는 비상사태 때도 이 정도는 아니었던 것 같았다 생각하며 중얼거렸다. 과연 덫에 미끼까지 던져 놓으면서까지 데이트를 해야만 하는 것인가에 대해서.

그러나 에드가는 진중했다. 그는 얼굴의 절반을 가리고 있는 가면을 한 번 더 확인하며 말했다.

"첫 데이트잖아."

둘이서만 있고 싶었다는 에드가의 말에, 리아는 입만 뻐끔거렸다. 이 남자, 아무 말도 안 할 때는 몰랐는데 사람이 너무 직설적이다. 어찌나 직설적인지 오해할 틈을 주질 않는다. 그녀는 붉어진 얼굴이 가면에 가려지는 게 다행이라 생각하며 푹 고개를 숙였다.

두 남녀가 걷고 있는 곳은 제국에서 가장 크게 열리는 축제 거리였다. 카인의 탄신연이 엉망으로 끝난 뒤 황제가 특별히 개최한

축제는 규모부터가 남달랐다. 에드가와 리아는 가장 먼저 가면부터 사서 쓰고 있는 데다 사복을 입고 있었으니 자연스레 사람들 사이에 녹아들었다. 리아는 거치적거리는 가면을 슬쩍 고쳐 쓰며 물었다.

"그런데 에드가, 데이트는 뭘 해야 하는 거죠?"

아까부터 계속 걷기만 하는데. 리아는 말끝을 흐리며 고개를 들어 에드가를 바라봤다. 데이트의 D자도 모르는 남자와 여자가 만났으니 당연한 얘기다. 그쪽으로는 리아 못지않게 문외한인 에드가의 두 눈이 가늘게 떨렸다.

한다고? 뭘?

단순하게 리아와 같이 있는 것만으로도 충분히 만족하고 있는 남자는 갑자기 던져진 질문에 우왕좌왕했다.

그런 둘을 지켜보는 애정 어린 시선이 있었으니.

"저, 계속 걷고만 있는데요?"

새로운 장비를 갖춘 공후럽이다. 페피의 속닥임에 건너편에서 카인이 열 내는 소리가 들려왔다.

[아니, 무슨 한 시간 동안 걷기만 해! 이렇게 연애 한 번 못해 본 티를 낸다니까!]

페피는 쩌렁쩌렁 울리는 목소리에 슬쩍 마도구를 떼어내며 속으로 중얼거렸다.

'전하께서도 한 번도 못해보셨으면서.'

누가 누구에게 뭐라 한단 말인가. 그러나 상대는 하늘 같은 태자전하시다. 페피는 표정과는 정반대의 목소리로 말했다.

"그럼 어떡할까요? 전하께서 말씀하신 것처럼 병사 몇을 산적처럼 위장시켜 놓긴 했습니다만…… 투입시킬까요?"

카인 왈. 위급 상황에서 피어나는 사랑, 그 뜨거운 열기가 얼마나 멋진가! 그 말 한마디로 만들어진 작전은 이러했다. 병사 몇이 뒷골목 불량배로 위장해 리아와 에드가 앞에 나타난다. 공동의 적을 제거하면 자연스럽게 사이가 가까워질 것이라는 카인의 주장에 오르도가 뒷목을 잡았지만 어쩌겠는가. 상대는 황태자인 것을.

[투입시켜!]

카인이 불량배든 뭐든 해보라며 발을 구르는 소리가 들렸다. 페피는 마도구를 좀 더 귀에서 떨어뜨리며 폭 한숨을 내쉬었다.

'이거 영 불안한데.'

아무리 그래도 상대가 상대다. 과연 이런 어설픈 수가 통할 것인가. 그러나 명령을 거역할 수도 없는 노릇이다. 페피는 제 뒤에서 대기하고 있던 병사들을 향해 턱짓했다. 어쩐지 비장한 표정을 짓고 있던 병사들이 팔을 걷어붙이며 걸어 나갔다. 그 수는 총 다섯. 병사들 중에서 가장 우락부락하고 덩치가 산만 한 녀석들만 골라 변장까지 시켰으니 슬쩍 보는 것만으로도 무시무시했다.

'어쩌면 잘될지도?'

페피는 병사들의 뒷모습에 생각을 바꿔먹으며 건물 뒤에 숨었다. 그리고.

"……전하, 병사들을 구해야 할 것 같은데요?"

어딘가 어설픈 공후럽의 마흔네 번째 계획 역시 실패로 돌아갔다. 에드가와 리아가 둘 다 오러 사용자라는 것을 망각한 계획 설계의 처참한 말로였다.

2

차디찬 겨울바람이 불던 어느 날, 황제는 제 여동생이자 전 공작부인인 안느와 비밀리에 만남을 가졌다.

"역시 레이디 넬리아가…… 하지만 그놈이 순순히 수긍할지가 의문인데."

"폐하, 자고로 가정을 가져야 후계가 탄탄해지고, 내실이 단단해지지 않겠습니까."

안느는 단호한 표정으로 일갈했다. 역대 황제들을 살펴봤을 때 지금도 늦다는 그녀의 말에 틀린 바는 없었다. 황제는 묘한 표정으로 제 동생을 바라보며 중얼거렸다.

"그렇게 따지자면, 페리엘 공작 역시……"

"어머나. 폐하. 공작은 연애를 시작한 지 채 반년도 안 되었다는 걸 잊으셨나요? 자고로 결혼이란 네 계절은 다 겪어보고 해야 하는 것이랍니다."

자식에겐 한없이 관대해지는 안느의 말에, 황제는 할 말을 잃은 채 제 여동생을 바라보았다. 뭐 그런 편파적인 말을 아무렇지도 않게 하느냐는 시선이었다. 그러나 오라비의 황당해하는 눈빛에도 안느는 당당했다. 오히려 그녀는 왜 그런 눈으로 저를 바라보냐며 어깨를 쭉 폈다.

"어찌 황가의 일이 고작 공작가의 것과 같겠습니까."

따져 묻자면 영 틀린 말은 아니었다. 황실에 후사가 있는 것과 없는 것은 전혀 다른 얘기였으니 말이다. 그러나 페리엘 공작가의 비중도 그리 작지만은 않았다.

"또한 태자전하께서는 혼기가 꽉 차다 못해 넘치고 있으니 서둘러야지요. 제 아들이야 정해진 짝이 있다지만, 태자전하께서는 이러다 혼기가 찬 영애들이 아무도 남지 않게 생겼답니다."

"그야 그렇다만. 식 준비를 지금 시작한다 하더라도 빠르면 내년 겨울이겠군."

"어머."

안느는 두 눈을 동그랗게 뜨고는 제 오라비에게 되물었다.

"폐하, 모르셨습니까?"

"무엇을?"

"태자전하께서—"

공후럽을 장악한 지 오래인 안느는 부채를 차르르 펼쳐 입을 가리며 부드럽게 웃었다. 공작가의 결혼식이다. 당연히 자신이 준비하는 것이 맞지 않겠는가. 신이 나 식 준비를 거의 마쳐 놓은 카인에게 낭보가 날아든 것은, 어찌 보면 당연한 수순이었다.

그리하여 이듬해.

라흘란 제국의 유일무이한 적통 황태자이자 대공의 악행을 만천하에 드러내면서 백성들의 전폭적인 지지를 받게 된 카인은 아연실색한 낯으로 중얼거렸다.

"······내가 누구를 위해 이 모든 것들을 그리 열심히 준비했는데······!"

어쩌다 일이 이렇게 되었을까. 카인은 절망에 가득 찬 눈빛으로 멋들어진 예복을 바라봤다. 머지않아 자신이 입어야 한 것이었다. 그러나 저것 역시 제가 입으려 준비한 것은 아니었다.

식 준비를 위해 마련된 수많은 꽃들은 몇 달 동안 전 대륙에서 공수해 온 것이었으며 테이블이나 식기, 테이블보는 장인이 하나하나 손수 만들었기에 전부 준비하는 데 무려 여섯 달이나 걸렸다. 하나부터 열까지 제 손이 안 닿은 곳이 없었으며, 작은 것부터 큰 것까지 값비싸지 않은 것이 없었다.

다른 누구도 아닌 황태자의 안목이었으니 그 눈이 얼마나 높았는지는 굳이 설명할 필요도 없으리라.

이 완벽한 결혼식은 분명—

"에드가 겨어어엉!"

에드가와 로렐리아, 둘을 위해 준비한 카인의 깜짝 선물이었다. 그러니까, 대략 몇 주 전까지만 해도 그랬다. 공후럽의 최종 목표이자, 그 누구보다 화려하고 찬란한 식을 올려주겠다는 카인의 비장한 계획이 빛을 발하기 직전,

"전하. 이미 아실 것이라 생각하고 있지만, 식 전에 도망치셨다 간 넬리아 공작 영애께서 무척 화를 내실 겁니다."

그는 황제의 부름을 받았다. 경쟁자도 사라진 이 순간 누구 하나 이의를 제기할 수 없게 되었으니 내실을 다지라는 명이.

그리하여,

"아무리 그래도 이건 아닌 것 같지 않나, 경."

제국 역사상 가장 완벽하고 화려한 결혼식을 에드가에게 선물하겠다던 그의 장대한 목표가 안느의 손짓 하나에 와르르 무너지는 순간이었다. 카인은 양손에 얼굴을 파묻었다. 남을 위해 뼈 빠지게 준비한 것이 무색하리만치, 제 결혼식장을 제가 신이 나서 꾸민 게 되어버린 현실이 믿기지가 않아서.

"레이디 넬리아와 약혼하셨을 때는 그리 좋아하셨잖습니까."

"그렇지! 그렇지만! 이 결혼식은 자넬 위한 거였다고!"

"……전하, ……분명 받지 않겠다 몇 번이고 말씀드린 것 같습니다만."

"말만 그렇다는 것, 다 알고 있네. 자네도 아쉽겠지. 이리 완벽한 결혼식을 받지 못하게 되다니. 심지어 드레스는 앙트의 것이란 말일세! 꽉 차 있던 예약에 이 한 벌을 끼워 넣기 위해 무려 황태자의 권력을 사용했다고!"

드레스 하나에 권력을 남용했다 당당히 외치는 카인의 얼굴은 한 점 부끄럼 없이 맑았다. 에드가는 대체 어디서부터 잘못되었다 말해야 할지 알 수가 없게 되어버린 표정으로 한숨을 푹 내쉬었다.

"어쨌든, 갈아입으십시오. 곧 식이 시작됩니다."

"……내년에는……."

반드시 제 손으로 둘의 결혼식을 치러주리라. 그리 다짐하며 카인은 예복을 낚아챘다. 제 결혼식이 완벽하다는 것을 알고 있다는 것도 그리 나쁘진 않다 생각하며.

3

저쪽 세상, 그 후.

벨포스는 오랜 여행을 마치고 집으로 돌아왔다. 마탑에 잠시 들러 오랜 친우인 나나와 몇 년 전 공을 들여 완성한 보석함의 문제점에 대해 일장 토론을 마치고 돌아온 여행길이었다. 며칠간 푹 쉴 생각이었던 벨포스는, 분가한 제 저택에 들어서자마자 뒷목을 잡아야만 했다.

"이게, 대체, 무슨—"

따로 사람을 쓰지 않기 때문에 청소부터 요리까지 자신이 직접 하는 벨포스에게 있어 어지른다는 것은, 들도 보도 못한 말이었다. 그렇기에 확신할 수 있었다.

도둑이구나.

도둑 말고는 여행을 떠나기 전엔 깔끔하기 그지없던 집이 이 정도로 난장판이 될 리가 없었다. 그는 아득 이를 갈며 팔을 걷어 붙였다. 감히 벨포스의 집을 털 생각을 하다니, 간 한번 큰 도둑이라 생각하며. 그러나 그가 행동에 나서는 것보다 2층 창고 문이 벌컥 열리는 것이 먼저였다. 문소리가 난 곳을 향해 고개를 치켜든 벨포스는, 도둑 대신 환하게 웃음 짓는 제 누이를 발견하고는 생각했다.

설마하니 제 누이가 이 난장판을 쳐 놓은 것은 아니겠지. 그러나 드레스 자락을 들어 올리며 발에 채이는 종이뭉치를 시원하게 차버리는 리아를 보건대, 난장판의 범인은 그녀가 맞는 모양이었다.

"어머! 벨! 드디어 왔구나. 정말이지, 얜 한 번 나갔다 하면 깜깜무소식이니!"

"누님…… 그보다 대체 뭘 찾으셨기에 집 안이……."

"집이 문제가 아니야! 드디어 연결됐단다!"

"……예?"

2층 난간에 반쯤 몸을 걸친 채 잔뜩 흥분한 목소리로 외치던 리아는 영 못 알아듣는 것 같은 벨포스의 표정에 발을 동동 굴렀다. 그녀는 더는 지체할 수 없다 중얼거리며 계단을 두 개씩 경중이며 뛰어내려왔다.

"연결이 됐다니까!"

"대체 뭘 말하시는 겁니까, 누님."

"오! 내가 말 안 했던가? 벨, 네 보석함! 그게 다른 세계의 나와 연결됐어! 심지어 편지까지 주고받았단다. 저쪽 세상의 리아가 글쎄, 누굴 구했는지 아니? 미셸 마마를 구해냈다니까!"

흥분한 탓에 리아의 양 볼은 붉게 달아오르다 못해 새빨갰다.

금방이라도 벨포스의 멱살을 잡아챌 것 같은 그 흥분은, 머지않아 벨포스에게 옮겨갔다. 잠시 멍하니 리아의 말을 이해하던 그가 들고 있던 짐을 툭 떨어뜨렸다.

"……그게, 정말로……."

"그래! 그래서 말인데, 대체 네 보석함을 어디에 둔 거니? 저쪽 세상의 네가 뭐라고 보냈는지 절대, 절대 말해주지 않는다고 했다면서 리아가 궁금해했거든. 그래서 내가 좀 찾아서 보내주려고 했는데 도무지 어디에 있는지 알 수가 있어야지!"

리아의 재촉에 벨포스는 그녀의 어깨를 잡았다.

"누님."

"으응?"

"일단 진정 좀 하세요. 그래서 저쪽 세상의 누님과 편지를 주고받은 겁니까? 몇 번이나요?"

"안 세어봤지만, 꽤 많이 주고받았지."

오.

벨포스의 손끝이 파르르 떨렸다. 흥분으로 심장이 쿵쾅거렸다. 그저 이론이라고만 생각했던 것이 현실로 나타나다니. 그는 리아를 소파에 앉힌 뒤 잠시만 기다리라 말하고는 그녀의 맞은편에 앉았다.

"그럼, 꺼내겠습니다."

"……소파에서?"

"아뇨. 마법 도구들은 따로 보관해 놓는 곳이 있거든요. 저택에 보관했다가 도둑이라도 들면 큰일이니까요."

그 진지한 표정에 리아는 어색하게 웃음 지었다. 설마하니 벨포스 폰 드벨이 기거하는 곳을 털 만한 도둑이 제국 내에 존재하긴 할까, 싶은 생각을 하면서. 그런 그녀의 생각을 알 리 없는 벨포스는 심호흡을 내뱉으며 손가락을 튕겼다.

허공에 새까만 원이 서서히 나타나더니 투박한 보석함 하나를 툭 던져 놓았다.

"후…… 열겠습니다."

"그래."

긴장되는 순간이었다. 벨포스는 과연 저쪽 세상의 자신이 어떤 말을 남겼을 것인가 두근거리는 심장을 부여잡으며 걸쇠를 열었다. 달칵, 하는 작은 소리와 함께 억눌려 있던 보석함 뚜껑을 고정시키는 연결쇠가 부서지는 소리가 허공을 한번 울리고,

퍼엉!

수십 통의 종이가 마치 폭죽이 터진 것처럼 허공으로 튀어 올랐다. 리아는 손을 뻗어 하늘하늘 떨어지는 종이뭉치 중 하나를 낚아챘다.

〈누님. 이렇게 연락이 닿지 않는 것을 보면 악독한 악의 무리가 누님께 해를 가하고 있으리라 생각됩니다. 누님의 실력을 모르는 바는 아니나, 어떤 비열한 작자가 누님의 뒤를 노렸을지도 모르지 않습니까. 걱정 마십시오. 이 벨이 달려가 누님을 구해드리겠습니다.〉

진지하게 쓰여진 글귀는, 그러나 너무 귀여워서, 리아는 자신도 모르게 풉 소리를 내며 가까스로 웃음을 참았다. 그녀는 손을 뻗어 다른 종이를 붙잡았다.

〈제가 구해드리겠습니다. 조금만 더 기다리십시오!〉

비장함과,

〈……나나는 오늘 오크를 곤으로 때려잡았습니다.〉

왠지 모를 피곤함,

〈누님. 부디 견디세요!〉

그리고 절절한 부탁이 종이마다 가득했다. 리아는 감동과 웃음, 그 어딘가를 헤매는 표정으로 제 동생을 바라봤다.
"벨…… 푸흡!"
"예?"
"네가 나를 이리 깊게 생각하고 있을 줄은 미처 몰랐구나."
그제야 그녀가 건넨 쪽지들을 하나하나 읽어본 벨포스의 얼굴이 서서히 붉게 물들었다. 귀 끝까지 새빨개진 제 어린 동생의 모습에, 참고 참았던 리아의 웃음이 시원스럽게 터졌다.
그녀를 데리러 온 에드가가 쪽지들을 저쪽 세상의 리아에게 보내려는 제 부인과, 그것을 막으려는 벨포스의 몸싸움을 본 것은 좀 더 뒤의 이야기이다.